Geen

Van Lee Child zijn verschenen:

DE JACK REACHER-THRILLERS

1 *Jachtveld*
2 *Lokaas*
3 *Tegendraads*
4 *De bezoeker*
5 *Brandpunt*
6 *Buitenwacht*
7 *Spervuur*
8 *De vijand*
9 *Voltreffer*
10 *Bloedgeld*
11 *De rekening*
12 *Niets te verliezen*
13 *Sluipschutter*
14 *61 uur*
15 *Tegenspel*
16 *De affaire*
17 *Achtervolging*
18 *Ga nooit terug*
19 *Persoonlijk*
20 *Daag me uit*
21 *Onder de radar*
22 *Nachthandel*
23 *Verleden tijd*
24 *Blauwe maan*
25 *De wachtpost* (met Andrew Child)
26 *Liever dood dan levend* (met Andrew Child)

DE JACK REACHER-VERHALEN

Op doorreis (bundel)

De held (non-fictie)

Lee Child en Andrew Child

Geen plan B

Vertaald door Jan Pott

UITGEVERIJ LUITINGH-SIJTHOFF

Oorspronkelijke titel *No Plan B*
Vertaling Jan Pott
Omslagontwerp Stephen Mulcahey / DPS Design & Prepress Studio, Amsterdam
Omslagbeeld Alamy & Shutterstock
Beeld figuurtje Jonathan Ring
Opmaak binnenwerk Crius Group, Hulshout

ISBN 978 90 210 3366 2 (paperback)
ISBN 978 90 210 3379 2 (e-book)
ISBN 978 90 210 3568 0 (luisterboek)
NUR 332

www.leechild.com
www.lsamsterdam.nl
www.boekenwereld.com

Voor allen die we te vroeg hebben verloren

1

Het beraad vond plaats in een vertrek zonder ramen.

Het was een rechthoekig vertrek zonder ramen omdat de muren geen buitenmuren waren. Het was een vertrek in een grotere vierkante ruimte. Die grotere vierkante ruimte bevond zich op zijn beurt weer in een nog grotere achthoekige ruimte. In zijn geheel vormde dit complex het commandocentrum van afdeling S2 van de Minerva Correctional Facility in Winson, Mississippi. Samen met de andere afdeling voor eenzame opsluiting, S1, vormde S2 het best beveiligde gedeelte van het hele penitentiaire complex. Het was gebouwd met muren in concentrische ringen, als een middeleeuws kasteel, ontworpen om oninneembaar te zijn. Zelfs van buitenaf bij een aanval door vastberaden hulptroepen. Maar ook van binnenuit bij uitzonderlijk heftig oproer.

Het veiligheidsaspect was een aardige bonus, maar de werkelijke reden voor de keuze van dit commandocentrum was de afzondering. Het maakte vergaderen in het diepste geheim mogelijk, want afdeling S2 was verder leeg. Er waren geen cipiers, er was geen ander personeel. Niet een van de honderdtwintig isoleercellen was in gebruik. Ze waren overbodig dankzij het beleid van het huidige management. De progressieve aanpak was iets om trots op te zijn. Het leverde bovendien geweldige pr op.

Er waren zes mensen in het vertrek. Dit was de derde keer deze week dat ze elkaar in het geheim troffen. Ze zaten verspreid om een lange, smalle tafel. Twee overbodige stoelen waren met de rug tegen een lege, witte muur gezet. De stoelen waren vervaardigd van helderblauw polycarbonaat, stuk voor stuk gegoten in één enkele mal, zodat er geen naden of lassen waren. Zowel de vorm als het materiaal zelf maakten de stoelen vrijwel onbreekbaar. De kleur zorgde ervoor dat alles wat er toch nog met geweld werd afgebroken, moeilijk te verbergen viel. Heel praktisch. Maar niet heel erg comfortabel. Bovendien een erfenis van het vorige management.

Drie van de mannen droegen een pak. Bruno Hix, directeur en medeoprichter van Minerva, zat aan het hoofd van de tafel. Damon Brockman, zijn rechterhand en medeoprichter, zat rechts van hem. Daarnaast zat Curtis Riverdale, hoofd van de bewaking. De man die naast Riverdale zat was de laatste aan die kant van de tafel. Hij droeg een uniform. Het was Rod Moseley, hoofd van de politie in Winson. Aan de andere kant, links van Hix, zaten twee mannen van achter in de twintig. Ze droegen allebei een zwarte broek en een zwart T-shirt. De een had een gebroken neus, twee blauwe ogen en een lappendeken van vervaarlijk uitziende paarse bloeduitstortingen verspreid over zijn hele voorhoofd. De ander had een arm in een mitella. Beiden deden hun best de blikken van de andere mannen in het vertrek te ontwijken.

'Nou, goed. Hebben we een probleem of niet?' Brockman haalde zijn schouders op. 'Kan iemand dat met zekerheid bevestigen? Nee. We moeten dus doorgaan zoals we hebben gepland. Er staat te veel op het spel om bang te worden voor spoken.'

'Nee.' Riverdale schudde zijn hoofd. 'Als er een probleem zóú kunnen zijn, is er een probleem. Zo zie ik dat. Veiligheid voor alles. We moeten...'

'We moeten er met zekerheid achter zien te komen,' zei Moseley. 'Een besluit nemen op basis van feiten. De vraag waar het om draait is: heeft de man in de envelop gekeken? Dat is wat we moeten weten.'

Niemand zei iets.

'Nou?' Moseley strekte zijn been onder de tafel en gaf de man met de mitella een trap. 'Wakker worden. Ik verwacht een antwoord.'

'Doe me een lol.' De man onderdrukte een geeuw. 'We hebben de hele nacht gereden om in Colorado te komen en vervolgens een hele nacht om weer hier terug te komen.'

'O, wat zielig.' Moseley porde de man aan met zijn voet. 'Gewoon antwoorden. Heeft hij gekeken?'

De man staarde naar de muur boven het hoofd van Moseley. 'Dat weten we niet.'

'Het gaat er niet om of hij in de envelop heeft gekeken,' zei Riverdale. 'Als hij heeft gekeken, moeten we weten of hij heeft begrepen wat hij zag. En wat hij van plan is om te doen.'

'Of de man in de envelop heeft gekeken is irrelevant,' zei Brockman. 'Wat dan nog, als hij dat heeft gedaan? Niets in die envelop is ook maar een geringe aanwijzing voor wat er aan de hand is.'

Riverdale schudde zijn hoofd. 'Er staat vrijdag 10 uur in. Heel duidelijk. Datum, tijd en plaats.'

'Nou en?' Brockman hief zijn handen. 'Vrijdag is een dag van vreugde, een dag om te vieren. Dat heeft niets wat je ook maar in de verste verte verdacht zou kunnen noemen.'

'En de foto in die envelop.' Riverdale prikte in de lucht met een vinger om elke lettergreep te benadrukken. 'Vijfentwintig bij twintig. Die valt niet te missen.'

'Maar opnieuw heeft dat niets te betekenen.' Brockman liet zich achterovervallen op zijn stoel. 'Tenzij de man daadwerkelijk hiernaartoe komt. Tenzij hij hier vrijdag opduikt. Maar zelfs dan is er niets aan de hand. We hebben heel zorgvuldig een keuze gemaakt.'

'Dat hebben we niet. Dat kon immers niet? We hadden er maar negen om uit te kiezen.'

Er schoot een glimlach over Moseleys gezicht. 'Ironisch, hè? Dat we iemand hebben gekozen die werkelijk onschuldig is.'

'Dat zou ik niet ironisch willen noemen,' meesmuilde Riverdale. 'Bovendien waren het er geen negen, maar slechts vijf. De anderen hadden familie, waardoor ze afvielen.'

'Negen?' zei Brockman. 'Vijf? Het zal wel. Het aantal is onbelangrijk. Het gaat om het resultaat. En het resultaat is acceptabel. Zelfs als die man komt opdagen, hoe dichtbij kan hij dan komen? Nooit dichterbij dan dertig meter, zou ik denken.'

'Hij hoeft hier niet eens op te dagen. Hij kan ernaar kijken op tv. Op internet. Hij kan erover lezen in de kranten.'

'Er zit wel wat in wat Riverdale zegt,' zei Moseley. 'Misschien kunnen we deze keer beter iets minder aandacht trekken. Misschien moeten we de media afzeggen. We zouden iets onbenulligs kunnen roepen als respect voor de privacy van de gedetineerde, of zoiets.'

'Hoeft niet.' Brockman schudde zijn hoofd. 'Denk je dat die man tv heeft? En een computer? Een abonnement op de *New York Times*? Die man heeft niks, verdomme. Hou op met zoeken naar moeilijkheden. Die zijn er niet.'

Hix trommelde met zijn vingertoppen op de tafel. 'Publiciteit is goed voor het merk. We zoeken altijd de publiciteit. Dat hebben we altijd gedaan. Als we daar nu van af zouden wijken, zouden we alleen maar meer aandacht trekken. Mensen zouden gaan denken dat er iets aan de hand is. Maar hoe dan ook, ik denk dat we het moeten weten. Heeft hij gekeken?' Hij keerde zich naar de mannen in T-shirt. 'Doe eens een poging. Alles wat je zegt is goed. Gebeurd is gebeurd. We begrijpen het. Zeg eens wat je denkt.'

De man met de gebroken neus haalde diep adem door zijn mond. 'Ik denk dat hij heeft gekeken.'

'Dat denk je?' zei Hix. 'Maar je weet het niet zeker?'

'Niet honderd procent.'

'Oké. Waar was de envelop?'

'In de tas.'

'Waar was de tas?'

'Op de grond.'

'Had je hem neergezet?'

'Ik moest mijn handen vrij hebben.'

'Waar was de tas toen de auto eraan kwam?' vroeg Hix.

'Op de grond,' zei de man met de mitella.

'Op dezelfde plek?'

'Hoe moeten wij dat weten? Ik was er niet bij toen Robert hem neerzette. Robert was niet bij bewustzijn toen ik hem oppakte.'

Hix dacht even na. 'Oké. Hoelang was de man alleen met de tas?'

'Dat weten we niet. Het kan niet erg lang zijn geweest. Hooguit een paar minuten.'

'Het is dus mogelijk dat hij heeft gekeken,' zei Hix. 'Of op z'n minst even heel snel een blik in de envelop heeft geworpen.'

'Ja,' zei de man met de gebroken neus. 'Vergeet niet dat de tas gescheurd was. Hoe is dat zo gekomen? Waarom? Dat hebben wij niet gedaan.'

Brockman boog zich voorover. 'Het was een krankzinnige toestand, als ik jullie verhaal zo hoor. Overal brokstukken en rommel.

Complete chaos. De tas is waarschijnlijk per ongeluk gescheurd. Het lijkt me niet echt een belangrijke aanwijzing. Bovendien hebben de anderen niet gemeld dat de man heeft gekeken.'

'De anderen hebben zich nog helemaal niet gemeld. We hebben geen idee waar ze zijn.'

'Nog op weg terug,' zei Brockman. 'Waarschijnlijk problemen met hun telefoons, maar als er iets is waar we ons zorgen over moeten maken, zouden ze wel een manier hebben gevonden om ons te waarschuwen.'

'En de man heeft er ook niets over gezegd tegen de politie,' zei Moseley. 'Ik heb een paar keer met het hoofd daar gepraat. Dat wil toch ook wel iets zeggen.'

'Ik denk nog steeds dat hij heeft gekeken,' zei de man met de gebroken neus.

'Ik vind nog steeds dat we de zaak moeten afblazen,' zei Riverdale.

'Dat is het domste wat ik ooit heb gehoord,' zei Brockman. 'Wij hebben de datum niet geprikt. Wij hebben het tijdstip niet gekozen. Dat heeft de rechter gedaan toen hij de papieren tekende. Dat weet je. Als we met een onzinverhaal aankomen om de boel uit te stellen, krijgen we een wagonlading inspecteurs over ons heen. Je weet heel goed wat dat betekent. We kunnen ons net zo goed meteen een kogel door de kop schieten.'

Riverdale trok een zuinig mondje. 'Ik beweer niet dat we het moeten uitstellen. Ik vind dat we terug moeten keren naar het oorspronkelijke plan. De verwisseling is vanaf het begin een fout geweest.'

'Daarmee zouden we het probleem voor vrijdag oplossen, als dat werkelijk bestaat. Maar dan zijn we nog niet verlost van dat andere, grotere probleem. De situatie met Carpenter.'

'Ik heb vanaf het begin gezegd dat er een heel eenvoudige oplossing voor dat probleem was. Een kogel in zijn achterhoofd. Als jij daar te lafhartig voor bent, doe ik het zelf wel.'

'Heb jij enig idee hoeveel dat kost? Hoeveel handel we dan kwijtraken?'

'Hoe zou hij iets moeten ontdekken?'

'We raken nog veel meer kwijt als de man iets ontdekt.'

'Hij zou hiernaartoe kunnen komen. Dat zei je zelf. Hij zou

kunnen gaan snuffelen. Hij is MP geweest. Het zit in zijn bloed.'

'Het is al jaren geleden dat hij bij de militaire politie werkte,' zei Moseley. 'Dat heeft het hoofd van de politie daar me verteld.'

Hix trommelde op de tafel. 'Wat weten we nog meer?'

'Niet veel. Hij heeft geen rijbewijs. Bij de belastingdienst is onbekend waar hij heeft gewerkt na het leger. Hij is niet te vinden op social media. Er is geen recente foto van de man. Hij zwerft tegenwoordig. Het is een beetje triest, maar daar houdt het verhaal op. Het klinkt niet echt als iets om je druk over te maken.'

'Zwerver of miljonair,' zei Brockman. 'Welke idioot trekt het halve continent over alleen omdat hij een paar documenten heeft gelezen en een foto heeft gezien?'

'Speculeer er maar op los, ik maak me nog steeds zorgen,' zei Riverdale. 'Iedere keer dachten we bij dit overleg dat we de zaak onder controle hadden. Iedere keer zaten we ernaast. Ik moet er niet aan denken dat we er nu ook weer naast zitten.'

'We zitten er niet naast.' Brockman sloeg met vlakke hand op tafel. We hebben alles wat zich heeft aangediend steeds afgehandeld. Voor negenennegentig procent.'

'Negenennegentig procent. Niet honderd.'

'Luister. Het leven is niet perfect. Soms moet je puinruimen. Dat hebben we gedaan. We kwamen erachter dat er een lek was. Dat hebben we gedicht op de manier waar we het allemaal over eens waren. We kwamen erachter dat die envelop zoek was. Die hebben we weer in handen gekregen op de manier waar we het allemaal over eens waren.'

'En nu heeft die vreemdeling in de envelop gekeken.'

'Misschien. We weten het niet. Maar je moet toegeven dat het onwaarschijnlijk is. Hij heeft niets tegen de politie gezegd. Dat weten we. Hij heeft ook niets tegen de FBI gezegd en niets tegen het Bureau Penitentiaire Inrichtingen. Dan zouden we het weten. Dus veronderstel eens dat hij ineens alles te weten is gekomen nadat hij een paar seconden alleen is geweest met de envelop. Waarom zou hij dan al die kennis voor zich houden? Wat gaat hij ermee doen? Ons chanteren? En je denkt dat die man zomaar eventjes tweeduizend kilometer aflegt voor vrijdag? Kom nou.'

'Heren!' Hix trommelde opnieuw op de tafel. 'Zo is het genoeg. Goed. Ik heb een besluit genomen. We kunnen niet weten of de man in de envelop heeft gekeken. Het lijkt onwaarschijnlijk, dus moeten we niet in paniek raken. Zeker niet gezien de gevolgen daarvan. Aan de andere kant is het raadzaam om voorzichtig te zijn. De man is heel herkenbaar, toch?'

De man met de gebroken neus knikte. 'Zeker weten. Je kijkt hem niet over het hoofd. Hij is een meter vijfennegentig en weegt honderdtien kilo. Hij ziet er onverzorgd uit.'

'Hij heeft er flink van langs gekregen,' zei de man met de mitella. 'Daar heb ik persoonlijk voor gezorgd.'

'Jullie hadden hem af moeten maken toen je de kans had,' zei Brockman.

'Ik dacht dat we dat hadden gedaan.'

'Je had het zeker moeten weten.'

'Maar hoe dan? Zorg dat het eruitziet als een ongeluk. Dat waren onze orders voor die andere twee. Ik ging ervan uit dat dat ook voor hem gold. Dat valt moeilijk te verkopen als je iemand een kogel door zijn kop schiet.'

'Stop!' Hix wachtte tot het stil werd. 'We gaan het als volgt doen. We zetten surveillanten in, vanaf nu tot en met zaterdag, vierentwintig uur per dag. Zodra hij ook maar één stap in Winson zet, wachten we hem op. En hier hoeven we ons geen zorgen te maken over hoe het eruitziet.'

2

Jack Reacher arriveerde halverwege een maandagochtend in Gerrardsville, in de staat Colorado. Dat was twee dagen voordat de mannen van Minerva voor de derde keer in het geheim bijeen waren. Hij had meegelift met een vrachtwagen die balen alfalfa moest afleveren op een boerderij ten zuiden van de stad, dus legde hij de laatste twee kilometers te voet af. Het was een plezierige wandeling. Het was warm, maar niet heet. Plukjes wolken zeilden door een weidse, blauwe lucht. Zo ver hij maar kon zien, was het land vlak en groen en vruchtbaar. Buizen van beregeningsinstallaties markeerden de grenzen van de eindeloze akkers. Daartussen schoten halmen en bladeren in alle soorten en maten omhoog in de richting van de zon. Links lag een reeks bergen op de horizon. Ze rezen steil uit de vlakte op zonder geleidelijk oplopende hellingen, zonder zacht glooiende heuvels. De met sneeuw bedekte toppen staken als de tanden van een zaag in de lucht.

Reacher liep de stad in tot hij de hoofdstraat bereikte. Die was bijna een kilometer lang. De straten aan weerszijden werden slechts tot de eerste zijstraat geflankeerd door winkels en kantoren. Daar voorbij maakten ze plaats voor woonhuizen. Alle commerciële gebouwen leken op elkaar. Ze waren allemaal even groot, hadden een begane grond en een verdieping en verschilden weinig qua ontwerp. Ze stamden ook allemaal uit dezelfde tijd, het einde van de negentiende eeuw als je mocht afgaan op de inscripties met jaartallen op sommige lateien. Daardoor gaf het hem het gevoel alsof hij zich in een tijdcapsule bevond. Het was een tijd geweest waarin ambachtelijkheid nog op waarde werd geschat. Dat was duidelijk. De gevels waren van hardsteen, marmer of graniet. Houten lijsten om deuren en ramen waren voorzien van sierlijk houtsnijwerk en rijkelijk ingelegd met bladgoud. Alles was tot in de puntjes verzorgd. Wat Reacher zag, bekoorde hem, al was hij niet in Gerrardsville om er de architectuur te bewonderen. Hij wilde er het museum bezoeken.

Een dag eerder had hij een krant doorgebladerd die iemand in een diner had laten liggen. Hij was op een artikel gestuit over een tandarts en een metaaldetector. De man had het ding gekregen bij zijn pensioen. Het was bedoeld als een soort grapje omdat hij de reputatie had dat hij bij nieuwe patiënten zonder enige moeite vullingen kon vinden die zodanig waren aangebracht door een collega dat hij ze meteen moest vervangen. Hoe dan ook, om de plotse overvloed aan vrije tijd te vullen had hij zich ontwikkeld tot amateurarcheoloog. Hij was altijd al geboeid geweest door de Burgeroorlog en ging dus nu op pad om een aantal van de slagvelden van weleer te bezoeken, zowel grote als kleine. Beroemde slagen en veldslagen die in de vergetelheid waren geraakt. Bij Pea Ridge in Arkansas vond hij een verzameling artilleriescherven en andere voorwerpen. Die werden ondergebracht in een reizende tentoonstelling over de ontwikkeling die de tactiek van de noordelijke staten tijdens de oorlog had doorgemaakt. De tentoonstelling deed ook Gerrardsville aan. Omdat hij in de buurt was besloot Reacher er een kijkje te nemen.

Reacher dronk een kop koffie in een koffiehuis waar hij toevallig langskwam en bereikte voor de middag het museum. Hij bleef er ronddwalen tot het museum sloot. Toen moest hij door een van de curatoren met zachte drang naar buiten worden geleid. Ze heette Alexandra. Reacher begon een gesprek met haar over de tentoonstelling. Heel terloops kwam het gesprek op de restaurants in Gerrardsville, waarna ze besloten samen ergens een hamburger te gaan eten. Alexandra koos voor een sjofele tent met ruwhouten tafelbladen, lange banken, en krakende vloerplanken. Oude lp-hoezen waren met punaises op de muren geprikt. Maar het eten kwam snel, op volgetaste borden, tegen een bescheiden prijs. Het beviel Reacher in alle opzichten.

Tijdens het eten kwam het gesprek op muziek en dat leidde er weer toe dat ze in een bar belandden. Die was klein, intiem en donker. Er speelde een bluesband. Veel covers van Magic Slim en een enkel nummer van Howlin' Wolf. Het stemde Reacher tevreden. Alexandra bestelde bier. Ze dronken en sneden nog weer andere onderwerpen aan die uiteindelijk leidden tot een gezamenlijke aftocht naar het appartement van Alexandra.

Dat lag boven een winkel in de buurt van het grote kruispunt midden in Gerrardsville. Het was niet groot, ingericht in een minimalistische stijl. Er stond weinig meubilair. Het appartement was maar spaarzaam aangekleed. Maar er stond wel een koelkast, en in die koelkast stond meer bier. Er was ook een cd-speler en dus luisterden ze naar nog meer muziek. Er was bovendien een slaapkamer. Toen ze daar eenmaal beland waren, hadden ze verder niet zoveel meer nodig.

3

Het museum ging de volgende ochtend pas om tien uur open. Reacher en Alexandra deelden het bed tot de laatste minuut.

Ze deelden het bed, maar niet per se om te slapen. Alexandra wist dat het krap werd, maar douchte toch nog even snel. Dat leek haar geen overbodige luxe na de geleverde inspanningen. Reacher zette koffie. Ze kuste hem ten afscheid en haastte zich naar het stukje van het verleden waar ze de scepter over zwaaide. Reacher douchte wat uitgebreider, liep op zijn gemak de trap af, naar buiten, het trottoir op. Hij vroeg zich af wat hij nu zou gaan doen en bleef even staan om naar de bergen te staren. Op dat moment zag hij een vrouw naderen. Ze liep aan de overkant in westelijke richting en had bijna het kruispunt bereikt. Bij het zebrapad stond het stoplicht op rood. Op de tegenoverliggende hoek van het kruispunt stond een man te wachten om over te steken. Een bus was op weg naar het noorden en stond op het punt tussen beiden door te rijden.

De vrouw die de bus bestuurde zag slechts iets bewegen.

Niet meer dan iets wazigs. Laag en rechts van haar. Iets ronds dat omlaagkwam en de kwartboog van een perfecte cirkel beschreef. Alsof een meloen op een of andere manier aan een eind touw was bevestigd, vertelde ze de toegewezen hulpverlener de volgende dag. Het was alleen geen meloen. Het was een hoofd. Een menselijk hoofd. Het hoofd van een vrouw, op luttele centimeters afstand van de voorruit. Daar rechtsonder. Bleek in het heldere licht van de ochtendzon. Alsof het al het hoofd van een geestverschijning was. Toen was het weg. Niet omdat de vrouw die de bus bestuurde zich had vergist. Niet omdat het een zinsbegoocheling was geweest, wat ze vurig had gewenst, maar omdat het zijn weg langs die kwartboog van de cirkel vervolgde. Tot aan het einde op het asfalt, pal voor de bus.

Daarna onder de bus.

De vrouw die de bus bestuurde zwenkte hard naar rechts. Ze stortte zich met al haar gewicht op het rempedaal. Zonder aarzeling, zonder paniek. Ze was goed opgeleid. Ze kon bogen op jaren ervaring. Maar ze was desondanks te laat. Ze hoorde het piepen van de banden. Ze hoorde het krijsen van haar passagiers. Ze voelde de klap. In haar stuurwiel. Niet meer dan een subtiele, gedempte rimpeling die door het harde plastic trok. De schok was groter geweest als ze door een gat in het asfalt was gereden. Of over een boomtak. Maar asfalt heeft dan ook geen botten die verbrijzeld kunnen raken en hout heeft geen organen die kunnen scheuren en bloeden.

De vrouw die de bus bestuurde, sloot haar ogen en bedwong de neiging tot kokhalzen. Ze wist wat haar buiten op straat te wachten stond. Ze had al eens onvrijwillig meegewerkt aan de zelfmoord van een vreemde. Het was een beroepsrisico.

De man aan de andere kant op de hoek van de straat zag veel meer.

Hij zag de bus in noordelijke richting rijden. Hij zag een vrouw komen aanlopen naar de zuidoostelijke hoek van het kruispunt. Er was niets wat zijn uitzicht belemmerde. Hij stond er zo dichtbij dat zijn getuigenis zonder meer geloofwaardig was. Hij verklaarde dat de vrouw een nerveuze indruk op hem had gemaakt. Gespannen. Hij zag dat ze op haar horloge keek. Eerst dacht hij dat ze haast had. Hij dacht dat ze snel de straat over wilde rennen voordat de bus te dichtbij kwam. Maar dat deed ze niet. Ze bleef staan. Ze stond op de stoeprand en maakte zenuwachtige bewegingen tot de bus haar bijna passeerde, tot het voor de bus te laat zou zijn om nog uit te wijken.

Toen dook ze onder de wielen.

De vrouw dook. Dat wist de man zeker. Ze struikelde niet. Ze viel niet. Het was een welbewuste handeling. Dat zag hij aan de timing, aan de manier waarop haar lichaam versnelde, de boog van de duik, de precisie waarmee ze haar doel koos. Het was uitgesloten dat het een ongeluk was geweest. Ze had het opzettelijk gedaan. Hij kon het niet anders uitleggen.

Reacher was de enige die alles had gezien.

Hij stond een meter of vijftien van het kruispunt. Er was ook niets wat zijn uitzicht belemmerde, maar zijn blikveld was breder. Hij zag de man en de vrouw aan beide zijden van de straat wachten om over te steken. Maar hij zag nog iemand. Een man. Ongeveer een meter vijfenzeventig. Pezig. Hij droeg een grijze hoody en een spijkerbroek. Hij stond aan de kant van de vrouw, tweeënhalve meter bij haar vandaan, een halve meter van de stoeprand. Hij stond doodstil.

De man had die plek zorgvuldig uitgekozen. Zoveel was duidelijk. Hij stond dicht genoeg in de buurt van het zebrapad om niet de aandacht te trekken, zoals iemand zou doen die daar gewoon maar wat stond te lummelen. De afstand tot de vrouw was zodanig dat hij niet de schijn wekte bij haar te horen. Maar hij stond wel zo dichtbij dat hij met slechts een paar stappen naast haar kwam te staan toen de bus naderde. Hij bewoog zich soepel. Vloeiend. Hij was meer een schaduw dan iemand van vlees en bloed. De vrouw merkte niet eens dat hij naast haar kwam staan. Ze merkte niet dat hij zijn voet met een boogje voor haar enkels in stelling bracht.

Hij zette een hand tussen haar schouderbladen en duwde. Een kleine beweging, bedachtzaam, geen groots gebaar. Niet wild. Een beweging die de meeste toeschouwers zou ontgaan. Maar toereikend voor het doel van de man. Dat was duidelijk. Het was uitgesloten dat de vrouw de straat op zou struikelen en op de voorkant van de bus afketsen. Geen schijn van kans dat ze ervan af zou komen met gebroken botten en een hersenschudding. Daar zorgde de uitgestoken voet voor. Die voorkwam dat de vrouw haar eigen voeten kon bewegen. Die zorgde ervoor dat ze met fladderende armen vooroverkantelde en languit op straat belandde.

De klap joeg de adem uit haar longen. Haar laatste adem, want een halve seconde later drukte het voorwiel van de bus haar borstkas zo plat als een opgevouwen krant.

4

De bus kwam onder een rare hoek tegen het trottoir tot stilstand, alsof hij was gestolen door een dronkaard en zo was achtergelaten toen de grap eraf was. De neus blokkeerde deels het kruispunt. Reacher zag dat het elektronische lijnnummer boven de toegangsdeur werd vervangen door de oproep de politie te bellen. Hij zag ook de benen van de overreden vrouw. Ze staken ongeveer halverwege de voor- en achterwielen onder de bus uit. Ze was een van haar sneakers kwijtgeraakt. De man die haar geduwd had haalde een zwarte vuilniszak uit een achterzak en schudde die open. Hij ging bij haar ene blote voet op zijn hurken zitten en stak een arm onder de bus. Hij greep iets vast een trok het onder de bus vandaan. Reacher zag dat het een tas was. De man stopte hem in de vuilniszak, ging staan, trok zijn hoody recht en liep weg in zuidelijke richting.

Reacher rende schuin de straat over naar de bus. Op het trottoir werd het druk. Mensen kwamen uit winkels, koffiehuizen en kantoren naar buiten om zich aan het lijk te vergapen. Een keurig in het pak gestoken automobilist had zijn auto aan de kant gezet en was uitgestapt om beter te kunnen kijken. Maar niemand besteedde aandacht aan de man met de hoody. Hij loste op in de groeiende menigte. Reacher baande zich een weg door de toeschouwers, hij duwde mensen aan de kant, waarbij zelfs iemand ondersteboven ging. De man met de hoody liet de laatste rij toeschouwers achter zich en versnelde zijn pas. Reacher zigzagde nog steeds tussen de mensen door, maar duwde een stuk harder. Hij drong zich tussen twee mensen die een stel vormden en begon te rennen. De man met de hoody had een voorsprong van twintig meter. Reacher verkleinde de afstand met een paar meter. En nog eens. Toen hoorde de man voetstappen achter zich. Hij wierp een blik over zijn schouder en zag Reacher op zich afkomen. Hij begon te rennen, nog altijd met de zwarte vuilniszak in zijn hand geklemd. Hij schoof zijn andere hand in de capuchon van zijn hoody, morrelde wat en blafte toen een paar korte, afgebeten zinnetjes in het niets voor zich uit. Daarna schoot hij links een steeg in.

Reacher rende door tot een paar meter voor de ingang van de steeg. Daar bleef hij stilstaan. Hij luisterde, maar hoorde niets. Hij knielde, kroop naar de steeg en loerde om de hoek. Hij ging ervan uit dat als de man een wapen had, hij een doelwit op ooghoogte zou verwachten. Als hij een mes had, zou hij een uitval doen naar Reachers buik. Maar er gebeurde helemaal niets, dus kwam hij weer overeind en deed een stap de steeg in.

Hij had nog nooit zo'n schone steeg gezien. Voor de muren van de panden aan weerszijden waren lichtgele bakstenen gebruikt, strak en netjes gemetseld. Geen enkel spoor van graffiti. Geen enkele ruit in de ramen op de begane grond was ingegooid. De brandladders zaten goed in de verf. Aan weerszijden stonden vuilcontainers op gelijkmatige afstand van elkaar. Sommige waren groen, andere blauw. Alle containers hadden goed sluitende deksels. Geen enkele container zat overvol. Er vloog geen zwerfvuil door de steeg.

De man met de hoody stond tien meter diep in de steeg met zijn rug tegen de linkermuur. Hij stond doodstil, de vuilniszak lag aan zijn voeten. Reacher liep naar hem toe. Toen hij nog zes meter van hem af was, tilde de man de rand van zijn hoody op. Uit zijn broeksband stak de greep van een klein hoekig pistool.

'Stop daar,' zei de man. 'Niet dichterbij.'

Reacher bleef doorlopen. Er restte nu nog slechts drie meter tussen beide mannen.

De hand van de man zweefde boven de greep van het pistool. 'Stop,' zei hij. 'Hou je handen waar ik ze kan zien. Er hoeven geen doden te vallen. We moeten alleen even praten.'

Reacher bleef doorlopen en verkleinde de afstand tot iets meer dan een meter. 'Niet nog meer,' zei hij.

'Wat?' vroeg de man.

‘Niet nog meer doden. Er is al een dode gevallen. De vrouw die jij hebt geduwd. Was dat echt nodig?’

De man deed zijn mond open en weer dicht, maar produceerde geen enkel geluid.

‘Op de grond,’ zei Reacher. ‘Handen gevouwen op je achterhoofd.’

De man reageerde niet.

‘Misschien hoeft er niemand dood te gaan,’ zei Reacher. ‘En met niemand bedoel ik jou. Maar dat hangt helemaal af van wat je nu gaat doen.’

De man probeerde zijn pistool te trekken. Hij was snel, maar niet snel genoeg. Reacher greep zijn pols en rukte die naar rechts, zodat de man om zijn as tolde en ineens met zijn gezicht naar de muur stond.

‘Stop.’ De stem van de man klonk plotseling schel. ‘Wacht. Wat doe je?’

‘Ik ga eens kijken hoe jij het vindt,’ zei Reacher. ‘Er is hier geen bus, maar er zijn wel bakstenen. Dan moet het daar maar mee.’

Reacher liet de pols van de man los, hief zijn hand en zette hem tussen de schouderbladen. Toen duwde hij. Geen bescheiden duwtje, maar een enorme krachtsexplosie, woest en wild, veel harder dan nodig was. De man probeerde tevergeefs zich te redden. De kracht achter de duw was overdonderend. De man klapte met zijn gezicht tegen de muur en plofte op de grond alsof de botten in zijn lichaam waren opgelost. Het bloed stroomde uit de kapotgescheurde huid van zijn voorhoofd. Zijn neus was gebroken. Er was een reële kans dat hij zou stikken. Of verdrinken.

Maar als hij dood zou gaan, kon het Reacher eerlijk gezegd weinig schelen hoe.

5

Reacher was van plan geweest de man te pakken en mee terug te nemen naar de bus. Op die manier zou hij hem op een presenteerblaadje kunnen overdragen aan de politie. Maar toen hij de zwarte vuilniszak opraapte, aarzelde hij. In die zak zat de tas van de vrouw. En iets in die tas maakte het de moeite waard om een moord voor te plegen. Reacher had dertien jaar lang recherchewerk gedaan in het leger. Oude gewoontes zijn hardnekkig. Hij hoorde bovendien nog geen sirenes. Hij wist dat er nog wat tijd over was.

Reacher raapte het op de grond gevallen pistool op en stak het achter zijn broeksband. Toen legde hij de man in een stabiele zijpositie tegen de muur en doorzocht zijn zakken. Zoals te verwachten viel vond hij niets met een naam en een adres, maar de man had wel een sleutelbos. Met de scherpste van de sleutels sneed Reacher een paar grove, brede stroken van de vuilniszak. Die wikkelde hij om zijn hand voordat hij de tas uit de vuilniszak haalde. Hij was een halve meter in het vierkant, gemaakt van een soort bruin kunstleer. Er zat een lange, smalle schouderband aan, maar ook gewone handvatten. Eén kant zat onder de bloedspatten. Bovenaan zat een rits. Reacher trok de rits open en woelde met zijn hand door de inhoud. Het eerste wat hij eruit haalde was een vrouwenportemonnee met een rijbewijs uit Mississippi op naam van Angela St. Vrain, woonachtig in een stad die Winson heette. Er waren drie biljetten van een dollar, kassabonnen van een supermarkt en een drogist, een foto van Angela en een klein meisje van een jaar of drie. Het was duidelijk dat de twee familie van elkaar waren. Moeder en dochter. Reacher twijfelde er niet aan.

Hij legde de portemonnee op de grond, woelde opnieuw door de inhoud van de tas en toverde deze keer een gelamineerde kaart aan een lichtblauw lint tevoorschijn. Bedrijfslegitimatie. Angela deed iets met of voor gedetineerden bij een penitentiaire inrichting die Minerva Correctional Facility heette, ook in Winson. Verder zaten er een haarborstel, een hoop make-up en andere persoonlijke spullen in de tas. Een ring met drie sleutels en een envelop. Een standaard manilla-envelop, geelbruin, A4-formaat, geadresseerd aan iemand die Danny Peel heette en ook in Winson woonde. De envelop was opengemaakt.

Er zat een zwart-witfoto in, een foto uit een politiedossier van zestien jaar geleden. En een stapeltje documenten. De foto was een portret van een jonge man. Hij had gespannen trekken, een strak gelaat en dun kortgeknipt haar. Vlak voor het nemen van de foto geknipt, dacht Reacher, je kon de bleke huid zien doorschijnen. De jongen had opvallend dicht bij elkaar geplaatste ogen die wijd open stonden, wat de indruk wekte dat hij misschien angstig was, maar ook in de war. Eén ander detail viel op. De jongen miste zijn linkeroorlel. Het zag eruit of die eraf gesneden was. De geheelde wond was een rechte, rauwe lijn die zich in de vorm van een litteken voortzette in de nek. Het effect van een ouderwets scheermes, dacht Reacher. Iemand moest hebben uitgehaald naar de jongen, met de bedoeling hem de keel af te snijden, maar de jongen moest zich hebben weggedraaid. Niet snel genoeg om te voorkomen dat hij werd verwond, maar snel genoeg om de dood te ontlopen. Een knappe prestatie, dacht Reacher. Misschien.

De documenten waren verdeeld over twee pakjes. Het eerste pak droeg het logo van het Departement van Gevangeniswezen van de staat Mississippi. Ze bestreken het levensverhaal van iemand die Anton Begovic heette. Althans het levensverhaal vanaf zijn achttiende. Je kon erin lezen dat hij op die leeftijd in de problemen was gekomen. Hij was betrokken geweest bij een inbraak. Hij was medeplichtig aan een reeks andere vergrijpen. Het waren steeds zwaardere delicten die hem uiteindelijk achter de tralies deden belanden. Blijkbaar een onvermijdelijk proces. In de gevangenis werd het alleen maar erger. Binnen drie jaar zat hij in eenzame opsluiting en daar bleef hij de zeven daaropvolgende jaren.

Het tweede pak papieren markeerde het keerpunt. Dat viel samen met het moment dat de gevangenis werd overgenomen door Minerva Correctional, de werkgever van Angela. Begovic werd verlost van de eenzame opsluiting. Zijn gedrag verbeterde. Minerva Correctional steunde een verzoek voor herziening van het vonnis. De reclassering kwam op de proppen met een op het sterfbed gedane bekentenis van een ex-gedetineerde die toegaf dat hij Begovic had laten opdraaien voor de misdrijven waarvoor hij was veroordeeld. De rechercheur die de zaak in handen had gehad, bleek tien jaar geleden tot aan zijn nek in de schulden te hebben gezeten en zichzelf van kant te hebben gemaakt. Een rechter draaide het vonnis terug en gelastte de vrijlating van Begovic. Die was nu aanstaande. Uit het laatste document bleek dat die komende vrijdag om tien uur zou plaatsvinden.

Reacher schoof de foto en de documenten terug in de envelop. Hij stopte de envelop weer in de tas, samen met de andere bezittingen van Angela. Hij ritste de tas dicht en liet hem in de vuilniszak vallen. Toen wikkelde hij de plastic stroken van zijn handen en propte die in zijn broekzak. Hij dacht aan wat hij had gezien en gelezen. Het tragische verhaal van een ten onrechte veroordeelde man. Hij vroeg zich af wat Angela ermee te maken had. Dat deed hem denken aan een ander tragisch verhaal dat op het punt van beginnen stond. Het verhaal van het kleine meisje op de foto, Angela's dochter, die nu zou moeten opgroeien zonder moeder.

6

Een auto gleed stapvoets de steeg in. Een zwarte personenwagen. Een glanzend, aerodynamisch model. Een BMW, Reacher zag het blauw-witte logo op de motorkap. Dat moest een lucht met wolken voorstellen, had hij ergens gelezen, een verwijzing naar de oorsprong van het bedrijf als producent van vliegtuigmotoren. Maar hij had geen flauw idee welk model het was. Hij wist niets van auto's.

De BMW reed tergend langzaam de steeg in. De bestuurder droeg ook een grijze hoody. Hij liet de BMW uitrollen, liet het raam zakken en zei: 'Hou je handen waar ik ze kan zien en doe een paar stappen opzij.'

Reacher verroerde zich niet.

De bestuurder zette de motor in z'n vrij en trapte dreigend op het gaspedaal. Twee keer, drie keer, en wachtte toen tot het agressieve geluid was weggestorven. 'Ik zei, stap opzij.'

Reacher verroerde zich niet.

De auto stond drie meter voor Reacher, tweeënhalve meter van de muur. De bewusteloze man lag op de grond, tien centimeter achter Reachers hakken. Blijkbaar was hij het maatje van de bestuurder. Dat zou vast de reden zijn waarom Reacher opzij moest stappen. Hij wilde zijn maat geen pijn doen.

Reacher verroerde zich niet.

De auto kwam weer langzaam in beweging. De bestuurder draaide aan het stuur. Hij reed zo ver door tot de afstand tussen Reacher en de voorbumper was geslonken tot een meter. Toen ging hij rechtop zitten en trapte het gaspedaal in tot op de vloer. De auto schoot vooruit. De man stuurde met rechts en gooide met links het portier open. Hij hing met al zijn gewicht achter zijn linkerarm, als een ridder te paard die probeert zijn tegenstander te ontzadelen met zijn schild. Hij probeerde Reacher omver te kegelen, of op zijn minst zover te krijgen dat hij zijn veilige positie voor zijn maat moest opgeven.

Reacher week niet, maar deed een stap vooruit, in de richting van de auto. Hij tilde zijn voet op, strekte zijn been en trapte uit alle macht tegen het portier. Hij gooide zijn hele gewicht in de strijd. Hij raakte het portier in het midden. Het plaatstaal vervormde met een knerpend geluid. Het portier sloeg dicht. De auto zoefde langs Reacher en maakte een plotselinge manoeuvre naar rechts. De bestuurder vocht met het stuur. Hij remde te laat. Rechtsvoor boorde de BMW zich in een container aan de andere kant van de steeg. De koplamp sneuvelde. De man ramde de auto in de achteruit en trapte opnieuw op het gaspedaal. Hij rukte aan het stuur. De auto waggelde door een bocht en settelde voor een nieuwe koers: linksachter op Reachers benen gericht. De bewusteloze man zou niets overkomen. Het achterste deel van de auto zou over hem heen schuiven. Maar er was geen ontsnapping voor Reacher. Niet onder die hoek. Hij zou worden geplet tegen de muur.

Reacher dook naar de uitgang van de steeg, rolde een keer door en krabbelde toen overeind. De auto ramde de muur. Er klonk meer glasgerinkel. Glasscherven daalden neer op de borst en de buik van de bewusteloze man. Ze waren niet scherp genoeg om verwondingen aan te richten. De klap van de auto tegen de muur was hard, maar niet zo hard dat de auto niet verder kon.

De bestuurder had al die tijd zijn plek achter het stuur niet verlaten. Dat was begrijpelijk. Het was slim om een vuistgevecht met Reacher te vermijden. Hij had echter ook geen enkele poging gedaan om Reacher neer te schieten. Dat betekende, dacht Reacher, dat het allemaal een ongeluk moest lijken. Dat zou weliswaar een beetje verdacht zijn, omdat niet ver daarvandaan Angela St. Vrain was overreden door een bus, maar toch veel minder verdacht dan een lichaam met een dodelijke schotwond.

Voor Reacher golden die beperkingen niet. Hij trok het pistool dat hij had buitgemaakt op de bewusteloze man op de grond en liep in een paar stappen om de auto heen. Hij was van plan door het passagiersraam te schieten. De bestuurder begreep wat Reachers bedoeling was en trapte op het gas. De auto schoot vooruit, rechtuit de steeg in. Reacher schoot drie kogels door het achterraam. De eerste maakte van het glas een fijnmazig grijs netwerk van ondoorzichtige kristallen. De tweede kogel deed die grijze massa in zijn geheel op de achterbank belanden. De derde kogel boorde zich in iets in de auto. Reacher wist het zeker, hij wist alleen niet of het de bestuurder was of de hoofdsteun, of een ander onderdeel van het interieur.

De auto stopte en bleef even stilstaan. Toen ging het overgebleven achteruitrijlicht aan. Hij reed met gillende banden achteruit. Reacher vuurde nog drie schoten af, die zich stuk voor stuk in de rugleuning van de bestuurdersstoel boorden, maar de auto bleef recht op hem afrijden. Hij hield niet in, week geen centimeter van zijn koers. De bestuurder moest ergens in elkaar gedoken zitten. Misschien was het een klein mannetje en zat hij half op de vloer van de auto. Waarschijnlijk gebruikte hij de achteruitrijcamera om te sturen. Reacher hief aarzelend het pistool, zich afvragend waar de lens van die camera zou zitten, maar liet de gedachte weer varen. Er was geen tijd meer voor die actie. Hij maakte een schijnbeweging naar links en sprong toen naar rechts weg. Hij wilde een tweede poging wagen om door het passagiersraam te schieten. Hij was er vlakbij. Over luttele seconden zou hij vrij kunnen schieten en afrekenen met de bestuurder. Hij was ervan overtuigd.

De bestuurder zwenkte plotseling naar rechts. Reacher kon de ene kant niet op vanwege de muur. Als hij aan de andere kant zou proberen te ontsnappen werd hij een prooi voor de auto. Vooruit en achteruit ook.

De auto reed steeds sneller. Het was nog slechts een kwestie van centimeters.

Reacher kon geen kant op.

Alleen omhoog, als hij het precies goed zou timen.

Hij ramde het pistool achter zijn broeksband en wachtte nog een fractie van een seconde. Toen sprong hij op de kofferbak van de auto en zette zich uit alle macht af met beide voeten. Hij strekte zijn armen boven zijn hoofd en voelde met zijn vingertoppen ruw, koud ijzer. Een van de brandtrappen. Een sport van de onderste, in ruststand horizontaal hangende ladder, als de ladder van een apenkooi in een gymzaal. Hij greep de sport vast en klemde zijn vingers er krachtig omheen. Hij zwaaide zijn benen omhoog om het dak van de auto niet te raken en dat lukte bijna. De bovenrand van het glasloze achterraam tikte tegen de neus van zijn schoenen. Het zorgde voor een schok die van zijn enkels omhoog door zijn knieën, door zijn lichaam, door zijn armen en zijn handen zijn vingers bereikte. Ze verloren hun greep een beetje, maar Reacher liet niet los. Hij klemde zijn vingers nog steviger om het ruwe ijzer. Hij zag de motorkap van de auto onder zich wegschuiven. Hij strekte zijn benen om zich te laten vallen, om te draaien en nog een keer te schieten. Deze keer door de voorruit. Recht in het voorste deel van de auto waar de bestuurder zich nergens meer zou kunnen verbergen.

Reacher hoorde een geluid. Boven zich. Iets metaligs. Het kraakte, knarste, het klonk als scheuren, gevolgd door een harde knal, bijna een pistoolschot. Een tweede knal uit een iets andere richting, en een derde. IJzerwerk dat het begaf. Iets scheurde in stukken, misschien door Reachers gewicht, misschien door het gecombineerde effect van zijn gewicht en de klap van het dak van de auto. Misschien waren de brandtrappen toch minder goed onderhouden dan vanaf de grond te zien was. Misschien lagen onder de lagen glanzende verf allerlei structurele gebreken verborgen. Maar wat ook de oorzaak mocht zijn, de ijzeren steunen waarmee het onderste deel van de ladder en de loopbrug aan de rest waren bevestigd, begaven het. De hele sectie trilde en schudde. Hij zakte scheef weg van de muur. Eerst tien graden, toen vijftien, hing even stil, leek het te houden, maar dan in een nieuwe stand, omlaaggekanteld, een stand waarop de ankers nooit waren berekend. Ze werden uit de muur getrokken, schokkend en met knarsende geluiden.

Reacher zag wat er zou gebeuren. Hij liet de sport los. Zijn voeten belandden op de grond. Het lukte hem nog een halve stap te doen voordat een verwrongen massa ijzer zich boven op hem stortte.

7

De eerste vijftien jaar van zijn leven had Jed Starmer zich niet echt bekommerd om het rechtssysteem.

Hij wist dat er wetten waren. Hij begreep dat ze op de een of andere manier vormgaven aan de wereld om hem heen en die stuurden, maar alleen heel onzichtbaar en abstract, net zoiets als zwaartekracht en magnetisme. Hij wist dat het overtreden van wetten gevolgen had. Boetes, straf. Allerlei onplezierige gevolgen. Hij had groepen mannen in oranje overals gezien die werden gedwongen zwerfvuil op te ruimen langs de snelweg. Hij had de waarschuwingen aangehoord van zijn pleegouders over jeugdgevangenissen, echte gevangenissen en uiteindelijk de hel. Maar dat alles had weinig bij hem in beroering gebracht. Het leek iets wat zijn leven niet raakte. Hij was niet van plan om een bank te beroven of een auto te stelen. Hij spijbelde zelfs niet eens zo vaak. Hij had wel andere dingen om zich druk over te maken. Veel belangrijker zaken, zoals ervoor zorgen dat hij niet uit huis werd geschopt en werd gedwongen op straat te leven, zodat hij constant op zijn hoede moest zijn als hij ergens naartoe ging, om niet te worden neergestoken of neergeschoten.

Op zijn vijftiende verjaardag veranderde zijn kijk op de wereld ineens volledig. Dat was twee weken en twee dagen geleden. Het was op een zondag, dus had Jed de bus gepakt toen zijn pleegouders naar de kerk waren, en was hij acht kilometer meegereden, diep L.A.-South in, een deel van de stad dat voor hem absoluut verboden terrein was. De laatste tweehonderd meter had hij lopend afgelegd, over een trottoir met scheuren, terwijl hij zijn best deed geen angst uit te stralen. Hij keek naar de stoep voor zijn voeten en vermeed angstvallig elke vorm van oogcontact met wie er ook maar in zijn richting mocht kijken. Hij holde bijna de treetjes van de stoep op voor het appartementencomplex waar zijn moeder woonde en duwde de buitendeur open. Het slot was weer kapot, net zoals iedere keer dat hij hier de afgelopen jaren stiekem was geweest. Hij liep door de hal naar het trappenhuis, twee trappen op, een hele gang door tot aan het einde. Hij wist dat het geen zin had om op de bel te drukken, dus klopte hij op de deur. Hij wachtte en hoopte dat zijn moeder er zou zijn. Dat ze nuchter zou zijn en dat ze, zelfs al wist ze niet meer wat voor dag het was, zich hem in ieder geval nog kon herinneren.

Jeds moeder bleek het zich inderdaad nog te herinneren. Zowel de dag als de persoon. Ze was zo helder als maar mogelijk was. Ze was zelfs aangekleed. Ze deed de deur open met een sigaret tussen haar vingers en ging hem voor naar de woonkamer van het appartement. De jaloezieën waren gesloten. Overal lag rommel. Kleren, schoenen, tassen, boeken, tijdschriften, cd's, brieven, rekeningen, alles bij elkaar geveegd in vage stapels, alsof er een halfhartige poging was gedaan om op te ruimen door iemand die volstrekt niet begreep wat het woord 'opruimen' betekende. Ze bleef even midden in de rommel staan, zuchtte en maakte een gebaar naar de bank. Jed wurmde zich langs haar en ging in een hoekje zitten. Zij ging aan het andere uiteinde zitten en drukte de sigaret uit in een asbak op een bijzettafeltje. De asbak was al overvol. Een stroom as daalde als een waterval neer op de vloerbedekking. Ze zuchtte een tweede keer en keerde zich naar Jed. Ze zei dat ze hem had verwacht. Ze had geen cadeautje voor hem gekocht, vanzelfsprekend niet, maar ze was blij dat hij was gekomen, want er was iets wat ze hem moest vertellen. Eigenlijk twee dingen.

Het eerste was dat ze ziek was. Ze had alvleesklierkanker. Uitgezaaid. Jeds kennis van het menselijk lichaam was niet zo groot. Hij wist niet precies wat de alvleesklier deed. Hij wist ook niet zo goed wat hij zich moest voorstellen bij 'uitgezaaid'. Maar zijn schuwe blik in de richting van zijn moeders betraande gezicht vertelde hem genoeg. Het betekende dat ze niet zo lang meer te leven had. Misschien een paar weken, of een paar maanden, maar vast niet langer.

Het tweede wat zijn moeder hem vertelde was de waarheid over zijn vader, althans wat zij voor de waarheid over zijn vader hield-

Het eerste deel van die informatie bezorgde Jed een schuldgevoel. Dat was een verrassende reactie. Door de jaren heen had hij gezien dat mensen meestal van hun stuk raakten als ze te horen kregen dat naaste bloedverwanten niet lang meer te leven hadden. Maar toen het nieuws goed tot hem was doorgedrongen, besefte hij dat hij niet bedroefd was. Hij voelde zich niet rot, hij was opgelucht. En hij wist dat dat niet goed was, maar hij kon er niets aan doen. Het was net of hij zijn hele leven tegen het tij in had gezwommen met een gewicht om zijn middel. Dat waren de zorgen. De constante angst dat de politie voor de deur zou staan met nieuws over zijn moeder. Dat ze was bezweken aan een overdosis of dat ze was vermoord. Of dat ze dood was en haar reeds in ontbinding verkerende lichaam was gevonden in een smerig kraakpand. Dat hij haar zou moeten identificeren. Of nog erger: dat ze zelf op de stoep zou staan, in Joost mocht weten wat voor oneerbare staat. Zijn pleegouders keurden zijn moeder in alle toonaarden af. Dat maakten ze genoegzaam duidelijk bij elke kans die zich aanbood. Het laatste waarop Jed zat te wachten was een plaatsvervangend schuldgevoel, maar nu hoefde hij zich geen zorgen meer te maken over dergelijke zaken. Hij wist hoe het verhaal van zijn moeder zou eindigen, en wanneer. Het draadje zou binnenkort worden doorgeknipt. Eindelijk kon Jed op eigen kracht verder.

Het tweede wat Jed te weten kwam had een ander effect. De woorden van zijn moeder werkten als een zoeklicht dat plotseling een hoek van zijn verleden bescheen dat tot dan toe in nevelen gehuld was geweest. Ineens werden lijnen getrokken tussen de punten die zijn leven met het rechtssysteem verbonden. Er bleek een verband waarvan hij eerder niet op de hoogte was geweest. Iets heel persoonlijks. Een schakel die alle aspecten van zijn leven met elkaar verbond. Het ontwikkelde in hem een geheel nieuw gevoel van respect, de vastberadenheid om zelf nooit de wet te overtreden, om de erfenis te weigeren, om ervoor te zorgen dat de geschiedenis zich niet zou herhalen.

Jeds vastberadenheid hield het twee weken vol. Toen werd alles naar een hoger niveau getild. Dat kwam omdat hij een tijd online was geweest toen zijn pleegouders die dag naar de kerk waren. Hij was begonnen met een zoekopdracht voor Google op basis van wat zijn moeder hem op zijn verjaardag had verteld over zijn vader. De resultaten leidden hem naar een artikel op een nieuwssite met een lang, gecompliceerd verhaal over gebeurtenissen die in de loop van jaren hadden plaatsgevonden. Jed las het artikel nauwgezet. Hij sloeg elk detail, elke discrepantie in zijn geheugen op. Toen hij uitgelezen was, leek het alsof er een schijnwerper in zijn hoofd was ontstoken, een oogverblindende openbaring. De versie die zijn moeder hem had verteld, was hierbij vergeleken maar een slap aftreksel. Alsof ze alleen maar de hoofdzaken met een kaars had bijgeschenen, minder nog, met een gloeiworm. Ze had de crux volledig gemist. Jed zag nu niet alleen de kracht van de wet, hij zag ook welke gevaren de wet in zich borg.

Het licht van Jeds nieuwe kennis scheen niet alleen naar het verleden. Het wierp ook een schijnsel naar de toekomst en toonde hem wat hem te doen stond. Om te beginnen was dat weggaan bij zijn pleegouders. En dan weg uit Californië.

Jed nam twee dagen de tijd om te plannen, om onderzoek te doen, om al zijn moed bij elkaar te rapen. Dat verklaarde waarom Jed op het moment dat Reacher een steeg in Gerrardsville in stapte, in de slaapkamer van zijn pleegouders voor een ladenkast stond. Hij had de bovenste lade opengetrokken, het verwassen, uitgerekte ondergoed van zijn pleegmoeder opzij geschoven, en keek nu naar het pak met twintigdollarbiljetten. Jed stond in dubio. Hij had het geld nodig, zonder meer, maar hij wilde het niet stelen. Hij was vastberaden om de wet niet te overtreden. Dus probeerde hij zichzelf ervan te overtuigen dat je het niet als stelen mocht zien als hij het geld in zijn zak zou steken. Niet als het geld al eerder was gestolen, wat het volgens hem in zekere zin was. Het was een door de overheid verstrekte toelage om in zijn onderhoud te voorzien. In dat van hem en van de andere drie pleegkinderen in het gezin. Het geld lag hier in de la terwijl zij uit hun kleren waren gegroeid en iedere avond hongerig naar bed gingen.

Het punt was dat Jed geen diefstal wilde plegen, maar evenmin wilde verhongeren. En hij wilde niet het halve continent over liften, want helemaal los van wat hij zelf nu wel of niet wilde, waren drie dingen duidelijk. Hij had een grote afstand te overbruggen. Hij had er weinig tijd voor. En hij kon zich niet veroorloven te laat te komen.

8

Reachers oren suisden toen hij weer bijkwam en hij had een knallende koppijn. Het gewicht van de ijzeren constructie op zijn borst maakte het moeilijk om te ademen. Het kostte hem even moeite om te bedenken wat hem vastgepind hield op de grond. Daarna had hij nog vijf minuten nodig om zich met duwen en tillen, kronkelend en schuivend, onder het ijzer uit te wrikken.

Voor de ingang van de steeg had zich een kleine mensenmenigte verzameld. Reacher herkende een paar van de mensen. Ze hadden zich ook staan vergapen aan het ongeluk met de bus die Angela St. Vrain had overreden. Daar moest de rust zo langzamerhand zijn weergekeerd. Ze moesten erop gegokt hebben dat het bij de steeg interessanter zou zijn. Ze waren inderdaad meer geïnteresseerd in kijken dan helpen. Pas toen Reacher zich voor het grootste deel onder het ijzer vandaan had gewurmd, stapten een paar jongere mannen naar voren om hem bij zijn armen te pakken.

Reacher duwde hen weg.

'Gaat het, kerel?' vroeg een van hen.

Reacher zei niets.

'Omdat we dachten dat we hoorden schieten.' De man haalde zijn schouders op. 'Dat moet het brekende ijzer zijn geweest.'

Reacher haalde een paar keer diep adem en wachtte tot de menigte zich had verspreid voordat hij de steeg in zijn directe omgeving inspecteerde. Er waren bandensporen op het plaveisel. Op een paar plaatsen ontsierden lakschilfers de bakstenen. Er zat een diepe deuk in de dichtstbijzijnde vuilcontainer. Hier en daar lagen glasscherven. Maar er was geen pistool te zien. Evenmin mannen met grijze hoody's. Geen auto, geen afvalzak, geen tas. En geen envelop.

De hulpdiensten waren op volle sterkte gearriveerd tegen de tijd dat Reacher weer bij het kruispunt kwam. Het verkeer werd vanuit alle richtingen tegengehouden door vier paar patrouillewagens die in v-vorm de wegen blokkeerden met vuurspuwende zwaailichten. Er was een tent gebouwd over de plek aan de kant van de bus waar het lichaam van Angela St. Vrain had gelegen, meer om de plek af te schermen tegen tv-ploegen in helikopters en fotojournalisten met telelenzen dan tegen het weer, dacht Reacher. Het was niet bepaald een groot mysterie wat de doodsoorzaak van de vrouw was geweest. Wie ervoor verantwoordelijk was, was een heel andere vraag, evenals de vraag naar het waarom.

Reacher zag vier agenten in uniform de laatste aanwezige toeschouwers ondervragen. Hij bleef rondkijken tot hij een man in burgerkleding aan de andere kant uit de bus zag klimmen. Hij droeg nitrilhandschoenen. Hij had een klein aantekenboekje in zijn linkerhand. Het zei iets over de misdaadcijfers in de stad, dacht Reacher, als ze een rechercheur afstuurden op iets wat in veel plaatsen zou zijn afgedaan als een onbeduidend verkeersongeval. Het kwam hem echter goed uit. Het bespaarde hem de tijd en de moeite van het uitzoeken waar het politiebureau was.

Reacher schatte dat de rechercheur net in de dertig was. Hij was pak hem beet een meter tachtig. Hij leek fit. Zijn haar was kort geschoren met een tondeuse. Zowel op de voorkant als de achterkant van zijn broek lagen de plooien messcherp in de stof. Zijn overhemd was vers gestreken. Hij had een keurige knoop gelegd in zijn stropdas. Zijn schoenen glansden als spiegels.

De man voelde dat Reacher naar hem stond te kijken. Hij liep op Reacher af en stelde zich voor. ‘Rechercheur Harewood. Kan ik u ergens mee van dienst zijn?’

Reacher deed uit de doeken wat hij op het kruispunt had gezien en wat er vervolgens in de steeg was gebeurd. Hij nam er de tijd voor en verpakte alle informatie in behapbare brokken. Harewood noteerde alles in zijn aantekenboekje. Hij sloeg niets over. Hij vatte niets samen en hij verknoeide geen tijd met het stellen van vragen over Reachers adres of zijn baan.

Toen alle formaliteiten waren vervuld, gaf Harewood Reacher zijn kaartje. Reacher beloofde te bellen als hij zich verder nog iets zou herinneren. Toen vertrok hij. Hij was ervan overtuigd dat de zaak in goede handen was. Hij overwoog of hij op zoek zou gaan naar een lift de stad uit, maar besloot dat niet te doen. Hij had hoofdpijn. Hij was overal stijf en alles deed zeer. Hij besloot dat een goede nachtrust de voorkeur verdiende. Dat zou het helingsproces bevorderen. En er was nog iets. De hoody's kwamen misschien nog wel terug. Ze moesten natuurlijk ergens een andere auto zoeken en waarschijnlijk moesten ze de envelop afgeven of ergens verbergen, maar dan zouden ze zich zorgen gaan maken over de getuige die ze hadden achtergelaten. Daar wilden ze vast nog iets aan doen.

Reacher hoopte dat ze dat zouden proberen.

De stad was niet groot. Reacher bracht de rest van de middag door op straat, zo zichtbaar mogelijk. Hij wisselde het kuieren door straten af met het bestuderen van winkeletalages, stak meerdere malen lukraak de straat over en dronk koppen koffie op terrasjes van koffiehuizen. Het begon als een plezierige manier om de middag stuk te slaan. In het centrum waren overal voetgangersgebieden en bomen en plekken waar je een beetje kon rondlummelen. De lokale bevolking leek een mix van studenten, jonge ouders met baby's in wandelwagentjes, hipsters en jonge carrièremakers in overdreven gemakkelijk zittende pakken. Maar hoe langer Reacher met zichzelf liep te leuren, hoe gefrustreerder hij raakte. Hij kon er niet onderuit. Als hij de worm aan de haak was, lukte het hem niet om vissen aan te trekken. Op een gegeven moment gooide hij het bijltje erbij neer en zette hij koers naar de zuidkant van de stad. Hij herinnerde zich daar een dag eerder een paar motels te hebben gezien.

Reacher had het bij het verkeerde eind.

Dat besefte hij voordat hij twee zijstraten verder was. Ze hielden hem in de gaten. Iemand bespioneerde hem. Hij voelde het. Een kilte kroop omhoog vanuit zijn nek. Een primitieve reactie. Een alarmsysteem dat diep verankerd lag in zijn reptielenbrein. Fijn afgestemd. Uiterst betrouwbaar. Iets om nooit te negeren.

Hij bleef staan voor de eerstvolgende etalage waar hij langs liep. Ze verkochten luxe chocolade in felgekleurde verpakkingen. Reacher keek niet door de winkelruit naar de uitstalling van oude blikken en reusachtige bergen truffels. Hij keek naar de winkelruit en de reflectie van de achter hem liggende straat. Een zwarte pick-up met verlengde schokbrekers en met verchroomde wieldoppen reed voorbij. Er zat niemand op de passagiersstoel. De bestuurder schonk Reacher geen aandacht. De volgende die voorbijreed was een zilverkleurige jeep met een paar kajaks op het dak. Rode blubber was tot hoog op de flanken gespat. De bestuurder keek alleen naar de pick-up voor zich. De derde auto was een gewone personenwagen. Wit, een Toyota Corolla. Reacher ervoer een vaag gevoel van herkenning. Hij wist niet zeker of het deze auto was geweest die hij eerder had gezien. Corolla's waren populaire auto's. Toen de auto dichterbij kwam, werd de kilte in zijn nek intenser. Hij kon de man op de passagiersstoel zien. Halverwege de twintig, stevig gebouwd, kortgeschoren haar, blauw T-shirt. Hij had een kloon kunnen zijn van de man die Angela St. Vrain onder de bus had geduwd. Het enige verschil was dat zijn gezicht ongehavend was. Hij keek naar Reacher. Dat was duidelijk. Hij staarde naar hem toen de auto passeerde, wierp een blik omlaag op zijn telefoon, en keerde zich half om om opnieuw naar Reacher te kijken.

Reacher begon weer te lopen. De Corolla sloeg rechts af bij de eerstvolgende zijstraat. In gedachten zag Reacher de auto ook de daaropvolgende zijstraat rechts inslaan, en nog een keer. Hij schatte in hoeveel tijd het zou kosten en stak vervolgens de straat over. Dat gaf hem een excuus om achterom te kijken zonder te laten zien dat hij achterdochtig was. Hij zag de Corolla bij het kruispunt. Reacher liep rustig door, haastte zich niet, draalde niet, deed niets wat verried dat hij zich bewust was van het feit dat hij werd gevolgd. Hij liep de eerstvolgende steeg in. Die leek in alle opzichten op de steeg waar de achtervolging van de moordenaar hem heen had gevoerd. Hij was schoon. Er stond een rij vuilcontainers. Er hingen brandtrappen aan de gevels die er stevig uitzagen. Er was echter één groot verschil. Er was een steiger gebouwd tegen de muur van het pand aan de linkerkant omdat daar een deel van de goot ontbrak.

De Corolla was niet voorbijgereden.

Reacher drukte zich met zijn rug tegen de muur en keerde stapje voor stapje terug naar het trottoir. Hij zag de neus van een witte auto die stilstond langs de stoeprand, net ver genoeg van de steeg om geen achterdocht te wekken. Hij schoof tegen de muur gedrukt terug de steeg in, in de richting van de steiger. De buizen waren aan elkaar vastgezet met klampen en bouten die onwrikbaar vastzaten. Niet los te krijgen zonder gereedschap. Hij testte de planken van de steigervloer. De plank in het midden lag los. Reacher wrikte hem omhoog en trok hem tussen de andere planken uit. Hij nam hem mee naar de uitgang van de steeg. De auto stond nog steeds bijna voor de steeg. Reacher hoopte dat de mannen in de Corolla ongeduldig zouden worden. Hij hoopte dat ze er genoeg van zouden krijgen om op hem te wachten, dat ze zouden besluiten om een beslissing te forceren, dat ze de steeg in zouden komen net als de man in de BMW eerder had gedaan. Dan zou hij een stap vooruit doen en die plank dwars door de voorruit rammen, de bestuurder midden op zijn borst raken en zijn ribben breken. Misschien zou hij hem ook tegen zijn voorhoofd raken, of compleet onthoofden, maar in ieder geval zouden Reacher en de man op de passagiersstoel een tijdje voor hen tweeën alleen hebben.

De Corolla bleef staan waar hij stond.

Er gingen tien minuten voorbij. Twintig. Dertig.

De Corolla kwam niet in beweging.

Reacher was een geduldig man.

Hij kon van iedereen winnen met wedstrijdjes wachten. Dat was een vaardigheid die hij zich had eigen gemaakt gedurende zijn jaren in het leger. Een vaardigheid die hij in de jaren daarna had geperfectioneerd. Maar Reacher was ook een realistisch man. Hij wist dat sommige dingen nooit zullen plaatsvinden, hoelang je ook wacht. De man in de Corolla had op zijn telefoon gekeken. Hij had dus een foto, of op zijn minst een signalement. Foto of signalement moest afkomstig zijn van de mannen met wie Reacher eerder een confrontatie had gehad. Misschien hadden die verslag gedaan van wat er was gebeurd. Misschien hadden ze met z'n vieren om de tafel gezeten. Misschien hadden deze twee met eigen ogen gezien wat het resultaat was geweest van die eerste confrontatie. Misschien waren ze daarom voorzichtig, misschien zo voorzichtig dat ze liever op een andere plek in actie kwamen waar het veiliger zou zijn.

Of een plek waarvan ze dachten dat het daar veiliger zou zijn.

Dat vond Reacher geen probleem. Hij was een geduldig man. Hij droeg de plank terug naar de steiger en schoof hem weer op zijn plaats. Toen liep hij de steeg uit en vervolgde zijn weg.

Een van de motels aan de rand van de stad leek vrij nieuw. Het hoorde bij een motelketen. Dat betekende dat het nogal anoniem en kleurloos was, wat Reacher over het algemeen wel aansprak. Het andere motel lag aan de overkant van de hoofdstraat. Het dateerde uit de jaren dertig van de twintigste eeuw. Het was een langgerekt, laag bouwwerk met een plat dak. De buitenmuren waren afgewerkt met een laag rozegeverfde pleisterkalk. Het motel had twaalf kamers, elk met een nummer op een spiegeltje in een omlijsting in art-decostijl. De receptie bevond zich aan het uiteinde het verst van de stad. Op het dak stond een paal met daarbovenop een stripfiguur. Een ananas met een jurkje, gele en turquoise neonbuizen, een woeste grijns op het gezicht. Reacher wist niet precies of die grijns nu vriendelijk of demonisch was.

Hij koos voor het motel met de ananas. De ervaring had hem geleerd dat kleine, zelfstandige motels beter bij hem pasten. Ze deden meestal minder moeilijk over een verlopen legitimatie en hielden niet altijd voet bij stuk als het om betalen met een creditcard ging. Hij stapte de receptie binnen en werd van het ene op het andere moment omringd door spiegels en neon en artdecoversierselen. Ook op de balie. Een man dook op uit een hoek achterin. Hij was mager, ongezond mager. Hij had plukkerig grijs haar dat het moeilijk maakte om zijn leeftijd te raden. Hij droeg een shirt versierd met papegaaien en palmbomen. Zijn turquoise korte broek slobberde om zijn smalle heupen en de fletse huid van zijn benen stak bijna blauw af tegen de felle kleuren van zijn kleren.

De magere man bood Reacher een kamer aan voor zestig dollar. Reacher deed een tegenbod van tachtig dollar contant voor een kamer zonder buren. De man hapte gretig toe. Hij stopte de extra twintig dollar in zijn zak, gaf Reacher een sleutel voor kamer twaalf en schoof een register met een pen over de balie zodat Reacher zich kon inschrijven. Reacher krabbelde een naam en een handtekening, liep langs de kamers en deed de deur van kamer twaalf van het slot. Er stond een bed in de kamer. Er was een kast, een stoel en een badkamer. Standaardspul voor een motel. Het fruitthema leek niet toegepast op het interieur. Het was wat armoedig, maar dat deerde Reacher niet. Hij hield het licht nog tien minuten aan, deed het toen uit en strekte zich uit op het bed.

9

Eerst een ticket, dacht Jed Starmer, en dan iets te eten.

Jed was niet echt een ervaren reiziger. Dit werd pas de tweede keer dat hij Los Angeles County verliet sinds zijn moeder hem hier als baby mee naartoe had genomen. Nu vertrok hij voorgoed, maar tot dusverre genoot hij er niet van. Hij had spullen moeten inpakken. Dat was een probleem, want hij had geen plunjezak of koffer. Hij wilde geen koffer van zijn pleegouders stelen, of van een van de andere pleegkinderen, en koffers waren nergens te koop in de buurt waar ze woonden. Dus deed hij het enige wat bij hem opkwam. Hij maakte zijn rugzak met schoolboeken open, hield hem op de kop en dumpte alles in de prullenbak. Hij stopte kleren in de rugzak, alleen het hoognodige, graaide iets bij elkaar uit zijn klerenkast, wat er maar in de rugzak paste. Hij pakte op het laatst nog zijn tandenborstel uit de badkamer en stopte hem in zijn zak. Hij maakte een laatste ronde door het huis, dat hij had gehaat vanaf het moment dat hij er voor het eerst een voet over de drempel zette. Hij had er zich al de tijd dat hij er had gewoond aan één stuk door ongelukkig gevoeld. Nu hij het nooit weer zou zien, voelde het ineens als een warme plek om te vertoeven.

Eenmaal van huis leverde de bus die hij moest nemen naar het busstation een probleem op. Hij kwam niet opdagen op het moment dat hij zou moeten komen. Dat leverde geen probleem op voor zijn reisschema. Jed had genoeg ruimte in dat schema opgenomen voor vertragingen. Het was een kwestie van zichtbaarheid. Jeds pleegmoeder kwam op dinsdagen vroeger thuis van haar werk. Ze reed dan door de straat met de bushalte. De enige die daar stond was Jed. Ze zou hem onmogelijk over het hoofd kunnen zien en als ze hem daar zou betrappen met een broekzak vol met haar geld, waren de rapen gaar.

Er gingen tien minuten voorbij. Twintig. Geen spoor van ook maar iets wat op openbaar vervoer leek. Gelukkig ook nog geen spoor van zijn pleegmoeder. Er gingen nog eens vijf minuten voorbij. Het kon niet lang meer duren voor ze langs zou rijden. Ze moest al in de buurt zijn. Jed kon niet meer stil blijven staan. Hij begon om zich heen te kijken naar plekken waar hij zich snel zou kunnen verstoppen als hij haar zag. Toen verscheen onder het produceren van gierende geluiden de bus. Hij boemelde door de straat en kwam moeizaam naast Jed tot stilstand. Jed had zijn bedenkingen over de staat van onderhoud, maar kon zich niet permitteren om op een volgende te wachten zonder een ramp over zichzelf af te roepen. Dus klom hij aan boord, betaalde voor een kaartje, haastte zich naar een plek achter in de bus en probeerde zo weinig mogelijk op te vallen gedurende de lange tocht met oneindig veel tussenstops naar het Greyhound-busstation bij 7th en Decatur.

Jed stapte uit tegenover het busstation van Greyhound. Hij was blij dat de halte zo dicht bij het busstation lag, want de sfeer in dat deel van de stad beviel hem niet. Helemaal niet. Het was vlak bij Skid Row. Hij had genoeg verhalen gehoord. Hij had films gezien. Een tiental mannen lummelde rond op de trottoirs van 7th Street. Magere mannen. De helft van hen rookte. Ze keken allemaal naar hem. Als aasgieren, dacht Jed. Of hyena's, alsof hij hun prooi was. Op het parkeerterrein voor het busstation waren nog meer mannen. Ze waren zo te zien iets ouder, maar boezemden even weinig vertrouwen in. Jed keek naar zijn schoenen. Hij sloop om beide groepen heen en volgde de borden naar de ingang van de terminal.

Eenmaal binnen was het beter. De terminal was ruim en helder verlicht. Voor het loket stond een rij mensen te wachten. Anderen zaten keurig netjes rechtop of onderuitgezakt op stoelen van blauw draadgaas. Niemand besteedde bijzondere aandacht aan Jed. Hij liep langs de muren de terminal door naar de ticketautomaten. De automaat die hij uitkoos was traag. Er zat een olieachtige substantie op het touchscreen gesmeerd, maar het lukte hem niettemin zijn weg te vinden in de menu's, een bestemming in te toetsen en de klasse. Hij nam tien biljetten van twintig dollar van het pak dat hij van huis had meegenomen en voerde ze achter elkaar in de automaat. Hij maakte het bedrag rond met vier kwartjes uit zijn eigen broekzak. Hij raakte bijna in paniek toen de automaat daarna leek te blijven hangen, maar ontspande weer toen zijn ticket uiteindelijk langzaam uit de gleuf gleed.

Jed negeerde de snoep- en fastfoodautomaten en liep naar de cafetaria. Hij bestudeerde de menukaart. Hij had razende honger en had alles wel willen bestellen wat er op de kaart stond. Dit zou zijn eerste maaltijd als zelfstandig burger worden en hij had het gevoel dat hij wel een uitspatting had verdiend. Als hij zich niet vergiste, verkochten ze in de cafetaria hetzelfde als bij McDonald's. Het was al weer een tijdje geleden dat hij zich had bezondigd aan fastfood. Zijn pleegmoeder keurde het nuttigen van fastfood af. Alhoewel, misschien keurde ze het betalen voor fastfood af. Dat wist hij niet zo precies, maar het maakte hoe dan ook niet uit. Hij hoefde zich niet langer druk te maken over de vraag waar zij de voorkeur aan gaf. Hij moest wel zijn kasreserves in de gaten houden.

Na lang aarzelen had Jed toch het hele pak biljetten van twintig dollar uit de la van zijn pleegmoeder meegenomen. Hij was tot de conclusie gekomen dat het onlogisch zou zijn om het niet te doen. Als hij recht had op het geld, was het stom om het niet mee te nemen, maar als het toch neer zou komen op diefstal, maakte het ook niet meer uit hoeveel hij meenam. Nadat hij voor zijn ticket had betaald, had hij nog driehonderd dollar over. Over accommodatie voor die nacht of de volgende hoefde hij niet na te denken. Hij zou aan boord van de bus slapen. Er viel niets te kiezen. Maar donderdagnacht zou hij ergens moeten slapen. Misschien in een motel, of een bed and breakfast. Dat kostte waarschijnlijk veel geld. Onderweg moest hij ook eten en drinken kunnen kopen. En vrijdagochtend zou hij ook weer vervoer nodig hebben. Een heel eind nog. Hij wist nog niet zo goed in welke vorm dat moest gebeuren. Hij hoopte dat hij iemand tegen het lijf zou lopen die dezelfde kant op ging en dat hij dan tegen betaling mee kon rijden. Anders moest hij een taxi nemen.

Hoe dan ook, dat ging geld kosten, waarschijnlijk veel geld. Hij besloot dus verstandig te zijn, bestelde een hamburger met friet en een flesje water voor onderweg. Hij betaalde met een biljet van tien dollar van zijn eigen geld. Hij schoof zijn ticket in één achterzak en de rest van zijn geld in de andere. Toen wachtte hij tot zijn eten klaar was.

Hij had vijf minuten nodig om zijn hamburger en frietjes naar binnen te werken. Daarna bracht hij twintig minuten door met het lezen van de lichtkranten op een paar tv's aan de muur. Het geluid was uitgezet. Op de ene tv werd nieuws uitgezonden, op de andere sport. Geen van beide interesseerde hem echt. Hij moest alleen iets te doen hebben tot een half uur voordat zijn bus zou vertrekken. Hij schatte dat een half uur genoeg tijd zou zijn om de halte te zoeken en aan boord te gaan met kans op een goede plek. Toen het tijd geworden was, dumpte hij zijn dienblad op een rek naast een vuilnisbak die overvol was en ging hij nog even snel naar het toilet. Toen hij het toilet weer uit kwam, stond er een man bij de muur te wuiven. Jed herkende hem. De man had achter hem gestaan in de rij bij de cafetaria. Hij had ook alleen zitten eten, een paar tafeltjes verderop. Jed maakte aanstalten de man voorbij te lopen toen hij besefte dat de man niet naar iemand anders stond te wuiven, maar probeerde zijn aandacht te trekken. De man wuifde naar hem.

Even dacht Jed dat ze ongeveer even oud waren, maar toen hij dichterbij kwam zag hij dat de man ouder was. Twintig of eenentwintig. Mager en door de zon gebruind, een wilde bos blond haar die stijf leek te staan van het zout, alsof hij een surfer was.

'Hé, maatje.' De man stak zijn hand uit. Hij hield iets in zijn hand. Een busticket. 'Deze is van jou, je liet het vallen.'

Dat kon niet waar zijn. Jed had het ticket zorgvuldig opgeborgen. Hij wist het zeker. Hij klopte op zijn achterzak om het te bevestigen. Zijn hart sloeg over. Zijn achterzak was leeg. Het ticket was weg. Hij controleerde zijn andere achterzak. Die met zijn geld. Al zijn contante geld... dat nog steeds in zijn zak zat. Alles in orde. Geen probleem, maar het duurde toch even voordat hij weer normaal adem kon halen.

De blonde man wierp een blik op het ticket. 'Lijn 1454? Cool. Ik zit ook in die bus.'

'Bedankt. Fijn dat je het hebt gevonden.' Jed pakte het ticket aan. Zijn hand trilde. 'Ik kan niet geloven dat ik het heb laten vallen.'

'Geen probleem. Soms gebeuren er rare dingen. Dus, jij gaat ook naar Dallas?'

Jed schudde zijn hoofd. 'Daar stap ik over.'

'Ga je nog verder?'

Jed knikte. 'Jackson, Mississippi.'

'Dat is een heel eind. Ga je op bezoek bij familie?'

'Ik heb geen familie.'

'Echt? Helemaal niemand?'

Jed overwoog een eerlijk antwoord te geven. Hij wilde niet liegen, maar hij wilde ook geen details prijsgeven aan een vreemde. Niet zomaar. Dus zei hij: 'Nee, ik ben alleen.'

'Geen ouders?'

'Ik heb mijn vader nooit gekend. Mijn moeder – kanker...'

'Dat is heftig, man. Geen broers en zusters? Ooms, tantes?'

'Nee.'

'Maar wie haalt je dan op van het busstation als je aankomt, waar je ook naartoe gaat?'

'Niemand. Waarom?'

'Man, jij hebt wel vooraan in de rij gestaan toen ze het ongeluk uitdeelden, als je helemaal alleen op de wereld bent. Ik vind het erg voor je...'

Jed haalde zijn schouders op. 'Je went eraan.'

'Hé, luister, we kunnen samen optrekken. In ieder geval tot Texas. Elkaar gezelschap houden.'

Jed haalde opnieuw zijn schouders op. 'Oké, als je dat wilt.'

'Is dit je eerste rit met de Hound?'

Jed knikte.

De blonde jongeman legde een arm om Jeds schouder, trok hem naar zich toe en liet zijn stem dalen tot gefluister. 'Ik ga je iets vragen. Het is heel belangrijk, dus luister goed. Je rugzak? Heb je daar iets waardevols in? Laptop? Tablet? Nintendo?'

'Nee, al die dingen heb ik niet.'

'Goed, heel goed. De wereld op straat is geen veilige plek. Maar toch, hou je rugzak altijd in de gaten. Leg hem nooit zomaar even ergens neer. Laat hem niet door de chauffeur in het bagageruim stoppen. steek altijd een arm onder de draagbanden door als je gaat slapen. Snap je?'

'Zeker.'

'Goed. Ik moet nog even het buizensysteem doorspoelen. Loop maar vast vooruit. De deur uit en dan naar links. Helemaal naar het einde. Perron zestien. Pak maar twee stoelen naast elkaar, halverwege tussen de wielen, als het kan. Die zitten het lekkerst. Ik kom zo achter je aan.'

Jed vond de bus die hij zocht, klom erin, liet de chauffeur zijn ticket zien en liep door het gangpad. Meer dan de helft van de stoelen was al in beslag genomen. Iedereen was ouder dan Jed. Sommigen slechts een jaar of drie, vier. Anderen wel zestig of zeventig. Sommige mensen reisden alleen, andere met z'n tweeën. Er waren zelfs groepjes reizigers. Veel hadden een koptelefoon op. Hier en daar had iemand een kussen of een deken. De meesten hadden wel iets bij zich om zichzelf onderweg mee te vermaken. Boeken, computers, telefoons. Jed voelde zich ineens hopeloos onvoorbereid. Hij wilde omkeren, de bus weer uit, terug naar het huis van zijn pleegouders. Net doen alsof hij nooit van plan was geweest om weg te lopen. Alles vergeten wat zijn biologische moeder hem had verteld. In plaats daarvan dwong hij zichzelf neer te vallen op de eerste van een paar vrije stoelen. Hij schoof naar de stoel bij het raam, trok zijn rugzak op zijn schoot en klemde die tegen zijn borst. Hij concentreerde zich op de bromtoon van de stationair draaiende motor, het suizen van de ventilatie en de mompelende stemmen om hem heen, verwikkeld in allerlei conversaties. Hij rook ontsmettingsmiddel en eten dat door andere mensen werd genuttigd. Hij zei tegen zichzelf dat alles goed zou komen, zolang hij er maar in zou slagen zijn evenwicht te hervinden voordat de blonde jongen weer zou opduiken. Hij was al genoeg in verlegenheid gebracht.

Twee minuten voor het tijdstip van vertrek gingen de deuren met een sissend geluid dicht. Jed kwam half overeind. Hij stond op het punt iets naar de chauffeur te roepen. Dat hij moest wachten omdat er nog een passagier ontbrak. Maar hij zei niets. Hij hield zich in en liet zich weer op zijn stoel zakken. Hij zette zijn rugzak op de stoel naast zich. Dallas was zesendertig uur rijden met de bus. Hij wist niet eens hoe de blonde jongen heette. Het was nu ook weer niet alsof hij een heel oude vriend was. Jed was dankbaar dat hij zijn ticket terug had gekregen, maar hij had geen behoefte aan anderhalve dag persoonlijke vragen en meningen en goedkope adviezen voordat hij kon overstappen op de andere bus. Hij vond het prima zo in z'n eentje.

Tot vrijdag tien uur, welteverstaan.

Of hij na die tijd nog steeds alleen zou zijn, was een heel andere vraag.

10

Het mechanisme van het slot op de deur van Reachers kamer klikte en zoemde. Zijn deur zwaaide open. Een strook licht viel op de kakelbonte vloerbedekking. Twee mannen slopen naar binnen, allebei halverwege de twintig. Allebei hielden ze een pistool in de aanslag. De ene sloot zacht de deur. Ze bleven even stilstaan, toen liepen ze naar het bed. Dat was maar half zichtbaar. Het schijnsel dat door de dunne gordijnen kwam was bleekjes. Maar onder het dekbed lag een grote gestalte, breedgeschouderd. Precies wat ze hadden verwacht.

De mannen kozen ieder een kant van het bed en liepen naar het hoofdeinde. Het was een warme nacht, maar het dekbed was toch helemaal tot aan het kussen opgetrokken. De man die het dichtst bij het raam stond haalde zijn schouders op en porde met de loop van zijn pistool in wat hij vermoedde dat Reachers schouder was.

Hij lokte geen reactie uit.

Hij porde nog een keer. Harder. ‘Hé,’ zei hij, ‘wakker worden.’

Het plafondlicht ging aan. De mannen draaiden zich allebei bliksemsnel om en zagen Reacher aan de andere kant van de kamer staan. Hij deed de buitendeur open en liep naar buiten. Daar deed hij vliegensvlug een stap opzij en drukte hij zich met zijn rug tegen de buitenmuur.

De mannen renden achter Reacher aan naar buiten. Toen de eerste zijn voorste voet over de drempel zette, verbrijzelde Reacher met zijn onderarm diens neus. Het hoofd van de man sloeg achterover. Hij tuimelde achteruit weer naar binnen, botste tegen zijn maat en sloeg die tegen de grond. Reacher raapte het pistool van de man op en volgde hem naar binnen.

De man met de verbrijzelde neus lag doodstil. De tweede rolde zich op zijn zij en probeerde bij zijn pistool te komen dat hij had laten vallen. Reacher stampte op zijn hand. De man schreeuwde het uit en rolde zich op tot een bal. Reacher greep de eerste man bij een arm, sleepte hem helemaal naar binnen en deed de deur dicht.

Er werd op de muur gebonkt. 'Hé, kamer twaalf, kan het wat minder?'

Reacher wachtte tot de tweede man tot rust was gekomen en zei toen: 'Ga staan. Ga op die stoel zitten als je dat wilt. We kunnen dit beschaafd afhandelen.'

De man gebruikte zijn hakken, zijn achterwerk en zijn goede hand om achteruit te schuifelen tot zijn schouders steun vonden bij de muur.

'Ik heb vandaag een paar van jouw vrienden ontmoet. Hier in de stad, in een steeg. Waar zijn die nu?'

De man reageerde niet.

'Waarom heeft een van je vrienden vanochtend een vrouw vermoord? Waarom heeft hij haar onder een bus geduwd?'

De man reageerde niet

Reacher stapte naar voren en stampte op de andere hand van de man. Die schreeuwde het opnieuw uit van de pijn, nog harder dan de eerste keer. Hij rolde op zijn zij.

Er klonk voor de tweede keer gebons op de muur. Een man riep: 'Kamer twaalf. Rustig. Laatste waarschuwing.'

Reacher wachtte tot de man zich iets ontspande en vroeg toen: 'Voor wie werk je?'

De man schudde zijn hoofd.

Reacher stampte op de rechterknie. De man schreeuwde het langdurig uit van de pijn.

'Ik kan de hele nacht zo doorgaan. Jij ook? Waar zijn die andere twee?'

'De stad uit,' zei de man.

'Waarnaartoe?'

'Naar huis. Winson, Mississippi.'

'Waarom zijn jullie gebleven?'

'We moesten jou zoeken.'

'Waarom?'

'We moesten uitzoeken wat je weet.'

'Waarover?'

Het licht dat door de gordijnen naar binnen scheen, veranderde van dofgrijs naar een pulserend blauw en rood. Reacher gluurde door het raam. Er stonden twee patrouillewagens van de politie op de parkeerplaats. Een voor zijn kamer en een achter op de parkeerplaats. Een agent was al uitgestapt. Hij liep naar de receptie om met de receptionist te praten. Over kamernummers en de lay-out van het motel. En voor een passe-partout. Allemaal zaken die snel afgehandeld zouden zijn. Reacher vermoedde dat hij hooguit nog een minuut had. Hij hees de bewusteloze man met de verbrijzelde neus overeind en keerde hem om zodat hij met zijn rug naar de deur stond. Toen plaatste hij een korte stoot op diens slaap en liet hem vallen. Hij greep de tweede man, sleepte hem bij de muur weg. Sloeg zijn achterhoofd hard tegen de vloer. Kneep in een oorlel om te controleren of de man werkelijk bewusteloos was en sleepte hem de kamer in tot zijn voeten bijna die van zijn maat raakten. Ze lagen als de wijzers van een klok op de vloer, in een stand die ongeveer drie uur aangaf. Reacher veegde zijn vingerafdrukken van het pistool van de man en gooide het naast hem op de vloer. Hij liep de badkamer in, maakte het raam open en klom naar buiten.

Het terrein achter het motel beloofde niet veel goeds. Er was een klein zwembad waar een aantal plastic ligstoelen omheen stond. Het geheel werd omsloten door een bouwvallige houten schutting van tweeënhalve meter hoog. Een oude schutting die onmogelijk Reachers gewicht zou kunnen dragen. De enige manier om van het terrein af te komen was een aftocht langs de receptie. Maar een paar politieagenten zouden hem binnen luttele seconden tegemoetkomen, terwijl er ook twee van de andere kant zouden komen. Twee aan de achterkant, twee aan de voorkant. Zo deed je dat. Hij zat in de val en kon zich nergens verbergen. Niet op de grond tenminste.

Reacher liep terug naar het badkamerraam en zette een voet op de vensterbank. Hij zette zich af, greep de dakrand met beide handen vast en trok zich omhoog. Hij krabbelde over de rand het dak op en rolde naar het midden. Daar bleef hij doodstil liggen. Aan beide zijden van het gebouw hoorde hij voetstappen. Dichtbij. De agent aan de voorkant bleef staan en bonsde op de deur.

'Politie. Maak de deur open.'

De agenten aan de achterkant rommelden tussen het zwembadameublement. Een van hen pakte een stoel, zette die bij de schutting, klom erop en inspecteerde met behulp van het licht van zijn zaklantaarn het terrein achter de schutting. Hij sprong weer omlaag en riep: 'Niets te zien.'

Reacher hoorde het zoemen van het slot op de deur van kamer twaalf en de zachte bons toen de deur tegen de hakken van een van de beide bewusteloze mannen botste. Even gebeurde er niets. Hij hoorde de deur weer dichtgaan en daarna de stem van een agent bij het badkamerraam. Het klonk alsof hij rapport uitbracht over de radio.

'We hebben twee verdachte mannen, beiden bewusteloos. We hebben twee pistolen in beslag genomen.'

'Het lijkt erop dat ze ergens onenigheid over hebben gekregen,' zei een tweede stem. 'Ze zijn behoorlijk tekeergegaan. Geen legitimatie. Ze ruiken niet naar drank. Stuur maar meteen een bus.'

De eerste stem nam het weer over, minder nadrukkelijk. 'Ze kunnen vannacht beter naar het ziekenhuis. De rechercheur kan ze morgenvroeg wel verhoren als hij dat nodig vindt. We verzegelen de kamer hier wel, voor het geval dat.'

Reacher zag vanaf het dak een ambulance arriveren. Een paar ambulancebroeders reden de beide bewusteloze mannen op brancards naar buiten en de ambulance in. De politieagenten vertrokken een paar minuten na de ambulance. Reacher bleef nog een uur op het dak liggen tot hij er zeker van was dat er geen agenten verdekt opgesteld stonden en dat er geen nieuwsgierige motelgasten liepen te snuffelen. Toen klom hij van het dak en liep hij naar de receptie. Op dat moment vertrok net een stelletje. Jong, een blos op de wangen, gelukkig en een beetje steels.

Achter de balie stond dezelfde man als eerder, nog steeds in dezelfde idiote outfit en nog steeds ziekelijk mager en ondervoed. Hij keek Reacher aan en vroeg: 'Alles in orde?'

'Prima,' zei Reacher. 'Hoezo?'

'Heeft de politie je nu alweer laten lopen?'

'Ze hebben me nooit meegenomen. Ik heb een eind gewandeld en toen ik terugkwam, bleek de deur van mijn kamer verzegeld te zijn door de politie. Wat is er aan de hand?'

'Het is niet mijn schuld. Er kwamen twee mannen die me dwongen om ze een passe-partout te geven.'

'En toen heb jij de politie gebeld?'

'Ik denk dat die man in kamer elf dat heeft gedaan. Dat is echt een klootzak.'

'Ik had je gezegd dat ik geen buren wilde.'

De man trok een biljet van twintig dollar uit zijn zak en gaf het aan Reacher. 'Hij komt hier altijd. Samen met zijn vriendin. Ook een kutwijf eerste klas. Dat is hun lievelingskamer. Hij stond erop. Het spijt me.'

Reacher gaf de man het biljet van twintig terug. 'Geef me maar een andere kamer. Niemand aan weerszijden en deze keer geen smoesjes.'

11

Zoek werk waar je van houdt en je hoeft geen dag van je leven te werken.

Dat had Lev Emersons vader hem jaren geleden voorgehouden toen hij nog naar de middelbare school ging. Het was geen origineel idee. Het was niet het resultaat van baanbrekend denkwerk, maar niettemin was het een goed advies. De oude Emerson had er zelf ook naar geleefd. Hij was vredig heengegaan op vierenzeventigjarige leeftijd, terwijl hij aan het werk was aan zijn werkbank, na een leven lang dameshoeden maken in een hoekje van een werkplaats in Brooklyn. Lev Emerson bewandelde eenzelfde pad, even enthousiast, zij het dat zijn pad hem langs plaatsen voerde waar zijn vader nooit aan had gedacht.

Op het eerste gezicht was Lev Emerson eigenaar van een bedrijf voor brandveiligheid vanuit een paar onopvallende pakhuizen aan de zuidkant van Chicago. Een legitiem bedrijf dat kon bogen op een goede reputatie bij de staat Illinois. Het bedrijf had statuten, aandeelhouders, managers en werknemers. Er waren accounts bij alle grote leveranciers, meer dan genoeg klanten, voor het merendeel heel tevreden over de geboden diensten. Het bedrijf droeg belastingen af en sponsorde een softbalteam voor kinderen uit de buurt. Het diende bovendien als dekmantel voor de aanschaf van bepaalde materialen die Emerson van minder bekende leveranciers moest betrekken.

Het grootste deel van de inkomsten van het bedrijf werd gegenereerd met de installatie van sprinkler- en alarmsystemen. Chicago had niet te klagen over een gebrek aan flats, appartementencomplexen, kantoorgebouwen en fabriekshallen. Er werd voortdurend bijgebouwd. Voortdurend werden oude gebouwen gerenoveerd. Er viel veel geld te verdienen voor een bedrijf als dat van Emerson. Het kon ook geen kwaad dat regels en voorschriften voortdurend veranderden. Iets wat het ene jaar aan alle veiligheidseisen voldeed, kon een jaar later als levensgevaarlijk worden beoordeeld. En een paar jaar later nog weer heel anders. Er werden heimelijke belangen gediend. Zo was het altijd geweest in de *Windy City*. Er werden zakken gevuld en bedrijven moesten weer aan de slag. Veel bedrijven, ook dat van Emerson. Klanten uit de bedrijfswereld vormden de bestaanszekerheid voor Emersons bedrijf. Maar dat betekende niet dat Emerson kleine klanten de rug toekeerde. Emerson sloofde zich uit om ook de individuele risicobewuste huiseigenaar een scala aan diensten aan te bieden. Dat vergrootte de klantenkring, een wenselijke ontwikkeling vanuit zakelijk oogpunt. Een gestage stroom stationcars en busjes over het parkeerterrein deed veel om de indruk te wekken dat hier een doorsnee bedrijf werd gerund. Wat om een totaal andere reden heel goed was.

Hoewel de naam Emerson met grote letters boven de deur was aangebracht, bemoeide hij zich op geen enkele manier met de normale zaken van het bedrijf. Daar huurde hij mensen voor in die wisten wat ze deden en verstandig genoeg waren om de kassa met rust te laten. Hij liet ze hun gang gaan, deels omdat hij goed kon delegeren, maar ook omdat sprinkler- en alarminstallaties, of wat ook maar was ontwikkeld om brand te voorkomen, hem niets interesseerden. Maar eigenlijk vooral omdat hij zich met andere zaken bezighield. Hij runde nog een tweede bedrijf.

Het werk waar hij van hield.

De klussen die Emerson persoonlijk uitvoerde, vielen uiteen in twee categorieën. Klussen die eruitzagen als ongelukken en klussen die er niet zo uitzagen. De klus waaraan hij nu de laatste hand legde zou er niet uitzien als een ongeluk. Dat was verdomd zeker. Het werd iets moois. Ontegenzeggelijk opzettelijk. Absoluut niet terug te voeren tot Emerson. Ook niet tot zijn cliënt. Qua boodschap niet mis te verstaan en voorzien van een signatuur die duidelijk en uniek was. Dat maakte het mogelijk om de boodschap nog eens te herhalen zonder dat er misverstanden konden ontstaan wanneer degene tot wie de boodschap was gericht, dom was of nogal traag van begrip.

Emerson wist dat je niet echt kon spreken van laatste handelingen om de klus af te ronden. In wezen was het werk al afgerond. Hij hoefde verder niets meer te doen. Hij kon ook verder niets meer doen. Zijn aanwezigheid nu zou niets afdoen aan het resultaat en er ook niets aan toevoegen. Als hij honderden kilometers ver weg was geweest, zou het er niet anders van worden. Vier van zijn mannen waren al ver weg. Ze waren op weg terug naar de basis in een paar onopvallende witte bestelwagens, om de uitrusting schoon te maken en alles weer aan te vullen voor het volgende project. Hij had met hen mee kunnen rijden. Dat zou getuigd hebben van bedachtzaamheid. Maar hij was gebleven. Hij wilde kijken. Hij moest kijken.

Bedachtzaamheid was voor watjes.

Het werk waar hij van hield.

Emerson stond op de Talmadge Memorial Bridge in Georgia, bijna tweehonderd meter boven de Savannah River, halverwege tussen het vasteland en Hutchinson Island, de strook land die de grensrivier tussen Georgia en South Carolina in tweeën spleet. Emerson stond, zat niet in een auto. Hij leunde met zijn onderarmen op het betonnen muurtje aan de westkant van de brug. Graeber, zijn rechterhand, stond naast hem. Hij leunde ook op het muurtje, in precies dezelfde houding. Hij was alleen iets kleiner dan Emerson. Iets jonger ook. En iets minder geobsedeerd.

Aanwezigheid van voetgangers op de brug werd niet toegejuicht. Er was geen trottoir. Er was ook geen fietspad. Maar destijds, toen de brug was gepland, hadden de architecten zich gevoelig getoond voor de angst dat gestrande auto's of auto's die betrokken waren geraakt bij een aanrijding, de weg zouden blokkeren. De stad zat niet te wachten op nog een hoofdverkeersader die kon dichtslibben, zelfs niet heel kort. En dus was in beide richtingen een brede vluchtstrook aangebracht. Met opzet zo ruim dat het verkeer in noodgevallen kon doorstromen, maar onbedoeld ook ruim genoeg voor eigenzinnige mensen die op andere momenten wandelend, hardlopend of fietsend de overkant wilden bereiken. En nu dus toevallig de perfecte plek voor twee mannen van buiten de stad om te genieten van de show in de late avonduren.

Als Emerson een echte toerist was geweest, zou hij hebben genoten van het uitzicht dat zich aan de andere kant, achter hem bevond. De oude stad. De lommerrijke pleinen, de straten met kinderkopjes, de huizen in peperkoekstijl en het gemeentehuis met de koepel. Een flinke brok geschiedenis, omlijst door gouden licht en weerspiegeld in het snelstromende water van de Savannah. Maar Emerson bekommerde zich niet om plaatjes voor toeristen. Het koloniale verleden van de stad interesseerde hem niet, net zomin als het opmerkelijke feit dat de lay-out van de huidige stad zo dicht de plannen van de stichter van de stad benaderde. Emerson keek naar de industrieterreinen en het havengebied dat zich voor hem uitstrekte. Een uitgestrekte vlakte met opslagtanks, containerkranen en pakhuizen op de westoever van de rivier. Hij concentreerde zich op één bepaald gebouw. Een grote loods met witte stalen wanden en een wit stalen dak.

Emerson wist dat er geen andere muren in de loods waren dan de paar wandjes van een kantoortje dat een hoekje van het gebouw had afgeknibbeld. Hij wist dat de loods voor het grootste deel vol stond met verzegelde houten kisten. Hem was verteld dat er speelgoedpoppen in de kisten zaten, zonder de vereiste papieren geïmporteerd uit China. Dat deel over de papieren geloofde hij wel, maar hij twijfelde er eigenlijk niet aan dat hij geen poppen in de kisten zou aantreffen. Geen poppen uit China en ook niet van elders. Maar dat kon hem niet schelen. Ze hadden hem een gedetailleerde chemische analyse gegeven van de onderdelen van de zogenaamde poppen, en bovendien een kist, helemaal vol en identiek aan de kisten in het pakhuis, bedoeld als testmateriaal. Hij had tests uitgevoerd, heel grondig, al had hij niet in de kist gekeken. Hij paste ervoor om onnodige risico's te nemen. Soms kun je bepaalde dingen maar beter niet weten.

Emersons kennis van de loods en wat erin opgeslagen was, was niet helemaal theoretisch. De afgelopen twee dagen was de loods nauwlettend in de gaten gehouden. In de eerste plaats om een inschatting te kunnen maken van de getroffen veiligheidsmaatregelen en in de tweede plaats om te kunnen constateren of de loods inderdaad verlaten was, zoals overeengekomen. Dat eerste was een praktische zaak, het tweede was commercieel. Als het aantal slachtoffers opliep, ging de prijs omhoog. Dat was een basisprincipe. Hij deed dit werk niet voor het geld, maar hij was de beste in het vak en dat moest erkend worden. Dat was niet meer dan fair. Hij had bovendien een vrouw thuis. En een zoon. Die jongen was nu in de twintig, maar hij was nog altijd een onbetrouwbaar element. Financieel gezien. Emerson had te maken met allerlei uitgaven. Auto's, eten, kleren, en niet te vergeten rekeningen vanuit de medische hoek. Vorig jaar alleen al meer dan een kwart miljoen dollar. En over niet al te lange tijd zou hij voor een studie moeten betalen, als die jongen tenminste ooit de boel op orde zou krijgen. Lev Emersons leven kostte een paar centen.

Na achtenveertig uur observatie besloot Emerson dat er geen reden was de zaak af te blazen, en dat er evenmin reden was om meer geld te vragen, dus was die ochtend voor zonsopgang de implementatiefase aangebroken. Om te beginnen waren de alarmsystemen uitgeschakeld. Inbraakalarm, rookmelder en temperatuur. De sprinklers waren uitgeschakeld. Allerlei instrumentarium was naar binnen gebracht, als ook chemicaliën, speciaal samengesteld voor deze klus, en veilig opgeborgen in speciale containers. Er waren kabels uitgerold, bedieningseenheden aangesloten. Er waren metingen verricht en berekeningen uitgevoerd. Er waren voorspellingen gedaan over luchtstromen en de accumulatie van warmte. Op strategische plaatsen waren gaten in de wanden en het dak geboord. Kisten waren verplaatst om de circulatie te optimaliseren. De berekeningen waren opnieuw uitgevoerd. Ze waren gecontroleerd en nogmaals gecontroleerd. Er waren meer aanpassingen gepleegd. En uiteindelijk, toen Emerson in alle opzichten tevreden was, was de loods geëvacueerd. Zijn creatie was geplaatst, ingesteld en geactiveerd. De deuren waren gesloten en voor de laatste keer op slot gedaan. De bestelwagens reden weg. Emerson en Graeber kochten iets te eten en bereidden zich voor op de show.

Het werk waar hij van hield.

Graeber stootte Emerson aan. Een eerste sliert rook was zichtbaar. Hij steeg op uit een van de nieuwe, in het dak van de loods aangebrachte gaten. Een kwetsbaar sliertje. Bleek. IJl. Niet meer dan een hint van wat stond te gebeuren. Een belofte. Emerson voelde iets trillen in zijn borstkas. Hij voelde zich zoals een muziekliefhebber zich moest voelen bij het horen van de eerste maten van zijn meest geliefde compositie. Een heel teer voorgevoel. Bijna niet te verdragen. De sliert werd dikker en donkerder. Hij begon te kronkelen, te draaien en te dansen. Hij klom sneller omhoog, verspreidde zich en...

Emersons telefoon rinkelde. Dat had onmogelijk moeten zijn. Hij rukte hem uit zijn zak en keek woest naar het scherm. Er stond: *Thuis belt.* Zijn vrouw dus, terwijl die wel beter moest weten. Hij had haar zoals altijd het verloop van de gebeurtenissen uit de doeken gedaan. Hij was heel duidelijk geweest. Ze wist dat ze hem niet moest storen als de climax van een project aanstaande was. Dus drukte hij op de knop om het gesprek te weigeren, schoof de telefoon weer in zijn zak en richtte zijn aandacht weer op de loods. Er kwam nu rook uit vijf gaten. Emerson probeerde zijn ademhaling in bedwang te houden. Hij wachtte op de vlammen.

Een halve minuut later rinkelde Graebers telefoon. Hij keek op het scherm, liep toen een paar meter weg en nam het gesprek aan. Hij bleef meer dan vijf minuten aan de lijn. Toen hij aan Emersons zijde terugkeerde, was hij bleek. Zijn handen trilden. Het viel Emerson niet op. Emerson had alleen oog voor het inferno. Het dak van de loods was ingestort, de wanden golfden en trokken krom. De vlammen kronkelden omhoog, haalden uit naar niets en martelden de lucht boven de loods. Het grote zwarte gat waarin Emerson had staan staren was nu een feest van levendige, heldere, vloeiende kleuren. Brandweerauto's waren onderweg. Een heel konvooi naderde de brand. Het waren minstens zes wagens met felle zwaailichten en loeiende sirenes. Emerson glimlachte. Ze hadden bij de kazerne moeten blijven. Hun aanwezigheid was zinloos. Een krachteloos gebaar. Ze zouden nog eerder de zon kunnen uitblazen dan het resultaat van zijn inspanningen doven. In ieder geval in de eerstvolgende uren.

Graeber tilde een hand op. Hij strekte zijn arm langzaam, alsof hij een zwaar onzichtbaar voorwerp van zich af duwde. Hij bereikte de arm van Emerson. Pakte hem bij zijn mouw en trok er voorzichtig aan.

Emerson negeerde hem. Graeber trok iets harder aan zijn mouw. 'Baas, je moet naar huis bellen.'

Emerson keerde zich niet om. 'Later.'
'Nee, nu,' zei Graeber. 'Echt, het spijt me, dit kan niet wachten.'
'Wat kan niet wachten?'
'Het gaat over je zoon, Kyle.'
'Wat heeft hij nu weer gedaan?'
'Baas, ik vind het heel erg. Kyle is dood. Hij is een uur geleden overleden.'

12

In de Greyhound klonk een kakofonie aan geluiden. De zware banden rolden brommend over het asfalt en protesteerden bij elk gat in de weg, bij iedere scheur. Het luchtverversingssysteem zuchtte en murmelde. Baspartijen uit de hoofdtelefoons van een aantal passagiers gingen de strijd met elkaar aan. Een paar jongere passagiers beleefden luidkeels plezier aan de shows die ze bekeken op tablets en telefoons. Een aantal oudere passagiers voerde gesprekken. Er was één stel dat ruziemaakte. Een paar sliepen en gromden en snurkten. Onder andere omstandigheden zou al die herrie Jed Starmer wakker hebben gehouden. Voor hem kon het 's nachts niet stil genoeg zijn, al was hij gewend aan het achtergrondkoor van nachtelijk verkeer en het geluid van een enkele sirene dat door het raam zijn slaapkamer binnendrong. De heksenketel van de afgelopen dagen had echter zijn tol geëist. De rust die was ontstaan nu hij alles achter zich had gelaten vormde samen met de duisternis en het zachte wiegen van de bus een uitstekende basis voor een diepe slaap, die hem zo vast in zijn greep hield dat hij een paar minuten nodig had om weer bij zijn positieven te komen toen de chauffeur het licht in de bus had aangedaan. Tegen die tijd stond de bus stil, naast een andere bus die er als twee druppels water op leek, en hadden de meeste passagiers hun stoel verlaten. Ze rekten zich uit, rommelden met hun bagage en schuifelden door het gangpad.

Jed had op een gegeven moment nadat de bus was vertrokken uit Blythe, de vorige halte in Californië, zijn rugzak op schoot getrokken. Hij zat eroverheen gebogen, had er zijn hoofd op gelegd en zijn armen omheen geslagen alsof de rugzak een troostende teddybeer was. Hij ging rechtop zitten en schoof de rugzak op de stoel naast zich, omdat de mensen niet moesten denken dat hij een klein kind was. Toen keek hij uit het raam. Op de zijgevel van de remise verderop hing een billboard. Voor een achtergrond van bergen en cactussen stond de tekst WELKOM IN PHOENIX, ARIZONA, in het Engels en het Spaans. Hij keek hoe laat het was. Tien over twee. De vroege uren van de woensdagochtend. Ze lagen tien minuten voor op het schema. Ze zouden hier anderhalf uur blijven staan, de enige stop van betekenis voor El Paso in Texas, waar ze rond het middaguur zouden aankomen. Jed overwoog een tijdje de bus uit te gaan, iets te eten te zoeken en de benen te strekken, maar hij besloot het niet te doen. Hij had nog maar driehonderd dollar over en er stonden hem nog een paar grote uitgaven te wachten. Bovendien voelde hij zich leeg. Hij vroeg zich af of hij in staat zou zijn op te staan, dus bleef hij maar zitten waar hij zat. Zakte onderuit en sloot zijn ogen, maar sloeg zijn armen niet opnieuw om zijn rugzak. Ze moesten niet denken dat hij een klein kind was.

Jeds pleegmoeder had in L.A. geen oog dichtgedaan.

Ze was op haar gebruikelijke tijd naar bed gegaan, maar ze was te boos om tot rust te komen. Ze was te kwaad en deed niets dan luisteren of ze Jeds steelse voetstappen hoorde. Hij zou wel ergens buiten rondhangen, de beest uithangen met vrienden. Of nog erger, met een meisje. Hij dacht zeker dat hij zomaar laat kon wegblijven en allerlei immorele viezigheid uithalen zonder dat het iemand opviel. Dat hij midden in de nacht weer naar binnen kon sluipen en de volgende ochtend kon doen alsof er niets aan de hand was.

Dan zat hij er mooi naast.

En ze zou hem eens even heel precies laten weten hoever hij ernaast zat.

Urenlang lag ze stil in bed preken te bedenken. Ze herhaalde keer op keer de reprimandes die hij tegemoet kon zien, de straffen die ze zou uitdelen en de vermaningen die ze hem zou toevoegen. Toen de wekker de volgende ochtend afging, was ze zo ongeveer uitgeput door al het denken. Haar boosheid veranderde onder invloed van het verstrijken van de tijd en haar vermoeidheid langzamerhand in bezorgdheid. Jed was nog altijd niet thuisgekomen. Het was niets voor hem om de hele nacht weg te blijven. Ze overwoog om de ziekenhuizen te bellen, of misschien de politie.

Dat wakkerde haar bezorgdheid aan tot een niet te onderdrukken angst. Ze wilde zich aankleden en ontdekte zo dat haar financiële reserve weg was. Maar biljetten van twintig dollar verdwijnen niet zomaar in het niets. Iemand moest ze hebben meegenomen. Ze keek in Jeds kast. Een deel van zijn kleren ontbrak. Een merkwaardige selectie, niet wat zij bij elkaar gezocht zou hebben als ze op reis ging, maar er ontbraken wel degelijk kledingstukken. Toen ze bovendien in de badkamer zag dat zijn tandenborstel weg was, werd het haar zonneklaar.

Jed was weggelopen. Je kon het niet anders uitleggen. Wat een ondankbare, vuile rat.

Jeds pleegmoeder staakte haar voorbereidingen om naar haar werk te gaan. Ze pakte de telefoon, belde haar baas en vertelde hem dat ze te ziek was om vandaag te werken. Daarna belde ze 911 om een heel ander verhaal te vertellen.

Jed had wanhopig zijn best gedaan om de wet niet te overtreden, om te voorkomen dat de politie achter hem aan zou komen. Het was niet bij hem opgekomen dat er ook andere redenen konden zijn die de politie in actie lieten komen. Hij was te gericht geweest op zijn toekomst, te gericht op zijn nieuwe leven.

Lev Emerson had die nacht ook maar weinig geslapen.

Hij had veertien uur in de auto gezeten, met Graeber naast zich, om naar het noorden te razen, vanuit Georgia, door Tennessee en Kentucky en Indiana, en uiteindelijk een klein stukje van Illinois tot ze uiteindelijk de buitenwijken van Chicago hadden bereikt. Ze hadden om beurten gereden. Dat was wel zo veilig, maar het had Emersons gemoedsrust geen goed gedaan. Hij had meteen op de brug over de Savannah zijn vrouw gebeld, terwijl hij nog stond te kijken naar de laaiende vuurzee die hij had ontketend. Haar stem had mechanisch en afstandelijk geklonken, zoals de stem van een dode klinkt in een droom. Ze had verteld wat er met Kyle was gebeurd. Kyle, hun zoon. Zijn ontwenningskuur was zo voorspoedig verlopen, tot het ineens helemaal fout was gegaan. Die middag. Zijn lichaam was gewoon op slot gegaan. Eerst zijn lever natuurlijk. En daarna het ene systeem na het andere. Een stortvloed van falende systemen. Ze had meteen de dokter gebeld, maar het was al te laat. Hij kon niets meer doen. Kyle was onder haar ogen weggezakt, weggegleden, verdwenen. Ze had er machteloos bij gezeten.

Kyle was pas tweeëntwintig. Dat was niet eerlijk. Niet na alles wat ze voor hem hadden gedaan. Niet na al het geld dat ze voor hem hadden uitgegeven.

Op momenten dat Emerson achter het stuur zat, had hij andere dingen om zich op te richten. Ongelukken voorkomen, voorkomen dat ze werden aangehouden door de politie omdat de snelheidsmeter op honderdnegentig stond. Dat soort zaken weer rechtbreien levert serieuze vertragingen op. Maar als Graeber achter het stuur zat, kostte het Emerson meer moeite om zijn emoties in bedwang te houden. De woorden van zijn vrouw echoden in zijn hoofd en mengden zich met herinneringen aan zijn zoon, en gevoelens van spijt, zo veel spijt. Maar ook tegenzin, omdat hij opzag tegen wat hem thuis te wachten stond.

De auto van Graeber stond geparkeerd in de garage van Emerson. Daar had hij hem neergezet toen ze met z'n tweeën waren vertrokken naar Georgia. Emerson had het laatste deel gereden. Hij drukte op de knop op de afstandsbediening om de roldeur van de garage omhoog te laten en reed zijn auto naast die van Graeber. Graeber maakte aanstalten het portier open te maken, maar wendde zich eerst tot zijn baas. 'Wat moeten we doen?'

Emerson dacht even na. Over wat hem te wachten stond op het moment dat hij naar binnen zou gaan, hoelang hij zich daarmee bezig moest houden. Toen zei hij: 'Bel Sjevsjenko. Hij staat zwaar bij ons in het krijt. Zeg tegen hem dat we een vliegtuig nodig hebben. Vandaag. En misschien een helikopter, morgen of overmorgen. Daarna zien we elkaar bij de loods, over twee uur. Neem de anderen mee. En pak een koffer in.'

'Wat gaan we doen?'

'We gaan de mensen zoeken die de rotzooi hebben verkocht die mijn zoon heeft vermoord.'

13

Jack Reacher sliep licht in zijn nieuwe kamer. Hij werd om negen uur wakker, ging onder de douche en kleedde zich aan. Hij had net zijn tandenborstel opgevouwen en stond op het punt te vertrekken, toen er luid op de deur werd geklopt.

'Jack Reacher? Ik ben het, rechercheur Harewood. Ben je daar? We moeten praten.'

Reacher trok de deur open en liet de rechercheur binnen. Harewood nam het interieur in zich op. Hij wachtte tot Reacher op de rand van het bed was gaan zitten en zette zich toen in de enige leunstoel in het vertrek, een pluizig geval met een losse armleuning, die zeer oncomfortabel was. Harewood deed een paar pogingen het zich gemakkelijk te maken, gaf het op en legde een dossiermap op de vloer.

'Je zou een mobiele telefoon moeten aanschaffen,' zei hij.

'Waarom?' vroeg Reacher.

'Dan kunnen mensen je bereiken.'

'Zoals wie?'

'Ik bijvoorbeeld.'

'Denk je dat dat vaak zal gebeuren?'

Harewood bleef even stil. 'Nee, maar daar gaat het niet om. Het kost moeite om jou te vinden. Het zou gemakkelijker zijn geweest als ik je gewoon had kunnen bellen om te vragen waar je was.'

'Maar je hebt me gevonden.'

'Uiteindelijk. Ik heb alle hotels in de stad afgebeld om te vragen of ze ook iemand in het register hadden met de naam Reacher. Natuurlijk zeiden ze allemaal nee, dus bedacht ik dat je je van een pseudoniem moest bedienen. Ik herinnerde me dat je hiernaartoe was gekomen voor een tentoonstelling over Pea Ridge. Ik heb alle hotels nog een keer gebeld en gevraagd of ze ook een gast hadden met de naam Samuel Curtis, de generaal die de veldslag bij Pea Ridge heeft gewonnen. En boem, raak.'

'Ik ben onder de indruk. Je zou een baan moeten zoeken bij de politie, als rechercheur.'

Harewood glimlachte humorloos. 'Rechercheur, precies. Dat is de reden dat ik je wilde spreken, om je te laten weten dat de zaak gesloten is. De zaak van die vrouw die door een bus werd overreden.'

Reacher dacht aan de beide mannen die de afgelopen nacht het motel met de ambulance hadden verlaten. Die waren er niet best aan toe geweest. Misschien had het pak slaag dat ze hadden gekregen hen ontvankelijk gemaakt voor een deal met het Openbaar Ministerie. 'Jullie hebben de daders gepakt?' vroeg hij.

'Het gaat de boeken in als een zelfmoord.'

Reacher zei niets.

Harewood sloot zijn ogen en schudde zijn hoofd. 'Luister, ik weet wat je me hebt verteld over die kerel met die hoody. Hij duwde die vrouw onder de bus. Ik geloof je. Maar het probleem is dat er nog een getuige is die zweert dat hij heeft gezien dat die vrouw voor die bus dook. Letterlijk, dat ze ervoor dook.'

'Hij zit ernaast.'

'Ik geloof je, maar die andere getuige? Dat is, eh... een gerespecteerd burger.'

'Ik niet?'

'Dat zei ik niet. Mijn baas...'

'Die getuige zit ernaast, of hij liegt. Misschien zit hij in het complot. Misschien hebben ze hem betaald.'

Harewood schudde zijn hoofd. 'Het is een respectabel burger. Hij heeft hier zijn hele leven gewoond. Hij heeft een huis, een vrouw en een baan. Hij gokt niet. Hij drinkt niet, hij gebruikt geen drugs. Hij heeft geen schulden en hij heeft zelfs nog nooit een boete gehad voor foutparkeren.'

'Andere getuigen dan? Passagiers in de bus? Iemand moet toch wel iets hebben gezien?'

'Een passagier denkt dat hij de vrouw zag springen, maar die getuige had haar bril niet op, dus daar heb je niet zo veel aan. Een andere passagier heeft jou gezien toen je wegrende. En dat is de reden waarom mijn baas...'

'Is er een afscheidsbrief?'

Harewood aarzelde. 'Er lag een afscheidsbrief bij haar thuis in Mississippi. Op de keukentafel. De lijkschouwing leverde haar vingerafdrukken op. Daarmee hebben we haar identiteit achterhaald en vervolgens hebben we de politie daar gevraagd te gaan kijken. Ze zagen de brief meteen.'

'Getypt?'

'Nee, geschreven en getekend. Buiten verdenking.'

'Waarom denk je dat hij echt is?'

Harewood pakte de dossiermap, haalde er twee vellen papier uit en gaf die aan Reacher. 'Dat eerste is haar meest recente sollicitatie. Het bedrijf waarvoor ze werkt – sorry, werkte – laat alle werknemers die dingen met de hand invullen. Dat zou van alles moeten onthullen over de persoonlijkheid. Het helpt om psychopaten en andere ongewenste figuren buiten de deur te houden. Dat tweede is de afscheidsbrief.'

Reacher bekeek als eerste de sollicitatie. Hij had niet zo veel ervaring met de papierwinkel van human resource management, maar wat hij onder ogen kreeg, kwam hem als heel gewoontjes en doorsnee voor. De eerste opdracht luidde *Geef alstublieft de redenen aan voor uw sollicitatie naar deze functie*. Angela had een handschrift met ronde, grote letters, een beetje kinderlijk. Ze had aangegeven dat ze mensen wilde helpen. Dat ze voort wilde bouwen op in het verleden verworven vaardigheden, dat ze een bijdrage wilde leveren aan de samenleving als geheel. Niets wees erop dat ze zich meer geschikt achtte voor de functie dan andere kandidaten. Er was ook niets wat erop wees dat ze een functie in een gevangenis ambieerde. Het had ook een sollicitatie kunnen zijn bij een hondenuitlaatservice, of een snoepwinkel.

Het tweede vel papier was ongestructureerd. Er stonden geen vragen op, er hoefde geen informatie te worden verstrekt. Het was oorspronkelijk een blanco vel papier geweest, zoals dat in printers en kopieermachines in huizen en kantoren over de hele wereld te vinden is. Papier dat met miljoenen vellen tegelijk uit gigantische machines komt. Papier dat wordt gebruikt, opgeborgen en vergeten, of weggegooid of in een machine vernietigd. Alleen had dit vel papier niet dat gebruikelijke, onbeduidende lot ondergaan. Onder een vrij brede bovenmarge begon de tekst vrij dicht bij de rand van het papier. *Als je dit leest, het spijt me, maar dan komt dat omdat ik dood ben...*

Reacher vergeleek het handschrift van de brief met de sollicitatie en keek naar de vorm van de letters, naar de grootte en de spatiëring, de interpunctie, de bewoording. Hij hield rekening met de tijd die verstreken was tussen beide teksten, met de stress waaronder ze geschreven waren. Hij was geen expert, maar hij moest toegeven dat beide teksten het werk leken van een en dezelfde persoon. Hij schoof de afscheidsbrief onder de sollicitatie zodat hij hem niet langer hoefde te zien, gaf beide vellen papier aan Harewood en zei: 'Oké. Motief?'

'Een treurig verlopen liefdesaffaire.'

'Leg eens uit.'

'Angela werkte op de administratie van een gevangenis. De politie daar heeft contact opgenomen met het bedrijf dat die gevangenis runt. Zij hebben het recht om de e-mail van hun werknemers in te zien, om veiligheidsredenen. Dat wordt in de contracten opgenomen. Hun IT-man heeft ingelogd in haar account. Dat is een standaardprocedure als iemand plotseling komt te overlijden. Hij vond een uitwisseling van e-mails die al een paar weken gaande was. Blijkbaar wilde Angela de relatie met een oude vlam nieuw leven inblazen. Een vriend die daar in de buurt woonde. Roth heette die. Ze hadden een afspraak gemaakt voor dinsdag. Dat was gisteren. In haar laatste e-mail suggereerde ze dat ze niet langer wilde leven als het niets werd. Nogal passief-agressief, als je het mij vraagt.'

'Woonde? Heette?'

'Wat?'

'Je zei dat die vriend in de buurt woonde en dat hij Roth heette. Verleden tijd.'

Harewood knikte. 'Roth is verleden tijd. Hij heeft een hartaanval gehad.'

'Wanneer?'

'Maandagavond laat. Waarschijnlijk rond middernacht.'

'Dus die Roth overlijdt minder dan twaalf uur voordat Angela wordt vermoord. Vind je dat niet heel toevallig?'

Harewood haalde zijn schouders op.
'Wie heeft het lichaam gevonden?' vroeg Reacher.
'Zijn ex.'
'Waar?'
'In zijn appartement. Gistermorgen. Hij was kolossaal, in de zin van gespierd, niet vet. Hij had een eigen fitnessruimte thuis en was aan het trainen geweest. Dat deed hij veel. En plotseling, boem, was het gebeurd. Zomaar ineens.'
'Anabole steroïden? Of wat ze tegenwoordig dan ook maar slikken?'
'Daar zijn geen sporen van gevonden.'
'Wat deed zijn ex in zijn appartement?'
'Ze kwam ontbijten.'
'Is dat normaal?'
'Voor hen wel kennelijk.'
'Hoe was ze binnengekomen?'
'Ze heeft een sleutel.'
'Dat klinkt gezellig.'
'Ik denk het.'
'Misschien probeerde de ex weer in beeld te komen. Misschien had ze lucht gekregen van die reünie en is ze jaloers geworden.'
Harewood schudde zijn hoofd. 'Ik denk het niet. Ze zijn al tien jaar gescheiden. Ze is in het appartement ernaast gaan wonen en de buren zeggen dat ze met elkaar omgingen als broer en zus. Als er ooit een vonk is geweest, is die al jaren geleden gedoofd.'
'Had Roth nog andere relaties?'
Harewood haalde zijn schouders op.
'Wist de ex van de relatie met Angela?' vroeg Reacher.
'Daar hebben we haar niet naar gevraagd. Daar was geen reden voor. Het lichaam van Roth is gevonden voordat Angela onder de bus kwam. We waren ons niet bewust van haar bestaan tot dat gebeurde.'
'Dus de ex heeft dat rendez-vous niet bevestigd?'
'Nee, al zegt dat niet dat ze er niet van op de hoogte was. Maar we hadden dat al op een andere manier nagetrokken.'
Harewood bladerde door de papieren in de dossiermap, trok er een vel tussenuit en legde dat op de rand van het bed. Reacher herkende de structuur van de tekst niet, maar vermoedde dat het

een print was van de e-mails die de IT-man van Minerva had opgeduikeld. Het ging duidelijk om berichten die afwisselend door twee personen waren verstuurd. Hij nam aan dat dat Angela en Roth waren, al werden hun namen niet vermeld op een manier die hij kon ontcijferen. Er stonden alleen een combinatie van cijfers en letters voor een apenstaart, nog meer letters erachter en op het einde *.com*. Er liepen verticale lijnen over het papier die begonnen bij het begin van een bericht en dan doorliepen tot het einde van het laatste bericht. Elke volgende lijn lag rechts van de vorige zodat voor het laatste bericht nog slechts de helft van de breedte van de pagina beschikbaar was. Alle andere ruimte links werd door een pak lijnen ingenomen. Dat bericht was het oudste bericht, afkomstig van Angela. Ze had een spierinkje uitgeworpen om te kijken wat er mogelijk was. Reacher las de gespannen verwachting in de tekst, de ingehouden opwinding. Het laatste bericht, helemaal bovenaan, geschreven op zondagochtend, was ook afkomstig van Angela. Het was vlak van toon, depressief. De ingehouden opwinding was weggeëbd. Het enige wat resteerde was een ondertoon van wanhoop en de nodige hints dat ze het verder niet alleen aankon, met de gevolgen die Harewood uit de doeken had gedaan.

Reacher legde het vel papier neer. 'Als Angela hiernaartoe kwam om Roth op te zoeken, waar is dan haar tas? Waar is haar auto?'

Harewood pakte het vel papier en schoof het terug in de dossiermap. 'Haar tas lag in haar auto. Haar auto stond op een parkeerterrein. Het eerste parkeerterrein als je de stad in komt vanuit het oosten. Precies wat haar route zou zijn geweest.'

'Ik zag dat die man die tas pakte. Ze moeten hem achteraf in haar auto hebben gedumpt. Zat er een envelop in de tas?'

Harewood zocht in zijn aantekeningen. 'Nee, wel een portemonnee. Sleutels en een paar persoonlijke spullen, maar geen brieven of zo. Hoezo?'

'Laat maar. Wat denken jullie over het bloed?'

'Welk bloed?'

'Het bloed op haar tas. De ene kant zat onder de bloedspetters.'

'Daar is niets van bekend. Hoe kom je op dat idee?'

'Ik heb het gezien.'

'Hoe dan? Op zwart leer valt bloed niet op.'

'Die tas was niet zwart. Hij was bruin en het was geen leer.'

Harewood keek opnieuw in zijn aantekeningen. 'Hij was van leer. Zwart.'

'Ze moeten hem vervangen hebben door een andere.'

'Kun je dat bewijzen?'

'En haar dochtertje?'

'Hoe weet jij dat ze een dochtertje had?'

'Dat gok ik.'

Harewood schudde zijn hoofd. 'Ze had iets geregeld met een buurvrouw. Een vrouw die vaak oppaste.'

'Permanent iets geregeld? Met geld? Adoptiepapieren? Lievelingsspeelgoed?'

Harewood haalde zijn schouders op. 'Ik weet alleen wat de politie in Mississippi heeft doorgegeven. Zij leken tevreden.'

'En de BMW?'

Harewood schudde zijn hoofd. 'Nog een probleem. Dat kenteken dat je me doorgaf, hoort bij een Dodge Caravan in Oklahoma City. De eigenaar was gisteren gewoon aan het werk. Hij heeft een bonnetje van een parkeergarage, met tijdstempels en foto's van het voertuig bij aankomst en vertrek.'

'Oké, waar zijn de kogelhulzen? Ik heb zes keer op die auto geschoten.'

'De forensische dienst heeft de hele steeg afgewerkt. Twee keer. Die was schoon. Ze hebben niets gevonden.'

'Dan zou je mijn handen moeten onderzoeken op kruitsporen.'

'En wat moet dat bewijzen? Dat je hebt geschoten met een pistool? Kogels die we niet kunnen vinden in een onvindbare auto?'

'En die brandtrap? Daar kun je niet omheen.'

'Die is naar beneden gekomen. Dat klopt. Maar er is niets wat duidelijk maakt wat de oorzaak is.'

'En...'

'Luister, Reacher. Ik heb al die vragen al gesteld. En er is me te kennen gegeven dat ik moet ophouden. In niet mis te verstane bewoordingen. Het dossier is gesloten. Ik ben hier alleen gekomen om je op de hoogte te brengen. Uit beleefdheid.'

'Dan zijn we wel klaar, denk ik. Je weet waar de deur is.'

Harewood verroerde zich niet.

Reacher wachtte een halve minuut, stond toen op en liet de

sleutel van de kamer op het bed vallen. 'Doe me een lol en geef die af bij de receptie als je weggaat.'

'Wacht,' zei Harewood. 'Ik kom hier... nou ja, niet alleen uit beleefdheid.'

Reacher ging weer zitten.

'Om eerlijk te zijn, wil mijn baas dat je vertrekt. Hij vindt dat je voor problemen zorgt.'

'Dus je zit hier om me over de grens van de county te slepen?'

'Nee, ik zit hier helemaal niet. Niet officieel tenminste.'

'Dat dacht ik al. Belastend materiaal delen met een potentiële verdachte is vast geen standaardprocedure hier.'

'Nee.' Harewood keek naar de vloer. 'Mijn baas spijkert me aan het kruis als hij erachter komt.'

'Waarom doe je het dan toch?'

'Ik heb je dossier opgevraagd. Het 110de. Special Investigators. Je oude eenheid in het leger.'

'Wat is daarmee?'

'Luister, ik doe dit werk nog niet zo lang.'

'En?'

'Ik weet niemand anders die ik kan vragen.'

'Vragen? Wat?'

'Wat zou jij doen als je mij was?'

'Waarmee?'

'Mijn baas heeft me opgedragen de zaak te laten rusten. Ik denk dat hij ernaast zit. Ik wil eraan verder werken. Moet ik dat doen?'

'Je hebt het over het naast je neerleggen van orders van bovenaf.'

'Ja, dat is me volkomen duidelijk.'

Reacher bleef even stil. 'Korps Mariniers?'

'Hoe weet je dat?'

'Mijn vader zat bij de mariniers. Ik herken de signalen.'

'Oké, wat moet ik doen?'

'Die baas van jou, is die corrupt? Doet hij van alles wat het daglicht niet kan verdragen?'

'Dat geloof ik niet. Ik denk dat hij alleen maar lui is. Hij krijgt een zaak op een presenteerblaadje aangeboden. Hij heeft geen zin om de hele boel overhoop te halen om te kijken of het wel klopt. Te veel werk waar hij niet aan wil.'

'Hoe heet de ex van Roth?'

'Hannah Hampton.'

'Waar woonde hij?'

'Ik zal het voor je opschrijven.'

'Goed. Dan moet je het volgende doen. Ga weer aan het werk. Business as usual. Praat er verder niet meer over.'

'Ik vraag je niet om de zaak van me over te nemen.'

'Dat weet ik.'

'Je zou erbuiten moeten blijven.'

'Ik zit er al middenin.'

'Dan zou je je los moeten maken.'

'Er is een vrouw vermoord. Iemand moet daar iets aan doen.'

'Dat doen wij. De politie.'

'O ja? Onder leiding van een luie baas?'

Harewood keek naar de vloer.

'Geef me dat adres maar en hou je daarna gedeisd. Ik laat van me horen.'

14

Tel alles wat je ziet bij elkaar op, plus de kunst aan de muren en de Minerva Reception Center in Winson heeft per vierkante meter meer gekost dan welk hoofdkantoor van een bedrijf in Mississippi ook. Dat was een soundbite die Bruno Hix maar al te graag rondstrooide. Vooral als de pers erbij was. Misschien was het zelfs wel waar. Dat interesseerde Hix niet. Details interesseerden Hix niet. Wat hem interesseerde was de juiste indruk wekken. Die ontvangsthal bouwen was het eerste wat Minerva had gedaan nadat ze de gevangenis hadden gekocht en de opdracht van Hix aan de architecten was even kort als duidelijk geweest: zorg ervoor dat het stinkt naar geld.

De ontvangsthal bevond zich vlak bij de toegang tot het terrein, op het deel tegenover het cellencomplex. Het was een gebouw zonder verdieping, met lichtgele steen bekleed en opgezet in de vorm van de letter v. Voor een deel was dat omdat het dan op de beschikbare ruimte paste, maar het was ook zo ontworpen om ervoor te zorgen dat door de ramen die alleen aangebracht waren aan de binnenzijde van de v niets te zien was van het cellencomplex en de binnenplaatsen waar de gedetineerden werden gelucht. De zaal besloeg een van de twee vleugels in zijn geheel. Hix haastte zich, meteen toen het geheime beraad in s2 was afgelopen, door de doolhof van met hekken afgeschermde gangpaden die het complex doorkruisten naar de zaal van de ontvangsthal, maar hij haalde het afgesproken tijdstip niet. Toen hij door de klapdeuren naar binnen stormde, buiten adem en met een blos op de wangen, staarden zes paar ogen hem afwachtend aan. Drie journalisten zaten aan de ene kant van de lange kloostertafel, twee aan de andere kant en de laatste helemaal alleen aan het andere uiteinde van de tafel. Hix zou ze informeren over wat er voor die vrijdag gepland stond, en ze bovendien voeren met wat hij allemaal nog meer kwijt wilde aan dat aandachtige gezelschap.

Hix wachtte tot Brockman de bewaker die een oogje in het zeil had gehouden, had weggestuurd en was gaan zitten. Toen bracht hij de bal aan het rollen zoals hij dat altijd deed. Hij stond aan het hoofd van de tafel, spreidde zijn armen wijd en zei: 'Zeg eens, heb je het gevoel dat dit een gevangenis is als je hier zo zit?'

Vijf journalisten schudden braaf het hoofd. Alleen de man recht tegenover Hix reageerde niet.

Hix glimlachte en dook in het verleden. Dat van hemzelf en Brockman. Hij vertelde hoe ze elkaar dertig jaar geleden hadden ontmoet toen ze beiden net begonnen waren als hoofd gevangenbewaarders in een gevangenis in Lubbock in Texas. Hij vertelde hoe schokkend ze de omstandigheden hadden ervaren waaronder de gevangenen werden opgesloten. Het gebrek aan alles wat noodzakelijk was. De mensonterende behandeling van de gedetineerden. Hij overgoot zijn verhaal met een filosofisch sausje, citeerde Foucault en Bentham en liet alles uiteindelijk samenkomen bij het oprichten van Minerva Correctional, niet voor niets vernoemd naar de oude Griekse godin van onder andere wijsheid en rechtvaardigheid. Ze waren vast van plan de gedetineerden te behandelen als mensen. Weliswaar mensen die fouten hadden gemaakt, verkeerde keuzes, maar toch, mensen met mogelijkheden, mensen die een positieve bijdrage aan de samenleving konden leveren. Mensen met een toekomst, als ze maar in de juiste omgeving werden geplaatst en de juiste ondersteuning kregen. Hij beschreef de programma's voor beroepskeuze die ze hadden ingevoerd, de initiatieven op het gebied van gezond eten en bewegen, de proactieve gezondheidstests die ze op alle vijf locaties van Minerva hadden ontwikkeld. Hij lichtte zijn verhaal toe met cijfermateriaal, waarvan een deel misschien niet eens gelogen was. Hij beweerde dat het aantal ex-gedetineerden dat een baan had gevonden spectaculair was gestegen, terwijl recidive even sterk was gedaald. Aan het einde van zijn verhaal kwam hij weer terug op aanstaande vrijdag en het juweel op de kroon van Minerva, op de inspanningen die Minerva zich getroostte om gedetineerden die zich voorbeeldig gedroegen en geloofwaardig beweerden slachtoffer te zijn van een justitiële dwaling, te ondersteunen bij hun aanvraag voor herziening van het vonnis.

Daar pauzeerde Hix even om zijn laatste opmerkingen extra gewicht te geven. Toen leunde hij met beide handen plat op de tafel en zei: 'Vragen?'

Die waren er altijd, vooral over doorsnee details. Investeerders, personeelswerving, bezoekuren, geweld, bendes in de gevangenis. Hij verwachtte ook vragen over het milieu, over de gevolgen daarvan door wat Minerva deed. Dat was de laatste tijd ineens heel belangrijk. En dan kon er altijd iets aan de orde komen wat gevoelig lag, afhankelijk van de vraag hoe kritisch zijn gehoor was. Zaken als de morele kant van winst maken door het opsluiten van mensen. Vragen of er wel genoeg gedaan werd om seksueel misbruik van kwetsbare gedetineerden te voorkomen. Vragen over bewakers die zich schuldig maakten aan rassendiscriminatie. Allemaal zaken die aandacht vereisten en omzichtig optreden.

In minder dan een kwartier hadden de vijf journalisten aan weerszijden van de tafel alle standaardvragen gesteld. Hix had zijn best gedaan om net te doen alsof hij die vragen voor het eerst van zijn leven hoorde en er zeer in geïnteresseerd was. Toen hij de laatste vraag beantwoord had en op het punt stond de bijeenkomst af te ronden, kwam de zesde journalist tot leven. Hij was de jongste van de groep. Hij had een rond, vlezig gezicht, warrig blond haar en droeg verwassen kleren uit een legerdump. Een soort nep-Che Guevara, al ontbrak de pet en zou hij zijn haar moeten verven. En hij zou er een beetje beter bij moeten zijn. Tot dat moment had hij weinig interesse getoond in wat zich in zijn onmiddellijke nabijheid afspeelde. Hij wekte de indruk amper wakker te zijn.

'Het sterftecijfer in de gevangenissen van Minerva is schrikbarend hoog,' zei de man. 'Hoe komt dat?'

Hix keek Brockman even aan en reageerde niet meteen. Toen bevochtigde hij zijn lippen en zei: 'De mortaliteit in onze centra is niet hoog. Op grond waarvan denkt u dat het wel zo is?'

Brockman trok onopvallend zijn telefoon uit zijn zak. Hij hield hem onder de tafel, vlak bij zijn been, zodat niemand kon zien dat hij met zijn duim een nummer intoetste.

'Ik heb mijn bronnen,' zei Guevara.

'Die u niet bekend kunt maken?' zei Hix.

'Precies.'

Hix glimlachte. 'U bent aan het vissen, vriend. Nou, u vist in de verkeerde vijver. De gezondheid en de levensverwachting van onze gedetineerden is aanzienlijk beter dan in vergelijkbare inrichtingen. En dat is niet toevallig. Dat is het resultaat van ons vooruitstrevende, humane beleid. Als het lot iemand op het ongelukkige pad naar een gevangenis heeft gezet, is het te hopen dat dat pad naar een gevangenis van Minerva Corrections leidt. Dat lijdt geen twijfel.'

'U beweert dat uw sterftecijfer niet torenhoog is?'

'Dat is precies wat ik zeg.'

'Kunt u dat met cijfers staven?'

'Natuurlijk.'

'Waarom publiceert u die dan niet?'

'Met welk doel? Er valt niets bijzonders in te lezen.'

'U zou ze niettemin moeten publiceren, om redenen van transparantie.'

'Wij publiceren alles wat we moeten publiceren in overeenstemming met wetgeving van de staat Mississippi en de overheid in Washington.'

'En dat is maar een fractie van wat penitentiaire inrichtingen van de staat en federale inrichtingen moeten publiceren.'

Hix haalde zijn schouders op. 'Wij schrijven de wet niet. Wij voldoen aan de wet. Gewetensvol.'

'U gebruikt de wet als een rookgordijn. Uw gevangenissen hebben te kampen met serieuze drugsproblemen en dat probeert u te verbergen. Als een gedetineerde na een overdosis naar het ziekenhuis moet, geeft u daar een draai aan en beweert u dat het om een of andere preventieve maatregel gaat in overeenstemming met uw zogenaamde humane beleid. Maar als ze sterven? Daar ligt het echte verhaal, toch?'

'Fout. Luister, kan ik met mijn hand op mijn hart zeggen dat er in onze gevangenissen vandaag door niemand drugs zijn gebruikt? Nee, wij leven in de echte wereld. Ik ben niet naïef. Maar als het om drugs gaat, loopt Minerva, net als bij al het andere, mijlenver voor op de rest met het helpen en beschermen van de gedetineerden. Het idee dat verslaafde gedetineerden die aan ons zijn toevertrouwd bij bosjes sterven, is ronduit belachelijk.'

'Bewijs het. Leg cijfers op tafel.'

'Ik...'

Hij werd onderbroken door luid kloppen op de deur achter Hix. De cipier die toezicht had gehouden bij de groep journalisten, kwam de zaal weer in en zei: 'Het spijt me dat ik u stoor, meneer, maar er is telefoon voor u.'

'Zeg maar dat ik terug zal bellen. Ik heb het druk hier.'

'Het is de gouverneur, meneer.'

'O, en wat wil hij?'

'Dat heeft hij niet gezegd. Alleen dat het dringend was.'

'Oké, dan moet ik hem niet laten wachten, denk ik. Kun je deze mensen begeleiden naar de uitgang?'

De cipier knikte. 'Met alle plezier.'

Hix keerde zich naar de journalisten. 'Het spijt me, maar we zullen er een streep onder moeten zetten. Dat is jammer, want ik heb echt genoten van de discussie. Beste vriend aan de overkant van de tafel, ik zal zorgen dat je die sterftecijfers krijgt, op voorwaarde dat onze juridische adviseurs groen licht geven. We moeten heel voorzichtig omspringen met vertrouwelijke gegevens, SEC-regulering, enzovoort. Ik zal ook eens met een van onze gedetineerden praten. Misschien is hij bereid tot een interview. Toen Minerva deze inrichting overnam, had hij een probleem met een van zijn ogen. Damon en ik hebben hetzelfde aan de hand gehad bij een andere gedetineerde, jaren geleden toen we voor een andere organisatie werkten. Daar wilden ze geen hulp van een arts inroepen omdat dat te duur zou worden. Daar waren ze niet voor verzekerd. De aandoening verslechterde steeds meer en, lang verhaal kort, de gedetineerde was uiteindelijk stekeblind. Dat zou in dit geval ook gebeurd zijn, maar we hebben voor een proactieve behandeling gezorgd. Hij is nu kunstenaar en maakt aquarellen. Er hangen een paar van zijn aquarellen in een galerie in Jackson. Hij kan je het echte verhaal vertellen over ons humane beleid. Zonder gestoord te worden door junkies, dat kan ik je verzekeren.'

Hix schudde de journalisten de hand en liet zich zwaar op zijn stoel vallen toen de laatste de deur uit was. 'Dat was even foute boel, daarnet. Hoog sterftecijfer? Dat komt een beetje te dichtbij.'

'Wie is die jongen?' vroeg Brockman. 'Ik mag hem wel. Prima

manier om drugs op te sporen. Dat zouden we eens moeten uitproberen op die klootzakken van Curtis Correctional. Een beetje vuiligheid opgraven om ze mee om de oren te slaan als hun contract afloopt.'

'We hebben wel andere dingen aan het hoofd. We moeten die knaap in de gaten houden, dag en nacht, tot hij weer is vertrokken.'

'Hoeft niet, hij vormt geen gevaar. Hij weet niets. Je zei het zelf al, hij zat te vissen.'

'Hij is nu nog geen gevaar, maar we kunnen niet toestaan dat hij hier loopt te snuffelen en vragen stelt. Niet als hij op zoek is naar drugs.'

'Nou en? Wat dan nog als hij op zoek is naar drugs? Die vindt hij niet. In ieder geval niets waarmee wij te maken hebben.'

'Je begrijpt niet waar het om gaat. Drugs komen niet uit de lucht vallen. Ze moeten naar binnen gesmokkeld worden en we kunnen niet toestaan dat iemand voortdurend zit te loeren of er pakketjes naar binnen worden gesmokkeld, want, en dat is veel belangrijker, dan zou hij het ook kunnen als er iets naar buiten wordt gesmokkeld.'

Brockman dacht even na. 'Je hebt gelijk. Laat het maar aan mij over. Ik zal wel zorgen dat die man in de gaten wordt gehouden, en desnoods wordt afgeschrikt.'

'Goed. En zo komen we vanzelf op iets anders. De man uit Colorado, die al dan niet in de envelop heeft gekeken. Ik had gedacht dat we veilig konden afwachten of hij hier zou opduiken.'

'Dat zal niet gebeuren.'

'Het zou kunnen. En als het gebeurt, wil ik niet dat hij toevallig die journalist tegen het lijf loopt. En ook niet dat die journalist er lucht van krijgt als wij wat hem betreft orde op zaken moeten stellen.'

'Je maakt je zorgen om niets.'

'Ik zorg voor onze veiligheid en ik bescherm onze investering en dus gaan we het plan aanpassen.'

'We blazen de ceremonie niet af. We gaan het ook niet achter gesloten deuren doen. Je moet niet naar Riverdale luisteren. Die man...'

'Ik maak me geen zorgen over de publiciteit. Die wil ik juist en die kan ons ook niet schaden. In het ergste geval ziet de man een video of leest hij een rapport met een foto erop. Als het eenmaal voorbij is, is het voor hem te laat om nog ophef te veroorzaken. Het gevaar zit erin dat hij komt opdagen, tijdens de ceremonie voor rotzooi zorgt en die nieuwsgierige journalist wakker maakt. Daarom gaan we het volgende doen. We gaan het kordon op grotere afstand zetten. We gaan uitzoeken hoe die man hiernaartoe zou kunnen komen. Per slot van rekening is het een dakloze zwerver en dat moet zijn mogelijkheden beperken. Dus gaan we alle routes hiernaartoe beoordelen en zetten we overal waar dat nodig is op strategische plekken mensen.'

'Dat kan geen kwaad, denk ik, maar ik geloof nog steeds niet dat hij deze kant op komt.'

'Veronderstel eens dat hij wel komt. Dan is de vraag: hoe? Hij heeft geen auto en hij kan geen auto huren want hij heeft geen rijbewijs.'

'Hij zou er een kunnen stelen.'

'Dat kan. Wat nog meer?'

'Hij kan iemand die hij kent laten rijden.'

'Ook mogelijk. Nog meer?'

'Hij kan op de ouderwetse manier reizen. Met de bus, als hij zich een kaartje kan veroorloven. Het busstation van Greyhound in Jackson is het dichtstbij.'

'Dat zou ook kunnen, denk ik. Als de nood aan de man komt, maar dat wordt wel krap qua tijd, als hij nog niet vertrokken is. Nog meer?'

Brockman dacht een tijdje na. 'Meer kan ik niet bedenken.'

'Oké, dan moet je het volgende doen. Zet twee man bij Greyhound in Jackson. Ze moeten bij elke bus kijken die vanuit het westen komt. Zet ook twee man bij de truckstop aan de 120. Als hij probeert om te liften, is de kans nihil dat hij iemand treft die hem in één keer van Colorado naar Winson brengt. Hij zal meerdere keren zijn duim moeten opsteken. De laatste keer nog een heel eind hiervandaan, want niemand neemt in de buurt van een gevangenis lifters mee. Zet twee man bij het knooppunt met de 61 voor het geval hij het daar probeert. En nog twee bij die wegwerkzaamheden op de 87, halverwege Jackson. Voor het geval hij een auto heeft gestolen of met een vriend meerijdt. Er is daar maar één rijbaan en iedereen rijdt er heel langzaam. Dat maakt het gemakkelijk om te kijken wie er langsrijdt. Of wie er meerijdt met iemand anders.'

'Dat is veel mankracht.'

'Er staat veel op het spel.'

'En de gevangenis? En het huis van Angela? Houden we dat ook nog steeds in het oog?'

'Natuurlijk, want we hebben geen enkele garantie dat de man niet door de linies zal glippen.'

'Dus nog meer mankracht.'

'We hebben geen keus. Haal uit elke afdeling maar een paar man. Alleen mensen van Minerva. Geen klojo's van vroeger. Trek verloven in en laat mensen maar dubbele diensten draaien om alles te bemannen. En zoek de grootste kerel die we hebben. Houd die maar achter de hand. Samen met die idioten die we naar Colorado hadden gestuurd. Dan mogen zij gaan kijken zodra iemand alarm slaat. Als ze hem herkennen, kunnen ze eropaf. Deze keer moeten ze hem definitief uitschakelen.'

'Als ze er snel genoeg bij kunnen zijn. En als onze jongens hem zien. We hebben weinig mensen voor al dat werk.'

'Daar heb ik iets op bedacht. Een soort verzekering voor het geval hij toch door de linies breekt, iets om hem af te leiden. Dat regel ik wel, terwijl jij al dat andere doet.'

'Oké. Ik zal tegen Moseley zeggen dat hij extra patrouilles de weg op moet sturen, met een adequaat signalement van Reacher.'

'Goed, maar ik wil dat de politie alleen op de uitkijk staat. We moeten dit zelf oplossen, buiten de boeken om. En, hoor eens, Damon? Controleer alles twee keer, drie keer, zorg ervoor dat iedereen uiterst alert is. Je weet wat ons te wachten staat als de zaak vrijdag in het honderd loopt.'

15

Het appartementencomplex waar Sam Roth woonde, leek als twee druppels water op de appartementencomplexen links en rechts ernaast. Begane grond en een verdieping, een voorgevel van natuursteen. Degelijk, maar onopgesmukt. Aardig, maar gewoontjes. Niets wees erop dat daar de afgelopen zesendertig uur iemand was overleden.

Misschien een natuurlijke doodsoorzaak.

Misschien niet.

Rechercheur Harewood had gesproken van een hartaanval. Dat wekte geen enkele achterdocht. Er gaan voortdurend mensen dood als gevolg van hartfalen. Alleen al in de Verenigde Staten bijna zevenhonderdduizend. Dat is meer dan de hele bevolking van de staat Vermont. Dat is elke vijfenveertig seconden een dode.

Als hartfalen de enige factor was geweest, zou Reacher niet sceptisch zijn geweest. Maar Roth had een goede conditie gehad en was gewend aan veel beweging. De baas van Harewood was lui. Roth was slechts luttele uren voor een geplande ontmoeting met Angela St. Vrain overleden. Angela was vermoord...

Te veel toeval op een hoop, dacht Reacher. Te veel vragen zonder antwoord.

Het gebouw stond aan een brede straat met veel bomen, maar de ingang aan de achterkant grensde aan een strook die te smal was voor een straat, maar te breed voor een steeg, keurig geplaveid, schoon en aangeharkt. Er stonden bomen en struiken. De meeste appartementencomplexen hadden aan die kant een terras op de zon. Dat waar Roth had gewoond had twee terrassen met schaduw aan weerszijden van een set dubbele deuren. Beide deuren waren blauwgeverfd. Marineblauw. Aan beide zijden was een parkeerhaven. Allebei waren bezet. In de ene parkeerhaven stond een pick-up, een en al rode metaallak en chroom en zwartgetint glas. In de andere stond een kleine zilverkleurige vijfdeursauto. Een dikke kabel kronkelde van een klep achterop naar een laadpunt op de muur bij de linkerbuitendeur.

Het appartement van Roth lag rechts, afgaande op het huisnummer dat Harewood had verschaft. Reacher klopte op de linkerdeur en hoopte eigenlijk dat niemand zou reageren. Het is altijd een beroerde opdracht om iemand te moeten meedelen dat een geliefde is overleden. Reacher had er ervaring mee. Hij wist dat suggereren dat een geliefde misschien was vermoord, vrijwel even erg was.

Na twee lange minuten werd de deur opengetrokken door een vrouw die een witte driekwartbroek droeg en een effen blauw T-shirt. Ze had niets aan haar voeten. Haar haar was blond, hier en daar doorschoten met grijs en zou tot op haar schouders vallen, ware het niet dat ze het met een plastic haarbandje in een staartje had gebonden. Haar gezicht was lijkbleek, met uitzondering van de donkerrode wallen onder haar ogen. Reacher vermoedde dat ze halverwege de veertig was, al maakten de omstandigheden het schatten moeilijk.

De vrouw nam even de tijd om zich een oordeel over Reacher te vormen en zei toen: 'Sam is er niet. Hij...'

'Ik weet het,' zei Reacher. 'Ik ben niet op zoek naar Sam. Ik wil graag met jou praten.'

De vrouw keek hem uitdrukkingsloos aan. 'Want Sam, zie je, er is iets gebeurd. Sam, hij is...'

'Het is oké, ik weet het van Sam. Ben jij Hannah? Hannah Hampton?'

De vrouw knipperde met haar ogen en knikte. 'Wie ben jij?'

'Ik heet Reacher.'

'Wat wil je?'

'Ken jij een vrouw die Angela St. Vrain heet?'

'Angela? O, mijn god, ik moet haar over Sam vertellen.'

'Je kent haar?'

'Kent haar? Kende haar? Ik heb haar al jaren niet meer gezien. Ze is verhuisd naar Mississippi. O, jezus, Danny. Ik moet het hem ook vertellen.'

'Danny?'

'Danny Peel. Hij is ook daarnaartoe verhuisd. Hij heeft Angela aan haar baan geholpen.'

'Kende Sam Angela?'

'Natuurlijk. Ze hebben samengewerkt, een paar jaar geleden. Sam was haar baas, nou ja, eigenlijk meer een soort mentor.'

'Kende Sam Danny?'

Hannah knikte.

'Waren ze nog steeds met elkaar in contact?' vroeg Reacher.

'Danny niet zo heel veel. Angela bij tijd en wijle. Zo nu en dan vraagt ze Sam advies. Meestal over het werk. Maar waarom al die vragen?'

'Hebben Sam en Angela onlangs nog contact gehad?'

Hannah dacht even na. 'In het weekend. Angela stuurde hem het een en ander via e-mail.'

'Was het werk of persoonlijk?'

'Werk.'

'Heeft Sam verteld wat het was?'

'Iets stoms met de boekhouding. Angela wist niet wat ze ermee aan moest. Ze was overstuur. Dat was ze vaak. Sam had zich er deze keer niet mee moeten bemoeien. Ik zei tegen hem dat ze het zelf maar moest uitzoeken. Hij had al genoeg op zijn bordje. Maar nee, zo zat Sam niet in elkaar. Hij zou een vriend nooit in de steek laten.'

'Wat was dat met die boekhouding?'

'Ik weet het niet. Iets over optellingen die niet uitkwamen. Sam heeft er niet uitgebreid over verteld.' Hannah zweeg even. 'Wacht. Waar gaat dit allemaal over? Ik begin een raar gevoel te krijgen van al die vragen. Wat is er aan de hand met Angela? En wat heb jij daarmee te maken? Leg dat eens uit, anders zeg ik niets meer.'

Reacher bleef even stil. 'Hannah, ik kom met een bericht. Over Angela. Een slecht bericht. Kunnen we misschien ergens gaan zitten?'

Hannah deed een stap achteruit. 'Hoe zei je dat je heette?'

'Reacher. Herinner je je rechercheur Harewood? Je hebt gisteren met hem gesproken nadat je Sam had gevonden. Hij heeft je vast zijn kaartje gegeven. Bel hem maar. Hij zal bevestigen dat ik met goede bedoelingen kom.'

De deur ging dicht en twee minuten later weer open. Hannah nodigde Reacher met een gebaar uit binnen te komen. Hij liep achter haar aan de woonkamer in. Er was een zithoek met meubels van licht gekleurd hout en stoffen in warme tinten, een paar boekenkasten en een kleine tv in de hoek. Rond een ovale tafel stonden witte leren stoelen. Achterin was een keuken, weggestopt achter een ontbijtbar. Er stonden twee hoge barkrukken bij. Hannah liep ernaartoe en ging op een kruk zitten. Reacher nam plaats op de andere kruk.

Hannah leunde met haar elleboog op de bar. 'Je gaat me vertellen dat Angela ook dood is.'

'Hoe wist je dat?' vroeg Reacher.

'Rechercheur Harewood heeft me verteld dat jij bij de politie hebt gewerkt in het leger. Als er politie voor je deur staat die vragen stelt over iemand en vervolgens zegt dat hij een slecht bericht heeft, hoef je geen genie te zijn om te begrijpen wat er aan de hand is. Wat is er met haar gebeurd?'

'Ze is onder een bus gekomen.'

'Echt?'

Reacher knikte.

'Wat erg. Dat is verschrikkelijk. Was het een ongeluk?'

'Nee.'

'Wacht. Was het... Ze is...'

'Ze is niet voor die bus gesprongen, nee.'

'Is ze vermoord? Dat is vreselijk. Ik heb nog tegen haar gezegd dat ze niet naar Mississippi moest verhuizen. De mensen zijn gek daar.'

'Het is hier gebeurd, in Gerrardsville.'

'Nee, dat kan ik niet geloven. Wanneer?'

'Gisteren.'

'Waarom was Angela in Gerrardsville?'

'Bij de politie denken ze dat ze Sam kwam opzoeken.'

'Waarom? Hij hielp haar met dat boekhoudprobleem, maar dat ging over de telefoon. En via e-mail. Er was geen enkele reden voor haar om hiernaartoe te komen.'

'De politie denkt dat ze iets hadden.'

'Hè, wat? Een verhouding of zo?'

Reacher knikte.

Hannah schudde haar hoofd. 'Uitgesloten.'

'Weet je dat zeker?'

'Meer dan honderd procent. Luister, als Sam in iemand geïnteresseerd was, vertelde hij het mij. Bovendien zou hij eerder in jou geïnteresseerd zijn dan in Angela als hij op zoek was naar iemand.'

'Was dat algemeen bekend?'

'Hij werkte in een gevangenis. Daar is hij begonnen toen hij achttien was. Dertig jaar geleden was dat niet iets wat je van de daken schreeuwde. Zeker niet in die omgeving.'

'Zijn jullie daarom gescheiden?'

'Dat was de reden waarom we zijn getrouwd. Het was toen anders. Voor ons beiden. We werkten min of meer samen, hij als gevangenbewaarder en ik werkte voor een liefdadigheidsinstelling die ex-gedetineerden helpt om weer een gewoon leven op te bouwen. Dat doe ik nog steeds een beetje. Het was dus wel logisch, maar langzamerhand werd alles anders. We dachten dat het beter werd.'

'Oké, maar dan is het wel raar dat Sam en Angela elkaar een serie e-mails hebben gestuurd in de afgelopen weken. Die e-mails leidden uiteindelijk tot een afspraak gisteren.'

Hannah ging rechtop zitten. 'Hebben jullie Sams e-mail gehackt?'

'Nee, ik heb prints gezien. Die waren afkomstig van Angela's werkgever.'

Hannah dacht even na. 'Sam had gisteren geen dienst. Hij zei dat hij de deur uit zou gaan. Als Angela in de stad was, is het denkbaar dat ze een afspraak hadden, maar niet om iets met elkaar te beginnen. Geloof me maar.'

'En wat moeten we dan met die e-mails die ik heb gezien?'

'Kan iemand zich online hebben voorgedaan als Sam om Angela hiernaartoe te lokken? Pedofielen doen dat soort dingen aan de lopende band met kinderen. Angela kende Sam, ze vertrouwde hem. Het zou gemakkelijker zijn om haar te benaderen en net te doen of je Sam bent, dan helemaal vanuit het niets.'

'In theorie klinkt dat goed, maar dat was het niet. Angela heeft het initiatief genomen. Ze zei dat ze het vuur van een oude relatie weer wilde aanwakkeren.'

'Maar er is nooit een oude relatie geweest. Dat had niet eens gekund.'

'Misschien was die zaak met die boekhouding van meer gewicht dan Sam deed voorkomen. Misschien hadden ze een afspraak gemaakt om daarover te praten. Misschien had Angela documenten meegebracht die ze hem wilde laten zien, of ander bewijsmateriaal. Misschien heeft iemand dat doorgekregen en besloten om ze tegen te houden. Misschien heeft diezelfde persoon de echte e-mails vervangen door nepberichten.'

'Wie zou zoiets doen?'

'Een collega die met zijn tengels in de kassa heeft gezeten, een baas die mensen onder de tafel betaalt, een leverancier die Angela's baas chanteert. Genoeg kandidaten.'

'Oké.' Hannah haalde haar schouders op. 'Maar ik geloof niet zo in dat vervangen van e-mails door nepberichten. Waarom zou iemand al die moeite doen? Je kunt toch ook gewoon alleen de echte e-mails verwijderen?'

'Om zich in te dekken. In het laatste nepbericht suggereert Angela dat ze zelfmoord zal plegen als Sam haar niet terug wil. De man die haar heeft vermoord, deed zijn best om het er uit te laten zien alsof ze voor de bus sprong. Als je dat bij elkaar optelt, ziet de politie geen enkele reden om nog verder te zoeken.'

'Als Sam niet was bezweken aan die hartaanval, zou hij op weg zijn gegaan om Angela te ontmoeten. Hij zou een tijdje hebben gewacht. Dan zou ze niet komen opdagen en hij zou te horen krijgen dat ze zelfmoord had gepleegd. De vraag is wat hij dan zou hebben gedaan? Zou hij dan gedacht hebben dat de stress haar te veel was geworden? Misschien.'

'Hannah, heb je de afgelopen tijd ook iemand gezien die hier maar wat rondlummelde? Iemand die je niet kende? Op zondag of maandag? In een auto?'

'Wacht even, ik probeer nog steeds grip te krijgen op dat scenario van jou. Misschien ging het wel zo. Het is de moeite waard om ernaar te kijken. Voorwaarde is dat Sam accepteerde dat Angela's dood een kwestie van zelfmoord was. Daar draait het om, want hij zou het belastende materiaal dat ze bij zich had niet onder ogen hebben gekregen. En hij zou die nepberichten ook niet hebben gelezen omdat ze niet op zijn computer stonden. Dat had gewoon niet gekund, want als hij ze wel had gelezen, zou hij op zijn zachtst gezegd, wel heel erg verbaasd zijn geweest.'

'De nepberichten kunnen niet op zijn computer te zien zijn geweest, maar wat is er met de echte gebeurd?'

'Die staan nog steeds op zijn computer, denk ik.'

'Heb jij een sleutel van zijn appartement?'

'Jazeker, waarom?'

'Ik moet zien wat er op die computer staat,' zei Reacher. 'Nu meteen.'

16

Hannahs hand trilde toen ze de sleutel in het slot van de voordeur van Sam Roths appartement probeerde te steken.

'Sorry,' zei ze. 'Dit is de eerste keer dat ik hier naar binnen ga sinds...'

'Het is goed,' zei Reacher. 'Jij hoeft niet per se mee naar binnen.'

'Nee.' Hannah sloot haar ogen een paar tellen. Ze haalde diep adem. 'Ik wil dit doen. Voor Sam. Als zijn vriendin Angela is vermoord, zou hij niet willen dat de mensen dachten dat het zelfmoord was. Angela heeft – had – een dochter. Sam was gevangenbewaarder. Hij zou niet willen dat een moordenaar vrijuit ging.'

De woonkamer van Roth was op dezelfde manier ingericht als die van Hannah. Er stond vrijwel hetzelfde meubilair, misschien een tiental jaren ouder, iets langer gebruikt, iets minder kleurrijk. Er was geen tv. Boven op een van de boekenkasten stond een rijtje ingelijste foto's. Reacher snoof een vage geur op van wierook en werd ineens getroffen door het gevoel in te breken, een gevoel dat hem altijd overviel als hij het huis moest doorzoeken van iemand die was overleden.

Hannah liep door de kamer naar een doorgang achter in de keuken, maar bleef bij de boekenkast met de foto's staan. Ze stond op alle foto's en droeg steeds hetzelfde judopak, op de eerste foto met een witte obi, op de laatste met een bruine. Hannah pakte de lijstjes een voor een en legde ze plat, omgekeerd neer. 'Ik vind het onvoorstelbaar dat hij die heeft bewaard. Hij wist dat ik er een hekel aan had.' Ze snoof en veegde een traan van haar wang.

'Train je nog altijd?' vroeg Reacher.

Hannah schudde haar hoofd. 'Niet zo vaak. Ik heb al geen graad meer gehaald sinds ik naar hiernaast ben verhuisd. Ik ben ooit begonnen om samen met Sam naar de sportschool te kunnen gaan. Alleen in de sportschool is zo saai. Sam zeurde altijd aan mijn hoofd dat ik weer moest beginnen.'

Een tweede traan welde op in een ooghoek. Ze knipperde hem weg en liep verder. Achter de doorgang voerde een trap met een draai naar een gang met drie deuren op de verdieping. De eerste deur stond op een kier. Hannah duwde hem verder open en liep de slaapkamer van Roth in. Het was een klein kamertje, netjes, onpersoonlijk. Het bed was opgemaakt. Er lagen geen achteloos neergegooide kleren. Er stonden niet meerdere paren schoenen. Er hing niets aan de muren. Er lag alleen een boek op het nachtkastje, naast een glas water. De gordijnen waren dicht. Op de gesloten deuren van de kledingkast zaten spiegels. Achter in de kamer stond in de hoek een klein bureautje van staal en hout, dat eruitzag alsof het kon worden ingeklapt als het niet werd gebruikt. Er stond geen stoel bij.

'Stelt als kantoor niet zoveel voor.' Hannah pakte een zilverkleurige laptop van het bureautje en ging op de rand van het bed zitten. 'De kamer hiernaast ligt vol met zijn gewichten en ander etrainingsattributen. Dat spul vond hij veel belangrijker.'

Hannah klapte de laptop open, begon te typen en veegde haar wijsvinger omhoog en omlaag over een glanzend rechthoekig vlakje onder het toetsenbord. Na een paar minuten draaide ze de laptop naar Reacher, zodat hij op het scherm kon kijken.

'Het is gek,' zei ze. 'Er zijn geen e-mails van Angela. Wel van allerlei andere mensen, en spam die hij nooit heeft opgeruimd. Maar niets van haar, zelfs niet van jaren geleden. Niet in zijn inbox en ook niet in andere mappen. Ook niets in de map met verwijderde e-mails. Dat is gek want hij had het programma zo ingesteld dat alle verwijderde e-mails nog een week bewaard bleven. Ik heb net gekeken.'

'Zijn er e-mails van Danny Peel?'

Hannah tikte en veegde en klikte opnieuw een tijdje en knikte toen. 'Een paar, vooral uit de tijd voordat hij verhuisde.'

'Maar wat is er dan gebeurd met de e-mails van Angela?'

'Sam moet een truc hebben bedacht waarmee hij ze meteen kon wissen. Ik snap alleen niet waar dat goed voor zou zijn.'

'Zou een expert ze weer terug kunnen halen?'

'Misschien wel, ik weet het niet.'

'Kun je zien of het echt Sam was die ze heeft verwijderd?'

'Niemand anders heeft toegang tot deze laptop. Hij neemt hem nooit ergens mee naartoe. Het is wel een laptop, maar die heeft hij gekocht omdat hij klein is, niet om ermee rond te lopen.'

'Kan iemand die e-mails ook op afstand hebben gewist?'

'Ik weet het niet, ik ben geen expert. Waarschijnlijk kunnen ze wel op afstand worden gewist van de mailserver, maar of dat ook kan nadat hij ze heeft gedownload? Misschien door een superhacker of zo. Waarschijnlijk niet door een doorsnee computergebruiker.'

'Is je de afgelopen dagen ook iemand opgevallen die maar wat rondlummelde hier rond de appartementen? Auto's die je niet kende?'

'Waarom vraag je dat alweer? Denk je dat iemand hier heeft ingebroken nadat Sam was overleden om zijn e-mail te wissen?'

Reacher zei niets.

'O.' Hannah klapte langzaam de laptop dicht. 'Jij denkt dat hij vermoord is? Net als Angela? O, nee, onmogelijk.'

'Angela is vermoord toen ze op weg was om hem te ontmoeten. In het geheim. Waarschijnlijk had ze belangrijk belastend materiaal dat ze hem wilde laten zien. Zelfs als Sam geloofd zou hebben dat haar dood zelfmoord was, zou hij haar e-mails hebben gelezen en wist hij dat er iets speelde. Hij wist wat ze bij zich had. Met die kennis liep hij rond alsof hij een schietschijf op zijn rug had.'

'Nee, het was een natuurlijke dood. Ik heb hem gevonden, ik heb hem gezien.'

'Een hartaanval kan worden nagebootst. Daar zijn drugs voor.'

'Niet in dit geval. Want weet je wat het extra droevig maakt? Toen ik hem zag, was ik niet eens verbaasd.'

'Ik heb gehoord dat hij gezond was. Hij was gespierd, zei Harewood.'

'Hij trainde veel, ja. Eigenlijk te veel. Dat was zijn manier om stress weg te werken. Maar gezond? Niet echt.'

'Had Sam last van stress?'

'Zijn werk zorgde voor stress.'

'Dat werk deed hij al dertig jaar.'

'De stress was erger geworden.'

'Waardoor?'

'Dat weet ik niet.'

'Nieuwe baas? Onderbezetting? Disciplinaire maatregelen?'

'Nee, niets van dat alles. Hij had gewoon... problemen. Dat zei hij niet, maar ik ken hem. Kende hem. Ik kon het aan hem zien. Hij at niet goed. Hij kreeg niet genoeg slaap, hij trainde veel te veel. Hij maakte zich veel te druk. Ik had meer mijn best moeten doen om hem te helpen. Het was niet de vraag of hij een hartaanval zou krijgen, maar wanneer. En dat wist ik.'

'Dus hij was gestrest, meer dan normaal. Maar hoe valt dan te verklaren dat de e-mails van Angela zijn verdwenen?'

'Misschien heeft iemand dat op afstand gedaan, zoals jij zei.' Hannah bleef even stil en fronste haar wenkbrauwen. 'Wacht eens, Sam heeft dinsdagavond bij mij gegeten. Ik wilde dat hij meer en beter ging eten, maar dat haalde niets uit. Hij zat maar een beetje met z'n vork te prikken en ging er toen vandoor. Om te trainen. Om weer te trainen. Wat moest hij anders? Het beviel me niet. Ik gaf hem nog een kus bij de deur. Dat doe ik altijd. En ik denk dat ik aan de overkant een auto heb gezien. Ja, ik weet nog dat ik dacht dat het vast een Uber was die op iemand stond te wachten, maar dat ik dat ook wat vreemd vond, omdat zijn lichten waren gedoofd.'

'Welke kleur had die auto?'

'Een donkere kleur. Ik denk zwart.'

'Merk? Model?'

'Dat weet ik niet precies. Ik kon hem niet goed zien vanwege Sams pick-up.'

Reacher dacht even na. Het had die ochtend niet geregend en de dag ervoor was het ook droog geweest. Van de maandagavond wist hij het niet. Overdag was het mooi weer geweest toen hij de stad in gelopen was, maar de avond had hij doorgebracht met Alexandra, in haar appartement. Hij had de hele avond geen aandacht besteed aan het weer. Maar toch, als een auto een tijdlang op een plek geparkeerd had gestaan, kon er een afdruk zijn achtergebleven. Het was de moeite waard om te kijken. 'Kom op,' zei Reacher, 'wijs maar eens aan waar die auto stond.'

De zon stond hoog aan de hemel toen Reacher achter Hannah aan naar buiten liep. Het was warm. De lucht was helder en doortrokken van geuren van alle bloeiende potplanten die her en der om de appartementen stonden. Vrijwel nergens was schaduw. De grond was kurkdroog en stoffig. Nergens waren voetafdrukken te zien, net zomin als bandensporen. Te droog.

Hannah liep naar de muur aan de overkant. Ze bleef staan bij een plek waar een buis uit het metselwerk tevoorschijn kwam. Een buis van pvc, een centimeter of acht in doorsnee, die langs de muur omlaagliep en in de grond verdween. Een afvoerbuis, dacht Reacher, van een wasmachine, aanrecht of een badkamer.

'Die auto stond hier,' zei Hannah. 'Bij deze buis, aan deze kant, met de achterkant naar Sams voordeur. Als er iemand in zat, was hij niet bezig om Sam in de gaten te houden.'

Reacher kwam bij haar staan. Auto's hebben spiegels, dacht hij. En de man die Angela een duw had gegeven, had ervaring. Net zo goed als zijn maat, de chauffeur. En de twee die Reacher had ontmoet in het motel met de ananas. Stuk voor stuk mannen die heel goed onopvallend hun werk konden doen. Reacher stond op het punt dat te vertellen toen zijn oog viel op een plekje voor Hannahs voeten waar de grond donkerder was dan eromheen. Niet veel donkerder, het was maar een gradatie, maar toch zichtbaar. De vlek spreidde zich in een halve cirkel uit rond de afvoerbuis. Die moest een beetje hebben gelekt, niet zoveel dat er een modderpoel was ontstaan, en zonder stank van chemicaliën of iets dergelijks. Niets waar je meteen een loodgieter op af zou sturen.

Reacher ging op zijn hurken zitten en bestudeerde de vochtige grond van dichtbij. De grond was vlak, maar het oppervlak was niet helemaal glad. De deklaag was als het ware beschadigd, waarschijnlijk door steenslag en ander vuil dat er door de wind overheen geblazen was. Maar dwars door al die natuurlijke krassen en opengeschraapte plekken, zag Reacher een regelmatig patroon. Flauwtjes, maar onmiskenbaar. Een spoor. Een breed bandenspoor. Het soort brede banden dat onder luxere personenwagens wordt gemonteerd.

'Kun je daar een foto van maken?' Reacher wees naar het bandenspoor.

Hannah haalde haar telefoon tevoorschijn en maakte een vijftal foto's. 'Denk je echt dat iemand ons in de gaten hield?'

‘Het is nog te vroeg om daar uitspraken over te doen.’

Hannah huiverde ondanks de zon. ‘Mijn god, ik heb ze gezien. Tenminste hun auto. En als zij... arme Sam.’

‘Je zou een paar dagen weg moeten gaan. Heb je familie in de omgeving? Vrienden waar je kunt logeren?’

‘Nee, ik heb niemand. Ik zoek wel een hotel.’

‘Boek maar een kamer in een andere stad.’

‘Het wordt me allemaal wat te veel,’ zuchtte Hannah. Ze vermande zich. ‘Nee, het komt goed. Ik zal wat spullen bij elkaar zoeken. Wat ga jij doen?’

‘Met Harewood praten en hem zover krijgen dat hij hier een paar technische rechercheurs naartoe stuurt.’

Hannah deed een eerste stap in de richting van haar voordeur, maar bleef meteen weer staan. ‘Verdomme, moet je dat zien.’

‘Wat?’

‘Sams brievenbus.’ Hannah wees naar een brievenbus op een paal naast zijn parkeerhaventje, een eenvoudig geval van geribbeld staal, in dezelfde kleur gespoten als Sams pick-up.

‘Wat is ermee?’

‘Hij zit niet goed dicht.’

De klep van de brievenbus stond inderdaad iets open.

‘Daar had Sam een hekel aan.’ Ze beende naar de brievenbus. ‘Hij moest altijd helemaal dicht. Hij veegde de postbode altijd de mantel uit als hij zich daar niet aan hield.’ Hannah klapte met haar vlakke hand tegen de klep die dichtklikte. Meteen pakte ze de klep beet en trok hem open. ‘Ik kan beter even kijken of er nog iets in zit. Het zou belangrijk kunnen zijn.’

Hannah stak haar hand in de brievenbus en haalde er een vel papier uit. Het zat niet in een envelop, het was in drieën gevouwen. Hannah keek Reacher vragend aan en vouwde het vel open. Ze streek het glad en las de inhoud. Haar mond zakte open, het papier gleed uit haar vingers en dwarrelde naar de grond. Reacher raapte het op. Er stonden een paar regels tekst op. Het was aan niemand gericht en door niemand ondertekend.

> Wiles Park, één uur woensdagmiddag, het bankje onder de boom. Breng het bewijsmateriaal mee. Als je niet komt, ligt je buurvrouw in het ziekenhuis voordat de zon ondergaat.

Reacher gaf het vel papier terug aan Hannah. 'Waar is Wiles Park?'

'Midden in de stad.' Hannahs stem klonk mat en terneergeslagen. 'Een kwartier vanhier, als je je haast.'

In het briefje stond één uur. De klok in Reachers hoofd stond op vijf minuten over halfeen. Hij zou nog tien minuten overhebben.

Harewood en zijn technische rechercheurs moesten nog maar even wachten.

17

Het werd langzamerhand licht terwijl de Greyhound zijn weg naar het oosten hobbelend en ronkend vervolgde. Hij liet het resterende deel van Arizona achter zich, doorkruiste een hoekje van New Mexico en sneed Texas in een schuine lijn vanuit het noordwesten aan. Jed raakte met elke afgelegde kilometer meer vertrouwd met de geluiden. Steeds minder zou hem uit zijn slaap kunnen halen, maar door al die uren die hij al slapend had doorgebracht, werd de behoefte om zijn ogen te sluiten ook steeds kleiner. Het een woog tegen het ander op, wat ertoe leidde dat hij opnieuw enige tijd nodig had om wakker te worden toen de bus in El Paso stopte, net als in Phoenix het geval was geweest.

Jed werd zich langzaam bewust van zijn omgeving, keek naar buiten en zag dat ze in El Paso waren gearriveerd. Hij keek op zijn horloge. Ze reden keurig volgens schema. Ze zouden hier dus een uur en vijf minuten blijven. Het was tijd voor de lunch en ze zouden pas weer wat langer stoppen in Dallas, in de kleine uurtjes van de volgende ochtend. Dus was het verstandig nu de bus uit te gaan en iets te eten. Hij had vreselijke honger, maar hij voelde zich energieker dan de vorige keer toen hij wakker was geworden. Hij schoof over de bank tot op de stoel bij het gangpad. Sommige passagiers waren al buiten en slenterden een beetje rond. Hij wachtte tot een ouder stel voorbij geschuifeld was en stond toen op, deed een eerste stap en bleef staan. Hij had zijn rugzak nog niet. Die had hij niet op schoot gehad. Hij had zijn armen er niet omheen geslagen. De mensen moesten niet denken dat hij een klein kind was. Hij had de rugzak op de stoel bij het gangpad gezet voordat hij was gaan slapen. Daar stond hij nu niet meer. Hij stond ook niet op de vloer, onder de bank, en hij lag niet in het bagagerek. Hij was nergens. Hij was weg.

Jed herinnerde zich de man in het busstation in L.A. De man die eruitzag als een surfer, die zijn ticket had gevonden toen hij dat had laten vallen. De man had hem gewaarschuwd, had hem op het hart gedrukt de rugzak steeds vast te houden, een arm door de schouderband te steken. Hij had moeten luisteren. Hij had...

Jed zag zijn rugzak. Buiten de bus. Een man liep er snel mee weg over het trottoir langs de perrons. Hij was al vlak bij de uitgang van de terminal. Jed haastte zich door het gangpad, maar werd onmiddellijk gedwongen in te houden. Hij stond bijna stil achter het oude stel dat hem de weg versperde. Ze deden maar wat, voetje voor voetje richting de uitgang. Ze leken een experiment uit te voeren hoe langzaam je je kon voortbewegen zonder wortel te schieten. Jed schuifelde ongeduldig achter hen aan. Bij de uitgang klom het oude stel omzichtig de bus uit. Jed sprong op het asfalt en rende naar de uitgang van de terminal. Hij zag geen spoor van de man die zijn rugzak had gestolen. Plotseling zag hij een glimp van de man door de achterruit van een auto. Een taxi. De man zat onderuitgezakt op de achterbank met de rugzak op schoot. De opengeslagen flap lag tegen de zijruit.

Het was twintig meter naar de taxi. Jed zette het op een lopen. Hij zwaaide met zijn armen, hij begon te roepen. De taxi kwam in beweging. Jed sprong en schreeuwde. Hij rende achter de taxi aan, maar die begon alleen maar harder te rijden en verdween om een hoek uit het zicht.

Jed stond voorovergebogen naar adem te happen op het trottoir. Hij was alleen in een stad die hij niet kende, meer dan duizend kilometer van de enige plek op de wereld die hij ooit als zijn thuis had beschouwd. Alles wat hij op deze wereld bezat, was hij kwijt. Zijn droom van een nieuw leven was in duigen gevallen. Tranen vulden zijn ogen. Hij schoof zijn hand in zijn broekzak en zocht met zijn vingers naar munten. Als hij ergens nog een kwartje had, kon hij zijn pleegmoeder bellen en haar vragen hem te komen halen, om hem mee terug te nemen, om hem te redden.

Hij kon bellen.

Maar of zijn pleegmoeder de telefoon zou aannemen was de vraag.

Graeber en de vier andere mannen hadden al een uur gewacht toen Emerson arriveerde bij de loods. Dat verbaasde de vier. Het was niet Emersons stijl om laat te zijn. Maar dit waren geen normale tijden. Graeber had ze ingelicht, al had hij niet alles verteld, want Emerson hield zijn privéleven gescheiden van zijn zaken. Hij zou niet willen dat zijn vuile was publiekelijk werd buiten gehangen. Bovendien was Graeber ambitieus. Hij deed zijn best zijn bevoorrechte positie in de organisatie in stand te houden, dus had hij niet meer prijsgegeven dan nodig was, net genoeg om te voorkomen dat de anderen allerlei vragen zouden stellen. Of zenuwachtig zouden worden en de benen zouden nemen.

Emersons vrouw was er slechter aan toe geweest dan Emerson had verwacht. Krijsend had ze hem bij de deur opgewacht. Jammerend had ze hem met haar vuisten op de borst geslagen. Ze had wat ze maar in handen kreeg door de kamer gesmeten. Ze had hem de schuld gegeven van wat er met Kyle was gebeurd. Ze had hem de schuld gegeven dat het afkicken was mislukt. Dat was Emerson in het verkeerde keelgat geschoten. Hij had de drank niet door Kyles keelgat gegoten. Hij had de joints niet gedraaid. Hij had de spuiten niet gevuld met welke rotzooi Kyle ook maar in zijn aderen had gespoten. Hij had alleen zijn best gedaan om die jongen weer beter te krijgen. Dat had heel wat gekost en er hadden aanzienlijke risico's aan gekleefd voor hemzelf.

Het had Emerson de grootste moeite gekost zijn geduld niet te verliezen terwijl zijn vrouw zo tekeerging, te begrijpen wat er allemaal aan de hand was. En te wachten tot de xanax zijn werk zou doen.

Emerson zat aan het hoofd van de oude, verweerde tafel en gunde zich even een moment om tot rust te komen. 'Jongens,' zei hij, 'bedankt dat jullie hier zijn. Om te beginnen moeten jullie weten dat het hier niet om ons gewone werk gaat. Dit heeft niet met de zaak te maken, het is persoonlijk. Persoonlijk voor mij. Dus wie er niet aan mee wil doen, mag vertrekken. Ik zal het je niet aanrekenen. Het heeft geen gevolgen voor de toekomst, dat garandeer ik je.'

Niemand kwam in beweging.

'Heel goed.' Emerson knikte. 'Oké, dit is het plan, voor zover er een plan is. We kunnen langs twee wegen met die klootzakken in contact komen. Om te beginnen weten we wie hun contactpersoon is. Graeber en ik gaan bij hem op bezoek. We zullen proberen hem aan de praat te krijgen. Misschien kunnen we hem overhalen wat meer over de organisatie te vertellen. Daarnaast hebben ze een schip, nét buiten de territoriale wateren voor de kust van New Jersey. Dat ligt daar en gaat nergens naartoe. Waarschijnlijk zitten de grote jongens daar aan boord. Ze denken dat ze daar veilig zijn. Daar hebben ze hun hele uitrusting en voorraden. Voorlopig komt dat ons prima uit. Zolang niemand van die lui stiekem de benen neemt. Ik wil dat de rest daarnaartoe gaat. Een vriend van me zorgt voor een vliegtuig. Neem een standaard droogpak mee. We hoeven bij deze klus niet heel erg subtiel te werk te gaan. Begin met observeren vanaf de kust. Er is maar één klein bootje dat heen en weer pendelt. Hou iedereen tegen die probeert weg te komen, behalve klanten. Laat die maar gaan, al mag je ze eerst best een beetje bewerken om ervoor te zorgen dat ze nooit meer terug zullen komen. Zet iedereen die geen klant is, maar op ijs. Dat hoeft niet zachtzinnig, als ze nog maar leven als ik daar arriveer.'

Wiles Park verdiende die naam niet, dacht Reacher. Ze hadden het een plein moeten noemen, want dat was wat het was. Een plein, bovendien een aardig plein. Ze hadden hun best gedaan er iets van te maken wat mensen zou aantrekken. Dat was duidelijk. Rondom het plein waren grappige winkeltjes en cafeetjes en restaurants met geriefelijke terrassen. Midden op het plein stond een fontein, waarschijnlijk een replica van een fontein bij een of ander Frans kasteel, die op een kwart van zijn totale vermogen functioneerde. Dat zou wel iets met een tekort aan water te maken hebben. Tussen kleine heggetjes stonden allerlei planten in uitbundige kleuren. De heggetjes zelf waren in mooie geometrische figuren gesnoeid. De banken van gevlinderd beton stonden in een grote kring als de cijfers op de wijzerplaat van een klok. Twaalf banken, waarvan er slechts één bij een boom stond, zoals al was aangegeven in het briefje in de brievenbus van Sam Roth.

Reacher kocht een beker koffie in het cafeetje dat de minste pretenties uitstraalde en slenterde naar de bank onder de boom. Om tien voor één ging hij op de bank zitten, in het midden, en wachtte.

Om vijf voor één stapte een man achter de fontein vandaan. Een breedgeschouderde man, een meter negentig lang. Hij droeg een spijkerbroek en een wit Rolling Stones-T-shirt. Zijn haar was kortgeschoren en hij droeg een sportieve zonnebril met een zwart montuur. Toen hij halverwege de bank was waarop Reacher zat, bleef hij even staan. Hij keek Reacher vijandig aan, zette zich weer in beweging en ging pal voor Reacher staan.

'Oprotten,' zei hij.

Reacher keek de man vragend aan. 'Oprotten? Leg eens uit: hoe doe je dat?'

De man keek zo mogelijk nog stuurser. 'Van die bank af, klootzak.'

'Waarom? Is die bank van jou?'

'Ik heb hem nodig. Nu.'

'Er zijn nog elf banken. Neem daar maar een van.'

'Ik heb deze nodig. Ik vraag het niet nog een keer. Wegwezen.'

Reacher bleef zitten en zei niets.

De man boog zich naar hem toe. 'Heb je me niet gehoord?'

'Jazeker, uitstekend. Je zei dat je het me niet nog een keer ging vragen, dus ik dacht dat jij op andere gedachten gekomen was. Als je tenminste kunt denken.'

'Pas op je woorden, kerel. Je maakt me kwaad.'

'En als ik niet op mijn woorden pas, wat dan?'

De man keerde zich af. Hij balde zijn vuisten en probeerde zich te beheersen. Hij haalde diep adem en keek Reacher weer aan. 'Luister, ik heb een afspraak met iemand bij deze bank. Over een minuut of zo. Het is heel belangrijk, dus ik zou het op prijs stellen als u ergens anders ging zitten.'

'Je hebt een afspraak met Sam Roth,' zei Reacher.

De norse blik keerde terug. 'Hoe weet jij dat?'

'Omdat de afspraak met Sam Roth niet meer doorgaat. Je hebt nu een afspraak met mij.'

'Hè? Wat is hier verdomme aan de hand?'

'Gewijzigde onderhandelingspositie.' Reacher klopte op het gladde beton naast zich. 'Ga zitten, dan kunnen we praten. Dan kunnen we eens zien of er een oplossing is waar iedereen mee kan leven.'

'Heb je de prints?'

‘In de buurt. Ik kan ze halen als we het eens worden over de voorwaarden voor de overdracht.’

De man aarzelde even, draaide zich toen langzaam om en ging voorzichtig op het randje van de bank zitten, zo ver van Reacher als maar mogelijk was. ‘We moeten die prints zien. We moeten zeker weten dat Roth het rooster heeft veranderd zoals we hem hebben opgedragen.’

Reacher zag iets bewegen bij de fontein. Een tweede man kwam erachter vandaan. Hij was ongeveer even groot als de man die naast hem zat, al leek hij iets zwaarder. Hij droeg eenzelfde zonnebril en vergelijkbare kleren, maar een effen shirt met mouwen. Hij bleef bij de fontein staan en haalde overdreven zijn schouders op. De man naast Reacher deed het hem na en wenkte hem toen dichterbij.

De nieuwe marcheerde op de bank af en bleef er vlak voor staan. Hij had een rood aangelopen gezicht. Op zijn voorhoofd zwol een ader op. Hij keek zijn maat aan. ‘Wat zit je hier te lullen met die onbenul. We moeten aan het werk.’

‘Kalm maar, ga zitten. Hij komt in plaats van Roth,’ zei de man naast Reacher.

De nieuwe bleef staan. ‘Om de dooie dood niet. Dat was niet afgesproken.’

‘De afspraak is veranderd,’ zei Reacher. ‘Jij wilt een aangepast rooster?’

‘Je weet dat we dat willen.’

‘Meneer Roth is niet langer van mening dat het noodzakelijk is om het rooster aan te passen. Het is aan jullie om van gedachten te veranderen.’

‘Ben jij gek?’ vroeg de nieuwe.

‘Ik dacht het niet. Misschien een beetje excentriek, maar goed, wie ben ik om daar iets over te zeggen?’ Reacher klopte op het beton aan zijn andere zij. ‘Ga zitten.’

‘Als jij niet gek bent, moet Roth gek zijn.’ De nieuwe ging zitten. ‘Als bekend wordt wat wij weten, is het gebeurd met hem. Dan kan hij het verder wel vergeten. Dat weet hij.’

‘Wat jullie hebben is nep.’

‘Nou en? Het is geloofwaardig. Het is uitgesloten dat er geen onderzoek komt en het maakt niet uit wat ze vinden. Of ze iets vinden of helemaal niets. Maakt niet uit, waar rook is, is vuur. Zijn reputatie en zijn carrière zijn naar de filistijnen.'

'Misschien kan hem dat niets schelen. Misschien is hij toe aan een nieuwe uitdaging.'

'Het kan hem wel schelen.'

'O ja?'

'Jij bluft.'

'O?'

'Hoe dan ook,' zei de eerste van de twee, 'We hebben iets achter de hand voor het geval hij te stom is om mee te werken.'

'Dat dreigement over zijn ex?' vroeg Reacher.

De eerste knikte. 'Soms gebeuren er ongelukken. Huizen vliegen in de fik. Elektrische auto's ook, en soms zit de eigenaar van die auto er dan ook nog toevallig in.'

'Ik ben niet zo dol op klootzakken die onschuldige mensen bedreigen. Ik zou je eigenlijk je benen moeten breken.'

De eerste zette een borst op. 'Of wij die van jou.'

'Zou je dat kunnen?' vroeg Reacher.

Een getuige zou hebben verklaard dat de man zomaar van de bank tuimelde. Hij viel domweg opzij, sloeg tegen de grond en bleef roerloos liggen, de armen langs zijn zij, de benen bij de knie gebogen. Alsof hij zat, maar dan negentig graden gedraaid. Hij zou hebben verklaard dat Reacher zich niet had verroerd. Of, als dat wel zo was, dat het een soort spasme was geweest. Niets opzettelijks, gewoon een beweging van de linkerarm.

Reacher keerde zich naar de nieuwe. 'De onderhandelingsfase is voorbij. Het rooster wordt niet aangepast. Jullie gaan de vuile was die je bij elkaar hebt geschraapt over Roth niet openbaar maken en je raakt Hannah Hampton met geen vinger aan. Is dat duidelijk?'

De ader op het voorhoofd van de nieuwe begon te kloppen. 'Ik weet niet wat jouw plannen voor de rest van de dag zijn, kerel, maar je kunt ze maar beter schrappen. Rot op, de stad uit, en razendsnel.'

'Ik was al van plan om te vertrekken, maar ik ken iemand die hier woont. Die werkt bij de politie, we hebben allebei in het leger gezeten. Als er ook maar één smerige leugen over Roth wordt verteld, hoor ik dat van hem. Als mevrouw Hampton ook maar iets overkomt, hoor ik dat van hem. Dan kom ik terug om je op te zoeken. Dat wordt de beroerdste dag van je leven.'

Een getuige zou achteraf hebben verklaard dat er op dat moment iets heel merkwaardigs gebeurde. De nieuwe tuimelde ook zomaar van de bank. Hij viel opzij en belandde buiten westen op de grond, een spiegelbeeld van zijn maat. Opnieuw zou de getuige zeker weten dat Reacher zich niet had verroerd. Niet opzettelijk, hooguit een spastische beweging van zijn arm. Deze keer de rechterarm.

18

Jed Starmer stond op de stoeprand en graaide een handjevol munten uit zijn broekzak. Drie kwartjes en een paar kleinere muntjes. Alles bij elkaar iets meer dan twee dollar, maar het ging Jed niet om het totaal. Het ging hem erom dat hij kon bellen. Er was een uitweg uit de problemen waarin hij verzeild was geraakt. Hij kon het op zijn minst proberen.

Er zouden bij het busstation van Greyhound waarschijnlijk wel munttelefoons zijn, dus keerde hij terug. In het begin zette hij er flink de pas in, maar allengs begon hij langzamer te lopen en om zich heen te kijken. Hij had zich zo geconcentreerd op de taxi waarin de man die zijn rugzak had gestolen was verdwenen, dat hij geen aandacht had geschonken aan de omgeving. Hij bevond zich in een lange, vlakke straat. Verderop rechts was het busstation. Dichterbij aan de overkant stond een vreemd bouwwerk met bleekgele, gebogen wanden. Het was hoog. Het had nergens ramen en de daklijn had eveneens gebogen vormen. Het deed hem denken aan een kunstzinnige mokkataart, of de mijter die een bisschop zou kunnen dragen in een sf-film.

Rondom het bouwwerk stond een reeks sculpturen in een cirkel. Ze waren gemaakt van staal. Het waren gebogen vormen die in elkaar grepen en in het zonlicht glansden als vlammen of kromzwaarden. Hij zag overeenkomsten met een of ander chic concertgebouw in L.A. Hij was daar nooit binnen geweest, maar de buitenkant boeide hem. Dat was ook een en al glanzend staal, maar verwrongen en krom gebogen alsof het aan het smelten was. Alsof het einde der tijden heel plotseling en alleen daar was aangebroken. Het zou iets uit een droom kunnen zijn of een teken dat hij gek begon te worden. Hij had altijd gedacht dat er een dreiging uitging van dat gebouw, zoals van zoveel eigenlijk in de stad waar zijn thuis was.

Als L.A. tenminste nog zijn thuis was.

Een brede trap met een paar treden voerde naar een plein dat het gebouw scheidde van een tweede gebouw, vergelijkbaar met het eerste, maar lager. Jed liep de trap op, stond even stil om rond te kijken en liep toen naar de andere kant van het gebouw. Daar was een laag muurtje, kennelijk bedoeld om te voorkomen dat voetgangers op de straat eronder zouden vallen. Jed ging op het muurtje zitten en stalde al zijn munten op een rijtje uit. Hij haalde alle munten weg behalve de kwartjes. Drie ronde metalen schijfjes, dof van ouderdom, gekrast, stuk voor stuk onbeduidend, maar wel stuk voor stuk met macht over zijn toekomst.

Hij moest een beslissing nemen. Hij kon de munten weer in zijn zak steken, maar hij kon ze ook in de gleuf van een munttelefoon schuiven.

Hij kon vooruit gaan of terug.

Een nieuw leven opbouwen of zich tevredenstellen met het oude.

Op het moment dat Jed zich afvroeg wat hij met zijn kwartjes moest doen, parkeerde een patrouillewagen naast het Greyhound-busstation. Twee politieagenten stapten uit, een vrouw en een man. Allebei hadden ze een afdruk van een foto in hun hand. De vrouw liep de terminal in en benaderde met de foto alle passagiers die maar wat rondlummelden, die iets zaten te eten of net een bezoek aan het toilet hadden gebracht. De man bleef buiten. Hij concentreerde zich op de rij bussen. Hij was met name op zoek naar een bus die net was aangekomen uit L.A.

Ook op datzelfde moment kwam een auto tot stilstand in een aan Wiles Park in Gerrardsville grenzende straat. Een karig uitgeruste Dodge Charger. Rechercheur Harewood zette zijn zwaailicht op het dashboard, stapte uit en liep naar de enige bank op het plein die bij een boom stond. Hij keek Reacher even zwijgend aan en liet zijn blik toen over de beide mannen dwalen die nog altijd roerloos op de grond lagen.

'Wat is er gebeurd?' vroeg Harewood.

Reacher goot de laatste slok van zijn beker koffie naar binnen en zette de beker op de bank. 'Ze stortten in, zomaar spontaan.'

'Echt?'

'Ze hadden snode plannen. De stress moet ze te veel zijn geworden.'

'En jij zat hier toevallig ook toen dat gebeurde?'

Reacher haalde een vel papier uit zijn zak en reikte het Harewood aan. 'Dit hadden ze in de brievenbus van Sam Roth gestopt.'

'Je had mij moeten bellen. Je had het aan mij moeten overlaten.'

'Ik dacht dat het misschien iets te maken zou hebben met Angela St. Vrain.'

'En was dat zo?'

'Nee.'

Harewood keek op zijn horloge. 'Heb je dan ten minste nog een ambulance gebeld?'

Reacher schudde zijn hoofd. 'Ik heb geprobeerd een vuilniswagen hiernaartoe te krijgen. Zonder succes. Er wordt kennelijk geen vuil opgehaald vandaag.'

Harewood pakte zijn telefoon en koos een snelkiesnummer. Hij gaf iemand op het bureau opdracht medische assistentie te regelen en agenten in uniform om de beide bewusteloze mannen te begeleiden naar het ziekenhuis. Hij ging naast Reacher zitten. 'Wat waren de snode plannen van die lui eigenlijk precies?'

'Ze probeerden Roth te chanteren. Zijn ex vertelde dat zijn werk de laatste tijd meer stress had opgeleverd dan anders. Nu is duidelijk waarom.'

'Wat wilden ze?'

'Ze wilden dat het dienstrooster op een bepaalde manier werd aangepast. Waarschijnlijk om ze in staat te stellen gemakkelijk spullen de gevangenis in te smokkelen. Misschien wel om iemand te helpen ontsnappen.'

'Shit. Waarmee chanteerden ze Roth?'

'Niet echt iets, gewoon iets wat ze hadden bedacht. Dat gaven ze toe. Maar het was genoeg om Roth in de problemen te brengen, als hij nog geleefd zou hebben.'

'Ik kom er wel achter.'

'Vast.'

'Ik kom er op een of andere manier achter, maar wees eens eerlijk. Vertel je de waarheid?'

'Waarover?'

'Dacht je echt dat deze kerels iets te maken hadden met Angela? Of had je alleen dat briefje gevonden en kwam je hier om moeilijkheden te maken? Want ik zie het verband niet.'

'Er bleek geen verband te zijn. Ze hadden een eigen winkeltje, los van al het andere. Maar wat ik denk, is dat Angela en Roth geen verhouding hadden of hebben gehad. Hij is haar baas geweest en zij heeft hem aangeklampt voor hulp.'

'Hulp waarvoor?'

'Iets met boekhouding op haar werk. Angela en Roth hadden via e-mail contact gehad. Dat is een feit. Maar als ik moet speculeren, denk ik dat Angela naar Gerrardsville kwam om Roth iets te laten zien. Materiaal waarmee ze kon bewijzen dat er kwalijke zaken plaatsvonden. Ik denk dat degene die haar heeft vermoord dat had ontdekt, maar pas nadat ze Mississippi had verlaten. Daarom vond het in scène gezette ongeluk hier plaats. Want ze wisten dat ze hier zou zijn, en wanneer.'

'Dat zou het tijdstip en de locatie verklaren.' Harewood wees links en rechts omlaag. 'Maar niet waarom jij dacht dat deze twee erbij betrokken zouden kunnen zijn.'

'Voorkomen dat Angela het bewijsmateriaal aan Roth zou laten zien was niet genoeg. Ze moesten het ook zelf in handen zien te krijgen, wat het ook mocht zijn. Dus stalen ze Angela's tas.'

'Hoe konden ze zeker weten dat het bewijsmateriaal in haar tas zou zitten?'

Reacher reageerde niet.

Harewood fronste zijn wenkbrauwen. 'Ze hadden ook kunnen denken dat Angela het via e-mail naar Roth had gestuurd voordat ze van huis vertrok.'

'Dat zou slim zijn geweest. Een pakje is bij de post veiliger dan in een tas. Zeker als er een stelletje moordenaars achter je aan zit.'

'En jij dacht dat dat het bewijsmateriaal was waarover het briefje gaat?'

'Dat hoopte ik, want dan zouden we nu een paar man van het voetvolk te pakken hebben en langs de commandoketen omhoog kunnen werken. Het zou bovendien aantonen dat de dood van Roth een ongeluk was.'

Harewood zweeg even peinzend. 'Je probeert alleen iemand te chanteren die in leven is. Niet iemand van wie je weet dat hij dood is. Ik denk dat Roth ook zonder het materiaal dat Angela hem wilde laten zien, al te veel wist.'

'Zo zie ik het.'

'Ik zal contact opnemen met de lijkschouwer en haar vragen naar alles te zoeken wat een hartaanval teweeg kan brengen.'

'En stuur een paar computertechneuten naar het appartement van Roth. Iemand heeft alle e-mails die Angela en hij elkaar hebben geschreven van zijn laptop gewist. De echte. De e-mails die Angela's werkgever heeft gevonden zijn nep.'

'Oké.'

'En zoek achter het appartement van Roth naar bandensporen. Zijn ex denkt dat ze daar maandagavond voordat Roth overleed een auto heeft gezien.'

Harewood schudde zijn hoofd.

'Hoezo? Geloof je haar niet?'

'Dat is het niet. Ik zit alleen te denken dat mijn baas al de pest inhad dat ik één moordonderzoek wilde doen. Nu moet ik hem gaan vertellen dat het om twee moorden gaat.'

'Misschien kan het feit dat ik vertrek de klap een beetje verzachten.'

'Vertrek jij? Wanneer?'

Reacher stond op. 'Nu.'

'Waarom? Geef je er de brui aan?'

Reacher glimlachte. 'Ik begin nog maar net.'

Jed Starmer had zo lang op het muurtje gezeten dat de drie uitgestalde kwartjes nu in zijn schaduw lagen. Hij keek op zijn horloge. De bus zou over tien minuten vertrekken. Hij kon niet langer aarzelen, hij moest een besluit nemen.

Vooruit of terug?

Weer aan boord van die bus? Of bellen?

Hij wist het niet. Hij voelde de paniek opkomen. Hij voelde dat zijn keel werd dichtgeknepen. Hij kreeg geen adem meer. Maar het duurde maar even. Hij slikte de angst weg. Hij was al een heel eind gekomen. In z'n eentje, zonder dat hij iets nodig had. Als hij verder ging, zou hij nog maar een paar dagen alleen zijn. Niet eens achtenveertig uur meer. Dat was zonder schone kleren nog wel vol te houden. De diefstal van zijn rugzak was een groot verlies, maar het was geen ramp. Het was geen reden om zijn plannen op te geven. Hij had nog altijd zijn tandenborstel en hij had nog altijd driehonderd dollar.

Jed ging staan. Hij graaide de munten van het muurtje en stak ze in zijn broekzak. Het enige wat hij niet had, was tijd. Hij was van plan geweest iets te eten te kopen. Hij had enorme honger, maar eten moest nog maar even wachten. Dat was in zekere zin mooi meegenomen, want zo kon hij zijn geld nog wat langer in zijn zak houden. In ieder geval tot Dallas. Hij hield het nog wel uit zonder eten tot Dallas. Hij was gewend geraakt aan honger. Dat was het enige waarvoor hij zijn pleegmoeder dankbaar kon zijn.

Hij haastte zich de treden van het plein af en liep op een holletje terug naar het busstation. Hij zigzagde tussen groepjes mensen door, maar hield in voor de uitgang naar de perrons. Hij zag een frisdrankautomaat tegen de muur met de munttelefoons. Het was warm, veel warmer dan hij gewend was. Hij had hardgelopen in de zon. De automaat zat vol frisdranken.

Een tijdlang zonder eten was geen probleem, maar water was iets anders. Hij had ergens gelezen dat te weinig water heel slecht was voor je gezondheid. Het was slecht voor je organen en kon blijvende schade aanrichten. Hij wilde zijn nieuwe leven niet zwak en ziekjes beginnen, maar hij wilde evenmin te laat komen voor zijn bus. De deuren sloten al een tijdje voor vertrek. Dat was hem in L.A. opgevallen, het leek wel een heel leven geleden, al was het gisteren geweest. Hij keek op zijn horloge en besloot dat het de moeite waard was om het risico te nemen. Hij haalde het kleingeld uit zijn zak, duwde een voor een de munten in de gleuf en zag hoe het digitaal weergegeven totaal langzaam het bedrag naderde dat was vereist. Toen greep hij de fles die de automaat hem aanbood en rende naar de bus.

Met grote passen klom Jed aan boord. Voordat hij een meter het gangpad in was, schoven de deuren sissend dicht. Hij liet zich op dezelfde stoel vallen als waarop hij het eerste deel van de reis had doorgebracht en leunde tegen het raam. Plotseling voelde hij zich heel kwetsbaar zonder zijn rugzak. Hij verlangde terug naar het gevoel van die rugzak op schoot. Hij had er alles voor over gehad om op dat moment zijn armen om de rugzak te kunnen slaan. Het maakte hem niet meer uit of de mensen zouden denken dat hij een klein kind was.

'Hé, knul.'

Jed schrok op. Iemand had zich op de stoel naast hem laten vallen. Een jongen, een beetje groezelig, van een jaar of achttien. Jed herkende hem. Hij had de hele reis vanaf L.A. bijna achterin gezeten. Jed had gedacht dat hij bij een groepje hoorde, maar nu wist hij dat niet zo precies meer.

'Hoe is het?' vroeg de jongen.

'Hm,' zei Jed.

De jongen boog zich naar hem toe. 'Problemen?'

'Wie? Ik? Nee, hoezo?'

'Is de politie naar jou op zoek?'

Het voelde alsof een stalen band om zijn borst werd gesnoerd. Zijn hart sloeg op hol. 'De politie? Natuurlijk niet. Waarom zouden ze naar mij op zoek zijn?'

'Het geeft niet, je kunt het rustig tegen mij zeggen. Daarom kwam je toch pas op het allerlaatste moment weer aan boord? Of niet soms? Je wachtte net zo lang tot ze weer weg waren.'

'Is de politie aan boord geweest? Hier in de bus?'

De jongen knikte.

'Dat wist ik niet. Ik, eh... was een beetje aan de late kant.'

'Juist.' De jongen knipoogde. 'Aan de late kant, ik begrijp het.'

'Oké, politie in de bus. Maar die zijn niet op zoek naar mij.'

'Zeker weten? Want die agent had een foto. Een oude. Op z'n minst vier, vijf jaar oud. Maar die kop erop leek op jou. Blijkbaar viel het niemand anders op. Ze hebben net de chauffeur vervangen en al die bejaarden zijn praktisch blind, maar ik zag het meteen.'

Jed slikte moeizaam. 'Wat heb je gezegd?'

'Maak je geen zorgen.' De jongen sloeg Jed op de schouder. 'Ik zei dat ik je niet had gezien.'

'Dank je.' Eindelijk lukte het Jed weer een keer gewoon adem te halen.

'Geen probleem.' De jongen zweeg even. 'Hé, ik heb een idee. Misschien kun je me op een ontbijt trakteren als we in Dallas zijn?'

'Ontbijt?' Jed dacht aan zijn financiële reserves. Hij was niet van plan meer uit te geven dan absoluut noodzakelijk was. Maar meteen daarop bedacht hij hoe gemakkelijk het voor de jongen zou zijn om even 911 te bellen. Waarschijnlijk had hij een mobiele telefoon. Maar zelfs als hij die niet had, zou de bus zeven keer stoppen voordat ze in Dallas waren, bij haltes met telefooncellen. Hij glimlachte geforceerd en zei: 'Tuurlijk, met alle plezier.'

'Cool.' De jongen stond op en vertrok door het gangpad naar zijn eigen stoel. 'Van lange reizen krijg ik honger. Tot later...'

19

Bijna tweeduizend kilometer verder, in Winson in Mississippi, achtte Curtis Riverdale de tijd rijp om in actie te komen.

Riverdale was een rariteit in het bedrijf Minerva. Een buitenstaander. Hij was zo bijzonder omdat hij zijn functie had behouden toen Minerva de gevangenis had overgenomen. Gewoonlijk werd het hoofd gevangenbewaarders op een zijspoor gedirigeerd als Minerva een gevangenis overnam. De man werd met een mooie titel weggepromoveerd naar een positie waar hij geen kwaad meer kon en waar verveling en het gevoel van vernedering hun werk konden doen, zodat hij uiteindelijk zelf een andere baan zocht. Als zo iemand toch probeerde zich staande te houden, kreeg hij ontslag, in het spoor van een derde van zijn personeel dat op straat werd gezet.

Dat proces was in dit geval ook in werking gezet. Er was een groep nieuwe cipiers aangesteld. Dat waren mensen met een lange staat van dienst in andere gevangenissen die door Minerva werden gerund. Op maat gemaakt voor de posities waaruit zojuist mensen waren ontslagen. Het nieuwe hoofd gevangenbewaarders was tegelijkertijd benoemd. Dat was een lange, magere man van veertig die zich kleedde als een bankier en praatte als een radiopresentator. Hij deed alles wat een nieuwe baas zoal doet om te bewijzen dat hij de juiste man op de juiste plek is, maar hij kon zijn draai niet vinden in Winson. Hij was aan de lopende band ziek. Hij lag meer in het ziekenhuis dan in zijn eigen bed thuis. Na zes maanden gaf hij het op. Hij nam ontslag. Tijdens de afwezigheid van de man greep Riverdale zijn kans om zijn oude werkzaamheden weer op te pakken. Hij liet zien dat hij onmisbaar was. Flexibel en discreet.

Hij paste zich soepel aan de werkwijze van Minerva aan, iets wat Hix nog niet eerder had meegemaakt.

Sommige bedrijven die actief zijn in het gevangeniswezen behandelen gedetineerden als artikelen in een supermarkt. Dat komt neer op alles in grote aantallen bij elkaar en met kleine winstmarges werken. Zo zat Minerva niet in elkaar. Vanaf het allereerste begin hadden Hix en Brockman een ander principe gehanteerd. Ze zagen zichzelf meer als goudzoekers uit het oude Wilde Westen. Ze beoogden hetzelfde, namelijk het goud schiften van het vuil. Dat deden ze alleen niet met schoppen, emmers en zeven. Zij hadden een systeem. Een systeem dat ze zelf hadden ontwikkeld, verfijnd en verbeterd. Met dat systeem filterden ze de constante stroom gedetineerden die hun werden toegestuurd door de staten waarmee ze een contract hadden gesloten.

Dat proces begon bij degenen die net voor het eerst waren veroordeeld. Advocaten spitten hun zaak opnieuw door. Accountants analyseerden hun financiële status. Genealogen deden onderzoek naar de familiebanden. Vervolgens werden ze onderworpen aan psychologische tests die bepaalde vaardigheden en competenties bij gedetineerden aan het licht brachten. Psychologen beoordeelden de persoonlijkheid. Gedetineerden die geschikt waren, werden geselecteerd. De rest werd langs de artsen gestuurd, net als de andere gedetineerden. Er werd een hele reeks fysieke onderzoeken uitgevoerd en waar nodig werd medicatie voorgeschreven. Pas als iemand van alle kanten was bekeken en in een categorie was ondergebracht, werd besloten waar hij zijn vonnis moest uitzitten.

Bij de gedetineerden in de eerste categorie was in potentie iets mis met het vonnis. De mogelijkheid bestond dat het vonnis kon worden vernietigd, wat financieel of publicitair voordeel zou kunnen opleveren. Die gedetineerden werden gelijkelijk verdeeld over de gevangenissen die Minerva beheerde. De tweede categorie bood geen bijzondere mogelijkheden. Dat was verreweg de grootste groep. Daarmee verdiende Minerva het dagelijks brood. Een saai, maar noodzakelijk kwaad. De meesten werden opgesloten in oude gevangenissen van Minerva, maar om de schijn op te houden, kwamen sommigen ook in Winson terecht. De derde categorie was minder omvangrijk, maar wel interessant. Alle gedetineerden in die categorie werden ondergebracht in Winson. Van de vierde categorie maakten nog minder gedetineerden deel uit. Het was geen interessante categorie, hij was lucratief. Doorgaans maakte maar één gedetineerde deel uit van die categorie, soms waren het er twee, soms helemaal niemand.

Die middag was er maar één gedetineerde in categorie vier. Hij was helemaal alleen ondergebracht in afdeling S1, de afdeling voor eenzame opsluiting die nog steeds werd gebruikt. Daarom begon Riverdale die middag daar zijn ronde. Hij moest van alles regelen, personeel aan het werk zetten en de verwerking, het inpakken en de distributie van goederen aansturen. Hij moest een gecompliceerd proces gaande houden.

Maar dan moest aanstaande vrijdag alles wel op rolletjes lopen. Als dat niet gebeurde, ging het doek erover. Dan zou bovendien veel personeel van Minerva een plaats vinden in andere gevangenissen, aan de andere kant van de tralies.

Jack Reacher vertrok op dezelfde manier als waarop hij twee dagen eerder gekomen was, te voet, uit Gerrardsville. Al lopend vroeg hij zich af wat de beste manier was om in Winson, Mississippi te komen. Hij had nog nooit van Winson gehoord toen hij de plaatsnaam op het rijbewijs van Angela St. Vrain zag staan. Hij had een omweg willen maken langs de bibliotheek in Gerrardsville om meer te weten te komen over Winson, maar toen Harewood en hij zaten te praten op de bank in Willes Park had de rechercheur op zijn telefoon een soort kaart tevoorschijn getoverd. Een onduidelijke veelkleurige wirwar van wegen en plaatsen op een klein scherm vol krassen, wat Reacher evenwel een idee gaf van waar Winson zich moest bevinden. Het stadje lag tegen de grens van de staat, genesteld in een meander van de Mississippi-rivier op de oostelijke oever.

Een weg vinden naar Winson zou geen moeite kosten. Reacher maakte zich meer zorgen om de vraag hoeveel tijd hij daarvoor nodig zou hebben. Hij was geconfronteerd met twee slachtoffers van moord. Minstens een van de daders was nog op vrije voeten, samen met minstens één medeplichtige. Het spoor dat naar hen moest leiden, werd moeilijker te volgen naarmate de tijd verstreek. Reacher had energie genoeg, hij had genoeg geld op zak, maar hij had te weinig tijd.

Rechts lagen de pieken van de bergketen nog steeds als de tanden van een zaag onder de helderblauwe lucht. De zon kreeg een roze tint en zakte weg in de richting van de hoogste pieken. Het was nog altijd warm, maar Reachers schaduw die met hem mee danste en hobbelde over het asfalt, werd langer. Het was windstil en het was doodstil. Sinds hij de stadsgrens was gepasseerd was er nog geen auto voorbijgekomen. Geen busje, geen pick-up. Onder andere omstandigheden zou Reacher hebben genoten van de rust, maar vandaag niet. Nu voedde het alleen zijn groeiende ongeduld.

Uiteindelijk hoorde hij toch nog het geluid van een motor achter zich. Een zware diesel die brullend en met het kabaal als van een vrachttrein dichterbij kwam. Hij keek om en zag een pick-up naderen. Een rode pick-up met zwartgetint glas en veel chroom. Een pick-up die Reacher eerder had gezien. Reacher deed een stap opzij naar de berm en bleef staan.

De pick-up remde abrupt ter hoogte van Reacher en stond even te schudden op de vering. Het raam aan de passagierskant gleed omlaag. Hannah Hampton zat achter het stuur. Haar rechterhand rustte op het stuur. Ze glimlachte naar Reacher en zei: 'Trek het portier maar open.'

Reacher trok het portier wijd open.

De glimlach verdween van Hannah's gezicht. Ze tilde haar linkerhand op uit de ruimte tussen haar dij en het portier aan haar kant. Ze richtte een klein zwart pistool op Reacher. Een greep van slechts een paar centimeter, een loop van minder dan tien centimeter, alles bij elkaar een pistool van nog geen vijftien centimeter. Een SIG P365, dacht Reacher. Hij had er nooit mee geschoten. Hij had er zelfs nog nooit een in handen gehad. Subcompact was een hype geworden nadat hij al ontslag had genomen uit het leger, in een tijd dat iedereen zo nodig in het geheim een pistool wilde dragen. Hij had wel het een en ander gelezen over dit pistool. Je moest er niet te licht over denken.

Hannah richtte het pistool op zijn borst en zei: 'Blijf daar staan. Verroer je niet.'

Een terugkerende klant, zo ongeveer de heilige graal voor ieder bedrijf. Iemand bij wie je geen vraagtekens zette, aan wie je niet hoefde te twijfelen, iemand die je niet hoefde te weigeren.

Lev Emerson rekende erop dat de lui op wie hij het voorzien had, hun organisatie zouden runnen als een bedrijf, zij het natuurlijk dat het geen doorsneebedrijf was. Hij kende geen bedrijfsnaam. Het bedrijf adverteerde niet en had, voor zover hij wist, geen logo. Ze hadden geen website en geen bankrekening zodat je online zou kunnen betalen. Er was geen app, ze presenteerden zich niet op social media. Er was alleen een contactpersoon en een schip. Het laatste, drijvende houvast voor iedereen die wanhopig was. Een laatste reddingsboei om je aan vast te klampen als je nergens anders meer kon krijgen wat je nodig had.

Emerson had de contactpersoon de vorige keer contant betaald om zijn zoon Kyle aan boord van het schip te krijgen. Dat was de enige keer geweest. Kyle was zeker wanhopig geweest. Hij had alleen niet gekregen wat hij nodig had. Hij had in plaats daarvan iets gekregen wat hem de dood in had gejaagd.

Die ene keer had Emerson veel geld betaald. Dat was een fout die hij niet weer zou maken. Elke vorm van bemoeienis met die lui zou een kapitale blunder zijn, maar als de contactpersoon zou happen, zou hij degene zijn die de fout maakte. Dat was verdomd zeker. Hij, de contactpersoon, de mensen voor wie hij werkte, en de mensen die hem van voorraad voorzagen. Dat laatste was het belangrijkste. De uiteindelijke bron van het gif dat Kyle had vermoord. Emerson wilde niet alleen iemand een poot uittrekken. Hij wilde het beest vermoorden. Hij wilde het tot en met de laatste cel zwart blakeren.

Als de contactpersoon maar hapte.

Emerson haalde diep adem en klikte op *Verzenden.* Zijn laptop bootste het geluid van een windvlaag na. De e-mail verdween van het scherm. Hij zag het voor zich als een lange reeks enen en nullen die slingerend een weg door internet zocht, pingend van de ene niet te traceren server naar de andere, de hele wereld rond. Misschien zou het bericht zijn bestemming bereiken, misschien niet. Misschien zou het worden gelezen, misschien niet. Misschien zou het bericht de contactpersoon overtuigen, wat afhankelijk was van diens hebzucht. Een hebzucht die zo groot zou moeten zijn dat elke vorm van achterdocht waarom een cliënt, met wie nog maar zo kortgeleden zaken waren gedaan en die nu alweer terugkwam voor meer, het ertegen af zou leggen.

Maar misschien zou de contactpersoon niet overtuigd raken.

Jack Reacher had niet bijgehouden hoeveel mensen in de loop der jaren een pistool op hem hadden gericht. Vaak was degene wiens vinger zich om de trekker kromde, kwaad. Soms bang, soms vastberaden, soms hyper, of opgelucht. Soms bleven ze kalm en professioneel, maar de uitdrukking op het gezicht van Hannah Hampton had Reacher nog niet eerder gezien. Ze leek in verlegenheid gebracht.

'Het spijt me,' zei ze. 'Ik ben er heilig van overtuigd dat het absoluut fout is wat ik doe, dat ik knettergek ben, maar ik moet het zeker weten.'

'Wat moet je zeker weten?' vroeg Reacher.

'Waarom je daar op de stoep verscheen bij Sam.'

'Dat heb ik je verteld.'

'Je hebt me een verhaal verteld. Hoe weet ik dat dat de waarheid is?'

'Je hebt met rechercheur Harewood gesproken. Hij heeft het bevestigd.'

Hannah schudde haar hoofd. 'Hij bevestigde wat jij dóét. De moord op Angela onderzoeken. Maar niet het waarom.'

'Ik help hem.'

'Waarom?'

'Angela is vermoord. Sam ook. Iemand moet daar iets aan doen.'

'Juist. Rechercheur Harewood. Dat is zijn werk en hij kan terugvallen op het hele politiekorps van Gerrardsville. Waarom moet jij zo nodig ook nog helpen?'

'Harewood heeft te kampen met, eh... institutionele obstakels.'

'Zoals?'

'Dat maakt niet uit. Het enige wat van belang is, is de vraag of je wilt dat de moordenaar van Sam vrijuit gaat. Als je dat niet wilt, moet je het pistool opbergen.'

'En als het nu eens minder eenvoudig ligt?'

'Het is domweg zo eenvoudig.'

Hannah aarzelde, maar ze hield het pistool op Reacher gericht. 'Mijn probleem is als volgt. Er zit een stemmetje in mijn achterhoofd dat maar niet wil zwijgen. Dat stemmetje roept voortdurend dat jij de enige was die wist dat Angela vermoord is. Jij was de enige die wist dat Sam geen hartaanval heeft gehad. Jij was de enige die op de proppen kwam met het idee dat Angela onderweg was naar Sam met het geheim, belastend materiaal. Jij was de enige die daarnaar op zoek ging.'

'En daarom heeft Harewood mijn hulp nodig.'

'Tenzij er een andere verklaring is.'

'Die is er niet.'

'Wat zou jij hebben gedaan als je het bewijs in Sams appartement had gevonden, of in zijn brievenbus?'

'Dan zou ik het aan Harewood hebben gegeven.'

'Maar zou je dat hebben gedaan? Dat is de echte vraag.'

'Denk jij dat ik het voor mezelf wilde hebben?'

'Dat is mogelijk. Dat moet je toegeven. Je hebt hier geen legitieme rol. Je bent hier niet officieel.'

'Dus je denkt ook dat ik Angela heb vermoord? En Sam? Draait het daarop uit?'

Reacher hield zijn blik gericht op Hannahs vinger om de trekker. De knokkel was wit weggetrokken, maar de vinger bewoog niet. Nog niet.

'Jij weet wel heel erg veel over de manier waarop Angela en Sam om het leven zijn gekomen. En waarom.'

'Daar weet ik hoegenaamd nog niets van, maar alles wat ik te weten ben gekomen, heb ik doorgegeven aan Harewood. Omdat ik hem help. Bel hem op en vraag maar of het waar is.'

'Waarom vertrek je terwijl je zegt te helpen? Heb je het bewijs gevonden?' Hannah keek Reacher aan. Het drong tot haar door dat hij geen tas met spullen bij zich had. Geen koffertje. Geen volgepropte broekzakken. 'Heb je het vernietigd?'

'Nee.'

'Waarom ga je dan weg?'

'Juist omdát ik het niet heb gevonden. Ik moet ergens anders zoeken.'

'Waar?'

'In Winson.'

'In Mississippi, waar Angela woonde?'

'Waar ze werkte, waar ze op het probleem stuitte dat alles in gang heeft gezet.'

Hannah dacht na. 'Ga je uitzoeken wie Sam heeft vermoord?'

'Dat ga ik proberen.'

'Beloofd?'

'Ik geef je mijn woord.'
'Heeft dat enige waarde?'
Reacher knikte.
'Wat ga je doen als je de man vindt die Sam heeft vermoord?' vroeg Hannah.
'Dan geef ik hem de kans zich over te geven.'
'En als hij dat niet doet?'
'Dat is zijn probleem.'
Hannah liet het pistool zakken. 'Oké, ik geloof je, denk ik. En ik wil dat de moordenaar van Sam wordt gepakt. Hoe kan ik helpen?'
'Je kunt me een lift geven naar Denver. Vandaar rijden vast Greyhounds naar Mississippi.'

De e-mail van Lev Emerson bereikte daadwerkelijk de contactpersoon. Vrijwel direct. De e-mail bereikte hem bovendien terwijl hij in een stemming verkeerde waarin hij de mensheid in het algemeen goedgezind was. Al speelde wellicht ook zijn hebzucht hem parten. Dat kon Emerson niet vaststellen, maar dat interesseerde hem ook totaal niet. Wat hem interesseerde was dat de man reageerde. Zonder aarzelen, zonder enige vertraging. Een eenvoudig bericht zonder opsmuk. Alleen een tijdstip, een datum en een locatie.

Emerson stuurde een bevestiging. De afspraak stond voor de volgende dag tien uur.

Emerson keek over de tafel naar Graeber. 'Haal een vat, een groot vat. We hebben mengwerk te verrichten.'

20

Curtis Riverdale bracht meer dan een uur door op afdeling S1. Hij inspecteerde alle voorbereidingen voor vrijdagmiddag. Alle apparatuur, de lijst met medewerkers met de vereiste competenties, en de transportvoorzieningen. Dat laatste baarde hem nog de meeste zorgen. Het transport maakte hem nerveus omdat hij er geen greep op had. Het liefst zou hij het hele proces onder zijn hoede hebben, het totale gebeuren, van a tot z. Maar hij begreep hoe belangrijk het was dat alles in mootjes werd verdeeld. Het was beter voor iedereen als niemand bij Minerva wist wat de bestemming was van de pakketjes die ze daar klaarmaakten. En het was nog beter voor de lui die met de uiteindelijke cliënten te maken kregen, als zij niet wisten waar hun aankopen vandaan kwamen. Riverdale wilde absoluut niet dat het onheil zich over Minerva zou uitstorten als ergens iets helemaal fout zou gaan.

Toen Riverdale uiteindelijk tevreden was, verliet hij S1 en ging hij op weg naar de eerste van de drie afdelingen met de gewone gedetineerden. Dat was de afdeling met de meest interessante gedetineerden. Hij zette er flink de pas in, maar halverwege het met hekken afgeschermde gangpad dat de gebouwen met elkaar verbond bleef hij even staan. Hij realiseerde zich ineens dat het de eerste keer zou zijn dat een gedetineerde de overstap zou maken van de ene categorie naar de andere, als alles vrijdag in goede orde zou verlopen. De eerste keer, maar hopelijk ook de laatste keer. Want de risico's die ze liepen werden er, om geen enkele goede reden, aanzienlijk door verhoogd. Riverdale was van mening dat je onnodige risico's altijd moest vermijden.

Er waren mensen bij Minerva die Riverdales houding verkeerd

begrepen. Damon Brockman was daar een van. Hij beschouwde Riverdale als een bedeesd mannetje. Voorzichtig en zelfs een beetje laf. Hij zag niet dat Riverdale een overlever was. Hij had het goed voor elkaar in Winson. Hij had hard gewerkt om de kansen te scheppen die zijn baan hem bood. Hij was zonder meer bereid zijn positie te verdedigen. Hij was er ook klaar voor. Hij zou alles doen om het vege lijf te redden.

Als Brockman iets alerter was geweest, zou hij heel anders tegen de situatie hebben aangekeken. Dan had hij met het nieuw aangestelde hoofd gevangenbewaarders kunnen praten. Mits de man meer aandacht had geschonken aan het eten dat hem vanuit de gevangeniskeuken werd gebracht. Mits hij meer aandacht had geschonken aan de subtiele, extra smaak aan het eten dat hem zonder uitzondering door bewaarders uit de oude garde rond Riverdale werd voorgezet.

Hannah Hampton reed hard en agressief, maar veel automobilisten op de 125 reden nog harder en gedroegen zich als idioten. Ze vlogen haar aan de lopende band links en rechts voorbij, sneden haar af bij het invoegen, of kleefden aan haar bumper. Reacher zag in de steek gelaten vrachtwagens in de berm aan de verkeerde kant van de weg. Hij zag auto's in de berm met een in elkaar gefrommelde voor- en achterkant. Hij zag zelfs een paar SUV's op het land naast de snelweg. Een ervan lag op de kop.

Hannah zag Reacher kijken naar de wrakken. 'Het heeft vast nog niet zo lang geleden geregend. De mensen weten hier niet hoe je in de regen moet rijden.'

'Het regent nu niet,' zei Reacher.

Hannah haalde haar schouders op. 'Ik zat te denken aan dat stadje waar je naartoe gaat. Winson. Het lijkt me vrij klein. Waarschijnlijk ligt het niet echt aan doorgaande wegen. Denk je dat je er met een Greyhound kunt komen?'

'Waarschijnlijk niet. Maar wel in de buurt.'

'En dan?'

'Dat weet ik niet, maar ik bedenk wel iets.'

Hannah gaf richting aan en stuurde naar rechts. Een bord langs de weg kondigde over anderhalve kilometer de afrit naar het centrum van Denver aan. Hannah minderde vaart om de bocht van de afrit te kunnen nemen. Toen zette ze haar voet weer op het gaspedaal en zwenkte terug de snelweg op.

‘Krijg de tering,’ zei ze. ‘Vergeet die bus maar. Ik breng je naar Mississippi.’

Reacher keek haar aan. ‘Weet je dat zeker? Dat is volgens mij wel tweeduizend kilometer.’

‘Nou en? Dit is de pick-up van Sam. De tank zit vol met diesel die hij heeft betaald. Hij zou niet willen dat die verloren ging.’

‘De diesel erdoor jagen van iemand die dood is lijkt me niet de beste reden om naar Mississippi te rijden.’

‘Het is niet de enige reden. Ik moest van jou ook een tijdje weg uit Gerrardsville. Dan kan ik net zo goed naar Winson gaan, denk ik. En als we daar zijn, kan ik Danny Peel opzoeken om hem persoonlijk te vertellen wat Sam is overkomen. Dat is altijd beter dan een bericht over de telefoon. En ik kan gaan kijken of het goed gaat met de dochter van Angela.’

‘Ken je die buurvrouw die voor Angela’s dochter zorgt?’

‘Nee, maar Danny kent haar vast.’

Reacher dacht aan de envelop die hij in Angela’s tas had gezien. De tas die vlak nadat ze vermoord was, was verdwenen. De envelop was geadresseerd aan Danny Peel. Daar zou hij met de man over moeten praten. Hij zou hem moeten vragen hoe Angela hem in haar bezit had gekregen, en wat er zo belangrijk aan was. Waarschijnlijk kon het geen kwaad als daar iemand bij was die Danny kende. Dat zou Danny waarschijnlijk ontvankelijker maken om te praten. Het zou de gespreksfase waarin je vertrouwen wint kunnen versnellen, waardoor alles een stuk efficiënter en vermoedelijk maken en waarschijnlijk minder rommelig zou verlopen.

‘Oké,’ zei Reacher. ‘Dank je.’

‘Geen dank,’ zei Hannah. Ze keek even opzij. ‘Maar je moet me één ding vertellen. Wat is er met je spullen gebeurd? Je bagage?’

‘Niets.’

‘Kom op, zeg. Je kunt het gerust zeggen.’

‘Er is niets gebeurd.’

‘Echt? Volgens mij zit het zo. Je arriveerde in Gerrardsville, kwam een vrouw tegen. Bleef slapen. Misschien wel een paar nachten. Op de een of andere manier heb je haar tegen de haren in gestreken, of je bent te lang blijven plakken. Dat ze je op allerlei manieren duidelijk maakte dat het tijd werd om te vertrekken, maar zonder succes. Uiteindelijk werd ze ongeduldig en kieperde ze je spullen in de vuilnisbak. Of scheurde alles doormidden, stak het in de fik. Ja, dat laatste, denk ik. Ze stak alles in de fik. Vertel me alsjeblieft dat ze alles in de fik stak. Dat wil ik graag.'

'Oké, er was een vrouw die alles in de fik stak.'

'Echt?'

'Nee.'

'Maar waar zijn je spullen dan?'

'Hier, in mijn zak.'

'Wat past er nou in hemelsnaam in je zak?'

'Alles wat ik nodig heb.'

'Alles?'

'Alles, voorlopig.'

Bruno Hix en Damon Brockman handelden vanuit de veronderstelling dat Winson aan vier categorieën gedetineerden huisvesting bood. Daar gingen ze van uit, omdat ze het zelf zo verordonneerd hadden. Wat zij niet beseften was dat er eigenlijk vijf categorieën waren.

De vijfde was in feite de oudste categorie. Hij bestond al een aantal jaren toen Minerva de gevangenis overnam. Deze categorie was niet gedefinieerd door mensen die in de sector werkzaam waren, zoals artsen, psychologen of accountants, en zeker niet door juristen. Curtis Riverdale had altijd persoonlijk bepaald wie deel uitmaakte van die categorie. Daarbij vertrouwde hij op tientallen jaren ervaring en zijn talent om op te merken wat er in mensen schuilging, hoe goed ze ook hun best deden het te verbergen. Bijvoorbeeld extreme wanhoop of uitzonderlijke hebzucht. Dingen waarmee je een gedetineerde zover kon krijgen dat hij zijn vrouw, of soms een zus, opdroeg zich bij de gevangenis te melden als Riverdale dat van hem eiste, om vervolgens achter de glazen scheidingswand tussen gedetineerden en bezoekers, te wachten tot een van de bewaarders van Riverdales oude garde de vrouw naar Riverdales kantoor begeleidde, waar de man zijn eigen draai placht te geven aan het van overheidswege ingestelde *Bezoek zonder toezicht*.

Soms voelde Riverdale de behoefte een en ander wat extra te

stimuleren. Dan liet hij ook de gedetineerde komen. Die werd met handboeien vastgeketend aan een stalen buis die hij speciaal voor dat doel in de gang bij zijn kantoor had laten monteren. Dan liet hij de deur op een kier staan, zo klein dat de gedetineerde niet kon zien wat zich binnen afspeelde, maar alle geluid vanuit het kantoor ongehinderd de gang kon bereiken.

Riverdale had voor die avond ook een afspraak gemaakt. Deze keer met de vrouw van een gedetineerde die voor het eerst een straf moest uitzitten. Hij keek ernaar uit. Als ze hem beviel, overwoog hij haar vrijdagmiddag opnieuw uit te nodigen om te vieren dat, na wat er die dag gebeurd was, alles in Winson weer als vanouds zou verlopen.

Als alles tenminste volgens plan zou gaan.

Naarmate ze langer achter het stuur zat, werd Hannah Hampton stiller.

Aanvankelijk was ze nogal spraakzaam geweest toen ze eenmaal had besloten Reacher niet bij het busstation in Denver af te zetten. Ze wilde van alles over hem weten. Ze wilde begrijpen wat voor man het leger de rug toe kon keren om door het land te gaan zwerven zonder werk, zonder thuis om naar terug te keren, zonder eindbestemming en zonder bagage. Ze had hem vragen gesteld over zijn jeugd, zijn ouders en zijn broer, over hoe hij zich had gevoeld bij hun overlijden. Ze had willen weten hoe het was om op te groeien op militaire bases over de hele wereld. Ze vond zijn leven als MP uiterst boeiend. Ze wilde weten wat zijn mooiste zaak was geweest en wat zijn beroerdste zaak was geweest. Waren er dingen die hem nog altijd in zijn dromen achtervolgden? Waarom had hij ontslag genomen uit het leger? En ze wilde weten hoe hij het vond om een leven zonder houvast te moeten leiden nadat hij het dertien jaar lang voor de gemeenschap in de waagschaal had geplaatst.

Reacher had haar vragen met plezier beantwoord, maar vooral feitelijk en veelal op een positieve toon. Hij had al jaren geleden vrede gesloten met al het negatieve in zijn leven. Het gesprek kabbelde voort. De banden zoemden op het asfalt en hobbelden over de naden in het wegdek. Het navigatieprogramma op Hannahs telefoon stuurde hen de 170 op. De snelweg strekte zich eindeloos voor hen uit. De bergen slonken in de achterruit en losten uiteindelijk op in de dunne nevel aan de horizon. Hannah reed een tijdlang door in oostelijke richting tot ze het stedelijke gebied van Denver ruim achter zich had gelaten, volgde toen een koers in zuidoostelijke richting tot ze bijna de grens met Kansas had bereikt en reed daarna naar het zuiden. Ze staken de Panhandle van Oklahoma over en vervolgden hun weg naar het zuiden, steeds dieper Texas in.

Het gesprek begon te haperen toen Hannah het onderwerp relaties ter sprake bracht. Reacher kaatste haar vragen naar haar terug en zij ontweek ze door over haar huwelijk met Sam Roth te praten. Reacher kreeg de indruk dat Sam een aardige kerel was geweest. Hannah diste de ene na de andere anekdote over hem op. Over haar leven samen met hem, maar ook weer niet samen. Sommige van die anekdotes waren vertederend, andere ronduit grappig. Soms was het er wild aan toegegaan, lang geleden. Bij het ophalen van die herinneringen veranderde de toon waarop ze sprak. Ze werd stiller, sprak langzamer. Uiteindelijk rolde er een traan over haar wang. Ze veegde hem weg en keek Reacher aan met een blik in haar ogen die zei: *Nu jij*.

Reacher zei niets.

21

Damon Brockman was niet iemand die snel van mening veranderde.

Toen hij hoorde dat iemand mogelijk de inhoud had gezien van de envelop waarmee Angela St. Vrain de benen had genomen naar Colorado, leek dat hem geen probleem. Dat vond hij nog steeds. Maar hij was evenmin iemand die zich onnodig blootstelde aan kritiek. Volgens hem was er maar één ding erger dan dat er iets fout ging onder jouw verantwoordelijkheid, en dat was de schuld krijgen van wat er was misgelopen. En het was nog veel erger als iemand je van tevoren had gewaarschuwd voor het gevaar. Dat ze in het openbaar konden zeggen: *ik heb je toch gewaarschuwd?* Als dat dan ook nog je baas was, iemand die je ervoor kon laten boeten, iemand die het je kon laten voelen in je portemonnee, was het onacceptabel. Dus besloot Brockman te handelen alsof er wel degelijk gevaar dreigde, ook al was hij overtuigd dat de kans dat Reacher zou komen opdagen nihil was.

Om te beginnen haalde hij het tijdstip waarop de wachtposten hun positie moesten innemen, naar voren. Bruno Hix had zes uur 's morgens op donderdag verordonneerd. Brockman maakte er drie uur 's morgens van.

Daarnaast voegde hij nog een stel wachtposten toe. Hix had twee man gevraagd voor het Greyhound-busstation in Jackson. Brockman zette ook nog twee man bij de bushalte van de bus vanuit Jackson naar Winson. Veel mensen die iemand in de gevangenis wilden bezoeken maakten gebruik van die bus, wat het aannemelijk maakte dat iemand die niet bekend was in de streek ook die bus zou pakken.

Bovendien schakelde hij over naar de 'wat als-modus'. Hix had weliswaar zowat alle mogelijkheden afgedekt, maar Brockman wilde de pakkans nog vergroten. Hij plaatste liever al zijn geld op één paard dan een klein beetje op alle paarden in de race. Hij stelde zichzelf de vraag wat hij zou doen als hij snel een grote afstand moest afleggen zonder toereikende middelen. Het antwoord lag voor de hand, hij zou een auto stelen. Snel en gemakkelijk, veel comfortabeler dan een Greyhound en veiliger dan liften. Er reden tegenwoordig allerlei volslagen idioten rond, die het voorzien hadden op armlastigen en daklozen. Daar hoefde hij niet naar te gissen, hij wist het gewoon, omdat Minerva een boel geld verdiende aan die lui als ze achter de tralies verdwenen.

Het enige gevaar dat je liep als je een auto stal, was dat de eigenaar de auto zou missen en aangifte zou doen. Als de politie je dan aanhield was het gebeurd. Dus zou je om de risico's in te dammen andere kentekenplaten op de auto moeten schroeven. Die zou je ook ergens kunnen stelen, maar dat bracht op zich weer risico's met zich mee, dus moest je misschien een set klonen, of een set met een willekeurig kenteken laten maken. Al zou dat laatste voor iemand met weinig geld niet eenvoudig zijn.

Brockman begon zich beter te voelen. Een auto stelen was de beste optie, maar volgens hem viel dat buiten de mogelijkheden van Reacher. Het goede gevoel zakte echter meteen weer weg toen hij aan Curtis Riverdale moest denken, aan iets wat Riverdale had gezegd. Dat Reacher MP was geweest bij een of andere speciale eenheid. Reacher was getuige geweest van Angela St. Vrains 'ongeluk'. Hij had met de politie daar gepraat. Misschien had hij het plaatselijke nieuws meegekregen, en was hij ook op de hoogte van de dood van Sam Roth. Misschien had hij de lijntjes tussen de punten getrokken.

Er dreigde geen gevaar dat Reacher ook maar iets kon vinden wat naar Minerva zou leiden. Daar was Brockman vast van overtuigd. Maar er was een ander probleem. Wie dood is kan geen aangifte doen van autodiefstal.

Brockman pakte zijn telefoon en koos het nummer van Rod Moseley.

Moseley nam meteen op. 'Wat is er? Vertel me iets waar ik blij van word.'

'Het gaat om Sam Roth, die kerel die we in Colorado hebben opgeruimd. We moeten het merk en model van zijn auto weten.'

Hannah Hampton en Jack Reacher hadden inmiddels zo'n zeven uur doorgebracht in de pick-up van Sam Roth.

Bijna zes van die zeven uur had geen van beiden iets gezegd. Hannah concentreerde zich op het autorijden. Dat was een welkome afleiding. Ze had de grootste moeite haar verdriet onder controle te houden. Dat was duidelijk. Ondertussen liet Reacher zijn gedachten de vrije loop. Hij had de rugleuning van zijn stoel iets achterover gekanteld en zijn ogen gesloten. Hij luisterde in zijn hoofd naar muziek. Er was niets wat hij kon doen om de pick-up sneller te laten rijden. Er was niets wat hij kon doen om hun bestemming dichterbij te brengen, en dus kon hij niets aangenamers bedenken om de tijd door te brengen dan naar zijn lievelingsmuziek te luisteren.

Hannah stootte Reacher aan. Toen hij zijn ogen opendeed, wees ze naar een bord in de berm. Er stond een naam op van een plaats waar ze geen van beiden ooit van hadden gehoord. Achter het bord strekte het land zich zo ver als ze konden zien zo plat als een pannenkoek uit, dof en bruin in het licht van de ondergaande zon. Hier en daar probeerde een dorre struik zich staande te houden op het grove, verschroeide gras. Er stonden een paar bomen. Elektriciteitskabels vormden een kaarsrechte lijn naar de horizon. De lucht was grijs en dun, leek uitgerekt, alsof er niet genoeg was om het hele gebied te overspannen.

'Tijd om te stoppen voor vandaag?' vroeg Hannah.

Ze reden nog steeds in zuidelijke richting, dus hadden ze Amarillo nog niet bereikt, dacht Reacher. Al was dat geen probleem. Op het bord stond ook wat de onbekende plaats te bieden had. Dat leek toereikend. Blijkbaar werd alles in tweevoud aangeboden. Er waren twee tankstations, twee diners en twee motels. Hannah volgde de afrit en een paar honderd meter verder draaide ze het terrein van het eerste tankstation op. Ze ging naar binnen, op zoek naar het toilet. Reacher reed de pick-up naar de dichtstbijzijnde pomp en vulde de tank met diesel. Hij ging naar binnen om te betalen. Toen hij weer buitenkwam zat Hannah alweer achter het stuur. Ze reed naar het eerste van de twee motels en parkeerde aan de rand van het parkeerterrein, halverwege het motel en de eerste diner. Er stonden slechts twee andere auto's, waardoor ze vermoedden weinig concurrentie te hebben bij het reserveren van een kamer. Eten werd dan ook vanzelf een eerste prioriteit.

De diner was ingericht als een negentiende-eeuwse handelspost voor veedrijvers. Het dak was gedekt met houten shingles. Tegen de wanden waren boomstammenstrips geplakt. Brandmerkijzers en allerhande antiek gereedschap met een voor Reacher onbekend doel hingen aan roestige pennen. De vloer was binnen met zaagsel bestrooid. De tafels en stoelen waren van hout. De zitting van de stoelen was gemaakt van leer in eenzelfde kleur als de zadels van de veedrijvers op de schilderijen aan de wand. In de tafelbladen zaten schroeiplekken en deuken. Ze zagen er oud uit, maar Reacher vermoedde dat al die schade in de fabriek was aangebracht in plaats van tijdens tientallen jaren intensief gebruik.

Er waren geen andere klanten, dus maakte de serveerster met grijs haar, gekleed in een geruite katoenen jurk, een gebaar dat ze konden gaan zitten waar ze maar wilden. Ze kozen de tafel achter in de hoek, een tafel waar Reacher content mee was omdat hij vanuit die hoek zowel de ingang als de deur naar de gang met de toiletten kon zien. De serveerster gaf hun menu's en gunde hun tijd om een keuze te maken. Tijd die ze niet nodig hadden, want er viel niet veel te kiezen. Liefhebbers van grote lappen vlees kwamen aan hun trekken. Wie daar niet van hield had pech gehad.

Ze bestelden hun maaltijd en wachtten zwijgend tot hij werd geserveerd. Hannahs behoefte aan conversatie was opgedroogd. Reacher had niets nieuws te melden. Zo gingen tien minuten voorbij voordat de serveerster hun maaltijd serveerde. Veel vlees en aardappels, en in geen velden of wegen groente te bekennen. Reacher was in zijn nopjes, Hannah beduidend minder. Ze knabbelde lusteloos aan het randje van haar steak en slaagde erin een paar frietjes weg te werken. Toen duwde ze haar bord van zich af.

'Het spijt me.' Ze stond op. 'Ik vind het vervelend als ik de sfeer verpest, maar ik ben bekaf. Ik kan mijn ogen niet meer open houden. Ik ga hiernaast inchecken en slapen. Zien we elkaar morgenvroeg bij de pick-up?'

'Prima. Is zes uur een goede tijd?' zei Reacher.

'Voor mij wel. Welterusten.'

Reacher pakte een krant uit een rek van aan elkaar gesmede hoefijzers aan de muur bij de deur om iets te lezen te hebben terwijl hij zijn eten naar binnen werkte. Toen zijn eigen bord leeg was, ontfermde hij zich over het eten dat Hannah had laten staan. Hij dronk zijn koffie, gevolgd door een tweede kop en legde genoeg geld op tafel voor beide maaltijden en een fooi. Daarna liep hij naar buiten.

Vier van de stops tussen El Paso en Dallas duurden maar kort. Er was net genoeg tijd voor passagiers om uit te stappen en nieuwe passagiers om in te stappen. Bij drie haltes bleef de bus langer stilstaan. Twintig, vijfentwintig minuten. Dat was lang genoeg om even de benen te strekken of snel ergens iets te eten te halen.

Jed Starmer ging bij geen van die haltes de bus uit, want hij maakte zich zorgen over de politie. In El Paso hadden agenten rondgelopen met zijn portret. Er was maar één persoon op de hele wereld die hun die foto kon hebben gegeven, dus er was ook maar één persoon die 911 had gebeld, zijn pleegmoeder. Zij had hem als vermist opgegeven. Ze maakte zich zorgen over hem of ze was kwaad op hem. Jed wist wel op welke van die twee hij zijn geld zou moeten zetten. Maar hij wist ook dat dat onbelangrijk was. De enige vraag die van belang was, was wat de politie zou doen. Ze zouden ervan uit kunnen gaan dat ze het verkeerde spoor hadden gevolgd toen ze hem in El Paso niet in de bus hadden aangetroffen. In dat geval was hij in ieder geval voorlopig veilig. Maar misschien bleven ze hem domweg langs de hele route zoeken, helemaal tot aan zijn eindbestemming. In dat geval was er geen ontkomen aan.

Hij wist niet wat de politie zou doen en die onzekerheid vrat aan hem.

Steeds als de bus tot stilstand kwam, raakte hij in paniek. Zelfs al was het maar bij een kruispunt of op een plek waar het vanwege ander verkeer iets drukker was. Dan zag Jed in gedachten de deur al openzwaaien. Zag voor zich hoe een agent aan boord kwam en met veel machtsvertoon door het gangpad liep om het gezicht van elke passagier met zijn zaklantaarn te beschijnen, ongeacht of ze sliepen of wakker waren. Hij vergeleek elk gezicht met de foto in zijn hand. Een oude foto. Jed was uiterlijk veranderd in die jaren, dacht hij. Hoopte hij, maar hij hield zichzelf niet voor de gek.

Die man achter in de bus had de gelijkenis gezien. Het was ondenkbaar dat de politie hem niet zou herkennen. Ze werden voor dat soort dingen opgeleid. Ze zouden hem herkennen. Ze zouden hem grijpen, de bus uit sleuren en terugsturen naar L.A., naar zijn pleegmoeder, of ze zouden hem achter de tralies stoppen.

De bus kwam keurig volgens schema zeven keer tot stilstand. Zeven keer zwaaide de deur open. Drie keer kwam er iemand aan boord, maar drie keer was het een gewone passagier. Geen politie, wat moest betekenen dat ze niet langer naar hem op zoek waren.

Tenzij ze hem in Dallas stonden op te wachten.

De wekker van Lev Emerson wekte hem om kwart voor drie op donderdagochtend met Händels 'Music for the Royal Fireworks'. Tromgeroffel en trompetgeschal op hoog volume. Emerson zette het geluid uit. Hij bleef nog even in het donker liggen om zijn gedachten op een rijtje te zetten. Hij lag op de bank in de hoek van zijn kantoortje in de loods in Chicago. Hij voelde zich thuis bij de geur van het ruwe, verweerde leer in zijn neus en het versleten kussen tegen zijn wang. Door de jaren heen had hij daar talloze keren geslapen, niet om dezelfde redenen als andere mannen die een nacht niet thuiskomen. Niet omdat hij dan ruzie had met zijn vrouw, niet omdat hij dronken was, niet omdat het parfum van een andere vrouw hem verraadde. Hij bleef er ook niet om naar porno te kijken of zich te buiten te gaan aan drugs. Hij bleef er slapen vanwege de aard van zijn werk.

Als iemand met een normale baan 's morgens vroeg een afspraak heeft in een andere stad, kan hij de avond ervoor al naar zijn bestemming reizen en de nacht doorbrengen in een hotel. Na een smakelijk ontbijt kan hij dan fris en opgewekt op weg gaan naar zijn afspraak. Maar dat was voor Emerson niet weggelegd als hij zijn uitrusting mee moest slepen. Spullen die je niet mee kon nemen in een vliegtuig. Hij moest ze over de weg vervoeren in een van zijn speciale bestelwagens. Hij was ook niet van plan om zo'n bestelwagen zomaar op een openbaar parkeerterrein te stallen, waar een of andere idioot zou kunnen inbreken of proberen hem te stelen, of te geïnteresseerd zou kunnen raken in de inhoud. Emerson moest dus nauwgezet zijn reisschema uitrekenen, zijn wekker op tijd zetten en opstaan wanneer de tijd om te vertrekken was aangebroken, ongeacht hoe laat of hoe vroeg het was.

Toen zijn werk begon te lopen had Emerson mensen aangenomen die het grootste deel van de voorbereidingen voor vertrek voor hun rekening namen. Mensen die hij kon vertrouwen. Maar hij was niet te beroerd om zelf te sjouwen, zeker niet als de klus een persoonlijk tintje had. En omdat zijn mensen op dat moment in New Jersey waren om een schip te observeren dat net buiten de territoriale wateren lag, had hij geen keus. Het kwam op hem neer. En op Graeber natuurlijk, die in een berghok lag te slapen. Emerson rolde van de bank, liep naar de werkbank en zette de Nespresso-machine aan. Een fikse dosis cafeïne zou hun allebei goeddoen voordat ze op weg gingen.

Jed Starmer was nog nooit in Dallas geweest, maar toen hij de verzameling glanzende, slanke torens zag, inclusief die ene die veel weg had van een golfbal op een stok, wist hij dat ze in de buurt waren.

Hij staarde uit het raam, alert en gespitst op blauwe en rode zwaailichten van patrouillewagens van de politie en verdacht uitziende personenwagens van rechercheurs in burger. Hij keek of hij agenten zag patrouilleren, hij probeerde iedereen te herkennen die maar naar hem op zoek was. Hij zag winkelpuien, kantoren, bars en restaurants, hotels, overheidskantoren, een weids voetgangersgebied, een monument voor een overleden president, een paar daklozen die het zich gemakkelijk hadden gemaakt langs de kant van de straat, maar hij zag niemand die de orde moest handhaven, al kon hij zich natuurlijk vergissen.

Of de politie zat niet meer achter hem aan of ze lagen in een hinderlaag bij het busstation.

Het leek wel of de bus een week nodig had om zich een weg te zoeken door de stad. Jed kreeg de zenuwen bij ieder voertuig dat hun pad kruiste en iedere voetganger die ze passeerden, maar niemand besteedde ook maar enige aandacht aan hem. Toch dook Jed in elkaar toen de chauffeur uiteindelijk de laatste bocht nam naar het busstation. Het laatste wat Jed zag voordat hij wegdook was een bord bij een halte met GEVANGENISPENDEL TEXAS. Het was een nieuw begrip voor hem en het maakte hem droevig. Het was maar al te goed mogelijk dat hijzelf binnenkort op weg zou zijn naar een gevangenis, wetend dat niemand bij hem op bezoek zou komen als hij achter de tralies zou belanden. Het feit dat er voor comfortabel vervoer werd gezorgd, zou geen enkel verschil maken.

De chauffeur reed de bus naar de halte, zette hem in alle rust stil en schakelde het licht in de bus aan. Sommige passagiers gromden en kreunden en trokken dekens en jassen over hun hoofd. Anderen gingen staan, rekten zich uit en liepen door het gangpad naar de deur. Jed verroerde zich niet. Als hij zichzelf onzichtbaar had kunnen maken, zou hij dat op dat moment hebben gedaan. Maar hij kon slechts zijn hoofd laag houden en door de kier van de beide stoelen voor hem gluren om te zien of iemand de bus in zou komen. Wat niet gebeurde. Er waren geen nieuwe passagiers, er kwamen geen agenten de bus in. Niet direct tenminste. Het kon altijd nog, het duurde een uur en vijf minuten voordat zijn aansluiting zou vertrekken. In die tijd kon wel een heel peloton politieagenten de bus bestormen.

'Hé knul.' De jongen die achter in de bus had gezeten liet zich op de stoel naast Jed vallen. 'Bedankt dat je even op me hebt gewacht. Heb je honger? Kom op, het wordt tijd voor dat ontbijt dat je me hebt beloofd.'

Jed bleef staan bij de ingang van de terminal en gluurde naar binnen. Het was een grote ruimte met grijze tegels op de vloer en een plafond dat hoog was in het midden en laag langs de randen, waar alle voorzieningen een plek hadden gevonden. Een wand werd in zijn geheel in beslag genomen door de ticketbalie, die op dit tijdstip gesloten was, al stond er wel een hele rij ticketautomaten. En een rij automaten met snoep en frisdrank. Er waren rijen rode plastic stoelen, waarop mensen zaten te slapen. Maar er was ook een wand met twee tentjes waarin Jeds metgezel geïnteresseerd was. De ene verkocht pizza's, de andere het hele assortiment aan fastfood.

Geen politieagent te zien. Nog niet.

Jed was van plan zich te beperken tot iets kleins om even snel naar binnen te werken. Hij wilde zo kort mogelijk zichtbaar zijn in het openbaar. En hij wilde zo weinig mogelijk geld uitgeven. Er stonden hem nog grote uitgaven te wachten. Dat wist hij. Maar toen hij voor de balie stond en het menu las, de bacon rook, en de worstjes en de friet, verdampten al zijn goede voornemens als sneeuw voor de zon. Hij had sinds L.A. niets meer gegeten. Hij had zoveel honger dat hij stond te trillen op zijn benen. Hij kon zich niet meer beheersen en bestelde *Belly Buster Deluxe*, dat zo ongeveer alles bevatte wat maar in olie gebakken kon worden, met extra uienringen en Coca Cola. De jongen die achter in de bus had gezeten bestelde hetzelfde. De vrouw achter de toonbank bromde iets naar een kok die achter haar stond te lanterfanten en schuifelde toen naar de kassa. Ze sloeg een paar toetsen aan en riep hardop het totaal. Jed had het in zijn hoofd al uitgerekend. Hij had al uitgerekend hoeveel hij nog over zou hebben, als hij de btw en een zo klein mogelijke fooi erbij opgeteld had.

Dat was minder dan hem lief was, maar hij kon ermee leven.

Hij stak zijn hand in zijn zak op zoek naar het pak bankbiljetten. Zijn vingers voelden niets dan wat restjes stof en rafelige randen. Zijn zak was leeg. Hij zocht in zijn andere zakken. Allemaal, stuk voor stuk. Het enige wat hij vond waren een paar munten en zijn tandenborstel. Zijn geld was weg. Alles. Even stond hij aan de grond genageld en probeerde hij tot zich door te laten dringen wat er gebeurde. Toen gaven zijn knieën het op. Hij klapte achterover, zijn hoofd sloeg tegen de grond. De lichten in het plafond slonken tot vurige puntjes, die dansten en rondcirkelden. Toen werd alles zwart.

22

Reacher werd donderdagochtend om kwart over vijf wakker. Hij douchte, kleedde zich aan en stapte om tien voor zes naar buiten.

Hij ging, zoals afgesproken, buiten staan. Hannah Hampton was er niet, net zomin als de pick-up van Sam Roth.

Reacher overwoog de receptionist te vragen hoe laat Hannah had uitgecheckt, maar bedacht dat het geen zin had om die vraag te stellen. Of ze nu vijf minuten of vijf uur geleden was vertrokken, hij zou toch niet in staat zijn haar in te halen. En zelfs al zou het wel hebben gekund, dan zou hij het nog niet doen. Deze tocht was geheel op vrijwillige basis. Als Hannah er anders over was gaan denken, was het maar beter dat ze niet verder meeging. Dan zou het een vergissing zijn om haar mee te nemen.

Er waren geen auto's bij het tankstation aan de overkant, dus begon Reacher te lopen. Het was maar een paar honderd meter naar de snelweg. Waarschijnlijk zou hij bij de oprit wel een lift kunnen krijgen. Over het algemeen was er vroeg in de ochtend, voordat het druk begon te worden, vrij veel vrachtverkeer. Hij hoopte dat er op zijn minst één chauffeur was die behoefte had aan gezelschap of een kleine bijdrage in de brandstofkosten, of een gesprekspartner die hem wakker kon houden na een lange nacht achter het stuur.

De zon was aan zijn boog langs de hemel begonnen, maar het landschap was nog even troosteloos als de avond ervoor. Het was nog steeds vlak, verschroeid en dor. Uitgestrekt. Reacher had ondertussen een paar honderd meter afgelegd, maar in het volstrekt eentonige landschap was het net of hij nog geen stap had gezet. Hij verhoogde het tempo een beetje, maar stond stil toen hij een geluid achter zich hoorde. Een zware diesel die brullend en met het kabaal als van een vrachttrein dichterbij kwam.

Hannah Hampton zette de pick-up van Sam Roth langs de kant van de weg stil en zoemde het raam aan de passagierskant omlaag.

'Wat is er aan de hand?' vroeg ze. 'Waarom ben je zonder mij vertrokken?'

'Omdat ik dacht dat jij zonder mij was vertrokken,' zei Reacher.

Hannah keek op haar horloge. 'Maar het is nog geen zes uur. We hadden om zes uur afgesproken.'

Reacher haalde zijn schouders op. 'Oude gewoonten. Waar ik vandaan kom, is op tijd te laat. Maar waar was jij dan? Dit is nu niet bepaald een streek om 's ochtends voor de lol een stukje te gaan rijden.'

'Ik heb koffie gehaald.' Hannah wees naar twee reuzenbekers die in een houder bij het dashboard stonden. 'Ik dacht dat ik je daarmee een plezier kon doen. De koffiemachine bij het tankstation aan de overkant was nog niet schoongemaakt. De man van de ochtenddienst was te laat op zijn werk en had er nog geen tijd voor gehad, dus moest ik naar dat andere tankstation. Dat is anderhalve kilometer verderop. Heb ik daar goed aan gedaan of niet?'

'Heel goed.' Reacher trok het portier open en stapte in. 'Ik hou van koffie, en dit is een veel aangenamere begroeting dan de vorige keer toen je me oppikte. Dat is zeker.'

Jed Starmer werd een paar uur later dan Reacher wakker in een Greyhound. Het was alleen niet de bus die hem van L.A. naar Dallas had vervoerd. Deze bracht hem naar het oosten en naderde de grens tussen Texas en Louisiana.

Als Jed aan zijn lot was overgelaten, zou hij nu niet in deze bus hebben gezeten. Hij kon zich niet herinneren dat hij weer overeind was gekrabbeld in die terminal in Dallas. Hij herinnerde zich alleen dat hij op een plastic stoel zat, vastgeklemd tegen een tafel. De jongen die achter in de bus had gezeten, zat tegenover hem. Tussen hen in stonden twee dienbladen, afgeladen vol met eten, Belly Buster Deluxe met extra uienringen en Coca Cola. Precies wat hij had besteld. Precies wat hij had zullen betalen toen hij merkte dat zijn geld weg was. Kennelijk had hij zich vergist en hij was overspoeld door een golf van opluchting. Hij had zijn hand in zijn zak gestoken om het pak met bankbiljetten aan te raken, om zeker te weten dat het er toch was. Maar zijn zak was nog steeds even leeg geweest. Het was allemaal heel verwarrend geweest.

'Als je je afvraagt hoe het zit met het eten, dat heb ik betaald,' zei de jongen tegenover hem.

'O.' Jed moest zich inspannen om helder te denken. 'Ik moet je bedanken, denk ik.'

De jongen staarde Jed aan. Hij keek niet vriendelijk. 'Zeg eens, en waag het niet om te liegen. Zit je mij op te lichten?'

'Hè? Nee, wacht. Ik begrijp het niet.'

'Je zegt dat je zult betalen. Je bestelt eten en vervolgens laat je mij ervoor opdraaien.'

'Dat was geen opzet.'

'Dat gedoe met dat flauwvallen? Ze zouden je een Oscar moeten geven.'

'Ik snap niet wat je bedoelt.'

'Dacht je echt dat je geld had?'

'Ik heb geld. Dat had ik, maar het is weg.'

'Hoeveel had je?'

'Driehonderd dollar.'

'Hoe? Briefjes van tien? Twintig? Vijftig?'*

'Twintig.'

De jongen schudde zijn hoofd. 'Dat is een dik pak. Wanneer had je het nog?'

Jed dacht even na. 'In El Paso. Daar heb ik een flesje water gekocht. Nee, wacht. Dat kwam uit een automaat. Daar heb ik munten in gegooid. Dan moet het L.A. zijn geweest. Dinsdag. Toen heb ik mijn ticket gekocht en een hamburger.'

'Heb je toen dat hele pak tevoorschijn getrokken? Of alleen wat je nodig had?'

Jed haalde zijn schouders op. 'Het hele pak, denk ik.'

'En wat je niet nodig had, heb je weer in je zak gestoken?'

'Tuurlijk.'

'Heeft iemand gezien dat je dat deed?'

'Dat weet ik niet. Waarschijnlijk wel. Het was behoorlijk druk bij het busstation.'

'Is er nog iemand dicht bij je gekomen? Tegen je aan gebotst? Heeft iemand nog contact met je gezocht?'

'Nee, of wacht, ja. Die man die mijn ticket had gevonden. Dat had ik laten vallen en... O.'

'"O" is het juiste woord. Die man, heb je met hem gepraat? Stelde hij je vragen?'

'We hebben even gekletst, denk ik. Hij zei dat hij ook met mijn bus mee moest. Maar hij is uiteindelijk nooit ingestapt. Nu weet ik waarom.'

'Heb je hem verteld waar je heen ging?'

'Niet precies. Ik heb het vaag gehouden. Waarom?'

'Het maakt niet uit. Oké, eten, voordat die hele handel koud wordt.'

De jongen at zijn bord leeg en wachtte tot Jed ook zover was.

'Goed,' zei hij. 'En nu moet jij naar een ziekenhuis voor controle. Je hebt een flinke smak op je hoofd gemaakt toen je onderuit ging.'

'Nee.' Jed keek op zijn horloge. 'Daar heb ik geen tijd voor. Mijn bus vertrekt over tien minuten. Bovendien voel ik me goed.'

'Je zou op z'n minst de politie moeten bellen en aangifte doen tegen die man in L.A.'

Jed schudde zijn hoofd.

'Je moet aangifte doen, zodat ze hem kunnen pakken en voorkomen dat hij iemand anders ook nog besteelt.'

'Dat heeft geen zin. Hij is er allang vandoor.'

'Je bent bang om de politie te bellen, hè? Je probeert ze te ontlopen. Hoe komt dat?'

'Ik ben niet bang. Ik zit alleen in tijdnood.'

'Je hebt problemen.'

'Dat zei ik al. Ik heb geen problemen.'

'Wat is er dan? Ben je weggelopen? Is dat het?'

Jed schudde opnieuw zijn hoofd. 'Nee, ik loop van niets weg. Ik ga gewoon... ergens anders wonen.'

'Echt? Waar? Hoe? Waar zijn je spullen? Wat ga je doen als je er bent?'

'Dat weet ik niet.' Het waren goede vragen, dacht Jed. Al waren maar twee dingen echt belangrijk. Waar hij zou slapen de nacht nadat hij uit de bus was gestapt en hoe hij de volgende ochtend zijn reis zou afmaken. Dat waren de problemen waar hij steeds al tegenaan was gelopen. Ze waren iets gecompliceerder geworden nu zijn geld gestolen bleek. Maar hij zou vast wel een oplossing bedenken. Er zaten ook mensen te slapen op stoelen in de terminal. Dat trok hem niet echt aan, maar hij kon dat best doen in de terminal in Jackson. Eén nacht zo slapen zou zijn dood niet worden. Toen herinnerde hij zich het bord dat hij buiten had gezien voor de pendel naar de gevangenis. Als ze dat in Texas hadden, hadden ze in Mississippi vast ook zoiets. Dat zou zijn redding kunnen zijn. Als hij op de een of andere manier de chauffeur ervan zou kunnen overtuigen hem te laten instappen. Hij keek op en probeerde te glimlachen. 'Maak je maar geen zorgen. Ik red me wel.'

'Oké, nou, succes. Je hebt genoeg lef.' De jongen keek Jed nog even aan en trok toen twee briefjes van tien dollar uit zijn zak. Hij schoof ze over de tafel. 'Hier, meer kan ik niet missen. Pak aan, maar zorg ervoor dat ze je niet weer bestelen.'

De telefoon van Hannah Hampton leidde hen naar het zuiden tot ze voorbij Amarillo waren. Toen boog de snelweg iets af naar het oosten. Ze zouden Texas diagonaal doorkruisen tot Dallas, dacht Reacher, en daarna was het één lange rechte weg naar het oosten, naar Mississippi. Nog een paar keer stoppen om diesel en koffie te tanken. Nog een paar uur in gedachten naar muziek luisteren, tenzij Hannah besloot om opnieuw een gesprek te beginnen. Hij vond het allebei best. Hij kantelde zijn stoel nog iets verder achterover, sloot zijn ogen en maakte het zich gemakkelijk voor de rit. Zolang ze onderweg waren was er weinig wat hij kon doen. Dat zou ongetwijfeld veranderen als ze op hun bestemming waren gearriveerd. Ook dat vond hij best.

Lev Emersons contactpersoon had een koffiebar in St. Louis uitgekozen voor hun afspraak. Dezelfde stad, maar een ander etablissement. Wel een zelfde soort etablissement, veel mensen, lawaaiig, omstandigheden die het vrijwel onmogelijk maakten om het gesprek af te luisteren of op te nemen. Bovendien kon je de contactpersoon er moeilijk de duimschroeven aandraaien omdat het door tientallen getuigen gezien zou worden. De man was voorzichtig, dat was duidelijk, maar hij had een detail over het hoofd gezien. Bij hun vorige ontmoeting wist Emerson niet hoe de man eruitzag. Hij moest domweg binnen wachten, zoals afgesproken. Maar herkenning speelde nu geen rol meer en daarom besloot Emerson de man buiten te overvallen.

Als je met de chemicaliën werkt die deel uitmaken van de activiteiten in Emersons bedrijf, is het kinderspel om aan chloroform te komen. Voordat hij uit Chicago vertrok, stopte Emerson een in dat spul gedoopte doek in een plastic zak die hij afsloot. Hij plande de autorit zo dat Graeber en hij een uur te vroeg bij het winkelcentrum aankwamen waar de koffiebar was gevestigd. Hij parkeerde pal voor de oprit van het parkeerterrein en observeerde elke auto die het terrein op reed. Zijn contactpersoon verscheen in een zilverkleurige Mercedes. Hij volgde hem tot achter op het terrein, parkeerde achteruit in het vak naast de Mercedes, met de passagierskant naast de bestuurderskant van de andere auto. Graeber stapte uit met een oude wegenatlas in zijn hand en vroeg de man de weg naar een bedrijventerrein aan de rand van de stad. Emerson glipte aan de andere kant uit de bestelwagen met de doek in zijn hand. Hij liep achter om de bestelwagen en trok een van de deuren open, ging achter de man staan en klemde de doek over diens mond en neus. Hij ving de man op zodat hij niet op de grond viel toen hij in elkaar zakte. Graeber wurmde zich langs hem en klom in de laadruimte van de bestelwagen. Emerson zeulde het bewusteloze lichaam naar de achterkant van de bestelwagen. Graeber pakte de schouders, Emerson de enkels en samen tilden ze de man naar binnen. Emerson knalde de deur dicht en keek even snel over het parkeerterrein. De hele operatie had niet meer dan negen seconden in beslag genomen. Niemand had iets gezien.

Damon Brockman liep het kantoor van Bruno Hix binnen en ging in een van de bezoekersstoelen zitten die op een rij voor het grote houten bureau van Hix stonden.

‘Ik kreeg net een interessant telefoontje. Herinner je je Lawrence Osborn nog?’

Hix legde zijn pen neer. ‘Pepperspray-Larry? Zeker, goeie vent, kwam met ons mee uit Kansas City, maar moest vervroegd met pensioen. Astma, toch?’

‘Astma. En wie denk je dat er net bij hem op de deur klopte?’

‘Zeg het maar.’

'Dat joch. Die journalist met een obsessie voor drugsslachtoffers.'

'Waarom valt hij Larry lastig?'

'Het schijnt dat hij iedereen opzoekt die wij hebben ontslagen toen we het hier overnamen. Waarschijnlijk verwacht hij een paar ex-werknemers te vinden met een loyaliteitsprobleem als het om Minerva gaat, lui die bereid zijn te praten.'

'Niemand van die lui weet iets.'

'Klopt.'

'En we hebben Larry niet ontslagen.'

'Dat weet die journalist niet.'

Hix zat een tijdje met zijn vingers op het bureaublad te trommelen. 'Het bevalt me niet. Wie weet wat hij nog meer allemaal overhoophaalt, als hij achter ex-werknemers aan zit. Ik wil hem er hier morgen niet bij hebben. Hij is te nieuwsgierig. Die man gaat voor problemen zorgen. Het wordt tijd om hem te lozen.'

Brockman glimlachte. 'Mee eens. En ik weet een manier waarop dat heel gemakkelijk kan.'

'Hoe dan?'

'Larry heeft hem verteld dat hij misschien wel iets voor hem heeft, maar dat hij er eerst over na moet denken. Hij zou wel contact opnemen als hij er verder mee wilde. Dus heb ik het volgende bedacht. We laten Larry contact opnemen met de journalist zodat hij hem op een dood spoor kan zetten.'

'Waar? En wat moet hij dan doen?'

Brockman haalde zijn schouders op. 'Ergens ver weg. San Francisco, Key West. Details zijn onbelangrijk. We bedenken wel iets. Het belangrijkste is dat het snel gebeurt. Hij moet vanavond nog vertrekken, of op zijn laatst morgenvroeg.'

Hix pakte zijn pen en goochelde ermee tussen zijn vingers. 'Oké, goed plan. Zorg ervoor dat het overtuigend is.'

23

De enige belofte die Emerson hoefde te doen was dat hij de loods niet zou afbranden.

Dat was precies het tegenovergestelde van het soort deals dat hij gewoonlijk sloot, maar onder de omstandigheden was het logisch. Hij had werkruimte nodig op een afgelegen plek waar niemand iets zou horen, zien of ruiken. Iets stoers, industrieels. Hij was in een onbekende stad en hij had haast, dus had hij de klant gebeld voor wie hij net die klus in Savannah had gedaan. De man was eigenaar van een oude loods in St. Louis, in de buurt van de rivier. Hij stond leeg en in de directe omgeving gebeurde verder niets. Emerson kende de loods, omdat de eigenaar hem ooit eens had ingehuurd om aangrenzende bebouwing van een buurman in de fik te steken.

Toen Emersons contactpersoon ontwaakte uit zijn chloroformroes lag hij plat op zijn rug. Naakt, midden in de ruimte op een koude betonnen vloer. Hij rook vaag sporen van benzine. Hij zag oude bakstenen muren met een afbladderende stuclaag. Het dak was ver boven hem. Lekkage had donkere vlekken veroorzaakt en de stalen balken waarop het dak rustte, waren verroest.

Zijn armen en benen lagen gestrekt en uitgespreid. Hij probeerde ze te bewegen, maar dat kon niet, want zijn polsen en enkels waren met kabelbinders vastgesnoerd aan stompe stalen profielen die tien centimeter uit het beton omhoogstaken. Er waren hele rijen van die profielen, de laatste resten van enorme stellingen die waren gesloopt en omgesmolten toen de opslag waarvoor de loods was gebruikt, naar elders verhuisde. Hij trok uit alle macht aan de kabelbinders. Het plastic sneed diep in zijn huid, maar het ijzer waaraan hij was vastgeketend gaf geen krimp.

Emerson stond aan de ene kant van de man, Graeber aan de andere kant. Aan het voeteneind stond een groot plastic vat. Op het vat lag een pollepel. Een grote, zoals ze in restaurants gebruiken om soep mee op te scheppen.

Emerson ging op zijn hurken zitten en wachtte tot de man zijn hoofd in zijn richting draaide en hem aankeek. 'We gaan er geen doekjes om winden. Ik weet wie jij bent. Ik weet van het bestaan van jullie schip. Dus het is de bedoeling dat jij nu de ontbrekende informatie gaat leveren.'

De man had een droge keel. Hij slaagde er met moeite in iets te zeggen. 'Welke informatie?'

'Ik wil weten wie jullie leverancier is,' zei Emerson.

De man sperde zijn ogen open. 'Dat weet ik niet. Dat kan ik je niet vertellen.'

Emerson ging staan en liep naar het vat. Hij nam de pollepel in zijn ene hand en tilde met zijn andere hand het deksel van het vat. Hij schepte er een forse hap dikke, crèmekleurige gel uit en liep ermee terug naar de man. Hij goot de gel uit over zijn geslacht.

De man krijste, bokte en spartelde. 'Stop! Wat doe je? Wat is dat voor spul?'

'Ik zou je de chemische naam kunnen geven, maar dan weet je nog niets. Heb je *Apocalypse Now* gezien?'

'Wat? Hoezo?'

'Omdat je dan weet waarover ik het heb als ik zeg dat dit napalm is.'

'Nee. Hé, verdomme...'

'Mijn eigen variant. Beter dan het spul dat de militairen hebben. Het zit hem erin dat je niet moet beknibbelen op benzeen. Het oorspronkelijke spul brandde maar een paar seconden. Dat van mij blijft tien minuten branden. Denk je dat eens in. Voel je hoe het spul aan je huid blijft plakken?'

De man wriemelde en gooide zijn lichaam heen en weer in een poging de gel van zich af te werpen. Het was een zwaar goedje, net lijm. Een klein beetje viel op het beton maar het meeste trilde alleen maar mee met zijn bewegingen en bleef op zijn plek.

Emerson haalde een doosje lucifers tevoorschijn. 'Dus vertel maar eens, waar betrekt jouw organisatie zijn voorraden?'

De man lag stil. Hij haalde moeizaam adem. 'We hebben een

paar leveranciers. We halen verschillende dingen op verschillende plaatsen.'

'Begin maar met wat je aan mijn zoon hebt geleverd. Waar kwam dat vandaan?'

'Dat weet ik niet. Echt niet. Ik heb een contactpersoon die ik vertel wat we nodig hebben. Als hij het voor ons kan krijgen, dan levert hij het. Ik weet niet voor wie hij werkt. Zo zit het systeem in elkaar. Voor de veiligheid. Net zo als dat hij niet weet voor wie ik werk.'

'Zijn naam?'

'Carpenter. Dat zei hij, maar misschien is dat niet zijn echte naam.'

'Contactgegevens?'

'Die staan in mijn telefoon. Ik zal ze je geven, maar luister. Ik spreek de waarheid. Vier weken geleden is Carpenter verdwenen. Misschien is hij gestopt, misschien heeft de FBI hem te pakken gekregen. Ik weet het niet, maar als je hem niet kunt bereiken, moet je niet denken dat ik tegen je gelogen heb.'

Graeber raapte de broek van de man van de vloer en haalde een telefoon uit een broekzak. 'Wachtwoord?' vroeg hij.

De man ratelde een reeks cijfers op.

Graeber drukte op een paar toetsen en zei toen: 'Carpenter? En jij hebt een foto van hem? Is die als grap bedoeld?'

'Hij wist van niets,' zei de man, 'het was voor het geval ik ooit iets nodig zou hebben om te onderhandelen, maar hij is nu toch overbodig.'

'Zo'n foto interesseert geen mens iets als de man verdwenen is. Hoe komen we zonder hem verder?'

'Dat lukt niet. Hij was mijn enige contactpersoon,' zei de man.

'Hoe plaats je dan nu je bestellingen?'

'Dat doen we niet. Dat kunnen we niet. Dat kan pas weer als er een vervanger komt. We maken nu gebruik van andere leveranciers.'

'Hoe betaalden jullie Carpenter?'

'In het begin contant. De laatste tijd met bitcoins. Die kun je niet traceren.'

'Wie neemt de spullen in ontvangst? Waarvandaan?'

De man aarzelde een tel te lang. 'Ik weet niet waarvandaan.'

'Dus je weet wel wie.'
De man zei niets.
Emerson haalde een lucifer uit het doosje.
'Oké! Dat gaat met een vrachtrijder, vanuit Vicksburg in Mississippi. Hij heet Lafferty. Hij opereert in zijn eentje, hij heeft zich gespecialiseerd.'
'Adres?'
'Staat in mijn telefoon.'
'Mooi. Is er verder nog iets wat je ons wilt vertellen?'
'Nee, niets. Ik heb jullie alles verteld, meer dan ik had moeten doen, dus laat me alsjeblieft gaan.'
'Alles op zijn tijd. Heb jij die lading die naar mijn zoon ging geregeld? Was jij een schakel in die keten?'
De man sloot zijn ogen en knikte bijna onmerkbaar.
'Ik wil het je horen zeggen,' zei Emerson
De man deed zijn ogen weer open en zei: 'Ja, dat had ik geregeld. Mag ik nu weg? Als je je geld terug wilt, kan ik daarvoor zorgen. Ik ben de enige die dat kan regelen.'
Emerson haalde de pollepel nog eens door de gel in het vat en goot het uit over de buik van de man. Een derde lepel vol goot hij over diens borst. Graeber sloot het vat af met het deksel en rolde het naar buiten. Emerson streek de lucifer langs het doosje.
'Geld terug?' zei Emerson. 'Nee, maar je mag wel weg. Op dezelfde manier als mijn zoon weg mocht toen jullie klaar met hem waren. Jij gaat alleen iets sneller. En waarschijnlijk doet het ook iets meer pijn.'

De Greyhound die Jed Starmer vervoerde naar Jackson, Mississippi, arriveerde op donderdag om kwart over één 's middags. Dat was meer dan veertig uur na Jeds vertrek uit L.A. Vier mannen zagen de bus tot stilstand komen. Twee van hen stonden specifiek voor deze bus op de uitkijk, de beide anderen observeerden alles wat uit het westen kwam.
Dat tweede koppel werkte normaal gesproken in de Minervagevangenis in Winson. Ze hadden al in de vroege ochtend, om drie uur, postgevat bij het busstation. Speciale opdracht. Ze verveelden zich, ze waren moe en achterdochtig. De beide andere mannen vonden ze maar verdacht. Ze hadden meteen toen ze op

de overdekte perrons waren verschenen de aandacht op zich gevestigd. Ze waren jong, nog geen twintig, of misschien net in de twintig. Ze droegen felgekleurde shirts met korte mouwen, niet dichtgeknoopt, over groezelige witte hemden. Een korte broek, geen sokken. De een droeg sandalen, de ander oude, verweerde tennisschoenen zonder veters. Allebei hadden ze lang, onverzorgd, bijna korstig haar. De een was blond, de ander donkerblond. Geen van beiden had zich de afgelopen tijd geschoren. Ze waren bepaald geen toonbeeld van respectabiliteit. Zoveel was duidelijk. Maar uiteindelijk was het hun lichaamstaal die de alarmbellen deed rinkelen. Het voortdurend zenuwachtige gewriemel. De spanning in de armen, benen en nek die ze niet kwijt konden raken.

Intuïtie is een zaak van leven of dood voor gevangenbewaarders. Ze moeten moeilijkheden zien aankomen voordat die werkelijk ontstaan. Dat kan niet anders, gezien het feit dat ze op gezette tijden worden geconfronteerd met situaties waarin ze helemaal alleen tegenover tweehonderd gedetineerden staan. Het kan heel snel fout gaan. Als gedetineerden eenmaal beginnen, zijn ze niet meer te houden. Dan wordt er bloed vergoten. Dus als die twee gevangenbewaarders van Minerva dienst hadden gehad, en die twee groezelige jongens waren gedetineerden geweest, dan hadden ze onmiddellijk ingegrepen. Ze hadden geen seconde geaarzeld. Ze hadden ze terug in hun cel gegooid en die op slot gedaan tot ze hadden achterhaald wat die twee van plan waren. Ook al had het nog zo lang geduurd. Maar hier, in de wereld waar vrijheid heerste, stonden de beide gevangenbewaarders van Minerva met lege handen.

Ze konden toezien.

Om de paar minuten haalde de blonde jongen zijn telefoon uit zijn zak en keek hij op het scherm.

De ene Minervaman stootte de andere aan en zei: 'Zie je dat?'

'Hij kijkt naar een foto,' zei de andere man, 'maar ik kan niet zien wie het is. Jij?'

De eerste schudde zijn hoofd. 'Niet onder deze hoek. Ik zie omtrekken, meer niet. Maar je weet wat het betekent. Ze zijn hier niet om iemand op te vangen die ze kennen. Ze zoeken een vreemde.'

Nummer twee zweeg even. 'Wij zijn hier. Zij zijn hier. Kan geen toeval zijn.'

'Als zij op dezelfde man wachten als wij, zijn ze hier niet om hem tegen te houden. Moet je ze eens zien. Heb je gehoord wat hij met Robert en Dave heeft gedaan in Colorado?'

'Dus ze komen hem helpen. Ze geven hem een lift. Als ze tenminste op dezelfde man wachten als wij.'

'Dat is goed nieuws.'

'Hoezo?'

'Brockman heeft ons op pad gestuurd voor één man. We brengen hem er straks drie. Dat levert vast een bonus op.'

'En als die jongens nu eens heel iets anders aan het doen zijn?'

De eerste haalde zijn schouders op. 'Dan is het niet ons probleem.'

Jed stapte als laatste uit de bus. De voorgevel van het busstation had hij uitnodigend gevonden, een en al gebogen overkappingen en neonreclames, net een ouderwetse bioscoop. De achterkant van het station, waar de passagiers in- en uitstapten, was andere koek. Het was een overdekte hal. Het was er spaarzaam verlicht. Er waren veel donkere hoeken. Het voelde niet goed. Hij wilde er geen voet zetten en hij bleef op zijn stoel in de bus zitten, zijn rug tegen de rugleuning gedrukt, en deed alsof hij er niet was. Maar toen de chauffeur van zijn plek kwam en hem onvriendelijk aankeek, had hij geen keus en moest hij het onvermijdelijke aanvaarden. Hij liep ineengedoken door het gangpad en klom stilletjes omlaag de bus uit.

Voor de Minervamannen was het duidelijk dat Reacher niet in de bus zat, net zoals hij niet in de zevenenveertig andere bussen had gezeten die ze bij aankomst hadden geobserveerd. Dat betekende dat ze nog langer op hun post zouden moeten blijven en minstens nog op de eerstvolgende bus zouden moeten wachten. De vraag was of ze dat met z'n tweeën zouden doen, of dat die twee jongens die zo opvielen hen gezelschap zouden houden. De twee hadden geen enkele interesse getoond in de passagiers die uit de bus kwamen.

Tot Jed uit de bus stapte.

Jed keek schichtig om zich heen, zag welke kant hij op moest en haastte zich naar de klapdeuren die toegang boden tot de terminal. De blonde keek opnieuw op zijn telefoon. Vervolgens kwam hij in beweging. Hij haalde Jed in en greep hem bij zijn linkerarm. Hij stak zijn rechterwijsvinger in Jeds nier. Hij boog zich voorover naar Jed en fluisterde iets in zijn oor. Toen draaiden beiden zich naar links, naar de uitgang, naar de straat. De donkerblonde stond daar al te wachten. Hij keek in beide richtingen en maande de andere twee om zich te haasten. Daarna verdwenen ze alle drie uit het zicht.

24

Er zijn mensen die willekeurig een kamer in een hotel boeken, maar er zijn ook mensen die iets behoedzamer te werk gaan en allerlei factoren laten meewegen. De prijs, de locatie, de voorzieningen, de sfeer, en soms ook de mate van discretie van het personeel, afhankelijk van wat ze van plan zijn te doen tijdens hun verblijf. En met wie.

Emerson en Graeber kozen die donderdag heel zorgvuldig een hotel in St. Louis, al ging het hun maar om één ding, het parkeerterrein. Het parkeerterrein moest groot zijn, en dusdanig gevormd dat op zijn minst een paar parkeervakken zich een flink eind van het hoofdgebouw bevonden. Graeber was een halfuur in de weer met zijn telefoon nadat ze de loods hadden verlaten. Met behulp van een website waarop hotels werden beoordeeld vond hij uiteindelijk een hotel dat hem geschikt leek. Vervolgens riep hij Google Maps op en bekeek hij het hotel al tikkend, vegend en knijpend van alle kanten. Op het scherm zag het er veelbelovend uit. Toen ze echter ter plekke arriveerden, moesten ze concluderen dat de helft van het terrein kennelijk was verkocht sinds de satellietbeelden waren gemaakt. Het deel waar zij in geïnteresseerd waren, was nu een bouwput, omgeven door schuttingen met computersimulaties van een nieuw kantoorgebouw.

Emerson en Graeber reden naar het hotel van hun tweede keus. Het parkeerterrein was kleiner, maar het was nog zo vroeg in de ochtend dat er veel lege plaatsen waren. Graeber parkeerde de bestelwagen in het meest afgelegen vak. Emerson liep naar de receptie. Hij boekte één kamer. Hij betaalde voor de hele nacht, al wist hij dat hij al om halftwee zou vertrekken. Dan zou hij Vicksburg in Mississippi bereiken met nog een uur over om de situatie in ogenschouw te nemen voordat de leverancier die nu hun doelwit was, aan het werk zou gaan. Het betekende dat ze nog twaalf uur hadden om stuk te slaan. Het leek Emerson het beste als ze die vooral zouden gebruiken om wat uit te rusten. Ze waren al vroeg uit de veren geweest, hadden een lange rit uit Chicago achter de rug, gevolgd door drukke werkzaamheden. Ze verdeelden de tijd in vier stukken en brachten om de beurt een tijd in de bestelwagen door terwijl de ander de beschikking kreeg over de hotelkamer met het bed. Die kamer was natuurlijk een stuk comfortabeler, maar de bestelwagen was belangrijker. De inhoud was zo belangrijk dat ze hem niet onbewaakt konden laten staan. Het zou bovendien niet uit te leggen zijn wat die inhoud in de bestelwagen deed als de autoriteiten hem na diefstal onverhoopt ergens zouden aantreffen.

Het was een oude auto, een soort stationwagen. Hij was lang en groen en op de flanken waren panelen van nephout aangebracht. De donkerblonde deed een van de achterportieren open. De blonde zette zijn hand tegen Jeds rug en duwde. Jed probeerde zijn val te breken, maar zijn vingers gleden over de stoffige lak en hij belandde op zijn buik voor de achterbank. De blonde smeet het portier dicht. Hij keerde zich naar zijn maat met zijn hand omhoog voor een high five. Maar zijn hand ontmoette slechts lucht want zijn maat lag op zijn rug op het trottoir. Hij was bewusteloos. Een van de Minervamannen stond over hem heen gebogen met een glimlach op zijn gezicht.

'Zou je me willen vertellen wat hier gaande is?' vroeg de andere Minervaman.

De mond van de blonde zakte open, maar hij zei niets.

De Minervaman trok een pistool achter zijn broeksband vandaan. 'Je moet één ding goed begrijpen. Ik vertegenwoordig de wet. Ik ben er net getuige van geweest dat je een minderjarige jongen ontvoerde. Als ik jou doodschiet, krijg ik een medaille. Als je dus een verklaring kunt geven die dit allemaal ineens heel onschuldig maakt, zou ik dat maar doen.'

De jongen zei niets.

De Minervaman keek op zijn horloge. Het duurde nog acht minuten tot de volgende bus zou arriveren. Dat was vervelend.

Misschien was wat er nu gebeurde, het enige wat de hele dag zou gebeuren. Hij had de zaak graag nog een beetje gerekt. Er een beetje plezier aan geknoopt. In plaats daarvan fronste hij zijn wenkbrauwen en zei: 'Laat me je telefoon zien.'

De jongen verroerde geen vin.

De Minervaman drukte de loop van zijn pistool tegen het borstbeen van de jongen en haalde de telefoon van de jongen tevoorschijn uit diens broekzak. Hij wierp een blik op het scherm en vroeg: 'Wachtwoord?'

De jongen zei niets.

'Oké,' zei de Minervaman, 'dit is een oud toestel. Ontgrendelen kan ook met een vingerafdruk. Houd je hand eens op.'

De jongen verroerde geen vin.

'We proberen het nog een keer,' zei de Minervaman. 'Vingerafdruk of wachtwoord.'

De jongen zei niets.

'Oké,' zei de Minervaman. 'Dan doen we de vingerafdruk. Je weet dat dat ook kan als je vinger niet langer aan je hand vastzit? Of je duim? Of wat je dan ook maar voor een vingerafdruk hebt gebruikt. Misschien moet ik alle tien je vingers er wel af breken voordat ik prijs heb. Stuk voor stuk.'

De ogen van de jongen schoten wijd open. Zijn mond bracht een reeks van zes cijfers voort. De Minervaman voerde ze in en opende de app met foto's. Er waren veel foto's van surfende en bier drinkende mensen op het strand, en één foto van iemands achterwerk. Er zat niets tussen wat relevant leek, dus opende de Minervaman de berichtenapp. Meteen vulde een andere foto het scherm. Een foto van Jed Starmer. Genomen bij het busstation van Greyhound in L.A., op dinsdagmiddag. De Minervaman tikte en veegde en zag dat de foto was verstuurd van een nummer in Californië. Er was een bericht aan gekoppeld. Het nummer van een buslijn en de aankomsttijd. Hij gaf de telefoon aan de andere Minervaman en vroeg: 'Hoeveel?'

De ogen van de blonde sperden zich zo mogelijk nog verder open. 'Ik heb geen geld, maar ik kan er wel aankomen. Ik betaal je wat je maar hebben wilt.'

De Minervaman sloeg de jongen in zijn gezicht. Met vlakke hand, maar toch zo hard dat de jongen zijn evenwicht verloor en in de goot belandde. De Minervaman bukte zich, greep de jongen bij zijn hemd en trok hem weer overeind. 'Hoeveel krijg je om die jongen te grijpen?'

'O, niets. Nada, echt.'

'Gelul.'

'Echt.'

'Waarom grijp je hem dan?'

'We moesten wel. We hadden geen keus.'

'Iedereen heeft altijd een keuze.'

'Wij niet. We werken een schuld weg.'

'O ja? Wie ben je iets schuldig? Waarvoor?'

'Iemand die we hadden ontmoet. Hij gaf ons drugs, een heleboel. Die moesten we verkopen, maar ze werden gestolen en we hadden geen geld om hem terug te betalen.'

'Wie is die man?'

'Ik weet niet hoe hij echt heet.'

Waar is hij?'

'In New Orleans.'

'Dus nu leveren jullie hem weggelopen kinderen?'

De blonde keek naar het trottoir en knikte.

'Jullie hebben iemand bij het busstation van Greyhound in L.A.?'

'Hij is steeds ergens anders. L.A., San Francisco, ook een keer Austin.'

'Hij klampt jongens aan die er eenzaam uitzien? Hij probeert erachter te komen waar ze heen gaan en of er ook mensen zijn die hun vermissing zullen aangeven?'

De blonde knikte.

'Hoe vaak?'

'Dit is de vierde.'

'Hoeveel nog?'

De jongen haalde zijn schouders op. 'Hij zei dat hij het wel zou zeggen als het genoeg was.'

De Minervaman keek opnieuw op zijn horloge en haalde toen een paar plastic handboeien uit zijn achterzak. 'Draai je om. Handen op de rug.'

'Wat ga je doen?'

'911 bellen. Jij gaat een flinke tijd achter de tralies, vriend. Hopelijk in de gevangenis waar ik werk. Dan zal ik ervoor zorgen dat je hartelijk welkom wordt geheten.'

'Nee, wacht. Alsjeblieft. Kunnen we...'

De Minervaman draaide de jongen met een ruk om zijn as en boeide hem. Toen duwde hij de blonde in de richting van zijn partner en opende het achterportier van de auto. 'We kunnen beter even kijken hoe het met die jongen is, om zeker te weten dat het niet nog erger wordt.'

Maar er viel niets te kijken, want er was niemand achter in de auto. Het portier aan de andere kant stond open. Jed was verdwenen.

25

Op het moment dat Jed Starmer uit de stoffige stationwagen sloop, passeerden Hannah Hampton en Jack Reacher de grens tussen Louisiana en Mississippi. Dat was halverwege de Vicksburg Bridge, dertig meter boven de rivier. Ze reden naar het oosten op de 120. Dat hadden ze, afgezien van korte pauzes om diesel te tanken en koffie te kopen, de afgelopen vijfenhalf uur steeds gedaan.

Reacher reed. Dat bekoorde hem maar matig en hij had zich ook niet als vrijwilliger gemeld, want een rol als bijrijder paste veel beter bij zijn temperament. Wie op het traject van de eerste 600 kilometer van dichtbij een kijkje had kunnen nemen in de pick-up van Sam Roth, had alleen maar kunnen concluderen dat de metgezel van Hannah er comateus bij hing. Onderuitgezakt op zijn stoel, bewegingloos op zijn ogen na, die zo nu en dan even opengingen om de omgeving op te nemen en te bepalen waar ze zich bevonden. In het begin hadden ze door vlak land gereden, waar weinig meer te zien was dan een enkele watertoren of een golfplaten loods langs de kant van de kaarsrechte weg. Langzamerhand verschenen er bomen en struiken tussen de stoppelige akkers. Het vlakke land maakte plaats voor lichte glooiingen. Voorbij Dallas werd de lucht iets blauwer, het gras iets groener. Groepjes bomen kregen meer volume nadat ze de grens met Louisiana waren gepasseerd. De akkers leken vruchtbaarder, het gewas weliger. Reacher genoot van die ontwikkeling in slow motion, die zich buiten de pick-up als op de plaatjes van een toverlantaarn ontvouwde. Hij had liever een paar plaatjes in zijn geheugen opgeslagen en zijn energie opgespaard voor wat hem in Winson te wachten stond, op een moment dat hij niet langer passagier zou zijn. Maar toen

Hannah hem de sleutels had gegeven nadat ze waren gestopt om even de benen te strekken, had het hem onbeschoft geleken om te weigeren. Bovendien niet erg veilig. Hannah had wallen onder haar ogen. Ze liet haar schouders hangen. Ze had moeite het zware portier van de pick-up open te trekken toen een plotselinge windvlaag haar dwarszat. Ze viel in slaap voordat ze terug op de snelweg waren.

Op een steenworp afstand lag een tweede brug, veel ouder, een constructie van ijzeren balken en liggers en reusachtige klinknagels. Op het hoogste punt wapperden vlaggen. Hij had als jongetje op school, op een basis ergens anders op de wereld, foto's gezien met die brug, en de rivier die eronderdoor stroomde. Dat was in de tijd dat de brug waarover ze nu reden nog niet eens was gebouwd. Die foto's speelden alleen geen rol bij een les techniek of aardrijkskunde. Het was veel basaler. De kinderen moesten in de klas *één Mississippi, twee Mississippi* scanderen om seconden te leren tellen. Reacher had niet begrepen waar dat goed voor was. Zelfs op die leeftijd werkte de klok in zijn hoofd al feilloos. Hij had zich dus laten afleiden om naar de brug te kijken, die er functioneel, stevig en betrouwbaar uitzag, eigenlijk zoals een goed ontworpen constructie eruit hoort te zien. Nu reden er alleen nog treinen over. Er was achterstallig onderhoud. Verf bladderde af en roestsporen ontsierden het ijzer. Maar de brug lag er nog en functioneerde nog. Ooit was hij gevierd, nu voldeed hij niet meer aan de eisen van de tijd. Dat was een verhaal dat Reacher maar al te goed kende.

Honderd meter na de brug zag Reacher een bord waarop een truckstop werd aangekondigd. De grootste van Mississippi. Reacher hoopte dat daar geen woord van gelogen was. Hij hoopte dat het op de voorzieningen sloeg en niet alleen op de omvang van het parkeerterrein. Het werd tijd voor nieuwe kleren. De laatste paar winkels die hij had bezocht hadden niets in zijn maat. Hannah werd wakker toen Reacher de motor uitschakelde. Het slapen had haar goed gedaan. Samen liepen ze over het parkeerterrein naar het hoofdgebouw dat was aangelegd in de vorm van een vlinderstrik. De ingang leidde naar een vierkante binnenplaats met toiletten en douches voor vrachtwagenchauffeurs. Het centrum van de driehoekige ruimte links stond vol tafels en stoelen voor de bezoekers van de drie fastfoodtenten eromheen. Daar werden pizza's, fried chicken en hamburgers verkocht. De ruimte rechts werd in zijn geheel in beslag genomen door de winkel waar stellingen, vakken en uitstalkasten ogenschijnlijk zonder enige ordening door elkaar waren geplaatst.

Hannah stapte als eerste door de ingang en maakte aanstalten om in de richting van de toiletten te lopen, maar Reacher pakte haar elleboog en leidde haar naar de winkel.

'Hé,' zei Hannah, 'heb je hulp nodig bij het uitzoeken van een broek?'

Reacher keek over zijn schouder. 'Heb jij een telefoon?'

'Natuurlijk. Wil je iemand bellen?'

'Kun je daar foto's mee maken?'

'Natuurlijk. Dat kan tegenwoordig met alle telefoons.'

'Houd je die voor je oog, net als een camera?'

Hannah lachte. 'Nee, je houdt hem gewoon voor je. Je ziet op het scherm waar je een foto van maakt. Dat geeft een veel beter beeld dan zo'n kleine zoeker. Hoezo?'

'Er staat een man bij de toonbank van de tent waar je kip kunt eten. Hij doet net of hij wacht tot zijn bestelling klaar is, maar eigenlijk houdt hij de ingang in de gaten, en hij zat te prutsen met zijn telefoon. Hij hield hem voor zich en bewoog hem alsof hij mij volgde toen we binnenkwamen.'

'Doe je arm eens iets opzij.' Hannah gluurde door de spleet tussen Reachers biceps en diens borstkas. 'Blank, gemillimeterd haar, T-shirt en spijkerbroek?'

Reacher knikte.

'Hij staat er nog steeds. Met nog iemand. Ze zien eruit als maatjes die samen naar de sportschool gaan. Hij heeft zijn telefoon nog steeds in zijn hand en blijft er maar naar kijken, alsof hij op een bericht wacht. Misschien hebben ze een afspraak met iemand die te laat is, maar nog niets van zich heeft laten horen?'

Reacher schudde zijn hoofd. 'Nee, hij begon pas met die telefoon te prutsen toen hij mij zag en richtte hem heel direct op mij.'

'Weet je het zeker? Denk je echt dat hij een foto van je maakte? Waarom zou hij dat doen?'

'Geen idee.' Reacher draaide zich om. 'Laten we het maar gaan vragen.'

Reacher liep naar de man met de telefoon en zei: 'De volgende keer moet je mijn zaakwaarnemer bellen.'

Rimpels plooiden het voorhoofd van de man. 'Waar heb je het over?'

'Je moet toestemming vragen om een foto van me te nemen.'

De man kon een onwillekeurige blik op zijn telefoon niet onderdrukken. 'Ik heb geen foto van je genomen.'

'Ik denk van wel.'

'Oké, slimmerik. En wat dan nog?' Zijn telefoon maakte een geluid alsof iemand met de stompe kant van een mes tegen een wijnglas tikte. De man keek op het scherm en knikte naar zijn maat. Daarna tilde hij de rand van zijn shirt een paar centimeter op. Achter zijn broeksband stak een zwart pistool. Een Beretta. Bepaald niet nieuw, de arcering op de greep was gekrast en versleten. 'Oké, meneer Reacher, genoeg geluld hier. We praten buiten verder.'

Het impliciete dreigen met het pistool was belachelijk. Hij had net zo goed een krop sla achter zijn broeksband kunnen steken, want het was uitgesloten dat de man hierbinnen zou gaan schieten. Veel te veel bewakingscamera's, veel te veel getuigen. Veel te veel kans dat onschuldige omstanders zouden worden geraakt, met een fikse kans op levenslang, of erger als er doden zouden vallen. Maar bovendien zou hij het bewustzijn verliezen voordat de loop achter de broeksband vandaan was gekomen in een poging het pistool te trekken. En zijn metgezel eveneens. Stiekem hoopte Reacher dat de man het zou proberen. Hij bulkte van energie na al die uren stilzitten in de pick-up. Maar het was beter om te wachten tot ze ergens waren met meer privacy, dus speelde hij maar mee. Hij deed een stap achteruit en zei: 'Na u.'

De man met het pistool schudde zijn hoofd en maakte een gebaar dat Reacher voorop moest gaan. Reacher begon naar de uitgang te lopen. Hannah volgde. De man met het pistool sloot naast zijn maat aan. Hij dirigeerde Reacher naar de achterkant van het gebouw. Ze liepen langs de lange buitengevel van de winkel en een deel van het parkeerterrein dat was gereserveerd voor bussen. Er stonden elf bussen in de ruime parkeervakken, maar er slenterden geen passagiers rond. Er waren geen chauffeurs te zien. Het gebouw stond vrijwel tegen de rand van het terrein. Er was niets achter. Geen weg, geen geparkeerde auto's, geen mensen. Slechts een strook gescheurd plaveisel tussen de muur en een schutting van brede houten planken. Een stevig geval, geen grote gaten, ook geen kleine van noesten. Hij was drie meter hoog. Je kon er niet overheen kijken en niet doorheen kijken. Aan die kant van het gebouw waren geen ramen en dus ook geen bewakingscamera's. De muren van het deel voor voedselvoorziening en de winkel waaierden links en rechts van de muur van de toiletten onder een hoek uit, zodat hier uiteindelijk een volledig geïsoleerd trapeziumvormig plein was ontstaan. Niemand zou zien wat hier gebeurde. Niemand zou 911 bellen. Niemand zou een verklaring afleggen bij de politie. Niemand zou ooit getuigen in een rechtbank.

Reacher wist wat er nu zou gebeuren. Hij wist dat een van de mannen achter zich gewapend was. Hij kon er maar beter van uitgaan dat voor de andere hetzelfde gold. Ze zouden dus proberen Hannah en hem met de rug tegen de muur van de toiletten te krijgen. Vanaf dat moment hoefden ze alleen maar voldoende afstand te houden en alert te blijven. Misschien zouden ze Hannah doodschieten, of Reacher, of hen allebei. Misschien zouden ze alleen schieten om hen tijdelijk uit te schakelen. Misschien zouden ze wachten op versterking, maar wat ze ook van plan waren, als het eenmaal zover was, was het *game over*.

Reacher deed een kleine stap opzij en bleef toen abrupt stilstaan. Hannah stond naast hem voordat ze doorhad dat hij niet verder liep. Ze bleef ook staan. Reacher boog zich naar haar toe en fluisterde: 'Blijf achter me. Zorg ervoor dat de man niet op je kan richten.'

'Welke?' fluisterde Hannah. 'Er zijn er twee.'

'Zo meteen niet meer.'

Reacher hoorde een stem achter zich. Het was de man die hem deze kant op had gestuurd, de man van wie Reacher zeker wist dat hij gewapend was. 'Doorlopen. Niemand heeft gezegd dat je hier kon blijven staan.'

De man was dichterbij. Dichterbij dan toen ze het gebouw waren uit gelopen. Dat was te horen aan het stemgeluid. Nadat Reacher was gestopt, moest hij nog een paar passen hebben gedaan, net als Hannah. Reacher schatte de afstand tussen hem en de man in. Hij probeerde in te schatten hoe lang hij was, en trok daar nog eens tien centimeter van af. Hij verplaatste al zijn gewicht op de bal van zijn linkervoet en gooide zich toen achterover. Hij wentelde vanuit de heupen met de wijzers van de klok mee om zijn as en strekte zijn rechterarm. Hij balde zijn vuist, die een wijde boog beschreef als de kop van een sloophamer, een sloophamer die werd gehanteerd door een maniak van honderdtien kilo. De man zag het aankomen en probeerde weg te duiken en graaide naar zijn pistool, maar hij was te laat. Reachers vuist trof zijn slaap. De man sloeg om als een dode boom in een orkaan.

Zijn maat sprong achteruit, tilde zijn shirt op en grabbelde naar zijn pistool. Ook een Beretta. Reacher deed twee stappen naar voren, greep met zijn linkerhand de man bij de pols en klemde de hand tegen zijn buik. Met rechts pakte hij het pistool. Toen gaf hij hem een duw tegen zijn borst, zodat de man struikelend achteruitwaggelde en geen poging meer kon doen het pistool terug te veroveren.

'Jouw vriend maakte een foto van me. Waarom deed hij dat?' vroeg Reacher.

De man gaf geen antwoord.

'Jullie wilden dit gesprek buiten voortzetten. We zijn nu buiten, dus spreek.'

De man schudde zijn hoofd.

Reacher richtte het pistool. 'Probeer dit eens. Jullie hadden deze plek gekozen. Geen getuigen, geen camera's. Waarom?'

De man stak zijn handen uit met de handpalm omhoog. 'Ik weet niets. Schiet een beetje op alsjeblieft, als je me kapot wilt maken.'

'Je zit ernaast,' zei Reacher. 'Jij weet wel een paar dingen. Je weet mijn naam.'

'O ja, oké.'

'Je weet dat je hiernaartoe bent gestuurd om mij op te wachten.'

'Het zal wel.'

'Dan weet je ook wie je heeft gestuurd.'

De man schudde zijn hoofd.

'Dat weet je wel. Wie?'

De man gaf geen antwoord.

Reacher porde met de neus van zijn schoen de bewusteloze man in zijn zij.

De niet-bewusteloze sloot zijn ogen. 'Onze baas heeft ons gestuurd.'

'Naam?'
'Brockman.'
'Organisatie?'
'Minerva Correctional.'
'Jullie werken in de gevangenis in Winson?'
De man knikte.
'Hoe wist Brockman dat ik hier zou zijn?' vroeg Reacher.
'Dat wist hij niet. Hij heeft naar meerdere plaatsen mensen gestuurd, voor het geval dat.'
'Hoeveel?'
'Dat weet ik niet. Acht? Tien? Het was geen doorsnee briefing. We kregen onze orders afzonderlijk. Later kregen we in de gaten dat er meer mensen op pad waren.'
'Waar zijn die anderen?'
'Ik weet het maar van één team zeker. Die zijn bij het busstation van Greyhound in Jackson. Een van de jongens die daarnaartoe zijn gestuurd, is mijn zwager. Hij belde me een paar minuten geleden. Ze hadden net een paar rotzakken gepakt die probeerden een weggelopen jongen uit Californië te ontvoeren. Hij wilde weten of wij ook zulke leuke dingen meemaakten. Onzin natuurlijk. Hij wilde me alleen maar jennen omdat hij wist dat we ons stierlijk zaten te vervelen hier.'
'Dan heeft hij toch iets te vroeg gebeld. Wat moesten jullie doen als jullie mij zagen?'
'Je identiteit bevestigd krijgen.'
'En dan?'
'Dan moesten we je tegenhouden.'
'Tegenhouden?'
'Voorkomen dat je naar Winson zou gaan.'
'Waarom?'
'Om te voorkomen dat je problemen zou veroorzaken.'
'Waarom zou ik problemen veroorzaken in Winson?'
De man haalde zijn schouders op. 'Brockman zei dat je gek was. Gekke mensen doen gekke dingen.'
'Hoe moesten jullie mijn identiteit bevestigd krijgen?'
'We stuurden je foto naar een paar mensen die weten hoe je eruitziet.'
'Welke mensen?'

'Een paar collega's.'
'Hoe kennen die mij?'
'Jullie zijn elkaar een paar dagen geleden tegengekomen in Colorado.'
Reacher glimlachte. 'Ah, juist, ja. Waar zijn die lui?'
'In Winson, neem ik aan. Ze zijn nog niet weer op de been.'
'Ik zal ze thuis een bezoekje brengen als ik in Winson ben. Misschien neem ik druiven voor ze mee. Maar nu Brockman, is dat een goede baas?'
'Ik denk het.'
'Is hij aardig?'
'Als hij je mag.'
'Juist. Ik heb in Colorado gezien wat hij doet met mensen die hij niet mag. Dus ga ik het volgende doen. Ik ga naar Winson. Ik ga meneer Brockman problemen bezorgen, misschien wel meer dan hij verwacht. En als ik daarmee klaar ben, zal ik hem laten weten hoezeer je me hebt geholpen.'
'Nee, alsjeblieft. Doe dat niet. Hij vermoordt me.'
'Het spijt me. Ik heb een besluit genomen, tenzij...'
'Tenzij wat? Wat wil je? Geld? Dat is geen probleem. Ik kan je...'
'Geen geld. Informatie. Er gebeuren rare dingen met de boekhouding van Minerva. Ik wil weten wat dat is.'
De man sperde zijn ogen open. 'Boekhouding? Daar weet ik niets van. Hoe zou ik dat moeten weten?'
Reacher keek de man lang aan. In de loop van de jaren had hij een zintuig ontwikkeld waarmee hij kon peilen of mensen de waarheid spraken. Normaal gesproken moedigde hij het spreken van de waarheid ook aan, maar in dit geval was hij lichtelijk teleurgesteld, want het betekende dat de man verder niets voor hem kon betekenen. Hij stompte hem daarom in zijn gezicht en keek toe hoe hij in elkaar zakte en roerloos op de grond bleef liggen.

'Was dat nodig?' Hannah stond met haar handen op haar heupen. 'Hij vormde geen enkele bedreiging meer. Je had hem zijn pistool al afhandig gemaakt.'
'En dat reservepistool bij zijn enkel dan? En het mes dat hij in zijn sok had gestoken?'
'Heeft hij nog een pistool? En een mes?'

‘Misschien, maar als je afwacht of het zo is, ben jij degene die op de grond eindigt. Zonder dat je ooit nog weer op eigen kracht overeind komt. Deze lui werken samen met de mensen die Sam en Angela hebben vermoord. Ze hebben ons niet hiernaartoe meegenomen om koffie te drinken met een koekje erbij.’

Hannah zweeg langer dan een minuut en schuifelde toen naar de eerste man die Reacher had uitgeschakeld. ‘Is deze dood?’

Reacher haalde zijn schouders op. ‘Misschien heb ik zijn nek gebroken.’

‘Kan je dat niets schelen?’

‘Zou jij er moeite mee hebben als je op een kakkerlak trapt?’

‘Hij is geen kakkerlak.’

‘Nee, erger, hij is een mens. Hij had een keuze.’

‘Weet je? Je hebt gelijk.’ Hannah deed nog een stap naar de man toe en trapte hem tegen zijn ribben. ‘Hij heeft hier inderdaad voor gekozen. Hij heeft ervoor gekozen om de mensen te helpen die Sam hebben vermoord. Niet zomaar per ongeluk doodgemaakt. Het was geen ongeluk. Ze hebben Sam met voorbedachten rade vermoord. Omdat ze er het een of ander mee konden verdienen. Het zijn klootzakken. Ik haat ze. Ik vind dat we ze allemaal moeten pakken.’

‘Je zult mij niet horen tegenstribbelen.’

‘Goed. Wat gaan we dan nu doen?’

26

Het was zoeken naar de juiste balans.

Dat probleem deed zich voor omdat de toeschouwers morgen verdeeld zouden zijn over twee groepen. Een groep die persoonlijk aanwezig zou zijn en een groep die elders de plechtigheid op tv of online zou volgen. Het probleem was het vinden van een manier om bij beide groepen goed over te komen. Als hij te statisch was in zijn presentatie, zou dat stijfjes en houterig overkomen bij de aanwezigen. Maar als hij te levendig presenteerde, zou hij op het scherm overkomen als een maniak. De camera's zouden heen en weer moeten schieten om hem in beeld te houden. Het zou eruitzien alsof hij een aanval kreeg van het een of ander. Niemand had dat ronduit tegen hem gezegd, maar Bruno Hix was ervan overtuigd dat dat was gebeurd bij de vrijlating van een vorige onschuldige. Omdat hij zich had laten meeslepen. Hij had zich volgezogen met de energie van de aanwezigen, zich eraan tegoed gedaan. Overdadig. Net als bij elke euforische gebeurtenis voelde het op dat moment fantastisch, maar de nasleep was in het geheel niet fijn. En dankzij moderne verworvenheden als YouTube zou die nasleep nooit meer verdwijnen.

Hix wist dat de oplossing een betere voorbereiding was. Om te beginnen had hij zijn tekst al uit het hoofd geleerd. Het zou hem geen enkele moeite kosten die over het voetlicht te krijgen. Daar twijfelde hij niet aan. Hij moest alleen werken aan de presentatie. Hij moest zorgen dat hij beide doelgroepen tegelijkertijd bereikte, de echte aanwezigen en de virtuele aanwezigen. Dat zou geen sinecure worden. Dus had hij een nieuw systeem bedacht, een combinatie van oude en nieuwe technologie. Om te beginnen had hij de facilitaire dienst van de gevangenis enorme spiegels laten monteren aan een van de wanden van de ontvangsthal. Daartegenover had hij een kopie van het podium laten bouwen. Vervolgens had hij twee kleine videocamera's laten bezorgen, bedoeld voor sporters, mensen die zich bezighielden met skiën, mountainbiken en kajakken. Het interesseerde Hix niet hoe schokbestendig ze waren en hoe goed ze het onder water deden. Hem interesseerde alleen een bepaalde functie, namelijk dat ze met stemherkenning konden worden ingeschakeld. De eerste zette hij op een driepoot naast zich, gericht op de spiegel, zodat hij het beeld op afstand zou leveren dat de aanwezigen zouden zien. De andere camera zette hij op een mini-driepoot op zijn lessenaar, direct op zijn gezicht gericht, ingezoomd, zoals dat bij nieuwslezers werd gedaan. Hij zou de opdracht geven om op te nemen, zodat beide camera's gelijktijdig gestart werden. Dan zou hij een paar keer zijn toespraak houden, met verschillen in mimiek, gebaren en intensiteit. Die beelden zou hij dan naast elkaar op zijn computer afspelen om de beste presentatie uit te kiezen.

Hix had twee uur gereserveerd in zijn agenda. Hij had zijn assistent meegedeeld dat hij alleen gestoord mocht worden als de gevangenis in lockdown zou gaan. Hij besteeg het nagebouwde podium, schakelde de camera's in en stond op het punt te beginnen toen de deur van de ontvangsthal openzwaaide.

Hix draaide zich verstoord om. 'Wat is er?'

Damon Brockman liep de ontvangsthal in. Hij bleef op ruime afstand van het podium staan en zei: 'Je had gelijk.'

'Natuurlijk had ik gelijk,' zei Hix. Hij keek recht in de lens van de camera op de lessenaar, deed zijn mond open en weer dicht. Hij dacht na. 'Waarover had ik gelijk?'

'De zwerver in Colorado. Reacher. Hij probeerde hiernaartoe te komen.'

'Probeerde?'

'De jongens bij de truckstop aan de 120 zijn met hem bezig.'

'Hebben ze hem tegengehouden?'

'Ze hebben hem herkend.'

'Dus ze hebben hem gezien, maar ik vroeg of ze hem hebben tegengehouden.'

'Ze hebben niets meer van zich laten horen nadat ze zijn foto hebben opgestuurd. Waarschijnlijk zijn ze druk bezig de man koest te houden. Ik heb Harold ernaartoe gestuurd om te helpen.'

'Harold?'

'Harold Keane. De jongens noemen hem Tiny. Als je hem ziet herken je hem wel. Hij werkt al tien jaar voor ons. We hebben hem overgeplaatst naar hier vanuit Atlanta. Hij is twee meter en hij weegt honderddertig kilo. Toen hij voor Georgia State werkte, heeft hij twee jaar op rij de tweede plaats gehaald bij *America's Strongest Man*.'

'Tweede plaats maar?'

'Bruno, doe me een lol, en zeg dat nooit waar hij bij is.'

'Heeft hij een kort lontje? Goed, maar hij heeft tijd nodig om daar te komen. Stuur de jongens van de Megamart ook die kant op. Die zitten veel dichterbij.'

'Doe ik.'

'Dan kun je de jongens terugroepen die bij het busstation van Greyhound in Jackson posten. Het heeft geen zin ze daar nog langer niks te laten doen.'

'Ik zal het ze laten weten. En de jongens bij de wegwerkzaamheden aan de 87?'

'Laat die nog maar even. Voor het geval dat. Tot we zeker weten dat Reacher geen gevaar meer vormt.'

'Begrepen.'

'Mooi, stuur de berichten maar, en kom daarna weer hierheen. Dan kun je erbij zijn als ik oefen voor morgen.'

'Weet je, dat zou ik dolgraag doen, maar ik kom om in het werk. Er gebeurt van alles op het moment, dus ik vrees dat ik dat aanlokkelijke aanbod moet afslaan.'

Reacher controleerde of de man die hij bewusteloos had geslagen nog leefde.

Hij voelde nog een polsslag, snel, maar zwak. In emotioneel opzicht kon het Reacher niets schelen of de man nog leefde of dood was. Het was een praktisch probleem. Hij moest weten of hij afval moest opruimen of moest voorkomen dat een tegenstander zich weer met het spel zou bemoeien.

Reacher verzamelde de Beretta's van de bewusteloze mannen. Hij zocht hun telefoons en verbrijzelde die onder zijn hak. De resten gooide hij over de schutting. Hannah en hij doorzochten hun zakken, maar kwamen geen verrassingen tegen. Allebei hadden ze een portemonnee met een pinpas, een rijbewijs en een legitimatie van Minerva Correctional. De ene had veertig dollar in briefjes van twintig, de andere had zestig dollar. Reacher stopte het geld in zijn zak. Hij moest nog nieuwe kleren kopen. Hij nam ook een ring met een autosleutel mee waar een label aan hing met het logo van Mercury.

Hij trok beide mannen hun schoenen uit en gooide die over de schutting, trok hun hun spijkerbroek en T-shirt uit en gooide de kleren ook over de schutting. Hij pelde de sokken van hun voeten. Het waren dikke werksokken, het soort sokken dat mensen dragen die zware wandelingen maken of andere intensieve sporten beoefenen. De sokken waren een beetje klam. Dat probeerde Reacher te negeren. Hij testte de sokken op sterkte. Hij rekte ze uit om te zien of ze zouden breken. Hoewel ze een beetje uitrekten, braken ze niet. Het leek Reacher dat hij de terugkeer van beide mannen op het slagveld op zijn minst enigszins kon vertragen, dus bond hij hun enkels bij elkaar met sokken en boeide hij hun handen achter de rug. Toen sleepte hij ze tot dicht tegen de muur aan om ze zo lang mogelijk uit het zicht te houden van hulptroepen. Hij stond op het punt ze daar achter te laten toen hij plotseling iets bedacht.

'Hannah?' zei hij. 'Kom eens mee, wil je?'

Reacher nam Hannah mee naar het parkeerterrein aan de zijkant. Een van de bussen was vertrokken. Er stonden nu nog tien bussen keurig op een rij. Er waren nog steeds geen passagiers te zien en geen chauffeurs. Geen andere voorbijgangers. Reacher vroeg Hannah de wacht te houden en probeerde stuk voor stuk de luiken van de bagageruimen van de eerste bus open te maken. Er waren drie ruimen aan weerszijden, laag onder de ramen. Alle zes waren op slot. De tweede bus leverde hetzelfde resultaat op, evenals de derde. Maar de vierde bus was van een ouder type. De kentekenplaten lieten zien dat hij helemaal uit British Columbia in Canada kwam. Het eerste luik dat Reacher probeerde open te maken, zwaaide soepel naar buiten en omhoog. Reacher liet het luik openstaan en haastte zich terug naar de achterkant van het gebouw. Hij tilde een van de bewusteloze mannen op en zwaaide hem over zijn schouder. Hij droeg hem naar de bus en schoof hem in het bagageruim. Daarna haalde hij de tweede man. Hij dumpte hem naast zijn maat. Hij sloot het luik, zette er zijn knie tegen en trok aan het handvat. Hij rukte en wrong er net zo lang aan tot het afbrak. Hij gaf de andere vijf sloten van de bagageruimen dezelfde behandeling. Hij gooide de vijf handvatten over de schutting. Daarna keerde hij terug naar de winkel.

Reacher waste zijn handen en ging in de winkel op zoek naar kleren. Ze hadden een bescheiden keus in werkkleding op de afdeling voor vrachtwagenchauffeurs. Hij koos een broek waarvan de pijpen hem lang genoeg leken, een T-shirt, ondergoed en, omdat hij eerder in Mississippi was geweest, een licht regenjack. Hij vond nog een wegenatlas van Mississippi en vulde twee grote bekers met koffie. Hij rekende af met het geld dat hij had buitgemaakt op de mannen van Minerva. Met zijn nieuwe bezittingen zocht hij Hannah weer op bij de pick-up.

Hannah was in haar nopjes met de koffie, maar ze was verbaasd toen Reacher instapte aan de passagierskant en de wegenatlas op de console tussen hen in legde.

'Waarom heb je daar geld aan verspild?' vroeg ze. 'Mijn telefoon wijst de weg, waar we maar naartoe willen. Tot op de drempel.'

'Het gaat niet om het navigeren,' zei Reacher. Hij sloeg de atlas open op de pagina met de truckstop. Die lag meteen bij de westgrens van de staat, bij de Mississippi, en ongeveer halverwege tussen de Golf van Mexico in het zuiden en de staat Tennessee in het noorden. Jackson lag verder naar het oosten, op ongeveer een derde van de afstand naar Alabama. Winson lag verder naar het zuidwesten, genesteld in een meander van de rivier. 'Die Minervaman zei dat er tien man op gezet waren om naar mij uit te kijken. In teams van twee man. Er zijn dus vijf, eh... hinderlagen. Twee zijn nu bekend. Hier, waar we nu zijn, en bij het busstation van Greyhound in Jackson. We moeten erachter komen waar die andere drie zijn.'

'Oké. Goed, ze verwachtten ons duidelijk langs de 120. Maar ze konden natuurlijk niet zeker weten of we hier een tussenstop zouden maken, tenzij ze op de hoogte zijn van jouw kledingrituelen. Zonder de noodzaak voor nieuwe kleren waren we doorgereden en waren we hier afgeslagen, de 61 op richting het zuiden.' Hannah wees naar een lijn op de kaart. 'Het zou logisch zijn om ergens langs die 61 een team te plaatsen om ons te pakken.'

'Nee, ze zouden het meteen bij het knooppunt van de 120 met de 61 doen, want ze weten niet dat je me het hele eind naar Winson brengt. Ze zullen veronderstellen dat ik een auto heb gestolen of sta te liften als ik over de weg ga. In een gestolen auto zou ik daar afslaan en als ik liftend kwam, zou iemand die me verder naar het westen een lift had gegeven, me daar afzetten als zijn bestemming verder naar het oosten lag. Jackson, of Meridan, of misschien wel Tuscaloosa of Birmingham. Dan zou ik daar rondlopen om een volgende lift te versieren.'

'Dat klinkt logisch.' Hannah haalde een pen uit haar tas en omcirkelde het knooppunt van de 120 met de 61. 'Dat is hinderlaag nummer drie. Maar we hadden natuurlijk ook een route van Colorado door Kansas en Missouri kunnen nemen. Dan zouden we uiteindelijk over de 155 in Jackson zijn beland. Dan hadden we van daaruit weer verder terug gemoeten naar het westen. En er is maar één toegangsweg naar Winson, van welke kant je ook komt. Op die weg zouden ze hun laatste post hebben gezet.'

Reacher pakte de kaart, bestudeerde hem een tijdje grondig en legde de atlas toen weer neer. Hij wees naar een plek aan de rand van de stad. 'Kijk. Zie je de hoogtelijnen? Het is niet meer dan dertig meter, maar het is het hoogste punt in een omtrek van honderdvijftig kilometer. Dat levert een helling op die vrachtwagens langzamer doet rijden, en dus alle andere auto's ook. Je kunt beter zien wie in een auto zit als hij langzaam rijdt. En het is gemakkelijker om hem tot staan te brengen.'

Hannah omcirkelde de plek die Reacher had aangewezen. 'Nummer vier. Klaar. Waar zoeken we nummer vijf?'

'In Jackson.'

'Denk je? Zouden ze daar nog twee man neerzetten? Er staan er al twee bij het busstation.'

'Klopt, maar veronderstel dat ik met de trein kwam? Of een lift naar Jackson had gekregen. Hoe zou ik dan naar Winson moeten komen? Er is vast een pendelbus, en anders wel regionaal openbaar vervoer. Waarschijnlijk eigendom van Minerva, net zoals de hotels in de buurt van de gevangenis.'

'Mag dat?'

'Natuurlijk. Waarom zou je alleen geld verdienen aan de gevangenen als je hun bezoekers ook nog een poot kunt uittrekken?'

'Wat ben jij cynisch.' Hannahs hand met de pen hing boven de kaart. 'Maar je zult wel gelijk hebben. Waar zou de halte van die bus in Jackson zijn?'

'Maakt me niet uit. Ik ga niet naar Jackson. Dat is me te ver weg. Ik ga alleen afrekenen met die lui op dat knooppunt en boven op de heuvel.'

'*Afrekenen?* Wat bedoel je? Dat je probeert ze te omzeilen?'

Reacher schudde zijn hoofd. 'Elementaire tactiek. Als je de kans krijgt de slagkracht van je tegenstander te reduceren, moet je dat doen.'

'O? Gaan we de slagkracht van de tegenstander reduceren? Fantastisch, ben ik helemaal voor. Zeg maar wat ik moet doen.'

'Een hotel zoeken voor vannacht.'

'Oké. Waar? In Winson? Voor als we klaar zijn met het reduceren?'

Reacher schudde opnieuw zijn hoofd. 'Nee, ik wil dat je de tijd neemt om ergens over na te denken. Ik wil dat je overweegt om een paar dagen weg te gaan, alleen.'

'Vergeet het maar. Ik ga met jou mee. Je kunt me niet dumpen nu ik dit hele eind gereden heb. Dat zou een rotstreek van jewelste zijn.'

'Ik heb je nergens toe gedwongen en ik dump je niet, maar we weten nu meer. We moeten slim zijn en naar bevind van zaken handelen.'

'Weten we meer?'

'We zijn het verrassingselement kwijt. Minerva weet dat ik eraan kom. Ze kennen mijn naam. Ze hebben mijn signalement. Ze hebben nu een recente foto. Hun mensen zijn capabel. Ze zijn met man en macht naar me op zoek. Als je nu bij me blijft, loop je een groter risico. Een veel groter risico.'

'Oké, een groter risico, dat snap ik. Maar weet je? Ik kan alle risico's van de wereld aan. Daar hoef jij geen beslissing over te nemen.'

'Ik beslis niets. Ik geef alleen advies. Jij wilt de mensen pakken die Sam hebben vermoord. Dat lukt je niet als ze jou vermoorden.

Dus stel ik voor dat ik voorop ga, als een soort verkenningseenheid, om het terrein in kaart te brengen, om heimelijk rondzwervende patrouilles die ik tegenkom uit te schakelen. Dan neemt het risico af en bel ik jou. Dan ga je weer mee en maken we het samen af.'

Hannah zweeg peinzend. 'Je zegt dat het risico groter is. Maar ik begrijp iets niet. Als het klopt wat we denken, hebben die lui van Minerva Angela vermoord omdat ze iets verdachts had gevonden in de boeken. Ze hebben Sam vermoord omdat Angela hem had verteld wat ze wist. Waarom zitten ze dan achter jou aan? Ik zie het verband niet. Is er iets wat je me niet hebt verteld?'

Nu was het Reachers beurt om even peinzend te zwijgen. Hij nam een besluit en vertelde Hannah wat er was gebeurd nadat hij had gezien dat Angela onder de bus was geduwd. Hij vertelde dat hij de man met de hoody had achtervolgd de steeg in, dat hij hem Angela's tas had afgenomen, dat hij erin had gekeken en de envelop had gevonden, dat de maat van de man zich er met zijn BMW mee had bemoeid, en dat ze allebei uiteindelijk waren ontsnapt toen de brandtrap het had begeven.

Hannah stompte Reacher tegen zijn schouder. 'Waarom heb je dat geheimgehouden? Ik heb mijn nek uitgestoken voor jou. Dan verdien ik het niet om erbuiten gehouden te worden.'

Reacher haalde zijn schouders op. 'Veronderstel dat die kerels binnenkort in het ziekenhuis belanden, of in een mortuarium.'

Hannah bleef even stil. 'Ja,' zei ze. 'Ik denk het. Ik snap waarom je niet aan de grote klok wilt hangen dat je iets tegen ze hebt, maar daar gaat het hier niet om. Je hebt een paar kerels van Minerva in elkaar geslagen. Misschien heb je belastend materiaal onder ogen gehad. Dat is een reden voor hen om achter jou aan te gaan, niet andersom. Dus waarom verwachten ze jou? Wat hou je nog meer voor me achter?'

'Niets.'

'Eerlijk?'

Reacher knikte.

'Oké,' zei Hannah. 'Misschien weten ze dat jij hen in verband brengt met de moorden?'

Reacher schudde zijn hoofd. 'Ik heb de politie in Gerrardsville verteld dat Angela geen zelfmoord heeft gepleegd, maar toen wist ik nog niet dat Minerva een rol speelde. En de politie negeerde me sowieso. Het dossier van Angela is gesloten. En dat van Sam ook.'

'Dan moet het te maken hebben met de tas van Angela. Die lui van Minerva nemen hem mee, dus moet er iets belangrijks in hebben gezeten.'

'Misschien, maar misschien ook niet. Het kan ook zijn dat ze dachten dat er iets belangrijks in zat. Misschien hoopten ze iets te vinden, maar dat wil niet zeggen dat het er ook was.'

'Vertel nog eens wat er in die tas zat.'

Reacher somde op wat hij had gezien.

'Kan er iets achter de voering hebben gezeten?'

'Ik ben MP geweest. Ik weet waar mensen spullen verbergen.'

'Dus we komen weer terug bij de envelop. Vertel dat nog eens.'

'Er zat een dossier in van een man die Anton Begovic heet. Onterecht veroordeeld. Hij wordt morgen op vrije voeten gesteld. Minerva steunde zijn verzoek voor herziening van het vonnis.'

'De smeerlappen.'

'Deugt er iets niet aan het in vrijheid stellen van iemand die onschuldig is?'

'Nee, natuurlijk niet. Het is alleen... Minerva. Alles draait bij hen om pr. De zaak wordt gerund door iemand die Bruno Hix heet. Hij is berucht. Hij kan nog geen scheet laten zonder er een publiciteitsconsultant bij te halen om te kijken hoe hij er zijn voordeel mee kan doen. Ik wil wedden dat ze het juridische werk van het verzoek hebben laten opknappen door een advocaat die hun nog iets schuldig was. Voor niets. Vervolgens organiseren ze een heel spektakel en doen ze net of Minerva wordt gerund door engelen en heiligen die alles uit idealisme doen. Sam vond ze altijd al verdacht.'

'Waarom?'

'Als iets te mooi is om waar te zijn, is het niet waar. Dat zei hij altijd. Neem die salarissen. Ze betalen vijfentwintig procent meer dan gemiddeld in het gevangeniswezen. Dat geldt voor alle werknemers. Ze zorgen ervoor dat dat algemeen bekend is. Vervolgens zorgen ze ervoor dat niemand overuren...'

'Waar...'

'Wacht. Ik heb een idee. Veronderstel eens dat die Begovic niet echt onschuldig is. Veronderstel dat hij Minerva heeft betaald om dat hele proces in werking te stellen. Hij, of zijn familie. Misschien heeft Minerva op een onhandige manier geprobeerd dat geld door de boeken te sluizen. Misschien rook Angela onraad.'

'Als het om zwart geld gaat, waarom laten ze dat dan in de buurt van het bedrijf komen? Ze kunnen het toch ook contant aannemen?'

Hannah schudde haar hoofd. 'Kijk, dat is nu typisch een vraag van iemand die zelf nooit een huis heeft gekocht, of een auto, of een schone tweede broek. Een groot pak contant geld doet alle alarmbellen rinkelen. De recherche van de belastingdienst zou zo diep in je boeken duiken dat je ze pas weer zou zien als ze met de vuile was naar buiten kwamen. Nee, ik denk dat ik op een spoor zit. En jij moet absoluut niet zonder begeleiding op pad. Dus luister, we doen het als volgt. Ik ga met jou mee. Zolang jij bezig bent de slagkracht van de vijand te reduceren, of hoe je het maar wilt noemen, hou ik me gedeisd in het hotel. Daar duik ik in het Begovic-verhaal. Ik ga proberen van alles te vinden over zijn proces, het vonnis en het verzoek voor herziening. Ik wil weten waarop dat is gebaseerd en waarom het zo lang heeft geduurd. Misschien ga ik wel praten met mensen die Sam kende. Kijken wat het roddelcircuit van het gevangeniswezen te melden heeft. Het echte verhaal zoeken.'

27

Jed Starmer kon vier woorden niet uit zijn gedachten bannen. *Ik vertegenwoordig de wet.* Hij zat ineengedoken achter een paar vuilcontainers in een steegje tegenover het busstation.

Hij had op de vloer voor de achterbank van de stoffige stationwagen gelegen. Het portier was achter hem dichtgeslagen, dus de stem van de man had gedempt geklonken, maar Jed wist honderd procent zeker wat hij had gehoord, al was het hem niet duidelijk in welke hoedanigheid de man de wet vertegenwoordigde. Hij had geen uniform aan, zijn partner evenmin. Dat betekende dan toch dat de agenten rechercheur waren? Of dat ze voor de FBI werkten? Zoiets, een hoge functie, belangrijke agenten. Nou, goed, uiteindelijk was het niet belangrijk voor welke organisatie ze werkten, of in welke hoedanigheid. Hij was alleen maar blij dat ze precies op dat moment waren opgedoken. Hij wist niet wat die blonde en die donkere met hem van plan waren geweest, maar je hoefde geen helderziende te zijn om te begrijpen dat het niet veel goeds was.

Jed was blij met de komst van de beide agenten, maar het boezemde hem tegelijkertijd pure angst in, want hun komst betekende dat ze naar hem op zoek waren. Daar had het gesprek wat hij hoorde alle schijn van. De jongen die achter in de eerste bus had gezeten, moest ze gebeld hebben nadat ze samen hadden ontbeten in Dallas. Hij had steeds maar zitten zeuren dat Jed naar de politie moest gaan. Toen Jed bleef weigeren, moest hij het heft in eigen handen hebben genomen. Het betekende dat Jed nu zijn plannen zou moeten aanpassen. Hij was van plan geweest om de nacht slapend op een stoel in het busstation door te brengen en de volgende ochtend op weg te gaan naar Winson. Maar hij kon zich nu niet meer veroorloven in de stad te blijven. Niet op de openbare weg. Hij had geen keus. Hij moest onmiddellijk weg.

Reacher liet de wegenatlas, een van de buitgemaakte Beretta's en het laatste restje van zijn koffie achter bij Hannah en liep terug naar het hoofdgebouw om zijn nieuwe kleren aan te trekken. De rest van de plannen was eenvoudig. Hij zou de Minervamannen bij het knooppunt opzoeken en ze precies geven wat ze wilden hebben.

Heel even in ieder geval.

Hij ging ervan uit dat ze hem verwachtten te zien in een auto, of liftend in de berm langs de kant van de weg. Als ze hem in een auto zouden zien zitten, kon het ingewikkeld worden. Ze konden hem niet onmiddellijk aanhouden vanwege die rompslomp met identificatie. Dan moesten ze een foto maken die ze naar de jongens moesten sturen die Reacher in Colorado hadden gezien, en wachten op hun reactie. Dat kon op twee manieren. Ze konden achter Reacher aan rijden en hem onderscheppen als de uitkomst van het identificatieproces positief was, maar ze konden ook blijven zitten waar ze zaten en een bericht doorgeven aan de twee op de post aan de rand van Winson. Dat waren opties die Reacher geen van beide bevielen. Een auto van de weg dwingen op een drukke snelweg is gevaarlijk. Voordat je het weet gebeuren er ongelukken, misschien wel met dodelijke afloop. Misschien zouden er wel andere voertuigen bij betrokken raken met nietsvermoedende bestuurders en passagiers. Maar als ze de informatie zouden doorgeven, zou dat ook niet meteen een positieve bijdrage leveren. Reacher zou alweer kilometers verder zijn, ze zouden het oogcontact allang weer verloren hebben, en het zou de zaken voor Reacher alleen maar lastiger maken als hij eenmaal gearriveerd was in Winson. Het zou dus slim zijn om maar in de berm te gaan staan op een plek waar ze hem wilden zien, zijn duim op te steken, in de hoop dat er geen gewone automobilisten langs zouden rijden die wel prijs stelden op gezelschap tijdens de rit.

Van bovenaf zag het knooppunt eruit als een hoofdletter A met een gebogen dwarsstreep, die wat schuin naar rechts was omgevallen. Het linkerbeen van de letter was de 120, die vanaf de brug over de rivier iets naar het noorden boog. Het rechterbeen was de US61, de aftakking van de 120 in zuidelijke richting. De op- en afritten tussen beide wegen vormden de dwarsstreep. Onder die op- en afritten was een enorm winkelcomplex gebouwd. Op de kaart was niet aangegeven van welke keten en ook niet welke producten er werden verkocht. Dat interesseerde hem ook niet echt. Wat hem wel interesseerde, was dat er een handig parkeerterrein naast lag.

Het plan was eenvoudig. Hannah zou Reacher net voor de afslag van de 120 naar de 61 afzetten en doorrijden op de 120 in de richting van Jackson voor het geval er al iemand op de uitkijk stond. Bij de volgende afrit zou ze de snelweg verlaten en terugrijden naar het winkelcomplex. Ze zou op het parkeerterrein op Reacher wachten. De Minervamannen zouden Reacher in de gaten krijgen. Ze zouden proberen hem te fotograferen en vast te houden, in de berm dan wel in een auto. Ze zouden net zoveel succes hebben als hun maten bij de truckstop. En als ze eenmaal bewusteloos waren en geen vin meer konden verroeren, zou Reacher langs het talud omlaagklauteren en zich weer bij Hannah melden.

Een eenvoudig plan, maar het ontspoorde al voordat het in werking trad.

Reacher dumpte zijn oude kleren in de afvalbak en liep terug naar de pick-up. Hij trok het portier aan de passagierskant open, maar stapte niet in. Er zat al iemand. Een man van achter in de twintig, hij droeg het shirt van een Europese voetbalclub, een spijkerbroek en motorlaarzen. Zijn haar was op de slapen kortgeschoren en iets langer boven op zijn hoofd. Hij had een sik. Hij had ook een pistool, in zijn linkerhand, een zandkleurige SIG P320. Hij hield het met vaste hand gericht op Reachers borstbeen.

Reacher greep de pols van de man en trok aan zijn arm tot de onderarm uit de pick-up stak. Hij wrong de hand tegen de stijl van het portier, zo dat het pistool omlaaggericht was. Toen ramde hij het portier dicht. Hij gooide er al zijn gewicht achter. De man schreeuwde het uit. Het pistool viel uit zijn hand, ketste af op de treeplank en danste kletterend onder de auto naast de pick-up. Reacher voelde dat de hand verslapte. Hij hoorde bot breken en versplinteren en rukte het portier weer open. Het hoofd van de man rolde heen en weer tegen de hoofdsteun. Druppels zweet glommen overal op zijn gezicht. Hij was lijkbleek. Reacher trok zijn rechterarm naar achteren en maakte een vuist. De keel was een gemakkelijk doelwit. Een enkele klap zou volstaan.

'Stop,' zei een stem vanaf de achterbank. Daar zat een tweede man, ongeveer net zo gebouwd en even oud als de man op de passagiersstoel. Hij droeg een zwart T-shirt. Zijn hoofd was kaalgeschoren. Hij zat achter Hannah, iets naar voren gebogen, zodat hij de loop van een revolver tegen het kuiltje onder haar achterhoofd kon drukken.

Hannah zat zo stram rechtop dat het leek alsof ze probeerde te gaan zweven. Ze hield haar armen gestrekt voor zich en had beide handen om het stuur geklemd. Haar knokkels waren spierwit. Ze staarde recht voor zich uit. Haar gezicht was vertrokken in een soort misprijzen dat je zou verwachten van een ouder die haar puberende kinderen betrapt op het hoogtepunt van een liederlijk feest in haar woonkamer.

De revolver zag er belachelijk klein uit in de hand van de man. Het was een Ruger LCR. Een kaliber .22, waarschijnlijk uit de enkelholster van de man, dacht Reacher. Op enige afstand zou het al waardeloos zijn, je zou het nooit als je belangrijkste wapen kiezen. Maar van dichtbij was het zonder meer effectief. En onder de omstandigheden was het zelfs ideaal. Als de man onder de juiste hoek schoot, was de kans groot dat de kogel Hannahs hoofd nooit weer door het schedeldak zou verlaten. Hij zou alleen heen en weer ketsen in haar hoofd en pap maken van haar hersens, tot alle energie verbruikt was en de kogel tot rust kwam in de brij. Dat betekende dan dat bloed en hersenweefsel niet tegen de voorruit zouden spetteren waar iedereen kon zien dat er iets gaande was. Mocht de kogel haar hoofd toch nog door het schedeldak verlaten, dan zou hij zeker niet genoeg momentum hebben om zich een gat door het dak van de auto te boren. De man had zich geen gunstiger omstandigheden kunnen wensen. Al kon het hem misschien niet zoveel schelen hoeveel aandacht hij zou trekken als het leven van zijn maat op het spel stond.

Reacher ontspande zijn vuist en liet zijn arm zakken.

'Verstandig besluit,' zei de man. 'Luister, we zijn op zoek naar twee van onze vrienden. Deze jongedame heeft me verteld dat jij ons zou kunnen helpen.'

'Heb jij vrienden?' vroeg Reacher.
'Dit is niet het juiste moment voor grapjes.'
'Wie maakt er grapjes?'
'Vertel me waar ze zijn.'
'Hoe moet ik dat weten?'
De man trok iets onder zijn linkerdij weg. Hij hield het omhoog zodat Reacher het kon zien. Het was de Beretta die hij in de pick-up had achtergelaten toen hij zijn nieuwe kleren ging aantrekken.
'Hou op met tijdrekken en zeg waar ze zijn.'
Een zwaar voertuig reed grommend achter hen langs. Reacher wierp een blik over zijn schouder. Het was een bus. De oude bus uit British Columbia. Er waren geen passagiers aan boord, alleen de chauffeur. Reacher hoopte dat hij met de bus het hele eind naar Canada zou rijden. Of, meer in overeenstemming met de toon van het gesprek dat hij nu voerde, rechtstreeks naar een sloperij waar ze de bus zonder al te grondige controle rechtstreeks in een schrootpers zouden rijden.
'Ze zijn niet ver weg,' zei Reacher.
'Zeg waar ze zijn.'
'Ik zal het je laten zien.'
'Zeg het.'
'Zou je me geloven?'
De man dacht even na. 'Oké. Heb jij een riem?'
Reacher knikte.
'Geef hem aan mij.'
Reacher deed niets.
De man duwde de revolver iets harder tegen Hannahs nek. Ze klemde haar kaken op elkaar, maar kon een lange lage jammerklacht niet onderdrukken.
Reacher liet de riem door de lussen van zijn broek glijden en reikte hem met gestrekte arm aan. De man hield de revolver tegen Hannahs nek gedrukt en pakte de riem aan met links. Hij pakte hem met zijn tanden vast in de buurt van de gesp en voerde het losse eind door de gesp tot hij een strop had met een doorsnee van een centimeter of vijfentwintig. Hij trok de revolver weg en liet de strop over Hannahs hoofd glijden. Hij trok de lus strak om haar hals en de beide stalen pennen van de hoofdsteun. Ze produceerde

niet opnieuw angstaanjagende geluiden, maar de uitdrukking op haar gezicht werd nog woester.

'Pep?' zei de man tegen zijn maat op de passagiersstoel. 'Kun je je bewegen?'

Pep knikte voorzichtig. 'Ik denk het wel.'

'Goed. Kom naar achteren. Aan mijn kant.'

Pep gleed behoedzaam van de stoel en liep om de auto heen. Hij drukte zijn linkerarm krampachtig tegen zijn borst en bewoog zich alsof hij een kater had van hier tot gunder. Toen hij aan de andere kant naast de pick-up stond, schoof de man op de achterbank opzij. Pep ging op zijn plaats zitten en zakte onderuit. Hij zag eruit alsof hij elk moment kon overgeven.

'Ga rechtop zitten,' zei de man die Reachers riem vasthield. 'Naar voren, met je kont op de rand.'

Pep schuifelde naar de rand van de achterbank. De man pakte Peps rechterpols en bond de riem er zo om dat Peps handpalm vlak tegen de rugleuning van de bestuurdersstoel geklemd zat, net onder Hannahs nek.

De man klopte Pep tussen de schouderbladen en schoof verder over de achterbank, opende het portier en stapte uit. Hij stond naast Reacher, knikte naar Pep en Hannah en vroeg: 'Moet ik het voor je uittekenen?'

Reacher schudde zijn hoofd.

'Goed. Raap de SIG op die Pep heeft laten vallen. Met duim en wijsvinger aan de trekkerbeugel. Geef hem aan mij.'

Reacher viste het pistool onder de andere auto vandaan en gaf het aan de man.

'Oké.' De man schoof het pistool op zijn rug achter zijn broeksband en trok er zijn shirt overheen. 'Laat maar zien waar mijn vrienden zijn. En een beetje snel als die vrouw je iets waard is.'

Reacher nam de man over het parkeerterrein mee naar het hoofdgebouw. Onderweg pijnigde hij zijn geheugen en probeerde hij zich de symbolen voor de geest te halen op de sleutel aan de ring die hij had buitgemaakt op het eerste team Minervamannen. Het waren vier knoppen. De onderste twee waren gekleurd. Een rode, die zou wel iets met het alarm te maken hebben, en een blauwe, voor het openen van de kofferbak. De twee bovenste waren zwart en zaten naast elkaar. Bij elk stond een klein wit hangslot, bijna in zijn geheel afgesleten, maar Reacher meende te hebben gezien dat het linker hangslotje gesloten was.

Hij schoof zijn hand in zijn zak en zocht de sleutel. Hij vond op de tast de beide zwarte knoppen en drukte met zijn duim op de rechterknop. Hij keek om zich heen op het parkeerterrein, in de hoop de knipperende lichten te zien van een auto die werd ontgrendeld.

Hij zag niets.

De man, die achter hem liep, vroeg: 'Hé, wat doe je?'

'Ik probeer mijn broek op te houden.'

De man gromde alsof hij niet overtuigd was.

Ze liepen verder. Steeds weer drukte Reacher op de knop *Ontgrendelen*. Er knipperden geen lichten. Ze hadden nu bijna de ingang van het hoofdgebouw bereikt. De auto moest op een ander deel van het parkeerterrein staan, dacht Reacher. Hij moest de man meenemen achter het gebouw om, de klus in tweeën klaren. Hij wist zeker dat de auto niet aan de rechterkant zou staan, want dat was de parkeerplaats voor bussen. Dus gokte hij nog maar eens een keer en koos voor links. Hij drukte op de knop en zag een paar oranje lichten lang en traag knipperen.

De auto stond in de achterste rij, vlak voor de schutting die het terrein afbakende. In de vakken aan weerszijden stonden geen auto's. Maar het moest een vals alarm zijn. Toeval, want het was de verkeerde auto, een Crown Victoria. In zijn tijd in het leger had hij honderden Crown Vics gezien. En daarna nog eens honderden, al was deze een stuk schoner dan de meeste. De lak glansde onberispelijk donkerblauw, bijna zwart, alsof hij nog maar heel kort geleden in de was was gezet. Er zaten bijzondere wielen onder. Op de neus zat een vreemde grille. De auto had donkergetinte ramen. Alles bij elkaar leek het meer een auto van een particulier dan een taxi of een auto van een rechercheur. Reacher keek er nog eens goed naar en zag toen het logo van Mercury waar eigenlijk het blauwe ovale schild van Ford had horen te zitten. Hij begreep niet waarom, maar hij had dan ook nooit veel met auto's opgehad. Hij verspilde ook geen tijd met speculeren. Hij zocht met zijn duim naar de knop om de auto te vergrendelen en drukte erop. Opnieuw knipperden de oranje lichten van de auto lang en traag. Het leek Reacher onwaarschijnlijk dat het toeval twee keer achter elkaar zou toeslaan.

'Deze kant op,' zei hij. Hij veranderde van richting en liep naar de achterkant van de auto die met de bumper bijna tegen de schutting stond. De eigenaar had de auto achteruit ingeparkeerd om snel weer te kunnen wegrijden als dat nodig mocht zijn. Reacher wachtte tot de man zich bij hem had gevoegd en haalde toen de sleutels uit zijn zak. Hij drukte op de knop om de kofferbak te openen. Het slot klikte, maar de klep van de kofferbak ging slechts een paar centimeter omhoog.

'Denk je dat ik van gisteren ben? Ik ga die kofferbak niet openmaken,' zei de man.

'Geen probleem,' zei Reacher. 'Ik doe het wel. Je hoeft niet dichterbij te komen. Alleen eerst een vraag. Werk jij voor Minerva?'

'We hebben net gevierd dat ik tien jaar in dienst was. Waar zijn mijn vrienden? Ik hoop voor je dat ze niet in die kofferbak liggen.'

'Hebben ze jou hiernaartoe gestuurd om mij te zoeken?'

'Wij stonden bij het knooppunt en we zijn opgetrommeld toen ze je hier in het oog kregen. Wat zit er in de kofferbak? Waar zijn mijn vrienden?'

'Jullie hadden mensen hier, jullie hadden ze bij het busstation, waar nog meer?'

'Geen idee. Dat hebben ze me niet verteld en ik heb er niet naar gevraagd. Maar nou, genoeg geluld, laat eens zien wat er in de kofferbak zit.'

'Je hebt gelijk. Met praten komen we niet verder. Het wordt tijd...'

Reacher gaf de man een kopstoot. Hij trok zijn hoofd niet erg ver naar achteren, want hij wilde geen seintje geven wat er stond te gebeuren. Dat betekende dat hij iets aan kracht inleverde, omdat hij moest vertrouwen op zijn lengte en de kracht van zijn nekspieren. Het was zeker niet de grimmigste kopstoot die hij ooit had uitgedeeld, maar hij kwam hard genoeg aan. Hij deed de man achteruitstuiteren, weliswaar nog op zijn voeten, maar al bewusteloos. Hij klapte tegen de schutting, wankelde even en stond op het punt in elkaar te zakken. Reacher deed een stap naar hem toe, ving hem op en sleepte hem de paar resterende meters naar de auto. Hij opende de kofferbak helemaal, liet de man erin vallen en sloeg de klep dicht. Hij ontgrendelde de portieren en stapte in.

28

Bruno Hix begon drie keer opnieuw aan zijn toespraak. Hij begon er wel aan, maar hij kwam niet verder dan de eerste paar zinnen. Hij was te veel afgeleid. Hij kon alleen maar aan de truckstop denken. Hij vroeg zich steeds maar af wat daar gebeurde. Hij had vier man op pad gestuurd om af te rekenen met een enkele zwerver. Dat had een eitje moeten zijn, maar ze hadden nog niets van zich laten horen. Geen eindrapport, geen voortgangsrapport, helemaal niets. En dat terwijl die zwerver de mensen die hij naar Colorado had gestuurd al voor schut had gezet.

Hix sprong van het podium, liep de zaal uit naar het kantoor van Brockman aan het einde van de gang in de andere vleugel van het gebouw. De deur was gesloten. Hix klopte niet, maar deed de deur domweg open en liep naar binnen. Even dacht hij dat Brockman er niet was. Er zat niemand op de bureaustoel en er zat niemand in de leunstoel, maar toen zag hij Brockman languit op de bank bij het raam. Naast de bank stond een lege koffiebeker.

Hix sloeg zijn armen over elkaar. 'Druk, geloof ik?'

Brockman deed zijn ogen open. Hij ging rechtop zitten. 'Behoorlijk. Ik zat strategieën door te nemen.'

'Geen nieuws?'

'Eigenlijk wel, goed nieuws. Een van mijn eerdere strategieën bleek de spijker op de kop te slaan. We weten hoe Reacher zo snel naar Mississippi heeft kunnen komen. Hij heeft de pick-up van Sam Roth gebruikt. Sam Roth was die man naar wie Angela St. Vrain op weg was. Roth is dood, dus heeft natuurlijk niemand aangifte gedaan van diefstal. De jongens die we van het knooppunt verplaatst hadden naar de truckstop zagen hem staan op het parkeerterrein.'

'Ze hebben een pick-up gevonden?'
'Precies.'
'Dat kan mij toch geen ene moer schelen? Waar is Reacher?'
'Die moet daar nog steeds zijn.'
'Moet? Moet? Dat weet je niet zeker?'
'De pick-up is er nog steeds, dus moet Reacher er ook nog zijn. Wat moet hij anders? De rest lopen? Dus Bruno, rustig maar. Onze jongens zijn daar. Ze kammen de boel uit. We krijgen bericht zodra ze hem hebben.'
'Bel ze, nu, en zet ze op de luidspreker.'
'Jij moet een pilletje nemen.' Brockman haalde zijn telefoon tevoorschijn en koos een nummer. Er klonk eindeloos een beltoon tot er uiteindelijk een schakeling plaatsvond naar voicemail. Brockman verbrak de verbinding zonder boodschap in te spreken. Hij koos een ander nummer, dat eveneens na verloop van tijd werd doorgeschakeld naar voicemail. Brockman produceerde een zuinig glimlachje. 'Niets om je zorgen over te maken. Waarschijnlijk hebben ze het geluid van hun telefoon uitgezet om te voorkomen dat die hen zou verraden. Het zijn profs en dat is goed.'
'Bel die andere twee.'
Brockman koos opnieuw een nummer. Deze keer klonk er geen beltoon, de oproep werd meteen doorgeschakeld naar voicemail. Dat gebeurde ook toen Brockman het vierde nummer koos. 'Waarschijnlijk een lege batterij. Ze zitten er immers al sinds vanmorgen drie uur.'
'Er is iets niet in orde.'
'Alles loopt op rolletjes. Geef ze maar even tijd. Heb geduld.'
'Heb je de jongens uit Jackson teruggeroepen?'
'Ja, meteen nadat we het hadden afgesproken.'
'Bel ze en stuur ze ook naar de truckstop.'
'Echt? Moeten we daar zeven man op zetten?'
'Daar zijn al vier man, misschien nu al vijf. Hebben die het voor elkaar gekregen?'
Brockman belde de Minervamannen die hadden gepost bij het busstation en gaf de instructies van Hix door. Hij verbrak de verbinding, legde zijn telefoon weg en wachtte tot Hix was vertrokken. Meteen daarna pakte hij zijn telefoon weer en koos een nummer. Hij was de jongens vergeten die hij bij de bushalte tussen

Jackson naar Winson had gezet. Het had geen zin die nog langer op hun post te houden in Jackson. Dat was jammer. Brockman had gescoord toen hij het verband wist te leggen tussen Reacher en de pick-up van Sam Roth, maar hij zou het natuurlijk nog oneindig veel beter hebben gedaan als hij Reacher had gepakt met een hinderlaag waar Hix niet aan had gedacht.

Reacher parkeerde de Mercury achteruit naast de pick-up van Sam Roth. Hij hoopte dat Pep de auto zou herkennen en zou denken dat zijn maten hem kwamen verlossen, of dat hij zou denken dat het een willekeurige voorbijganger was die gebruik wilde maken van de faciliteiten van de truckstop. Pep mocht er alles van denken, zolang hij de auto maar niet als een dreiging beschouwde, zolang hij maar niet aan de riem begon te sjorren en Hannah wurgde.

Ervan uitgaande dat hij haar nog niet had gewurgd.

Reacher sprong uit de auto en rukte aan de deurkruk van het achterportier van de pick-up. Dat was vergrendeld. Hij kon niet naar binnen kijken door het getinte glas. Hij kon niet zien hoe Pep eraan toe was. Hij kon niet zien hoe Hannah eraan toe was. Hij probeerde het portier aan de bestuurderskant open te maken. Ook vergrendeld. Hij bonsde op het glas. Er gebeurde niets. Hannah ontgrendelde het portier niet.

Misschien kon ze dat niet.

Reacher trok de Beretta achter zijn broeksband weg, keerde het pistool om en hield het bij de loop vast. Toen sloeg hij de kolf tegen het raam van het achterportier alsof hij een hamer in handen had. Hij sloeg hard, onderin, in de hoek, waar dergelijke ramen het kwetsbaarst zijn. Het glas transformeerde in een oogwenk in een ondoorzichtig fijnmazig kristallen netwerk. Reacher duwde ertegenaan. Het zakte een beetje in, maar bleef hangen. De folie die het glas zijn getinte uiterlijk gaf, was taai en ruim aangebracht. Aan alle kanten liep het door tot in het portier. Reacher sloeg ertegen met zijn vlakke hand. Het glas kwam aan één kant vrij. Hij sloeg nog een keer. Aan de bovenkant en de andere zijkant liet het nu ook bijna los. Bij de derde slag met de vlakke hand boog het vormeloze geheel naar binnen. Het rolde min of meer op in slow motion. Traag zakte het langs de binnenkant van het portier omlaag.

Pep keek met een verwilderde blik naar Reacher. Zijn lijkbleke gelaat had een groenige tint aangenomen. Zweet gutste langs zijn gezicht omlaag. Hij trok met alle kracht die hij nog kon opbrengen aan de riem. Hannah probeerde haar vingers achter de riem bij haar keel te krijgen en sloeg met haar hoofd naar weerszijden. Ze maakte geen enkel geluid. Ze kreeg geen lucht meer. Reacher stak zijn arm naar binnen en stompte met gebalde vuist tegen Peps slaap. Hard. Pep viel opzij en rolde op de vloer voor de achterbank. Hij bewoog niet meer. Hij was volkomen buiten westen. Hij kon niet langer opzettelijk aan de riem trekken, maar die was nog wel steeds om zijn pols gebonden. Zijn gewicht hield de riem strak.

Hannah kreeg nog steeds geen lucht.

Reacher graaide naar de deurkruk aan de binnenzijde van het portier, maar hij kon er niet bij. De vormeloze plaat glas die aan de folie hing zat in de weg. Als een schild hing het geheel voor de portierkruk. Hij probeerde het los te trekken, maar dat lukte niet. De folie was te sterk, dus greep hij de rand en trok hij het glas omhoog. Met zijn andere hand greep hij de andere zijkant. Hij wrong beide zijkanten naar elkaar tot hij het glas met twee handen uit de auto kon trekken. Hij worstelde ermee om het opnieuw omlaag langs het portier te hangen, stak opnieuw zijn hand door het raam en maakte het portier open.

Hij trok Pep overeind en duwde hem naar voren. Hannah hoestte en sputterde, haalde gierend adem toen de druk van de riem om haar hals eindelijk wegviel. Ze wrikte haar vingers tussen de riem en haar hals en trok de riem nog iets verder los. Ze zoog een wanhopige, hijgende teug lucht naar binnen. Reacher concentreerde zich op de knoop. Die was door alle worstelingen strak aangetrokken. De slap hangende arm van Pep fungeerde nog steeds als een gewicht dat de knoop op spanning hield. Het duurde een halve minuut voordat Reacher de knoop had losgemaakt en het losse eind van de riem door de gesp kon schuiven.

Hannah viel voorover tegen het stuur. Ze graaide blindelings naar de deurkruk, duwde het portier open, liet zich min of meer uit de pick-up vallen en belandde ruggelings op de motorkap van de Mercury. Ze staarde naar de lucht en ademde.

Er hing een vuile lucht boven het parkeerterrein, doortrokken van de diesel- en benzinedampen die het verkeer op het parkeerterrein en de snelweg produceerde. Normaal gesproken zou ze walgen van die lucht. Ze was opgegroeid in de frisse berglucht van Gerrardsville. Maar op dat moment kon ze zich niet voorstellen dat er iets aangenamer kon zijn dan wat ze door haar keel voelde stromen.

Iets in Jed Starmer deed hem pas op de plaats maken.

Hij had zich tien minuten schuilgehouden in een steeg nadat hij was ontsnapt uit de stationwagen van de groezelige jongens. Zo lang had het geduurd voordat hij weer op adem was gekomen, terwijl hij tegelijkertijd probeerde te bedenken wat de volgende stap moest zijn. Het was niet zo moeilijk om te bedenken dat hij hier weg moest. Het probleem was de manier waarop. Hij had gehoopt dat hij het laatste stuk van de reis naar Winson gebruik had kunnen maken van een pendelbus van de gevangenis, maar dat was gebaseerd op het bord dat hij in Texas had gezien. Hij had geen flauw idee of ze in Mississippi ook zo'n systeem hadden. Dat bord had hij in het Greyhound-busstation in Dallas gezien. Hier in Jackson had hij niets ontdekt wat daarop leek, al had hij ook eigenlijk geen kans gehad om goed te kijken vanwege die groezelige jongens. Nu kon hij niet meer terug, want misschien zou hij worden opgewacht door die agenten in burger. Hij had geen smartphone en kon dus ook niets op internet opzoeken. Hij kon moeilijk maar een beetje op goed geluk ronddwalen in de hoop een bushalte te vinden. Ze zouden hem kunnen zien. Maar hij kon natuurlijk wel op traditionele methoden terugvallen. Hij herinnerde zich dat hij tijdens zijn vlucht langs een rijtje munttelefoons was gerend, twee zijstraten terug. Hij had nog wat muntgeld.

Hij belde eerst Inlichtingen en daarna de gevangenis van Minerva in Winson. Hij vertelde de vrouw die hem te woord stond dat hij op bezoek wilde bij een familielid dat in Winson gedetineerd was, maar dat hij niet wist hoe hij naar de gevangenis kon komen. Hij vroeg of er een pendelbus was. Die was er niet, maar er reed wel een regionale bus, vertelde de vrouw, die de meeste bezoekers namen. Ze gaf hem het adres van de bushalte en zelfs het rooster met vertrektijden.

De eerstvolgende bus zou over vier minuten vertrekken. De

halte was zo dichtbij dat hij de motor van de bus kon horen, die kalmpjes stationair stond te draaien om de hoek. Hij zou een paar honderd meter moeten hardlopen om de bus nog te halen. De volgende bus ging pas over een uur, zo lang wilde hij niet open en bloot op straat doorbrengen. Maar plotseling bedacht hij dat er politieagenten bij het busstation waren geweest, die naar hem hadden uitgekeken. Rechercheurs of agenten, of wat dan ook. Dat betekende dat ze misschien ook zouden posten bij die bushalte. Hij zou zomaar in de val kunnen lopen. Hij zou ze onmogelijk kunnen ontwijken. Hij zou zich net zo goed meteen kunnen aangeven.

Jed bleef bijna bij het kruispunt pardoes staan. Iemand op een fiets botste vol tegen hem aan. Een koerier of zo, met een pukkel over zijn schouder. Hij reed op het trottoir. De klap in zijn rug deed Jed vooruitstruikelen, tot voorbij de hoek van het gebouw. Hij kantelde om zijn as, zijn voet bleef haken tussen twee scheef liggende tegels. Hij verloor zijn evenwicht, viel, rolde op zijn buik en kwam op de stoeprand tot stilstand, half op het trottoir, half op de straat in de goot. Voor iedereen bij de bushalte te zien.

Een stuk of vijf mensen staarden naar Jed. Hij gunde zichzelf niet de tijd ze goed in zich op te nemen en hij bleef ook niet lang genoeg liggen om ze te tellen. Hij krabbelde domweg meteen weer overeind en dook om de hoek weg.

De koerier had zijn fiets tegen de muur gezet. Hij stond ernaast, wachtte en keek toe. Op het moment dat Jed bij hem in de buurt kwam, duwde hij hem tegen zijn borst. 'Idioot,' zei hij. 'Kijk uit waar je je poten neerzet. Ik had wel dood kunnen zijn.' Hij duwde nog een keer en verdween door een glazen draaideur in het pand op de hoek.

Jed dacht terug aan de mensen die hij heel even om de hoek had gezien. Misschien stonden ze daar alleen op de bus te wachten, of stonden ze daar om de bus in de gaten te houden. Of misschien waren er twee bij die de bus in de gaten hielden. Twee rechercheurs of agenten. Jed draaide zich om om weg te rennen, maar hield in. Waar moest hij heen? En hoe moest hij ergens naartoe? Hij had geen vervoermiddel. De bus was zijn enige hoop geweest om de stad uit te komen. Hij was stom als hij de bus niet nam als dat veilig kon.

Als.

Hij moest het zeker weten, dus sloop hij terug naar de hoek. Hij ging op zijn hurken zitten en gluurde om de hoek. Hij zag twee mannen van wie de een net een telefoon in zijn zak liet glijden. Hij maakte een gebaar naar de andere om hem aan te sporen meteen mee te komen. Op een holletje kwamen ze naar de hoek, recht op Jed af.

De mannen waren allebei zo'n een meter tachtig. Ze waren breedgeschouderd en zagen er sterk uit. Kortgeschoren haar, een spijkerbroek, een T-shirt en een jasje. Net als de beide rechercheurs bij het busstation. Ze waren even lang, op dezelfde manier gebouwd en straalden eenzelfde soort dreiging uit. Ze waren maar een paar meter van hem vandaan en kwamen op hem af.

Hij wist dat het voorbij was. Hij had gezien hoe die rechercheurs bij het busstation die groezelige jongens te grazen hadden genomen. De ene had in minder dan een seconde bewusteloos op straat gelegen. De andere hadden ze een pistool op de borst gedrukt. Jed vond geen van beide vooruitzichten aantrekkelijk, maar hij wist ook dat hij te voet nooit zou kunnen ontsnappen. De rechercheurs waren sneller dan hij en ze waren natuurlijk opgeleid om mensen te pakken. Bovendien zouden ze om versterking kunnen vragen, misschien zelfs wel honden. Hij zakte onderuit tegen de muur. Hij was zo ver gekomen, hij was zo dichtbij. Zijn hand raakte iets aan. Het voorwiel van de fiets van de koerier.

De fiets stond pal naast hem tegen de muur, niet op slot. Dat leek een teken dat hij de fiets moest gebruiken. Hij was geen dief, hij wilde de fiets niet stelen, maar hij wilde ook niet gepakt worden. En die koerier had zich als een klootzak van het zuiverste water gedragen. Dus dacht hij dat het gerechtvaardigd was om de fiets te lenen – gezien de omstandigheden, een poosje maar, heel kort, en hij zou hem zo snel mogelijk terugbrengen. Fietsen was geen plezierige bezigheid voor Jed, maar het was ongetwijfeld aangenamer dan alles wat die mannen voor hem in petto hadden als ze hem te pakken kregen.

29

Reacher had eigenlijk min of meer verwacht dat de pick-up verdwenen zou zijn toen hij terugkeerde nadat hij zich had ontdaan van de Mercury. Die had hij in een hoekje van het parkeerterrein gezet, naast een bouwsel van een liefdadigheidsorganisatie voor het inzamelen van oude kleren, dat eruitzag alsof er maar zelden iets in werd gegooid. Daarna wandelde hij terug. Hij wilde Hannah alle tijd van de wereld geven om na te denken over het vervolg. Ze had veel voor haar kiezen gekregen de afgelopen dagen. Ze had Sams lichaam gevonden. Ze had moeten horen dat hij was vermoord. Ze had ook moeten horen dat Angela St. Vrain was vermoord. Ze was bijna zelf vermoord. Reacher zou het haar niet kwalijk hebben genomen als ze achter het stuur was gaan zitten op het moment dat hij uit het zicht verdwenen was en in volle vaart richting de snelweg was gereden om maar zo snel mogelijk zo ver mogelijk van hem verwijderd te raken.

De pick-up stond er nog. Hannah stond ernaast. Er stond een klein rood koffertje naast haar. Een gestreepte boodschappentas was aan het handvat van de koffer geknoopt. Haar handtas bungelde aan een riem over haar schouder.

'We moeten praten,' zei ze.

'Je hoeft niets uit te leggen,' zei Reacher. 'Dank je wel dat je gebleven bent om afscheid te nemen. En bedankt voor alle hulp.'

'Waar heb je het over? Denk je dat die klootzakken me bang hebben gemaakt? Ze kunnen doodvallen. Ik deed al mee en dat geldt dubbel nu ze met hun poten aan me hebben gezeten. We moeten praten over de pick-up van Sam. Die kunnen we niet meer gebruiken.'

‘Hoezo? Is hij stuk?’

‘Nee, afgezien van het raam, en dat is geen probleem. Die kerels die me hebben overvallen? Die herkenden de pick-up. Ze liepen heel gehaast langs, op weg naar het gebouw en bleven plotseling staan. Ik zag dat ze het kenteken controleerden. En voordat tot me doordrong wat er gebeurde trokken ze de portieren open, stapten in en drukten hun pistolen onder mijn neus. Maar waar het om gaat is dat ze jou in verband met Sam moeten hebben gebracht. Als zij wisten dat ze moesten uitkijken naar deze pick-up, dan weten hun handlangers bij de volgende hinderlaag dat ook. Daar komen we met de pick-up nooit doorheen. We hebben een andere auto nodig.’

‘Dat klinkt heel overtuigend, maar we hebben weinig keus. Die kerels die jou hebben overvallen, moeten ook ergens een auto hebben. Die zouden we kunnen zoeken. Maar de kans is groot dat hun handlangers die ook herkennen en dan schieten we er niets mee op. We kunnen hier op het parkeerterrein een auto stelen, maar daar zou binnen een paar minuten aangifte van worden gedaan. Dan zijn we nog verder van huis. Dan zouden we de volgende hinderlaag niet eens halen.’

‘Auto’s van anderen? Auto’s stelen?’ Hannah glimlachte en schudde haar hoofd. ‘Ik had iets in gedachten wat minder extreem is en iets legaler. We moeten een auto huren. Er zijn genoeg verhuurbedrijven in Jackson. En als we niet helemaal daarnaartoe willen, kunnen we er een hiernaartoe laten brengen. Dat is duurder, maar wel veel handiger.’

‘Hoelang zou dat duren?’

Hannah pakte haar telefoon uit haar tas. ‘Ik zal kijken wie er een auto beschikbaar heeft. Dan kunnen we zien wie het snelst is.’ Het scherm van haar telefoon lichtte op en het toestel werd ontgrendeld. ‘Er is nog iets. Toen ik op jou zat te wachten toen je je aan het omkleden was, voordat die kerels opdoken, heb ik de route naar Winson op Maps bestudeerd. En kijk...’ Ze hield de telefoon zo dat Reacher op het scherm kon kijken. ‘Zie je dat rode lijntje? Dat betekent stilstaand verkeer. Ik heb het opgezocht, het komt door wegwerkzaamheden. Er is maar één rijbaan open. Dat betekent dat de volgende hinderlaag daar is, niet bij die heuvel, zoals jij dacht. Dit is veel beter. We staan daar stil, schietschijven op de kermis. Uitgesloten dat ze ons over het hoofd zien, al helemaal in een auto die ze kunnen herkennen. Dat is bovendien de enige weg naar Winson.'

Reacher dacht even na. 'Zegt Google ook hoe ze daar het verkeer regelen? Verkeerslichten? Iemand met een spiegelei?'

'Google niet, maar ik heb op een paar fora gekeken voor familieleden van gedetineerden. Daar komen allerlei problemen aan de orde waar mensen tegen aanlopen bij bezoek aan de gevangenis. Er was een vrouw die uitlegde dat ze een loodsauto gebruiken. Ken je die dingen? Meestal is het een pick-up met een groot signaleringsbord in de laadbak die heen en weer rijdt. Chauffeurs moeten wachten tot hij voor hen uit langs de wegwerkzaamheden naar de andere kant rijdt. De vrouw klaagde dat de chauffeur een rotzak was die abnormaal langzaam reed en ervoor zorgde dat de rij wachtende auto's extra lang werd. Dat kostte de helft van haar bezoekuur.'

'Dat is shit,' zei Reacher. 'Kun je op jouw telefoon die plek laten zien met satellietbeelden?'

'Tuurlijk.' Hannah tikte op een knop in een hoek van het scherm en keerde het toestel zo dat Reacher kon kijken. 'Het is alleen niet live. Je kunt die loodsauto niet zien rijden.'

'Dat hoeft ook niet.' Reacher bestudeerde het scherm een tijdje. 'Ik wil alleen het terrein zien.' Hij knikte. 'We kunnen er ons voordeel mee doen. We zouden een auto kunnen huren, maar we kunnen beter gebruikmaken van de pick-up. We kunnen altijd later nog vervanging regelen bij het hotel, als je dat wilt.'

'Weet je zeker dat het verstandig is om nu te blijven rijden met de pick-up?'

'Absoluut.'

'Dat zeg je hopelijk niet vanwege het geld? Want ik betaal het graag.'

'Het gaat niet om het geld, geloof me.'

Hannah wees naar het achterportier van de pick-up. 'Wat doen we met het raam? We kunnen er zo niet mee rijden.'

'Dat fixen we met ducttape.'

'Meen je dat?'

'Zeker. Die getinte folie houdt al het glas op zijn plaats. Het enige wat we nodig hebben is iets om het weer vast te zetten in het portier. En dat is ducttape.'

'Dat heb jij natuurlijk bij je in die belachelijk uitgebreide reisbagage van je. Want het mag gek klinken, maar ik heb geen ducttape in mijn tasje.'

'Ze verkopen het hier in de winkel. Ik heb het daarnet zien liggen.'

'O, oké, goed. Denk ik.'

'Ik haal wel even een rol op, en fakkels. Die hebben we nodig.'

'Wij? Waarvoor?'

'We gaan zelf ook een beetje het verkeer regelen.'

Bruno Hix bevond zich weer op zijn oefenpodium. De camera's draaiden. Deze keer haalde hij in één keer het einde van zijn toespraak. Heel aardig, dacht hij, maar het kon beter.

Hix was net begonnen aan zijn tweede doorloop toen de deur van de zaal openging. Het was Brockman.

'Wat nu weer?' vroeg Hix.

Brockman zweeg even. Toen schudde hij zijn hoofd en zei: 'Je had weer gelijk.'

'Waarover nu weer?'

'De truckstop. Er is daar iets fout gegaan.'

'Leg uit.'

'Harold belde net. Toen hij er aankwam, kon hij geen spoor vinden van de anderen. Hij heeft overal gezocht waar ze logischerwijze zouden kunnen zitten. Nada. Dus is hij verder gaan zoeken. Over het hele parkeerterrein, langs alle rijen. Uiteindelijk vond hij Nicks auto in de hoek het verst van het gebouw, naast een of andere toestand van een liefdadigheidsorganisatie. De Marauder, zijn lust en zijn leven. De auto zat niet op slot en de sleutels lagen op de passagiersstoel. Harold vond dat de auto een beetje doorzakte aan de achterkant, dus maakte hij de kofferbak open. Terecht, zo bleek.'

'Lag Nick in de kofferbak? Wel gloeiende godver. Alleen? Of met zijn maat. Wie was zijn maat? Steve, toch? Leefden ze nog? Of waren ze dood?'

'Ze leefden nog, al waren het niet Nick en Steve. Maar let op, het waren Pep en Tony. Die hadden we als versterking van het knooppunt gehaald.'

'Hoe zijn die in vredesnaam in de kofferbak van Nick terechtgekomen?'

'Geen idee.'
'Waar zijn Nick en Steve?'
'Geen idee. Harold heeft geen spoor van ze gevonden.'
'En hoe zit het met die pick-up die Pep had gevonden? Die waarin Reacher reed?'
'Die was weg. Harold meende dat hij een rode pick-up had zien wegrijden toen hij aankwam, maar wist niet zeker of het dezelfde was.'
Hix dacht even na. 'Oké, het heeft geen zin ons zorgen te maken over wat al is gebeurd. Bel de jongens bij de wegwerkzaamheden. Geef het signalement van die pick-up door, en het kenteken.'
'Heb ik al gedaan,' zei Brockman.
'Bel ze nog een keer. Zorg ervoor dat het ze volstrekt duidelijk is waarmee ze te maken krijgen. Stuur Harold ook die kant op, en de jongens van het busstation. Die Reacher is levensgevaarlijk. Ik wil hem morgen niet hier in de buurt hebben.'

Jed Starmer kon eindelijk begrip opbrengen voor het verschijnsel fietsen. In het verleden waren fietsen zelden zijn pad gekruist. Hij had er nooit zelf een gehad. Zijn pleegouders zouden het nooit hebben toegestaan, en daarom had hij een paar maanden geleden een vriend zover gekregen om hem te leren fietsen. Het was een erg onaangename ervaring geworden. Jed had het vrijwel onmogelijk gevonden om recht te sturen. Hij wiebelde alle kanten op. Hij dreigde te blijven steken in iedere scheur in het plaveisel en hobbelde door alle gaten. Hij botste tegen een geparkeerde auto, viel vier keer van de fiets en bezeerde zijn knie, zijn elleboog en zijn kin. Alle andere jongens in de straat lachten hem uit. Hij was opgelucht toen hij de fiets eindelijk weer aan de eigenaar kon teruggeven en hinkend terug naar huis kon. Maar die middag in Jackson was alles op de fiets van die koerier anders. In het begin dacht hij maar aan één ding, zich uit de voeten maken, uit de buurt van die agenten die achter hem aan zaten. Hij maakte zich geen zorgen over de vraag hoe je op twee wielen overeind moest blijven, hij was niet bang om zich te bezeren en vroeg zich niet af hoe belachelijk hij zich maakte. Hij racete over de trottoirs, bonkte stoepranden op en af, zwenkte soepel om auto's en vrachtwagens die moeizaam voortploeterden door de verstopte straten van de stad. Tien minuten, een kwartier fietste hij voordat het tot hem doordrong dat niemand achter hem aan zat, dat hij zo vrij als een vogeltje was.

Jed stopte aan de kant van de weg. Hij moest de fiets ergens neerzetten waar die veilig was. Als hij zich kon herinneren welke naam er op de tas van die koerier had gestaan, zou hij het bedrijf kunnen bellen om door te geven waar de koerier zijn fiets kon vinden.

Het was nooit Jeds bedoeling geweest om lang gebruik te maken van de fiets, maar hij had niet voorzien hoe handig hij was, en hoeveel plezier hij eraan zou beleven. Hij moest bovendien nog een manier vinden om in Winson te komen. Hij kon geen bus pakken. Hij had geen geld voor een taxi en durfde het risico niet te lopen om open en bloot langs de kant van de weg te gaan staan liften. De fiets was de voor de hand liggende oplossing voor zijn probleem.

Jeds aantekeningen waren verloren gegaan toen zijn rugzak was gestolen, maar hij dacht dat hij nog zo'n tachtig kilometer te gaan had. Op zijn hoogst honderd. Het was een snelle fiets. Hij trapte licht. Het zou hem niet meer kosten dan een paar uur, dacht hij. Hij kon die koeriersdienst ook bellen als hij in Winson was aangekomen. Dan moest die jongen een beetje verder van huis om zijn fiets weer op te halen, maar Jed had geen medelijden met hem. Dan had hij zich maar niet zo schofterig moeten gedragen. Hij moest eigenlijk blij zijn dat hij tegen Jed was gebotst, want ieder ander zou die fiets ongetwijfeld hebben gehouden of verkocht. Vooral als je rugzak net was gestolen, en al je geld.

30

Hannah zette de pick-up langs de kant van de weg toen de navigatie-app op haar telefoon aangaf dat ze nog een halve kilometer verwijderd waren van de wegwerkzaamheden. Reacher stapte uit. Hannah had het pak met fakkels op schoot, klaar voor gebruik. Ze pakte haar tas van de achterbank en haalde er haar pistool uit, de kleine SIG waarmee Reacher had kennisgemaakt net buiten Gerrardsville aan het begin van hun reis naar het zuiden. Ze stopte het pistool weg naast de bestuurdersstoel en voelde dat Reacher toekeek.

Ze keerde zich naar hem toe en zei: 'Als er weer een klootzak komt die plannen heeft, ben ik er klaar voor. Niemand kan me nog verrassen. Geen tweede keer.'

'Heb je veel geoefend met dat ding?' vroeg Reacher.

'Shit, nou en of. Ik schiet al mijn hele leven. Dat was het enige wat mijn vader niet vreselijk aan me vond.'

'Jullie konden niet goed met elkaar overweg?'

'Jawel, toen ik nog klein was.'

'En je moeder?'

'Die is overleden toen ik acht was.'

'Dat is spijtig.'

'Het geeft niet. Het is niet jouw schuld. Waarschijnlijk kon niemand er iets aan doen dat mijn vader een bekrompen klootzak was, maar ja, je kiest je ouders niet uit, en hij heeft me wel leren schieten, en zo ben ik Sam tegengekomen. Hij werkte bij de gevangenis, ik werkte bij de reclassering. In onze vrije tijd troffen we elkaar vaak op de schietbaan. Dus uiteindelijk heeft mijn vader ook nog wel iets goeds gedaan.'

Normaal gesproken zou Reacher te voet zo'n tien minuten nodig hebben om een kilometer te overbruggen. Die middag sprak hij met Hannah twintig minuten af. Er stonden bomen langs de weg, maar op het scherm van de telefoon van Hannah was niet te zien hoe dicht de bosschages waren. Het was wel duidelijk dat het land achter de bomen vlak en kaal was. Er was verder niets wat Reacher dekking kon geven, dus wilde hij zich kalm en ongehaast voortbewegen. Hij wilde kunnen stilstaan wanneer dat maar nodig was, maar hij wilde ook ruim op tijd zijn positie innemen.

Het kostte hem vijftien minuten. De grond was hier en daar vochtig, en enkelhoog gras en onkruid doorweekten het onderste deel van zijn broekspijpen. Overal waar hij zijn voeten neerzette, steeg een zware, schimmelige geur op uit de grond. De bomen stonden verspreid en een tiental keren moest Reacher inhouden en wachten om ervoor te zorgen dat passerende automobilisten hem niet zagen. In westelijke richting reden er afzonderlijke auto's langs, in oostelijke richting waren het kleine groepjes dicht achter elkaar rijdende auto's.

Reacher hield zich schuil achter de bomenrij tot hij op de plek was waar een rijbaan was afgesloten. Hij vond een ondiepe greppel, misschien van een opgedroogd stroompje of een in onbruik geraakt irrigatiekanaal. Hij ging erin liggen en observeerde de weg. Er wachtten twaalf auto's achter een op het wegdek aangebrachte lijn bij een bord dat automobilisten opdroeg alleen verder te rijden achter de loodsauto. Een man liep in de berm langs de rij in de richting van de achterste auto. Hij droeg een spijkerbroek, een grijs T-shirt en hoge zwarte schoenen. Hij had een klembord in zijn hand en een gele veiligheidshelm op zijn hoofd. Hij bukte zich bij elke auto en bestudeerde de passagiers. Een tweede man, in alle opzichten vergelijkbaar met de eerste, zij het dat hij een witte helm ophad, liep aan de andere kant langs de auto's en bestudeerde de bestuurders. Leuk die uitdossing, maar ze hielden er niemand mee voor de gek. Dit was het team van Minerva. De vraag was alleen of ze alleen maar heel grondig te werk gingen of nog niets hadden gehoord over de pick-up van Sam Roth. Reacher glimlachte. Misschien waren ze al wel op de hoogte, maar als dat niet zo was, zou dat niet lang meer duren.

De ruimte tussen Reacher en de weg was gladgetrokken. Een

vierkant stuk van de berm was van gras ontdaan en geplaveid met steenslag. Het hele stuk zat vol bandensporen die deels over elkaar liepen en vrijwel allemaal op dezelfde plek aansloten op de weg. Helemaal rechts, vanuit Reacher gezien. De sporen lagen in een cirkel en kwamen links van Reacher opnieuw uit bij de weg. In het midden van de grove cirkel met sporen stond een SUV met de achterkant naar Reacher. Het was een Ford Explorer, donkerrood met goudkleurige accenten, forse wielen met witte belettering op de zijkant van de wielen. De auto zag er oud uit, maar hij glansde en leek goed onderhouden.

Aan de andere kant van de weg stond een dixi met verbleekte blauw-witte plastic wanden naast een grijze scheepscontainer waarin waarschijnlijk gereedschap werd opgeslagen. Daar weer naast stond een dumper met een hoog opgetaste lading boomtakken. Er was een net over gespannen om te voorkomen dat de lading eraf zou vallen, of zou wegwaaien als de wind er vat op kreeg. Naam, telefoonnummer en website van de verhuurder stonden in kistletters op de zijkant.

Het enige wat ontbrak waren de wegwerkers. Achter de lange rij pylonen was geen enkele activiteit waarneembaar.

Reacher hoorde aanzwellend motorgeluid van rechts. Een halve minuut later zag hij de loodsauto. Een rij auto's volgde als eendenkuikens achter hun moeder. De loodsauto reed een rondje op de steenslag, om de Ford Explorer, en voegde zo een nieuw bandenspoor toe aan de verzameling. Hij bleef aan de kant van de weg stilstaan. De auto's die achter de loodsauto hadden gereden, keerden weer terug naar de eigen rijbaan en reden door naar het oosten. De loodsauto reed de weg weer op, nu naar het westen gekeerd. Hij bleef even staan, zette zich toen in beweging, gevolgd door de rij wachtende auto's.

De beide mannen in spijkerbroek en T-shirt liepen terug en bleven bij de op het asfalt getrokken lijn staan wachten, maar er verschenen geen nieuwe auto's meer uit het oosten. Reacher zag dat ze elkaar aankeken, de schouders ophaalden en naar de Explorer liepen. Ze gooiden hun helmen en de klemborden op de achterbank en gingen voorin zitten. Ze hadden al uren posten achter de rug en vonden dat ze wel een kleine pauze verdiend hadden.

Die zouden ze niet krijgen.

Reacher hoorde opnieuw motorgeluid, een zware diesel die van links kwam. De mannen in de Explorer vingen het geluid twintig seconden later op. Ze stapten uit, trokken de achterportieren open en reikten naar de helmen en klemborden. Dat was het moment waarop ze zagen welke auto verantwoordelijk was voor dat zware dieselgeluid. Een rode pick-up met getint glas en veel chroom. De pick-up remde af en bleef voor de lijn stilstaan. De mannen verifieerden het kenteken en liepen in de richting van de pick-up. Ze kozen elk een kant en bleven drie meter van de pick-up staan, allebei met een getrokken pistool.

Reacher kwam overeind en begon gebukt naar de weg te sluipen.

De man aan de bestuurderskant van de pick-up riep: 'Oké, heel knap dat je zover gekomen bent, maar nu is het afgelopen. Hier houdt het op. Uitstappen, heel langzaam, en de handen waar ik ze kan zien.'

Vanuit de pick-up werd niet gereageerd.

Reacher sloop nog een paar meter verder.

'Als je doet wat ik zeg, zal je niets overkomen,' riep de man. 'We willen alleen praten, dus kom op, uitstappen.'

De portieren van de pick-up bleven dicht.

Reacher sloop verder.

'Laatste kans,' riep de man. 'Uitstappen of de pijp uit.'

Van de achterkant van de pick-up klonk een geluid, een doordringend elektronisch gepiep dat twee seconden aanhield. Daarna klonk een snorrend geluid en tot slot een metalige klap. De klep van de laadbak viel open. De mannen hieven hun pistolen en liepen langzaam, steels naar de achterkant van de pick-up, langs de dubbele cabine, langs de laadbak, tot ze ernaast stonden ter hoogte van de klep van de laadbak. Ze keken elkaar aan. De man aan de bestuurderskant stak drie vingers in de lucht, vouwde er een weer terug, toen een tweede en bij de derde deden ze beiden een stap tot ze achter de laadbak stonden. Ze richtten hun pistool op de laadbak.

De pick-up begon te rijden. Hij spoot vooruit. Het gaspedaal moest tot op de bodem zijn ingetrapt. De achterwielen slipten en handenvol vuil en steenslag spatten onder de banden weg. Scherpe steentjes vlogen als granaatscherven door de lucht. De mannen draaiden zich om en bukten, een instinctieve reactie. Maar ze herstelden zich meteen weer, draaiden terug en begonnen op de van hen weg rijdende pick-up te schieten. De klep van de laadbak ging langzaam weer dicht. De man aan de passagierskant raakte de klep met een kogel. De man aan de bestuurderskant mikte op de banden. Hij beschadigde echter hooguit het asfalt een beetje. Ze haalden allebei nog een paar keer de trekker over. Toen begon de man aan de passagierskant naar de Explorer te rennen.

'Kom op,' riep hij. 'Hij komt niet ver.'

De andere man volgde. Ze sprongen in de Explorer. De man achter het stuur pakte zijn sleutels en stak ze driftig in het contact. Maar startte de motor niet.

Reacher zat in het midden op de achterbank met twee gestrekte armen. In zijn linkerhand hield hij de buitgemaakte SIG, in zijn rechterhand de Beretta. Hij drukte ieder van de mannen een loop tegen het hoofd en zei: 'Doe de ramen open.'

De bestuurder draaide de contactsleutel tot de volgende klik en drukte op de knoppen om de ramen in de voorportieren te laten zakken.

'Gooi jullie pistolen uit het raam,' zei Reacher.

De mannen deden wat hun werd gevraagd.

'Weten jullie wie ik ben?' vroeg Reacher.

Beide mannen knikten.

'Dan weten jullie dat je maar beter kunt meewerken. Ik heb informatie nodig. Als jullie me die geven, zijn jullie vrij om te gaan.'

'Dat kunnen we niet,' zei de bestuurder. 'Wij weten niets.'

'Werk je voor Minerva?'

De bestuurder knikte.

'Staan er nog meer mensen op de uitkijk voor mij tussen hier en Winson?'

Geen van beide mannen zei iets.

Reacher trok beide pistolen terug. Hij schoof de SIG tussen zijn knieën. Hij boog voorover in de ruimte tussen beide voorstoelen en stompte de passagier pal naast zijn oor. Het hoofd van de man sloeg opzij tegen de stijl van het portier en kaatste een paar centimeter terug. Toen sloeg de man voorover, met zijn gezicht op het dashboard.

Reacher richtte de Beretta opnieuw. 'Je handen op het stuur. Eén beweging en ik knal je kop eraf. Begrijp je dat?'

De bestuurder greep het stuur in de tien-voor-tweestand. Zijn knokkels waren zo wit als die van een tiener die aan zijn eerste rijles begint.

'Heb je begrepen wat ik net heb gedaan?' vroeg Reacher.

'Je hebt Wade bewusteloos geslagen.'

'Ik heb je zojuist een vrijbrief gegeven.'

De bestuurder reageerde niet.

'Dat noemen ze *plausible deniability*,' zei Reacher. 'Dat zijn omstandigheden waarin je iets kunt doen, maar achteraf kunt zeggen dat je het niet hebt gedaan zonder dat iemand kan bewijzen dat het anders is. Je hebt dus nu een vrijbrief om antwoord te geven op mijn vragen.'

De man reageerde niet.

'Je kunt me vertellen wat ik wil weten. Niemand komt er ooit achter. Daarna kun je wegrijden, jezelf een paar dagen gedeisd houden en beweren dat je bent ontsnapt. Ik kan natuurlijk ook je armen en je benen breken en je in de dichtstbijzijnde vuilcontainer dumpen. Jij mag kiezen.'

De man keek naar rechts, over de weg, maar hij zei niets.

'Je hoeft niet te wachten op hulptroepen, want die komen niet,' zei Reacher. 'Denk eens even na. Hoeveel rijbanen zijn er op het moment?'

'Eén.'

'En wat is net die kant op gereden?'

'De pick-up die je hebt gestolen.'

'Juist. Dus die komt neus aan neus tegenover de loodsauto te staan. Je wilt niet geloven hoe koppig de bestuurder van de pick-up is. Die gaat van z'n leven niet meer achteruit. Het gaat uren duren voordat die toestand voorbij is.'

De man keek naar links, over de weg.

'Van die kant komt ook niemand. Daar hebben we voor gezorgd. Het is een zaak tussen jou en mij. Jij moet een keuze maken.'

De man aarzelde nog even en zei toen: 'Wat wil je weten?'

'Heeft Brockman nog meer mensen op de uitkijk gezet op de weg naar Winson?'

'Hoe moet ik dat weten? Brockman deelt zijn plannen niet met mij.'

'Brockman lijkt me een slimme kerel, relatief gezien. Wat heeft hij wel met je gedeeld?'

'Een foto van jou. Een oude. Een beschrijving van de pick-up die je hebt gestolen, en het kenteken.'

'Wat waren je instructies?'

'We moesten je tegenhouden om te voorkomen dat je naar Winson komt.'

'Waarom wil Brockman mij uit Winson weren?'

'Dat heeft hij niet gezegd.'

'Wat gebeurt er de komende dagen in Winson?'

'Niets bijzonders. Ze laten een bajesklant vrij. Ze gaan toespraken houden, een beetje feestvieren. Dat doen ze een paar keer per jaar. Eerlijk gezegd is de glans er zo langzamerhand wel af. Iedereen raakt eraan gewend.'

'Wat nog meer?'

De man haalde zijn schouders op. 'Niets.'

'Oké. Je hebt het goed gedaan. Je mag nu gaan.'

De man aarzelde even. Hij verstijfde. Toen schoot zijn hand naar de contactsleutel. Hij draaide hem om de zware oude motor te starten.

'Nog één ding voordat je vertrekt,' zei Reacher. 'Zie je die dumper aan de overkant?'

De man knikte.

'Zet de auto ernaast.'

De man schakelde, haalde zijn voet van het rempedaal en maakte een bocht de weg op, zodat hij naast de dumper kwam te staan.

'Stap even uit,' zei Reacher. 'Je moet iets voor me doen. Laat de motor maar draaien.'

De man opende het portier en stapte uit. Reacher stapte ook uit en stuurde de man naar de passagierskant.

'Zie je dat net dat over die rommel is gespannen? Maak eens een hoek los.'

De man prutste met het net bij een klamp en sloeg een deel ervan terug.

'Trek eens een paar takken van bovenaf, en wat van die struikjes. Maak een beetje ruimte.'

De man pakte een paar dikkere takken en liet die op de grond vallen.

'Goed zo,' zei Reacher. 'Nu moet je je maat uit de auto halen en in de ruimte stoppen die je net vrijgemaakt hebt.'

'Moet ik hem in de dumper stoppen?' vroeg de man.

'Ja, het moet er realistisch uitzien, anders gelooft Brockman niet dat je bent ontsnapt. Dan denkt hij dat je me hebt geholpen, en dat wil je niet. Geloof me.'

De man stond even stil om moed te verzamelen. Zijn mond hing een beetje open. Toen haalde hij zijn schouders op en trok het portier aan de passagierskant open. Hij duwde zijn maat, wiens hoofd opzij wegrolde, recht op de stoel. Hij greep zijn polsen, trok hem uit de auto, tilde hem over zijn schouder en manoeuvreerde hem naar de dumper. Hij legde hem neer op de takken en de rommel die de wegwerkzaamheden hadden opgeleverd, pakte het net en maakte aanstalten dat weer vast te maken.

'Wacht,' zei Reacher. 'Ik heb je telefoon even nodig.'

De man haalde opnieuw zijn schouders op, trok zijn telefoon uit zijn broekzak, tikte een code in om hem te ontgrendelen en gaf hem aan Reacher, die het toestel op de grond legde.

'Nog één vraag,' zei hij. 'De mannen die Brockman naar het Greyhound-busstation had gestuurd, moesten bij elke bus naar mij uitkijken. Daar moeten allerlei mensen hebben rondgelopen. Het kan er vrij chaotisch aan toegaan op die busstations, dus dat is nogal een heftige opdracht geweest. De mannen bij de truckstop moesten ook honderden mensen in de gaten houden, een ware uitdaging. De mannen bij het knooppunt wisten niet of ik daar al liftend zou opduiken of dat ik langs zou zoeven in een auto. Dat zou je twee klussen in één keer kunnen noemen, geen van beide erg gemakkelijk. Maar jullie? Jullie hoefden alleen maar door raampjes naar binnen te kijken. Waarom denk je dat jullie voor deze klus waren uitgekozen?'

'Geen idee.'

'Echt niet?'

Reacher stompte de man onder zijn middenrif. De man sloeg dubbel, maar halverwege ontmoette zijn hoofd Reachers knie die een en ander in zijn gezicht beschadigde. Van de weeromstuit schoot de man weer rechtovereind, bewusteloos ondertussen, met armen die krachteloos langs zijn lichaam wapperden. Reacher gaf de man met vlakke hand een duw tegen zijn borst zodat hij dreigde achterover dubbel te slaan. Hij viel ruggelings op de takken in de dumper. Reacher greep zijn enkels, tilde de benen op en zwaaide ze in de dumper. Hij gooide takken over beide naast elkaar liggende mannen, bevestigde het net weer, pakte de telefoon van de grond en koos het nummer van het bedrijf dat de dumper had verhuurd.

De telefoon ging drie keer over voordat een vrouw aannam. 'Reed Plant Partners. Waarmee kan ik u van dienst zijn?'

'Ik werk bij de ploeg die aan de weg werkt op de 87. We hebben hier een dumper van u. Kunt u mij vertellen wanneer die weer wordt opgehaald?'

Uit de telefoon klonk het geluid van computertoetsen. Toen kwam de vrouw weer aan de lijn. 'Hij staat geboekt tot het einde van de volgende maand.'

'Kan hij ook eerder terug?'

'Het is een contract met een vaste termijn. Er is geen restitutie als hij eerder terugkomt.'

'Het gaat ons niet om een restitutie. Hij staat gewoon in de weg.'

'Ik begrijp het. U kunt hem brengen wanneer u maar wilt. Dan betaalt u tot de datum waarvoor u hem heeft gehuurd.'

'Kunt u ook iemand sturen om hem op te halen?'

'Dan komen er wel extra kosten bovenop.'

'Dat is goed.'

'Ik kan maandag iemand sturen.'

'Zou het ook vanmiddag kunnen?'

'Al onze mensen zijn druk vandaag.'

'Ik heb echt een probleem. Mijn baas wil de dumper weg hebben. Als u dat op een of andere manier zou kunnen bewerkstelligen, zou ik u heel dankbaar zijn.'

De vrouw reageerde niet.

'Als dat nog meer extra kosten met zich meebrengt, is dat ook goed, in de zin van kosten die niet op een nota terugkomen.'

De vrouw zweeg nog even en zei toen: 'Dat gaat honderd dollar kosten. Contant. Zorg dat je het klaar hebt liggen.'

31

Geduld is een deugd, placht Reachers vader te zeggen. Als dat werkelijk zo was, vormden de automobilisten die die middag uit Winson vertrokken een groep die achteraan had gestaan bij het uitdelen van nobele deugden.

Hannahs taak was het blokkeren van de enige rijbaan die in gebruik was bij de wegwerkzaamheden. Ze had zich uitstekend van haar taak gekweten. Ze had de pick-up naar rechts gestuurd tot de neus boven de berm hing, was achteruitgereden in de richting van de pylonen, en vervolgens vier keer voor- en achteruit tot de pick-up zo ongeveer dwars op de weg stond. Ze had de beste plek uitgezocht die er maar was. De neus hing boven de berm en de laadbak maakte het onmogelijk om achter de pick-up langs te rijden, want een reusachtige machine om het asfalt uit het wegdek te breken, stond aan de andere kant geparkeerd, zodat iemand die zich langs de pylonen zou proberen te wurmen geen schijn van kans had.

Hannah had er amper twee minuten gestaan toen het volgende konvooi vanuit Winson zich aandiende. De loodsauto reed voorop. Hij kwam dichterbij, en nog dichterbij zonder af te remmen. Hannah raakte even in paniek. Het leek of de man helemaal niet van plan was om te stoppen. Ze had een visioen van auto's die zich, de een na de ander, in de zijkant van de pick-up boorden. Klap na klap, tot de pick-up om zou rollen, in elkaar gedrukt zou worden met haar erin, of dat ze levend zou verbranden, of allebei.

De chauffeur van de loodsauto had waarschijnlijk zitten suffen. Hij had al honderden keren heen en weer gereden over dat stuk weg sinds ze begonnen waren met de werkzaamheden. Hij was nog nooit een obstakel tegengekomen. Hij verwachtte geen obstakels en dus zag hij de pick-up pas op het laatste moment. Hij trapte met al zijn gewicht op de rem en wist de dienstauto met blokkerende wielen slippend op de steenslag nog net op tijd tot stilstand te brengen. Misschien was er nog een meter ruimte over tussen zijn bumper en de zijkant van de pick-up.

De auto's achter de loodsauto remden ook, allemaal op tijd. Een paar toeterden, alsof dat zou helpen. Een automobilist reed langs de rest naar voren en probeerde om Hannahs pick-up heen te rijden. Hij reed van de berm af het ruige land op en baande zich hotsend en stotend een weg over het onkruid. Het leek de man te lukken. Ter hoogte van de voorruit van de pick-up stak hij de vinger op naar Hannah. Op datzelfde moment zakte een wiel weg in een gat. Schuddend kwam de pick-up tot stilstand. Hij zakte scheef weg op een manier die maar één ding kon betekenen. Een gebroken as. Gezien de leeftijd van de pick-up en de staat waarin hij verkeerde, betekende het waarschijnlijk ook dat het volgende station geen garage maar de sloper zou worden.

De bestuurder sprong uit de cabine en beende naar de pick-up van Hannah. Hij rukte aan de portierkruk. Het portier was vergrendeld. Gefrustreerd begon de man te schreeuwen. Spetters speeksel sproeiden op het glas. Ander automobilisten stapten uit en voegden zich bij hem. Tien stuks. Dat waren alle automobilisten van het konvooi, met uitzondering van de bestuurder van de loodsauto. Die bleef in zijn auto zitten en belde 911. Daarmee vervulde hij zijn burgerplicht, dacht hij. Nadat hij dat gedaan had, zakte hij onderuit en liet hij Gods water over Gods akker lopen.

Tegen de tijd dat Reacher op het toneel verscheen, stonden vier automobilisten uit alle macht achter de pick-up tegen de laadklep te duwen in een poging het ding aan de kant te duwen, zonder enig succes. Zeven automobilisten stonden zich op te winden, drie man aan de ene kant, vier man aan de andere kant.

Reacher bleef twee meter achter de pick-up staan en riep: 'Stop. Rustig, ga weer in je auto zitten.'

'Nooit niet,' protesteerde de man die had geprobeerd om Hannah heen te rijden. 'Deze klootzak verspert de weg. Mijn auto is kapot dankzij hem. Hij zal moeten dokken.'

'Echt? Want dit is mijn pick-up. Hij staat hier omdat ik opdracht heb gegeven de weg te blokkeren. Als jij dat een probleem vindt, moet je bij mij zijn.'

Reacher keek alle automobilisten aan, stuk voor stuk, kalm, onbewogen, zonder met zijn oogleden te knipperen. De meesten lieten meteen alle agressiviteit varen en liepen terug naar hun auto. Een paar hielden stand. De man van de vastgelopen pick-up deed een stap naar voren. 'Weet je?' zei hij. 'Ik heb inderdaad een probleem. Mijn auto is total loss. Als ik daarvoor bij jou moet zijn, dan mag je je portemonnee trekken.'

De automobilisten die onopvallend aan de aftocht naar hun auto waren begonnen, bleven staan.

Reacher maakte een gebaar naar de gestrande pick-up. Die zag eruit alsof hij een gat in de grond wilde boren. 'Dat ding?'

De man knikte.

'Het spijt me, kerel, ik heb vorige week net mijn laatste kwartje in een telefooncel gebruikt. Je hebt pech.'

De man haalde met een wilde rechtse hoek uit naar Reacher. Die boog iets achterover en keek de woest voorbij suizende vuist na. De man draaide vanuit de heupen achter zijn arm aan en raakte volledig uit zijn evenwicht. Al zijn gewicht rustte op zijn linkerbeen. Reacher maaide dat been onder hem weg. De man tolde voorover en viel bijna horizontaal op de grond. Hij probeerde overeind te krabbelen, maar Reacher zette een voet tussen zijn schouderbladen, duwde hem weer omlaag en klemde hem tegen de grond.

'Gebruik je gezond verstand, mannen,' zei Reacher. 'Jullie willen weer verder. Ik wil ook weer verder. Maar niemand gaat ergens naartoe zolang jullie hier een beetje blijven hangen als een stelletje hersenloze onbenullen. Iemand zou zich zomaar kunnen bezeren.'

Niemand zei iets, niemand kwam in beweging. Althans heel even. Toen draaide een automobilist die achteraan stond zich om en sloop terug naar zijn auto. De man die naast hem had gestaan, ging als tweede. Er kwamen nog een paar in beweging en uiteindelijk keerden alle automobilisten mopperend, mompelend en hoofdschuddend terug naar hun auto.

Reacher bukte zich en rolde de man op de grond op zijn rug. Hij greep hem bij zijn shirt en trok hem overeind. De man keek zuur maar zei niets. Reacher duwde hem naar de zijkant van de pick-up waar geen van de andere automobilisten kon zien wat er nu gebeurde.

'Is jouw pick-up werkelijk total loss?' vroeg Reacher.

De man keek nors. 'Volgens mij wel. Ik voelde dat de vering het begaf.'

'Hoeveel is hij waard?'

'Vijfduizend.'

'En hoeveel is dat in Amerikaanse dollars hier op deze planeet?'

'Duizend, misschien.'

Reacher haalde zijn rol bankbiljetten uit zijn zak, pelde er vijfhonderd dollar vanaf en gaf die aan de man. 'Hier heb je de helft. De rest is voor eigen rekening. Beschouw dit maar als een wijze les. Bezint eer ge begint. Als je op de weg was gebleven en een beetje geduld had gehad, zou je pick-up het nu nog doen.'

Jed Starmer moest uiteindelijk bekennen dat hij het aanvankelijk toch bij het rechte eind had gehad. Fietsen was gewoon zwaar klote.

Hij had pijn in zijn achterwerk, in zijn kuiten, in zijn dijbenen, in zijn rug, in zijn schouders en in zijn nek. Eigenlijk deed alles hem pijn. Hij had zich in zijn hele leven nog nooit zo gebroken gevoeld. Hij kon alleen maar denken: *Mensen doen dit voor de lol? Wat mankeert die idioten?*

Zolang hij door de straten van Jackson fietste, was er niets aan de hand geweest. De straten waren vlak. Er was zo veel verkeer dat iedereen zich een beetje moest inhouden. Automobilisten waren kennelijk gewend dat fietsen ze aan alle kanten inhaalden en passeerden. Bovendien had Jed al zijn aandacht erbij moeten houden om de weg naar Winson te vinden. Hij herinnerde zich dat er maar één weg naar Winson was. Hij had geen kaart, dus moest hij extra goed uitkijken naar wegwijzers. Twee keer dacht hij dat hij verdwaald was, maar hij fietste door en na verloop van tijd werd de bebouwing spaarzamer en stonden de panden verder van elkaar. De bomen werden hoger en stonden dichter bij elkaar. Daarachter strekten zich de landerijen uit. Jed keek om zich heen en vond zijn nieuwe omgeving aangenaam.

In het begin.

Er veranderde meer dan alleen het uitzicht naarmate hij verder de stad uit reed. Er waren minder auto's, maar de auto's die er waren reden veel harder. Ze reden veel dichter langs hem als ze hem passeerden. Een aantal malen werd hij bijna van de weg af gereden. Alle nervositeit van zijn eerste fietsles kwam weer boven. Bovendien moest hij nu regelmatig tegen heuvels op fietsen. Dan leek het of er reusachtige gewichten aan de wielen waren gehangen. Ieder keer als hij een pedaal omlaag moest duwen, voelde dat honderd keer zo zwaar als op het vlakke land. De zon hing weliswaar laag boven de horizon, maar het was nog steeds heet. Hij zweette, hij had dorst en hij had honger. Hij had al meer dan twaalf uur niets meer gegeten. Hij voelde zich licht in zijn hoofd. Zijn benen voelden slap en rubberachtig. Hij smeekte de goden om een lange helling omlaag, zodat de zwaartekracht een paar minuten lang het werk van hem kon overnemen, zodat hij even kon uitrusten, zodat hij een beetje snelheid kon maken om de wind te voelen die zijn lichaam verkoeling bracht.

Hij zwoegde gebogen over het stuur een zoveelste bocht door en keek even op. Voor hem lag de meest monsterachtige berg die hij ooit had gezien.

De weg naar Winson was lang en recht en aan weerszijden afgezet met bomen. Het zachte middaglicht werd gefilterd door de bladeren en wierp een patroon van lichte vlekken op het versleten asfalt. Het was een plaatje dat Reacher wel had gezien als illustratie bij reportages in de zondagseditie van kranten over uitspanningen waar ouders hun kinderen mee naartoe zouden moeten nemen voor een picknick tijdens een schoolvakantie. Het oogde idyllisch. Niets wees erop dat verderop een stad lag.

Met een gevangenis.

En de mensen die Angela St. Vrain en Sam Roth hadden vermoord.

Een paar kilometer voorbij het bord dat de stadsgrens aangaf, werden de bomen spaarzamer en verschenen de eerste gebouwen. Vooral huizen, bungalows, op ruime afstand van elkaar, maar dicht bij de weg. De meeste huizen hadden houten gevels die slecht in de afbladderende witte verf zaten. Op veel huizen lag een dak dat bij de eerste de beste storm leek te kunnen wegwaaien.

‘Ik heb gisteravond voordat ik ging slapen in het motel van alles over Winson gelezen,’ zei Hannah. ‘Het heeft een waanzinnige geschiedenis. Oorspronkelijk was het een nederzetting van de oorspronkelijke bewoners. De Fransen hebben hen verdreven, in 1720 of zo. De Britten hebben de Fransen er weer uit gejaagd. Toen de Britten na de Onafhankelijkheidsoorlog afdropen, hebben de Spanjaarden zich gemeld. Die zouden eigenlijk aan onze kant staan, maar toen ze weigerden de stad aan ons over te dragen, hebben wij hen er weer uit geschopt. De stad bloeide zolang de rivier de slagader van de handel was. Er zijn geruchten dat er een tweede stad was, een soort schaduwstad, beneden, onderaan de rotsen. Er doen verhalen de ronde over grotten en drank, hoeren en gestolen goud en gesmokkelde juwelen. Zelfs als daar al iets van waar is, is het nu allemaal weg. Verdwenen, overstroomd. Uiteindelijk droogde de handel over de rivier op en namen de spoorwegen en de industrieën het over. Vooral papierfabrieken, vanwege de vele bomen hier. Nu is die industrie ook verleden tijd. Daarom zijn er zoveel oude huizen, denk ik. Daarom staan waarschijnlijk ook zoveel van die oude huizen op instorten.’

Hannah reed zwijgend een eindje door. Hoe dichter ze bij het centrum kwamen, hoe beter de huizen onderhouden waren. Ze waren ook groter. Ze stonden dichter bij elkaar. De balans sloeg door naar huizen met een verdieping, waarvan de meeste nog steeds wit geschilderd waren, al bladderde de verf hier niet af. Het zag er fris uit. Er waren ook een paar blauwe en gele huizen. Sommige hadden luiken. Bij de meeste was langs de hele aan de straatkant grenzende gevel een veranda aangebracht, soms met zuiltjes en rijkelijk bewerkte balustrades. Voor de huizen langs lagen brede trottoirs die weer van de weg gescheiden werden door een rij grote volwassen bomen.

In de stad zelf maakte het hout van de huizen plaats voor baksteen. Overal waren nog balkonnetjes en veranda’s te zien, maar die werden ondersteund door slanke zuiltjes. De houten balustrades waren barokke ijzeren hekjes geworden die glanzend zwart waren geverfd. Het had de uitstraling van een mini-New Orleans, dacht Reacher. De meeste huizen hadden een plat dak. De ramen waren groter dan aan de rand van de stad. Sommige ramen waren vierkant, andere hadden een ronde bovenstijl. Overal waren steegjes. In elke straat was aan weerszijden parkeergelegenheid. De parkeervakken waren maar voor de helft bezet. Reacher zag een paar koffiehuizen, een stuk of wat kroegen en een kleine bakstenen kerk met amateuristisch glas in lood. Het zag eruit alsof het onlangs was herbouwd met een te krap budget. Er waren verschillende winkels. Een pandjeshuis met gitaren en pistolen die twee rijen diep in de etalage hingen uitgestald, een verzekeringsagent, een bandenshop, een paar B&B's, een visboer, een telefoonwinkel en een schoonheidssalon.

Hannah en Reacher reden een halfuur rond. Ze begonnen in de hoofdstraat en reden rondjes door de zijstraten tot ze een idee hadden van hoe de stad in elkaar stak. Ze stopten uiteindelijk bij een koffiehuis. Hannah ging naar binnen en kocht twee bekers koffie om mee te nemen. Ze ging weer achter het stuur zitten, gaf Reacher een van de bekers en vroeg: 'Hotel?'

Reacher schudde zijn hoofd. 'Eerst de gevangenis, dan eten en dan een hotel.'

32

Jed Starmer zat langs de kant van de weg. De fiets van de koerier lag in de berm, links van hem, daar waar hij was gevallen toen Jed eraf was gesprongen.

Hij staarde naar de fiets en zuchtte. Hij was er eigenlijk niet af gesprongen. Dat was de bedoeling geweest. Dat had hij geprobeerd. Maar zijn benen functioneerden niet meer zoals onder normale omstandigheden en dus was hij min of meer van de fiets gevallen, als hij heel eerlijk was. Hij was een beetje gestruikeld toen hij eraf sprong, zou je kunnen zeggen als je er een positieve draai aan wilde geven.

Waar hij met geen mogelijkheid een positieve draai aan kon geven was de berg. Of eigenlijk de heuvel, nou ja, helling. Hij had de minuten dat hij daar nu had gezeten gebruikt om zijn verbeelding tot de orde te roepen. Hij stond echt niet aan de voet van de Mount Everest, of de Eiger, of de Kilimanjaro. Het was een helling met een hoogteverschil van hooguit een meter of dertig, maar dertig, driehonderd of drieduizend maakte geen verschil. Hij zou er niet tegenop kunnen fietsen. Hij zou er zelfs de fiets niet tegenop kunnen duwen, zo erg trilden zijn benen. Hij kon alleen maar blijven zitten waar hij zat, waarschijnlijk voor de rest van zijn leven, want er was niemand die hem hier zou komen helpen.

Reacher moest bij het zien van de gevangenis denken aan een schilderij met een portret dat door de eigenaar op zolder wordt gezet omdat hij het niet wil zien. De gevangenis was lelijk, onaantrekkelijk en lag weggestopt aan de westkant van de stad. Nog iets verder buiten de stad en hij had in de rivier gelegen. Maar de gevangenis hield de stad in leven. Hij verleende de stad vitaliteit, dat was duidelijk. Verder gebeurde er weinig, geen industrie van betekenis, geen andere werkgevers. Er was verder niets wat de plaatselijke bakkers, uitbaters van wasserijen, loodgieters en elektriciens een stevige bron van inkomsten verschafte.

Van bovenaf gezien had de gevangenis de vorm van een hoofdletter D. De ronde zijde lag langs de oever van de rivier. Die oever was een steil talud, meer dan twintig meter omlaag naar het gore, snelstromende water. Drie meter van de rand was een omheining die bestond uit een dubbel hek, zes meter hoog, met bovenop rollen scheermesjesdraad. Op stevige ijzeren palen waren schijnwerpers gemonteerd en camera's in beschermende kooien. Tussen de beide hekken was een strook grond van vijf meter breed. In het midden was een derde hek, drie meter hoog, zonder scheermesjesdraad.

Diezelfde omheining liep ook langs de rechte zijde, die naar de stad gericht was. In lijn met de buitenste ring stonden vier wachttorens. Er waren drie toegangspoorten. De poort in het midden bood toegang tot een bakstenen gebouw zonder verdieping. Hij bestond uit een tweetal gesloten deuren met een intercomsysteem. Dat leek Reacher de ingang voor bezoekers. Waarschijnlijk werd hij ook door het personeel gebruikt. De beide andere ingangen waren aan het einde van de rechte zijde links en rechts. Beide waren meer een echte poort dan een deur. Er hing geen bord bij waaruit bleek waarvoor ze dienden. De ene zou wel worden gebruikt voor de aanvoer van voorraden, de andere voor de aanvoer van nieuwe gedetineerden.

Binnen de omheining, aan de kant van de rivier, lagen vijf gebouwen op een rij. Ze hadden de vorm van een hoofdletter X. Dat moesten de cellenblokken zijn. Op de rest van het terrein stonden nog twaalf gebouwen verspreid, terwijl er ook drie sportvelden waren. De gebouwen verschilden allemaal van elkaar, al waren ze zonder uitzondering saai en enkel met oog voor functionaliteit gebouwd. Het hadden fabrieken of pakhuizen kunnen zijn als er geen afrastering met scheermesjesdraad was geweest en als er geen wachttorens hadden gestaan. De sportvelden waren allemaal even groot, maar van elkaar gescheiden, waarschijnlijk om verschillende categorieën gedetineerden van elkaar gescheiden te houden.

De gebouwen en de sportvelden waren met elkaar verbonden

door paden die als een soort tunnels van hekwerk het terrein doorkruisten. Zelfs van een afstand kon Reacher zien dat het gaas links en rechts en boven de paden van een zware kwaliteit was. Je zou degelijk gereedschap nodig hebben om erdoorheen te komen. Buiten, rond de gebouwen en tussen de paden, lagen kleine gazonnetjes. Opvallend veel, dacht Reacher, voor een inrichting met zo'n grimmig karakter. Er waren vierkante gazonnetjes, rechthoekige, ronde. Vijf meter van de voet van elk van de wachttorens was een driehoekig, met stenen afgezet grasveldje.

Het gras was goed verzorgd, kort gemaaid, keurig afgestoken langs de randen. Waarschijnlijk kreeg het mest of kunstmest, want de diepgroene kleur van het gras contrasteerde sterk met het bleke geel van de gebouwen en het grijze waas van al dat hekwerk. Het enige andere bouwwerk op het terrein was nieuwer. Het had de vorm van een hoofdletter V en was achter het gebouw van de bewaking gebouwd. Het had de uitstraling van een hoofdkantoor van een groot bedrijf. Op een sokkel voor het gebouw draaide een driedimensionaal logo van Minerva langzaam rond. Het leek Reacher waarschijnlijk dat de gedetineerden bij een grootschalige uitbraak om te beginnen dat protserige logo aan diggelen zouden slaan.

'Heb je ook nog gelezen of er hier de afgelopen tijd oproer is geweest?' vroeg hij.

'Niets officieel,' zei Hannah. 'Maar op een van die fora klaagde een vrouw dat haar man verwond was door een bewaker. Dat was tijdens een knokpartij op een sportveld. Daar waren dertig of veertig man bij betrokken, maar de bewaker had alleen oog voor haar man. Ze diende een klacht in en kreeg te horen dat haar man had geprobeerd te ontsnappen. Ze zeiden dat ze het hadden laten lopen, maar dat hij verlenging van detentie zou krijgen als ze moeilijk ging doen over die verwondingen.'

'Zijn er succesvolle ontsnappingen geweest?'

'Ik geloof het niet. Ik heb er in ieder geval niets over gelezen.'

Het verbaasde Reacher niet. Het complex zag er solide uit. Volgens het dossier van Angela St. Vrain was het ooit gebouwd door de staat Mississippi. De ambtenaren daar wisten wel wat ervoor nodig was om mensen goed op te sluiten. Reacher had zelf enige ervaring met gevangenissen. Hij was MP geweest. Hij had een flink aantal mensen achter de tralies gezet. Hij had vaak genoeg verdachten verhoord, ontsnapte gevangenen weer gepakt en het vuur na aan de schenen gelegd om te weten te komen hoe ze het hadden klaargespeeld. Hij had bovendien zelf een aantal malen aan de verkeerde kant van de tralies gezeten.

De allereerste zinnige maatregel die hem opviel was het feit dat het terrein begrensd werd met hekwerk, niet met een muur. Dat betekende dat de bewakers iedereen die de gevangenis naderde, konden zien aankomen. Ze konden zien of iemand gereedschap bij zich had om toegang tot het terrein te forceren door de omheining. Ze konden zien of iemand iets bij zich had wat hij over de hekken kon gooien. Aan de hekken hingen op gezette afstanden rode driehoekige waarschuwingsborden. De afstand was te groot om te lezen wat erop stond, maar het plaatje van een mannetje dat door de lucht vloog nadat hij een stroomstoot had gekregen, liet aan duidelijkheid niets te wensen over. De hekken stonden onder stroom. Bij het aanraken van de beide hoge hekken zou je waarschijnlijk alleen een flinke klap krijgen die je hooguit op je achterste zou doen belanden. Dat zou een waarschuwing zijn. Het gevaar school in het middelste, relatief lage en onschuldig ogende hek dat tussen beide andere hekken in stond. Een aanraking met dat hek zou best eens dodelijke gevolgen kunnen hebben.

Reacher durfde er wel een weddenschap op af te sluiten dat er in de grond bewegingssensoren lagen die alarm zouden slaan als iemand te dicht bij het hek kwam. Bovendien zou er ongetwijfeld alarm worden geslagen als de spanning op het hek plotseling wegviel. Als de stroom uitviel, zouden de hondenkennels automatisch opengaan. Alle ingangen werden natuurlijk bewaakt. Die voor bezoekers en personeel zou met zijn röntgenapparaten en metaaldetectoren zo gebruikt kunnen worden op een luchthaven. De beide poorten voor autoverkeer zouden zijn uitgerust met een luchtsluis, zodat busjes en vrachtwagentjes bij aankomst en vertrek tussen meerdere lagen hekwerk zouden blijven. In de gebouwen zouden de ventilatiekanalen te krap zijn om doorheen te kruipen. Ze zouden bovendien ook weer zijn uitgerust met bewegingssensoren en roosters. Deuren en hekken zouden binnen allemaal centraal worden bediend. Geen toetsenbordjes bij de deuren waarvan gedetineerden stiekem de code uit het hoofd konden leren, zoals in de film. En als al het andere niet zou baten, waren er altijd nog de wachttorens. Er waren er vier. De bewaker in elk van die torens bestreek met een geweer het hele terrein en ook nog eens een strook van honderdvijftig meter buiten de hekken, als hij tenminste goed opgeleid was en een goede uitrusting had.

Het terrein voor de gevangenis had de vorm van een halve cirkel. Daarin lagen gazons en nette, kleurrijke bloembedden die stuk voor stuk de cirkelboog volgden. Het geheel leek misplaatst, een bizarre poging een Franse achttiende-eeuwse tuin na te bootsen. Het enige wat eraan ontbrak waren de fonteinen. Reacher wist echter dat het helemaal niet om de schoonheid ging, maar om een schootsveld zonder obstakels vanuit de beide middelste wachttorens in het geval van een uitbraak. Of een poging tot inbraak.

Langs de buitenrand van de halve cirkel lag een geplaveide strook, breed genoeg om te parkeren. Links was het parkeerterrein voor het personeel. Het was halfvol, er stonden vooral pick-ups. Oudere modellen van Amerikaanse makelij. Sommige waren er niet best aan toe. Hier en daar stond een personenwagen, ook weer vooral Amerikaanse auto's en vooral uit het goedkopere segment. Helemaal aan het einde, van de rest gescheiden door minstens vijf lege parkeerplaatsen, stonden drie vrij nieuwe auto's. Een zilverkleurige Dodge RAM met verchroomde wielen en een glanzende gereedschapskist van traanplaat op de laadbak achter tegen de cabine, een BMW, groter dan de BMW waarmee Reacher te maken had gehad in Colorado, met MC1 op de kentekenplaat, en een witte Mercedes met MC2 op de kentekenplaat.

Helemaal rechts was parkeergelegenheid voor bezoekers. Daar stond slechts één auto, een Volkswagen Kever met metallic groene lak en twee lekke banden. Aan één kant hing de treeplank los. Het was niet duidelijk of hij daar geparkeerd stond of er was gedumpt.

Hannah opende het portier aan haar kant en vroeg: 'Ben je klaar? We staan hier al te lang. We moeten gaan.'

Reacher knikte en stapte aan de passagierskant in. Er viel verder niets te zien, maar het bestuderen van het complex had bij hem wel het gevoel opgeroepen dat een epidemioloog moet krijgen als hij door een microscoop naar bloedmonsters tuurt van een patiënt met een volstrekt onbekend nieuw ziektebeeld. Zo op het oog lijkt er niets aan de hand, maar je weet dat er iets niet in orde is, je weet alleen niet wat. Vooralsnog.

Bruno Hix zat achter zijn bureau. Hij staarde naar zijn computerscherm. Zijn eigen gezicht staarde hem vanaf het scherm aan.

Het beeld was uitvergroot. Zijn mond hing open, zijn ogen waren halfgesloten. Hij leek dronken of dement. Of iets wat nog erger en lelijker was. Hij stampte met zijn voet. Het afspelen van twee videostreams naast elkaar was lastiger dan hij had verwacht. Een voor een leverde geen probleem op. Maar het lukte hem niet om ze allebei tegelijkertijd op het scherm te toveren. Hij had de IT-man van de gevangenis gebeld, maar die was al naar huis en voerde zijn katten. Hij had toegezegd terug te zullen komen, maar hij nam daar alle tijd voor. Kruipend ging het nog sneller. Hix was er niet gelukkig mee. Hij moest maar eens met Riverdale gaan praten. Het werd tijd voor enige veranderingen in de personele bezetting. Hoog tijd.

De deur van zijn kantoor ging voorzichtig op een kier open.

Hix keerde zich naar de deur. 'Waar bleef...'

Hij zag Brockman op de drempel staan.

'O,' zei Hix. 'Ben jij het? Is er nieuws?'

Brockman knikte.

'Goed nieuws?' vroeg Hix.

'Gewoon nieuws,' zei Brockman.

'Laat eens horen.'

'Harold heeft gebeld. Hij was bij de wegwerkzaamheden. Onze jongens waren er niet.'

'Ze hadden hun post in de steek gelaten? Wat is er gebeurd? Waren ze bedreigd? Omgekocht?'

'Ze zijn domweg verdwenen. De Explorer van Brad stond er wel, op precies dezelfde plek waar Harold hem eerder had zien staan, maar geen spoor van Brad of Wade.'

'Wat is er dan gebeurd?'

'Geen idee. Harold heeft met de bestuurder van de loodsauto gesproken. Die vertelde dat er een raar incident had plaatsgevonden. Hij vertelde dat hij zoals gewoonlijk van west naar oost reed, maar plotseling niet verder kon omdat de weg versperd was door een pick-up. Hij had het kenteken niet gezien, maar het was wel hetzelfde model als de gestolen pick-up waarin Reacher rijdt. Dezelfde kleur.'

'Heeft hij Reacher gezien?'

'Ik denk het wel. De bestuurder van de loodsauto was gestopt en verkeerde in de veronderstelling dat de bestuurder van de pick-up om de een of andere reden probeerde te keren. Hij ging ervan uit dat de weg vroeg of laat wel weer vrij zou zijn. Maar de bestuurders van het konvooi achter hem werden boos. Ze omsingelden de pick-up en probeerden hem van de weg te duwen. Vanzelfsprekend zonder succes. Het was een soort massahysterie, ze fokten elkaar op. Terwijl ze daarmee bezig waren kwam er een reus van een kerel van de andere kant.'

'Reacher?'

'Nou ja, iemand die de andere automobilisten terug naar hun auto's joeg. Tien man. Hij gaf kennelijk tussendoor een van hen op zijn flikker. Daar mag je zelf je conclusies uit trekken. Toen stapte hij in die pick-up en reed weg.'

'Wat heeft Harold gedaan?'

'Hij dacht dat Brad en Wade door Reacher waren uitgeschakeld en dat hij hen ergens had gedumpt net zoals hij Tony en Pep had gedumpt bij de truckstop. Die blokkade met de pick-up was alleen maar een afleidingsmanoeuvre. Dus is Harold gaan zoeken, maar hij heeft nog niets gevonden. Hij blijft zoeken.'

'Dus we weten nog steeds niet waar de jongens zijn?'

'Nee.'

'En Reacher?'

'We weten ook niet waar hij is.'

'Hij is in ieder geval voorbij onze laatste post. Hij kan elk moment in de stad arriveren. Misschien is hij er al. Bel Harold en zeg dat hij terug moet komen. Nu.'

'En Brad en Wade?'

'Wat is er met Brad en Wade? Ze hoefden maar één ding te doen en ze hebben gefaald. We kunnen ze missen als kiespijn.'

Hannah had nog het een en ander opgezocht op haar telefoon toen Reacher de lay-out van de gevangenis bestudeerde. Deze keer met betrekking tot eten, het volgende punt op hun agenda.

Ze had de tent gevonden waar je, naar men zei, de beste hamburgers van de hele stad kon krijgen. Ze stelde voor erheen te rijden en hamburgers mee te nemen naar het hotel. Dat had niet Reachers voorkeur. Hij wilde de diner waar hij zijn maaltijd haalde vanbinnen zien. Hij genoot graag van het eten en hij was absoluut tegen alles wat op wegkruipen en verstoppertje spelen leek. Reacher was erop gebouwd de confrontatie aan te gaan met gevaar. Hij wilde het overwinnen of strijdend ten onder gaan. Dat zat vastgebakken in zijn DNA. Maar hij zag dat Hannah niet veel meer kon hebben. Ze wist dat er mensen naar hen op zoek waren, mensen die bij dezelfde groep hoorden als de mensen die hadden geprobeerd haar te vermoorden. Het was heel logisch dat ze zo snel mogelijk van de straat wilde, dat ze zich zo snel mogelijk onzichtbaar wilde maken. Het zou wreed zijn om haar te dwingen tot iets anders, dus ging Reacher zonder tegenstribbelen akkoord met haar voorstel.

De hamburgertent was gevestigd in een oud tankstation in een buurt aan de noordkant van de hoofdstraat. De originele benzinepompen stonden er nog. Ze waren nu voorzien van neonbuizen die de aandacht trokken. Het terrein voor het tankstation was gereserveerd voor auto's. Achter de grote ronde ramen van het gebouwtje en onder iets in de vorm van een buitenissige meeuwenvleugel stonden tafeltjes.

Het loket voor de drive-through was het loket waar vroeger 's nachts werd afgerekend voor de benzine. Hannah zette de pick-up ervoor stil, bestelde, betaalde en kreeg een papieren zak vol eten aangereikt in een tijdsbestek van nog geen drie minuten. Voor zichzelf had ze een eenvoudige hamburger met paddenstoelen en truffelolie besteld, voor Reacher twee dubbele hamburgers met Amerikaanse kaas, maar zonder groen. Nog een minuut later kregen ze een grote beker koffie. Hannah voerde het adres van een hotel in op haar telefoon waarna ze als eerste instructie te horen kreeg dat ze naar de straat moest rijden. Dat vond Reacher niet echt een advies waar je iets aan had.

Eenmaal terug in de hoofdstraat stuurde de app hen naar het oosten, het centrum van de stad uit. Het hotel lag aan de noordkant van de stad, bij de rivier. Hemelsbreed was het niet zo ver, maar ze moesten om een bosje heen rijden. De zon stond laag aan de hemel. Overhangende takken van de bomen reduceerden het licht nog verder. Het was een stille weg. Vijf minuten lang kwamen ze niemand tegen. Toen reed hun een auto tegemoet. Van dichtbij konden ze de lichtbalk op het dak zien. Hij passeerde hen en meteen daarna kwam de lichtbalk tot leven. Rood en blauw zwaailicht pulseerde op de stammen en de takken. De auto keerde en zette de achtervolging in.

'O, alsjeblieft, nee,' zei Hannah. 'Wat hebben we fout gedaan?'

'Maak je geen zorgen,' zei Reacher. 'We hebben niets verkeerd gedaan.'

'O nee? Die zes man die jij in elkaar hebt geslagen, denken daar heel anders over.'

'Die zijn hier niet en ze zijn geen van allen in staat om 911 te bellen. Geloof me, dit is gewoon routine. Het loopt wel los.'

'En zo niet?'

Reacher zei niets.

Hannah zette de pick-up stil langs de kant van de weg. De patrouillewagen parkeerde pal achter hen, nog altijd met flitsende zwaailichten. De agent bleef nog een paar minuten in zijn auto zitten. Reacher had geen idee of de man iets opzocht, om versterking vroeg, of gewoon probeerde hen te intimideren en zenuwachtig te maken. Het interesseerde hem ook niet, zolang de agent er maar niet te lang mee doorging. Hij had geen zin in koude hamburgers.

Uiteindelijk stapte de agent uit. Hij liep naar het raam aan de bestuurderskant, hief zijn hand en had de knokkel van zijn middelvinger gereed om op het raam te kloppen, toen Hannah het raam liet zakken.

'Goedemiddag men…, mevrouw,' zei de agent. 'Hebt u een idee waarom ik u heb aangehouden?'

Hannah schudde haar hoofd. 'Ik heb geen idee. Ik reed niet te hard.' Ze keek even naar Reacher. 'Ik heb niets gedaan wat niet mag.'

'U rijdt in een auto die op naam staat van iemand die volgens officiële instanties momenteel overleden is.'

'Momenteel? Verwacht u dat dat nog zal veranderen?'

De agent haalde diep adem. 'Laat ik er geen doekjes om winden.

Waarom rijdt u in de pick-up van iemand die dood is?'

'De dode man was mijn ex. We waren nog heel goede vrienden. Ik had zijn toestemming. Ik sta bijgeschreven op zijn verzekering en zodra zijn testament wordt uitgevoerd, zal ik de pick-up van hem erven.'

'Uw naam, mevrouw?'

'Hannah Hampton-Roth.'

'Legitimatie?'

'In mijn tas. Mag ik die pakken?'

'Ga uw gang.'

Hannah pakte haar tas van de achterbank, rommelde erin en haalde haar portemonnee tevoorschijn. Ze pakte haar rijbewijs en gaf dat aan de agent.

De agent bestudeerde het rijbewijs even en vroeg toen: 'Kentekenbewijs? Verzekering?'

Hannah boog zich naar het dashboardkastje en haalde er een doorzichtig plastic mapje met documenten uit. Ze streek de papieren glad en gaf ze aan de agent.

'Wacht,' zei de agent. Hij liep terug naar de patrouillewagen.

Hannah maakte aanstalten om de motor af te zetten, maar Reacher hield haar tegen. 'Laat de motor maar lopen. Als de agent zo meteen uitstapt met zijn pistool in de hand, trap je op het gas. Dat doe je ook als er een tweede patrouillewagen aan komt, of een auto waar een rechercheur in zou kunnen zitten.'

De agent deed er vijf minuten over om alles te controleren. Toen hij weer terugliep naar de pick-up had hij zijn pistool nog steeds in de holster. Hij gaf Hannah de documenten en het rijbewijs terug en vroeg: 'U bent ver van huis, mevrouw. Wat komt u in Winson doen?'

Hannah stopte het rijbewijs weer in haar portemonnee en gaf de doorzichtige plastic map aan Reacher. 'Mijn ex heeft – had – hier vrienden. Ik moet hun vertellen dat Sam is overleden. Dat kun je beter persoonlijk doen dan over de telefoon of met een e-mail, vindt u ook niet?'

'Wie zijn die vrienden?'

'Angela St. Vrain en Danny Peel. Ze waren collega's van Sam voordat Angela en Danny hiernaartoe verhuisden.'

'Blijft u vannacht bij een van hen logeren?'

'Nee, we gaan naar een hotel.'

'Welk hotel?'

'We gaan...'

'Daar denken we nog over na,' zei Reacher.

'U heb niets gereserveerd voordat u uit Colorado vertrok?' vroeg de agent.

'Nee,' zei Reacher.

'Wat zou u hebben gedaan als er na die hele rit hiernaartoe nergens iets vrij was?'

'Gebeurt dat hier vaak?'

De agent bleef even stil en knikte toen naar het gesneuvelde raam achter in de cabine. 'Wat is er met uw raam gebeurd?'

Hannah zuchtte. 'Een paar klootzakken hebben geprobeerd in te breken.'

'Wanneer?'

'Eerder vanmiddag, bij de truckstop aan de 120. '

'Jongelui?'

'Yep.'

'Hebben ze nog iets gestolen?'

'Toen ze ons zagen terugkomen van het toilet hebben ze de benen genomen.'

'Hebt u aangifte gedaan?'

'Ik twijfelde eraan of dat zin zou hebben. We kregen die jongens niet goed te zien. Ik zou niet echt een goede beschrijving van ze kunnen geven.'

'En de klep van de laadbak?'

'Wat is daarmee?'

'Er zit een kogelgat in. Heeft iemand op u geschoten?'

Hannah schudde haar hoofd. 'Op ons? Nee, maar Sam, mijn ex, was een goede schutter. Hij was vorige week op een schietbaan buiten de stad. Het geweer van een groentje ging per ongeluk af toen hij het uit zijn kluis in zijn auto haalde.'

'Heeft Sam daarvan aangifte gedaan?'

'Dat vond hij niet nodig. Het was een ongeluk. Niemand raakte gewond. De man heeft betaald voor de reparatie. Als dat niet goed was, kunt u het Sam niet kwalijk nemen. Het is aan de club om naleving van de regels af te dwingen.'

'Hoe heet die club?'

'Dat weet ik niet. Ik ben er nooit geweest. Sam had het gewoon over "de schietbaan". Hij werkte in een gevangenis. Veel van zijn collega's zijn ook lid van diezelfde club. De eigenaar van de schietbaan is een gepensioneerde politieman. Ik ben ervan overtuigd dat hij het correct heeft afgehandeld.'

De agent dacht even na. Toen zei hij: 'Oké, u mag gaan, maar u zult moeten keren.'

'Dank u, maar waarom moet ik keren?'

'U hebt onderdak nodig en het beste hotel hier is de Winson Garden. Het is heel gemakkelijk te vinden. Volg de borden naar de gevangenis en sla links af Moe Street in. Ik rijd wel achter u aan om te zorgen dat u niet verdwaalt.'

Niemand zou hem komen helpen. Hij moest de waarheid onder ogen zien, dus dwong Jed Starmer zich weer overeind te klimmen. Hij kon niet blijven waar hij was. Hier was hij veel te zichtbaar. Op zijn minst twee agenten waren naar hem op zoek geweest in Jackson. Het zou niet lang duren tot ze zouden toegeven dat hij hun ontsnapt was. Ze hadden geen keus en vervolgens was er nog maar één plek waar ze naar hem konden zoeken: zijn uiteindelijke bestemming Winson, die maar langs één weg te bereiken was, de weg waar hij nu niets zat te doen.

Hij had nog steeds geen idee hoe hij tegen de helling op moest komen. Hij kon amper op zijn voeten staan. Het voelde alsof iemand zijn botten had vervangen door boetseerklei. Hij had pijn in de buik. Als hij naar iets keek, werd het beeld wazig en begonnen de kleuren te dansen en rond te draaien alsof alles in brand stond. Hij was er niet best aan toe en dat wist hij. Maar hij wist nog iets. Hij was nu zover gekomen dat hij zich niet door een heuvel op de knieën liet krijgen.

Er waren een paar factoren in zijn voordeel. Tijd en de bomen. Hij had nog meer dan twaalf uur voordat hij in Winson moest zijn. Hij had alleen rust nodig. En een plek waar ze hem niet konden zien vanaf de weg. Hij wankelde naar de fiets, die nog steeds in de berm lag, en trok hem overeind. Hij duwde hem door de berm naar waar het gras langer was. Legde hem daar neer, deed nog een paar stappen en bleef stilstaan.

Hij had rust nodig, maar hij moest ook om zijn veiligheid denken. Hij was bezig om het bos in te lopen. Misschien huisden daar wolven of alligators. Misschien wel prairiewolven in een bloeddorstige meute. Hij had geen idee welke roofdieren er in Mississippi leefden en hij wilde dat liever niet te weten komen door ze te ontmoeten in de bossen. Hij moest dus heel zorgvuldig een plek kiezen om uit te rusten.

33

Hannah had een creditcard, dus nam zij het inchecken bij Winson Garden voor haar rekening. Reacher had een achterdochtig karakter, dus hield hij de wacht op het parkeerterrein. De politieman had de opdracht om de vreemdeling in de gaten te houden, dus parkeerde hij op een plek waar hij goed zicht had op de ingang van het hotel, een plek waar hij met zekerheid kon vaststellen dat de vreemdeling en zijn onverwachte metgezel naar binnen gingen en niet weer naar buiten kwamen.

Toen Hannah klaar was met het invullen van formulieren en het vooruitbetalen van de rekening, rolde ze haar koffer door de lobby en gaf ze een sleutelkaart aan Reacher. Hij nam hem aan en schoof hem in zijn achterzak. Op dat moment rinkelde achter hen op de balie een telefoon.

De receptionist nam het gesprek meteen aan. 'Winson Garden, het neusje van de zalm in Winson, wat kan ik vandaag voor u doen?' Hij luisterde even en zei toen, veel bedeesder, bijna op fluistertoon: 'Ja meneer, de vrouw. De naam op haar creditcard is Hannah Hampton, uit Gerrardsville in Colorado. Ze heeft voor twee personen betaald. Twee kamers, één nacht.' Hij knikte naar niemand in het bijzonder en legde de hoorn terug op de haak.

Reacher voelde hoe de receptionist naar hem loerde. Hij kon de man bijna horen denken. Waarom toonde de politie belangstelling voor deze gasten? Zou hij morgenvroeg een boeiend verhaal te vertellen hebben? Zou er morgenvroeg een heleboel rommel op te ruimen zijn?

De IT-man van Minerva had niet meer dan tien seconden nodig om de weergave op het scherm van Bruno Hixs computer zo in te stellen als Hix in gedachten had.

De man was gedwongen geweest zijn katten in de steek te laten. Ze moesten hun avondmaaltijd zonder zijn aanwezigheid naar binnen werken. Ze hadden hem gesommeerd op te draven in zijn vrije tijd en desondanks had hij zijn beste beentje voorgezet. Niemand had het probleem sneller of efficiënter kunnen oplossen. Dat was absoluut zeker. Hij begreep dan ook niet waarom de hoge baas nog geïrriteerder leek toen het probleem in een vloek en een zucht was opgelost dan hij voor die tijd was geweest.

Hij voelde zich deels gekwetst, deels verward. Hij had goed werk geleverd, wat niet op waarde werd geschat, maar hij moest tegelijkertijd een of andere afgrijselijke blunder hebben begaan. Dat liet Hix overduidelijk merken. Het probleem was dat hij geen flauw idee had wat hij zo vreselijk fout had gedaan. Hij begon moed te verzamelen om Hix te vragen wat nu eigenlijk het probleem was, maar voordat hij zijn mond kon opendoen, borrelde een van zijn moeders favoriete gezegden in zijn gedachten omhoog: *Stop met graven als je in een gat zit*. Hij moest maar zorgen dat hij zo snel mogelijk weer weg was, voordat hij de kans kreeg het nog erger te maken, dus mompelde hij een vage verontschuldiging en haastte hij zich naar de deur. Hij trok de deur open, keek over zijn schouder naar Hix en botste bijna frontaal tegen Brockman op, die het kantoor binnen wilde lopen.

Brockman wachtte tot de IT-man zich door de gang uit de voeten had gemaakt en zei toen: 'Goed nieuws. We zijn net door het oog van de naald gekropen.'

Hix zette de monitor van zijn computer uit en zei: 'O? Hoezo?'

'Dat onze jongens bij de truckstop en de wegwerkzaamheden Reacher niet tot staan hebben gebracht, heeft plotseling iets goeds voortgebracht. Het blijkt dat Reacher niet alleen werkt. Hij heeft een partner, een vrouw. Als onze jongens Reacher hadden kaltgestellt in overeenstemming met onze instructies, zouden we niet van haar bestaan hebben geweten. Dan zou ze nog steeds ergens onzichtbaar voor ons actief zijn en morgen de meest vreselijke dingen kunnen doen.'

'Hoe ben je daarachter gekomen?'

'Een van de mannen van Moseley kwam net buiten de stad de pick-up tegen waarin Reacher rijdt. Reacher zat op de passagiersstoel.'

'Reacher is gevonden door een agent? Waar is hij nu?'

'In het Winson Garden, samen met de vrouw.'

'Zeker weten?'

Brockman knikte. 'Die agent heeft ze ernaartoe gestuurd en is achter ze aan gereden. Hij heeft bevestigd gekregen dat ze hebben ingecheckt.'

Hix trommelde met zijn vingers op zijn bureaublad. 'Die vrouw, wie is dat? Wat weten we over haar?'

'De agent heeft haar identiteit gecontroleerd. Ze heet Hannah Hampton, ze is de ex van Sam Roth. Ze zei tegen de agent dat ze nog altijd goede vrienden waren. Voordat hij overleed. En dat ze toestemming had om zijn pick-up te gebruiken.'

Hix ging staan, liep naar het raam en keek door het raam naar het halfronde parkeerterrein. 'Ik snap het niet. We dachten dat Reacher er alleen bij betrokken raakte door een toevallige ontmoeting.'

'Ja.'

'We hebben het idee geaccepteerd dat hij toevallig in Gerrardsville was en toevallig zag wat er met Angela St. Vrain gebeurde, en dat hij vervolgens zijn neus in zaken heeft gestoken waarmee hij niets te maken heeft.'

'Zo is het ook gegaan.'

'Hoe kan het dan dat hij nu optrekt met de weduwe van Sam Roth? Dat kan geen toeval zijn.'

Brockman haalde zijn schouders op. 'Reacher heeft zijn neus er een beetje dieper in gestoken, meer niet. Hij hoorde dat Roth was overleden. Hij besloot dat het een beetje begon te stinken, dus begon hij te graven en vanzelfsprekend sprak hij de weduwe van Roth aan. Al helemaal omdat zij degene was die Roth vond.'

'En als er nu eens een andere verklaring is? Wij wisten niet dat Roth nog altijd goede vrienden was met zijn ex. Het is niet eens bij me opgekomen. Iedereen die gescheiden is, heeft een hekel aan zijn ex. Ik in ieder geval wel. Ik zou ze allebei met alle plezier door de gehaktmolen halen en aan de honden voeren als ik ermee weg kon komen.'

'Dat weet ik, maar maakt het wat uit met wie Roth goed bevriend was?'

'Mensen nemen mensen met wie ze goed bevriend zijn in vertrouwen. Veronderstel eens dat Roth zijn ex heeft verteld wat Angela hem had verteld. Veronderstel eens dat ze met z'n drieën hebben ontdekt wat er morgen staat te gebeuren. Ze wisten dat het geen zin had om de politie in te schakelen, dus misschien hebben ze in plaats daarvan Reacher ingeschakeld. Misschien was hij met opzet in Gerrardsville, voor een ontmoeting met die drie, en helemaal niet toevallig. Die theorie van ons kan er wel mijlenver naast zitten.'

'Ik geloof het niet. Waarom zouden ze Reacher inhuren? Hoe zouden ze van zijn bestaan moeten weten en hoe hadden ze hem kunnen bereiken? De man is een zwerver.'

'Is dat echt zo? Misschien wil hij graag dat mensen dat denken. Als dekmantel. Hij is een gepensioneerde smeris. Heel veel van die lui gaan aan de slag als privédetective als ze hun penning hebben ingeleverd.'

'Hij was een MP, geen reguliere politieman.'

'Nou en? Zelfde soort functie. En hij is competent, dat mag duidelijk zijn. Vraag dat maar aan de jongens die we op hem af hebben gestuurd.'

Brockman haalde zijn schouders op. 'Oké, laten we aannemen dat je gelijk hebt, dat hij hier is omdat de vrouw hem heeft ingehuurd. Wordt het daar anders van?'

'Het wordt anders omdat we nu moeten afrekenen met twee dwarsliggers.'

'Wat een peulenschil moet zijn, want we weten precies waar ze zijn. De enige vraag die ertoe doet is: sturen we Harold en de jongens naar hun kamer als ze slapen, of wachten we tot morgenvroeg en springen we ze in de nek als ze het hotel uit komen?'

'Pak ze maar in hun kamer, zo snel mogelijk. Laat de lijken afvoeren op brancards voor het geval er nog andere gasten lopen te spioneren.'

'Ik zal het regelen met Harold.'

'Oké. Wie houdt er ondertussen het hotel in de gaten?'

'De politieman.'

'Veel te opvallend. Stuur er een van onze eigen jongens heen.'

'We hebben niets meer in reserve, afgezien van de jongens die we naar Jackson hebben gestuurd, maar die zijn al aan het werk sinds drie uur vanochtend. Ze moeten paraat staan om Harold te helpen. Ze kunnen beter een tijdje rust pakken, zodat ze weer fris zijn als we ze nodig hebben.'

'Als Reacher een patrouillewagen voor de deur ziet, weet hij dat er iets mis is. Hij zal...'

'Als Reacher keek, weet hij dat de patrouillewagen is weggereden. Ik heb Moseley gezegd dat hij zijn agent er opnieuw naartoe moest sturen, maar dat hij onzichtbaar moest blijven.'

'Weer terug? Was hij weg?'

'Heel even. Officieel patrouilleert hij. Hij begon voor de tweede keer aan zijn ronde en meldde zich bij Moseley. Moseley belde mij en ik heb de zaak geregeld.'

'Zeker weten?'

Brockman knikte. 'Moseley liet de agent navraag doen bij het hotel toen hij terug was op het bureau. De receptionist bevestigde dat hij Reacher en de vrouw naar de liften had zien lopen en dat ze niet weer naar beneden waren gekomen. Hij bezwoer dat het hem niet kon ontgaan als ze langs de receptie het hotel weer zouden verlaten. Hij wist dat de politie in hen geïnteresseerd was na het eerste telefoontje, en dus was hij extra waakzaam.'

'Oké, maar zorg ervoor dat Harold weet dat hij nu met twee personen te maken heeft. En zeg tegen hem dat hij de envelop voor de zekerheid meeneemt. Die moet Reacher ergens vinden als Harold aan het kortste eind trekt.'

'Dat zal Harold niet leuk vinden. Hij zal denken dat je geen vertrouwen in hem hebt.'

'Waarom zou het mij ook maar ene moer kunnen schelen wat Harold denkt? Vertel het hem gewoon.'

'Dat zou je niet zeggen als je hem had gezien. Hij is niet het soort kerel met wie je ruzie wilt hebben, of je nou de directeur bent of niet.'

Reacher was blijven staan om te wachten tot de patrouillewagen met een ruime, luie bocht was gekeerd en was weggereden naar het centrum van de stad. Toen was hij de gang in gelopen die naar de liften en de gastenkamers voerde. Hannah volgde, nog steeds met haar rolkoffer. Ze liepen de liften voorbij naar het einde van de gang waar de nooduitgang was. Er hing een bordje bij dat in krom taalgebruik aankondigde dat de deur gealarmeerd was. Dat irriteerde Reacher. Levenloze voorwerpen kunnen geen gemoedstoestanden ervaren. Het was een belachelijk idee, maar als de mededeling was bedoeld als waarschuwing, was hij ook zinloos. Dat maakte het slechtzittende uniform van de receptionist wel duidelijk, en de goedkope prenten aan de muren, het grove projecttapijt op de vloer en de fragiele deurkrukken. Het soort mensen dat zich tevredenstelt met dergelijke troep, zorgt er ook wel voor dat ze geen boetes hoeven te betalen voor vals alarm. Het risico was veel te groot dat een of andere dronken hotelgast de verkeerde kant op zou wankelen en tegen de antipaniekstang zou vallen, of dat een roker even naar buiten zou willen sluipen om snel een sigaret te roken, of dat iemand ongezien het hotel zou willen verlaten, iemand als Reacher of Hannah.

Reacher duwde tegen de antipaniekstang. De deur zwaaide open. Er begonnen geen alarmlichten te knipperen, er begon geen sirene te loeien.

Als je wilt dat iets goed gedaan wordt, moet je het zelf doen.

Riverdale had zich zijn hele werkzame leven aan dat principe gehouden. Dat had hem vele uren met opgerolde mouwen gekost, maar het was de moeite waard geweest. Het had hem in het verleden altijd verder geholpen. Maar die middag was hij er voor het eerst in zijn leven niet zo zeker van dat het ook nu weer goed zou komen.

Zoals gewoonlijk had Riverdale zelf alles geregeld voor de plechtigheid van de volgende dag. Hij had de plaatsing van de gasten buiten georganiseerd, gezorgd voor tijdelijke afschutting, een verhoging voor tv-camera's, versnaperingen voor de journalisten, het podium waarop Bruno Hix zelfingenomen heen en weer kon paraderen, een tent die de ingang van de gevangenis om veiligheidsredenen moest verbergen, een selectie van gevangenbewaarders op de wachttorens, die vooral om hun krijgshaftige uiterlijk op die plaats werden geposteerd, en hij had gezorgd voor demonstranten. Natuurlijk had hij voor demonstranten gezorgd.

Hij had alles geregeld. Hij had persoonlijk alles tot twee keer toe gecontroleerd. Maar hij maakte zich niettemin zorgen, want hij had net van zijn oude maatje Rod Moseley gehoord dat Reacher in Winson was aangekomen. Reacher was een joker, een factor die Riverdale niet onder controle had. En een gebrek aan controle was de achilleshiel van een man wiens wereld bestond uit regels, procedures en dienstroosters, binnen het kader van cellenblokken, tralies en hekken.

Riverdales vingers gingen onwillekeurig naar zijn borst. Ze betastten de contouren van een sleutel onder zijn hemd, die aan een ketting om zijn nek hing. Het was een dunne onopvallende ketting, gemaakt van hoogwaardig staal met een enorme treksterkte. Het was geen ketting voor de show. Het was geen sieraad. Net zomin als de sleutel. Die hoorde bij een hangslot dat gerekend werd tot de allersterkste, veiligste hangsloten ter wereld, ook nog eens bestand tegen alle weersinvloeden.

Riverdale hoopte dat de plechtigheid een succes zou worden. Dat zou het bedrijf extra krediet opleveren in de publiciteit en dus meer bedrijvigheid over de hele linie. En nog een bijzonder bezoekje die middag, van de vrouw van de nieuwe gedetineerde. Maar als het fout mocht gaan, was hij er klaar voor, dan zou hij verdwijnen. Niemand zou hem ooit kunnen opsporen. En Hix en Brockman en al die anderen die hem beschimpten om zijn behoedzame optreden? Wat hem betreft konden ze branden in de hel.

34

Jed Starmer wist niet wat hij zocht, althans niet precies. Omdat hij zich in agrarisch gebied bevond, zou er wel ergens een boerderij in de buurt zijn met een schuur of een stal of een ander bijgebouwtje. Het kon hem niet schelen of er paarden of koeien in zouden staan, of dat er balen stinkend veevoer zouden liggen. Er mochten ook rare machines met uitstekende pinnen staan, als er maar muren waren, een dak en een deur die hij achter zich dicht kon doen. Hij zocht een plek waar hij veilig kon zijn tot hij weer op krachten gekomen was.

Elke stap viel hem zwaarder dan de vorige. Hij moest zich een zigzagweg banen tussen de bomen door. Zijn benen raakten voortdurend verstrikt in dicht struikgewas. Hij struikelde regelmatig en viel bijna herhaaldelijk. De grond was vochtig en had een zware, schimmelige geur die hij verafschuwde. Hij vond het vies, het rook naar verrotting. Hij zag voor zich dat hij op de grond viel, dat hij tevergeefs zou proberen weer overeind te komen, maar dat de grond hem zou verzwelgen en hem vast zou houden terwijl hij langzaam zou ontbinden. Hij probeerde sneller door het bos te lopen. Een insect scharrelde weg onder een rottend blad weg. Het was een en al poten en scharen en wriemelende antennes. Langzamerhand begon hij zich af te vragen of hij zich misschien over een ander formaat beesten zorgen moest gaan maken, maar toen hoorde hij iets achter zich. Het klonk als gegrom. Hij dwong zichzelf verder te gaan. Hij wilde niet eindigen als voedsel voor een vreemd woest beest in een miserabel, stinkend bos.

Hij wurmde zich tussen twee bomen door en kwam op een pad terecht dat zo breed was dat er een auto zou kunnen rijden. Hij zag dan ook sporen van brede banden met een diep profiel. Banden van zware machines. Jed bleef even staan om zich te oriënteren. Hij dacht dat hij diagonaal door het bos was gelopen nadat hij de fiets had gedumpt en dat het pad dan dus haaks op de weg zou staan. Dat betekende dat hij zou uitkomen op min of meer de plek waar hij was begonnen, als hij naar links ging. Maar hij kon ook naar rechts, dieper het bos in, waar hij veiliger zou zijn, maar misschien ook blootgesteld aan andere gevaren.

Het pad moest natuurlijk een bestemming hebben. Dat was wezenlijk voor paden. Niemand hakt een pad door het bos zonder doel. Machines rijden niet zonder reden heen en weer over paden. Aan het einde van het pad zouden misschien bouwsels staan, iets wat beschutting zou bieden. Dat zou altijd beter zijn dan waar hij nu was en ook beter dan langs de kant van de weg.

Hij ging naar rechts.

Hij liep voor zijn gevoel een afstand van minstens tien kilometer, al wist hij dat het hooguit een paar honderd meter was, maar zag nog niets van bebouwing, niets wat met mensenhanden was gemaakt. Zelfs geen boomhut. Het pad maakte het voortgaan echter in ieder geval gemakkelijker. Hij bleef links lopen en telde zijn stappen. Hij probeerde in een soort ritme te komen. Opnieuw hoorde hij iets. Het klonk anders dan het vorige geluid. Dit was geen beest. Hij haalde opgelucht adem. Misschien was het de wind in de bladeren, maar hij verwierp die gedachte meteen weer, want het was windstil. Het moest water zijn, dacht hij. Voor zich zag hij nu dat het pad ophield aan de rand van een poel. Een grote poel, bijna een meertje. Er was ongetwijfeld een onzichtbaar stroompje dat een laatste bewijs van zelfstandigheid leverde door dit meertje te voeden voordat het roemloos ten onder ging in de geweldige Mississippi.

Het kostte Jed moeite overeind te blijven. Het pad lag er kennelijk alleen voor recreatieve doeleinden, voor mensen die wilden zwemmen, kajakken of vissen. Dat laatste bracht weer iets anders op gang. Hij begon zich af te vragen of hij iets zou kunnen vangen om te eten. Zijn samengekrompen maag bezorgde hem een voortdurende buikpijn. Hij zou al tevreden zijn met een klein witvisje, maar hij liet het idee weer varen. Hij had geen hengel, geen snoer, geen haken, helemaal niets wat je nodig hebt om vissen te vangen.

Misschien kon hij een beetje water drinken, als het water tenminste drinkbaar was. Als er niets in lag te rotten, als er niets in het water lag dat hem zou vergiftigen. Hij had tv-programma's gezien waarin bushcrafters de vreselijkste ziektes opliepen na het drinken van vervuild water. Hij durfde het niet aan, maar hij had ook dorst. Hij had nog nooit zo'n dringende behoefte gevoeld aan vocht als nu. Hij deed een stap in de richting van de oever. Hij kon op zijn minst eens even gaan kijken. Hij deed een tweede stap en zag tussen de bladeren door iets kunstmatigs, iets hoekigs.

Het hoekige behoorde toe aan een metalen kist, twee meter lang, een meter breed en een meter hoog. De kist was dofgroen geschilderd, een kleur die Jed associeerde met het leger. Er stonden ook witte kistletters op de zijkant die aan het leger deden denken. WINSON COUNTY VRIJWILLIGE BRANDWEER. Daaronder, in kleinere letters ALLEEN GEBRUIK DOOR BEVOEGDE PERSONEN. Het deksel werd op zijn plaats gehouden met een pen door een oog. De kist was niet afgesloten met een hangslot. Jed trok de pen eruit en tilde het deksel op. Hij kon het helemaal opentrekken zodat hij het niet omhoog hoefde te houden. Aan de ene kant lag een machine in een buisframe waarvan de verf beschadigd was. Er zat een hendel aan de machine van het soort dat hij kende van grasmaaiers, iets om het ding te starten en gas te geven. Er lag een opgerolde slang bij met een doorsnee van een centimeter of acht. Aan het einde ervan zat een kooi van gaas op een plateau van piepschuim. Er stonden twee jerrycans met benzine, twee doorzichtige plastic jerrycans met een roze vloeistof waaraan kaartjes hingen met tabellen die aangeven hoeveel vloeistof nodig was om met water een brand blussend schuim te produceren. Er lag een doos batterijen in voor zaklantaarns, maar de zaklantaarns zelf ontbraken. Het laatste wat er in de kist stond waren twee pakketten met zesendertig flessen water in krimpfolie.

Jed was niet bevoegd. Hij was evenmin een dief, maar hij had dorst. Hij was bijna volledig uitgedroogd. Dat was gevaarlijk. De vrijwillige brandweer is er nu juist om mensen die gevaar lopen te helpen, mensen die in nood zijn. Dus greep Jed de fles op de hoek van het bovenste pakket en trok en wrong net zolang tot hij hem vrij had. Hij goot de inhoud in één keer door zijn keel, pakte een tweede fles en dronk die langzamer leeg, ook weer helemaal. De lege flessen gooide hij in de kist. Hij haalde het pak batterijen eruit, de jerrycans met het schuimmengsel, de jerrycans met benzine en de slang. Hij probeerde de machine in beweging te krijgen, maar die was te zwaar, dus liet hij hem maar staan. Vervolgens klom hij in de kist en trok hij het deksel dicht. De beide lege flessen klemde hij tussen het deksel en de rand van de kist, zodat hij voorzien werd van frisse lucht, maar ze er toch snel tussenuit kon trekken als de nood aan de man kwam in de vorm van passerende wilde dieren.

Mocht de vrijwillige brandweer langskomen en zien dat alle spullen rondom de kist uitgestald lagen, dan zou hij het een en ander uit te leggen hebben, maar Jed kon zich daar nu niet druk om maken. Hij was veel te uitgeput om zich te verplaatsen in situaties met *wat als?*

Verder naar het noorden, in St. Louis, was de tijd voor Emerson en Graeber bijna aangebroken voor een wisseling van de wacht.

Het was haast zes uur geleden dat Emerson had ingecheckt. De helft van hun rusttijd was nu voorbij. Emerson had de eerste wacht van twee uur doorgebracht in de hotelkamer, op het bed, volledig gekleed, de gordijnen dicht. Daarna had hij twee uur doorgebracht in de bestelwagen die achter op het parkeerterrein stond.

Hij gaf de voorkeur aan de bestelwagen. Alleen niet vanwege het comfort of de faciliteiten, dat mocht duidelijk zijn. De bestelwagen had geen badkamer, geen tv, geen koffiezetapparaat, geen airconditioning in de laadruimte. Slechts drie kussens op een rij op de vloer. Het waren kussens van de eerste bank die Emerson en zijn vrouw samen hadden gekocht. Hij was een maand nadat ze waren getrouwd geleverd. Hij had ze gered toen ze hun huis meer dan twintig jaar geleden opnieuw hadden ingericht. Ze pasten in de laadruimte alsof ze er op maat voor waren gemaakt, maar het gehavende leer was bijna doorgesleten. De vulling had zijn veerkracht verloren. Als hij te snel ging verliggen, voelde Emerson de stalen laadvloer van de bestelwagen erdoorheen. Maar de bestelwagen was vertrouwd. Hij hield van de geur van de chemicaliën, de contouren van het gereedschap die zichtbaar waren in het licht dat door het getinte glas in de achterdeuren naar binnen viel. De ruimte maakte hem rustig, hij kon er zijn gedachten op een rijtje zetten.

In de hotelkamer werd Emerson geplaagd door herinneringen aan Kyle. Hij hoorde er de stem van zijn zoon. Hij zag er diens gezicht. Hij zag hem zoals hij als volwassene was geweest, en als kind. Hij beleefde scènes van verjaardagsfeestjes opnieuw, reisjes die ze samen hadden gemaakt, willekeurige momenten uit het dagelijkse leven die destijds onbeduidend hadden geleken, maar nu waardevoller waren dan wat ook op aarde. In de bestelwagen kon Emerson zich concentreren op zijn werk. Zijn kunst. Hij herinnerde zich alles nog van zijn eerste klus, het tot de grond toe afbranden van een fabriek voor hottubs in Gary, Indiana, tot de klus van die ochtend met de loods.

Emerson veegde het zweet van zijn voorhoofd en stuurde Graeber een sms dat hij in de hotelkamer mocht blijven, omdat hij, Emerson, de voorkeur gaf aan de bestelwagen. Daar kon hij zich een voorstelling maken van het lot van de leverancier met wie ze die ochtend een afspraak hadden in Vicksburg. Dat was de volgende schakel in de keten die hen uiteindelijk zou voeren naar de mensen die verantwoordelijk waren voor de dood van Kyle. Hij wist niet hoeveel schakels die keten telde, hoeveel moeite het zou kosten om steeds weer mensen aan het praten te krijgen, maar hij wist één ding heel zeker. Hoelang het ook zou duren, hij zou niet opgeven. Hij zou gerechtigheid halen voor zijn zoon.

Het probleem was niet zozeer dat de oorspronkelijke eigenaren van de Riverside Lodge hun hotel op de verkeerde plek hadden gebouwd, het was meer een kwestie van het verkeerde moment. Ze hadden het fundament gelegd in een tijd dat de economie van Winson stoelde op meer dan alleen de gevangenis, een tijd dat mensen er nog kwamen om te genieten van het natuurschoon en niet alleen om een uurtje te kletsen met een familielid of een vriend, van elkaar gescheiden door een plaat perspex met gaatjes erin zodat je elkaar kon verstaan. Vandaar die plek op de oever van de Mississippi, hoog boven de rivier. Het uitzicht naar het noorden en het zuiden was onbelemmerd, evenals het uitzicht naar het westen, over de rivier naar Louisiana. Dat was zo ver weg dat het wel een ander land leek. Die eerste investeerders dachten dat de stroom cliënten nooit zou opdrogen, met lokale wegen die pal langs het hotel liepen. Maar toen kwam de nieuwe snelweg die al het verkeer wegzoog, veel verder naar het oosten.

De Lodge was een bouwwerk met drie secties. In het hoofdgebouw, dat een verdieping had, waren de receptie, de bar, het restaurant, de administratie en facilitaire ruimten ondergebracht. Links en rechts waren vleugels met gastenkamers. De daken waren plat, er was gebouwd met baksteen in drie kleuren. Het trasraam was gemetseld met donkergekleurde baksteen. Het grootste deel van de muren was bleekgeel, waartussen witte verticale kolommen waren gemetseld. De architect had dat per se noodzakelijk gevonden. Ze verwezen naar de zuilen die de portiek van alle belangrijke gebouwen in de regio schraagden. Verder viel de overkapping van de hoofdingang op. Die was ooit bedoeld om bezoekers te beschermen tegen zon en regen als ze bij aankomst uit hun voertuig stapten, maar hij bood nu een niet erg uitnodigende aanblik. Hij leek ook niet erg veilig meer. Je zou eerder denken dat niemand er nog ongeschonden onderdoor kon lopen. Er zou zomaar metselwerk omlaag kunnen vallen. Het hele ding zou ineens naar beneden kunnen storten.

Hannah zette de pick-up stil midden op het parkeerterrein van de Lodge en veegde haar kin af met een papieren servetje. Ze had haar hamburger onder het rijden opgegeten, in de hoop dat hij nog niet helemaal koud zou zijn, maar dat was ijdele hoop gebleken. Het was verworden tot een akelige, rubberachtige hap met gestold vet. Ze had het desondanks naar binnen gewerkt, net zoals Reacher zijn twee koude dubbele hamburgers naar binnen had gewerkt.

'Zo zag het er op de website niet uit toen ik kamers reserveerde,' zei Hannah. 'Ze veroorloven zich nogal wat vrijheid bij het adverteren van de geneugten van een verblijf. Moet ik nog iets anders zoeken?'

'Nee,' zei Reacher. 'Dit is prima.'

Hannah keek rond over het terrein. Er stonden drie auto's dicht bij de ingang van het hotel. Doorsnee personenwagens in onopvallende kleuren, waarschijnlijk huurauto's. Helemaal rechts stond een oeroude vw-bus bij een blauwe opslagcontainer. Het was net zo'n bus als ze gezien hadden bij de wegwerkzaamheden. Het was niet duidelijk of deze nog kon rijden.

'Veel gasten zijn er niet,' zei Hannah.

'Dat is een goede zaak.'

'Zeker weten? Meestal is het een slecht teken.'

'Vandaag is niet meestal.'

'Het zal wel.' Hannah haalde haar voet van het rempedaal, maakte een bocht en parkeerde de pick-up in het parkeervak achter de container. 'Dit zal het niet moeilijker maken voor iemand die ons zoekt, maar we hoeven ook weer niet van de daken te schreeuwen waar we zijn, toch?' Ze maakte haar gordel los, reikte naar de deurkruk en hield toen in. 'Maar luister, er is iets wat ik niet snap. Die agent die ons aanhield, deugde niet, toch? Hij had verwacht dat jij achter het stuur zat en dat je alleen was. Dat was duidelijk. Hij was verbaasd toen hij mij zag. Hij begon te stotteren en moest ineens alles van me weten, terwijl hij jou niet eens naar je naam vroeg. En dan het idee dat ze Sams overlijden al in de databanken hadden verwerkt? Nu al? Kom zeg. Maar goed, als die agent corrupt was, waarom heeft hij ons dan niet gelijk neergeknald? Of op z'n minst gearresteerd?'

'Weleens gehoord van de uitdrukking *Vis rot vanaf de kop*?'

'Nee, ik lust geen vis. Wat heeft dat met de politie te maken?'

'Ik denk dat er waarschijnlijk heel veel contact is tussen de gevangenis en de plaatselijke politie. Gezamenlijke oefeningen voor vluchtpogingen, bezoekers die spullen naar binnen willen smokkelen. Familie van gedetineerden die zich misdraagt in de stad. Het is het meest logisch dat zulk contact plaatsvindt tussen mensen die hoog in de hiërarchie zitten. Mensen met gezag, mensen met invloed. De gewone agent die zijn ronde doet, voert alleen opdrachten uit, zoals de opdracht om naar mij uit te kijken, en naar de pick-up en te melden wat hij ziet.'

'Jij denkt dat die agent gaat rapporteren dat we hebben ingecheckt in de Winson Garden?'

'Daar reken ik op.'

35

De receptie van de Riverside Lodge had een dubbelhoog koepelvormig plafond dat was beschilderd met een blauwe lucht en een paar donzige witte wolken. In het midden hing een kroonluchter, precies boven het middelpunt van een kompas in een met witte en zwarte steentjes uitgevoerde mozaïekvloer. Goudkleurig metaal gaf de windstreken aan. De balie was van mahoniehout met een glans die alleen maar bereikt kon worden als het hout tientallen jaren was geboend, door de poetsdoeken van werksters en de mouwen van gasten die in- en uitcheckten. Reacher wist dat het hotel gebruikmaakte van computers omdat Hannah online kamers had gereserveerd, maar hij zag ze nergens. Er lag alleen een dik, in groen leer gebonden register, naast een ouderwetse bakelieten telefoon met een bruine stoffen kabel, en een koperen bel voor het geval er niemand achter de balie aanwezig was.

Reacher tikte op de knop boven op de bel en vrijwel meteen kwam een man tevoorschijn uit een kantoor achter de balie. Hij was misschien een jaar of vijfentwintig. Hij had blond haar, een beetje lang, maar keurig naar achteren gekamd. Hij droeg een grijs pak met messcherpe vouwen in de broekspijpen. Zijn shirt was gestreken en zijn stropdas was geknoopt zoals het hoort.

'Waarmee kan ik u vanavond van dienst zijn?' vroeg hij.

'Ik heb twee kamers nodig,' zei Reacher.

'Hebt u gereserveerd?'

'Nee, het kwam zomaar op.'

'Ik zal eens kijken wat ik voor u kan doen.' De man opende het register en haalde een vulpen uit zijn binnenzak. 'Hoeveel nachten?'

‘Eerst maar eens één nacht. We boeken bij als het langer wordt.’

‘Geen probleem. Ons standaardtarief is vijfentachtig dollar per nacht, per kamer.’

‘Laten we daar honderd van maken, contant, voor kamers op flinke afstand van de andere gasten.’

De man keek vluchtig naar links, toen naar rechts. ‘We hebben op het moment maar drie andere gasten. Die hebben allemaal een kamer aan het begin van de zuidvleugel. Wat vindt u van twee kamers aan het einde van de zuidvleugel? Daar zult u niet eens merken dat er andere gasten zijn.’

‘En de noordvleugel? Is daar niemand?’

‘Inderdaad, maar ik kan u de noordvleugel niet aanbevelen. De herinrichting is daar nog niet voltooid.’

‘Dat maakt mij niet uit.’

‘Om eerlijk te zijn is de herinrichting daar nog niet eens begonnen. De kamers zijn een beetje een rommeltje.’

‘Zit er ongedierte? Loopt onze gezondheid gevaar?’

‘Nee, u kunt er slapen. De kamers zijn alleen een beetje groezelig.’

‘Dat zou je van mij ook kunnen zeggen.’ Reacher wierp een blik op het bordje aan de wand dat de gasten duidelijk maakte waar de kamers waren. Kamer 101 tot en met 124 bevonden zich in de noordvleugel. ‘Doe mij maar kamer 112 en geef mijn vriendin kamer 114. Ik neem aan dat die aan elkaar grenzen?’

De man knikte. ‘Jazeker. Mag ik uw namen?’

‘Ambrose Burnside. Nat Kimball.’

De man schroefde de dop van zijn vulpen, maar Reacher boog zich naar voren en sloeg het register dicht. ‘Honderdtien dollar per nacht. Jij stopt het extra geld in je zak en bespaart je de moeite om van alles op te schrijven.’

‘Het spijt me,’ zei de man. ‘Dat kan ik niet doen.’

‘Woorden als *kan niet* bestaan niet. Het is een eenvoudige keuze. Stop vijftig dollar in je zak om helemaal niets te doen, of... neem van mij aan dat je het alternatief niet wilt horen. Geloof me en wees verstandig, pak het geld aan.’

Reacher telde tweehonderdtwintig dollar uit op de balie. De man pakte het en schoof het in zijn achterzak. Hij pakte twee witte plastic schijfjes uit een la. ‘Voor ieder één sleutel?’

Reacher schudde zijn hoofd. 'Twee.'

De man haalde zijn schouders op en pakte nog twee schijfjes. Hij drukte op een paar knoppen van een klein machientje dat bijna niet te zien was, weggestopt op een plankje onder de balie, en schoof er stuk voor stuk de schijfjes in. Vervolgens deed hij ze in een kartonnen hoesje en gaf ze aan Reacher. 'Ontbijt tussen zes en acht uur. Geniet van uw verblijf.'

Reacher liep voorop door de gang van de noordvleugel. Hannah volgde hem met haar rolkoffer. De kamers met de even nummers lagen links, de kamers met de oneven nummers rechts. Halverwege de gang passeerden ze kamer 112. Ze bleven staan voor kamer 114. Reacher gaf Hannah het hoesje met de sleutelkaarten van haar kamer. Hij haalde de sleutelkaarten uit het andere hoesje, stopte die in een achterzak en het hoesje in zijn andere achterzak bij de sleutelkaarten van de kamers in Winson Garden.

Hannah deed de deur van haar kamer van het slot en zei: 'Ik ga Danny Peel bellen en vragen of hij morgenvroeg tijd voor ons heeft voordat hij naar zijn werk gaat.'

'Goed idee,' zei Reacher. 'Hannah, wacht nog even met uitpakken.'

'Waarom? Ga je nu toch moeilijk doen over de staat van het interieur?'

'Ik ben zo terug en dan leg ik het uit.'

Reacher liep terug naar de receptie, tikte op de bel en wachtte tot de jongeman met het verzorgde uiterlijk zich achter de balie meldde. Hij legde een van de sleutelkaarten op de balie.

'Deze doet het niet,' zei hij. 'Kun je die opnieuw programmeren?'

'Hebt u hem opgeborgen bij uw telefoon of creditcards?'

'Nee.'

'O, oké, en de andere?'

'Die deed het prima. Daarmee ben ik de kamer in gegaan. Toen heb ik hem weggelegd en ben ik naar mijn vriendin gegaan om iets te overleggen. Ik ging ervan uit dat ik met deze wel weer binnen zou kunnen komen, maar dat lukt dus niet.'

'Gek,' zei de jongeman. Hij pakte de kaart. 'Maar geen probleem, ik maak het meteen in orde.'

‘Kamer 121,’ zei Reacher.

De jongeman drukte op de knoppen van de kleine machine, schoof de sleutelkaart in de gleuf, gaf hem terug aan Reacher, die hem in zijn achterzak schoof. Toen zei de jongeman: ‘Wacht even, u hebt kamer 112. Dat weet ik nog omdat uw vriendin de kamer ernaast heeft, één, één, vier.

Reacher knikte. ‘Dat klopt. Ik heb één, één, twee.’

‘U zei net 121.’

‘Ik ben goed in getallen. Ik weet precies wat ik heb gezegd.’

‘Nou ja, wat u dan ook hebt gezegd, ik heb de kaart geprogrammeerd voor 121. Mijn fout, denk ik. Als u hem mij nog even geeft, doe ik het opnieuw.’

Reacher haalde zijn schouders op, haalde de andere sleutelkaart uit zijn achterzak en gaf hem aan de jongeman. Die bewerkte de kaart met de machine en gaf hem weer aan Reacher.

‘Het spijt me heel erg,’ zei de jongeman. ‘Heel dom van me.’

‘Het geeft niet,’ zei Reacher. ‘Dezelfde cijfers in een andere volgorde. Dan raak je snel in de war. Vergeet het maar.’

De wijzers van de wekker kropen naar halftwee in de nacht van donderdag op vrijdag. Bruno Hix lag in bed. Hij lag al uren in bed, maar had nog geen minuut geslapen. Hij had naar het plafond liggen staren, met zijn gedachten bij die vreemdeling die nu zijn stad was binnengedrongen. Eerst had hij liggen denken aan de actie waarbij zou worden afgerekend met de man en de vrouw die hem vergezelde. Harold en de anderen hadden hen om één uur in hun hotelkamer zullen opzoeken. Er was nu alweer een halfuur verstreken. Het had een eenvoudige zaak moeten zijn, hij had allang iets gehoord moeten hebben, een bevestiging dat het probleem was opgelost. Tenzij...

Zijn telefoon ging. Hij graaide hem van het nachtkastje. Op het scherm stond het nummer van Brockman. Hix nam het gesprek aan. ‘Vertel me dat we ze hebben.’

‘Beter dan dat,’ zei Brockman. ‘Dat ze zijn aangehouden door die politieman heeft ze kennelijk de stuipen op het lijf gejaagd, want ze zijn weg.’

‘Hoe bedoel je, “weg”?’

‘Ze zijn niet in hun kamers in de Winson Garden. De bedden

zijn onaangeroerd en hun pick-up staat niet op de parkeerplaats. Ze moeten er op een of andere manier stiekem tussenuit geknepen zijn.'

'Dan zijn ze ergens anders.'

'Niet in Winson. Ze hadden kamers gereserveerd in de Riverside Lodge, vooraf betaald, op naam van Hannah Hampton, maar daar zijn ze nooit komen opdagen. We hebben alle B&B's in de stad gebeld. Daar zijn ze ook niet. We hebben overal met naam en signalement gecheckt, maar ze zijn nergens. Ze zijn verleden tijd. Ze zijn geen probleem meer.'

Hix liet de telefoon op zijn kussen vallen en sloot zijn ogen. Voor het eerst die nacht haalde hij onbekommerd adem. Hij voelde dat zijn hartslag daalde en hij langzaam in slaap zakte. Toen ging hij rechtop zitten. Plotseling was hij weer klaarwakker. Hij greep zijn telefoon en belde Brockman.

'De Riverside Lodge,' zei hij. 'Waar Reacher en de vrouw hadden gereserveerd, maar niet kwamen opdagen. Heb je daar gevraagd of er nog nieuwe gasten zonder reservering waren, of gasten die contant betaalden?'

'Nee,' zei Brockman. 'Waarom zou ik? We weten immers dat... O, shit.'

'Het kwartje valt. Het perfecte dwaalspoor. Bijna perfect omdat ze met mij te maken hebben en niet met jou. Zoek de receptionist die daar vanavond heeft gewerkt. Hij is waarschijnlijk omgekocht of bedreigd, of allebei. Zoek hem thuis op en zorg er maar voor dat hij gaat praten. En als Reacher in de Lodge is, stuur je Harold en de jongens er meteen naartoe. Het heeft onderhand lang genoeg geduurd.'

'Ik ga ermee aan de slag, en als je er goed over nadenkt, is dit goed nieuws. Als Reacher in de Riverside Lodge is na al die trucjes, zal die lul denken dat hij veilig is. Dat zal het voor Harold een stuk gemakkelijker maken.'

Tegen de tijd dat het klokje op het dashboard van de bestelwagen op half twee stond, zat Lev Emerson achter het stuur, nog steeds op het parkeerterrein in St. Louis, te wachten. Achter zich wist hij de drie kussens weer veilig vastgesnoerd op hun eigen plekje, zodat er geen gevaar dreigde dat ze tijdens een rit door de laadruimte heen en weer zouden slingeren en chemicaliën omver gooien of instrumenten beschadigen. Twee minuten na halftwee trok Graeber het portier aan de passagierskant open. Hij wist dat zijn baas zou willen rijden, ondanks slaapgebrek, dus had hij de tijd genomen om een grote beker met extra sterke koffie te bemachtigen. Cafeïne en een gesprek. Dat moest genoeg zijn om hen beiden het hele eind naar Vicksburg in Mississippi op de weg te houden, hoopte hij.

Een uur later, om halfdrie, liepen zes mannen net buiten Winson de lobby in van de Riverside Lodge. Voorop liep de receptionist die Reacher die avond geholpen had. Hij liep op blote voeten en had een blauw-wit gestreepte pyjama aan. Zijn blonde haar stak in een vrolijke wanorde alle kanten op. Hij werd op de voet gevolgd door de twee die naar Colorado waren gestuurd. Daarna kwamen de twee die hadden gepost bij het busstation van Greyhound in Jackson, en de man die de rij sloot had de omvang van twee van de anderen bij elkaar. Hij was een meter tachtig en woog meer dan honderddertig kilo. Zijn borstkas en zijn biceps waren zo fors, dat hij zijn armen niet recht omlaag kon laten hangen. Hij had geen nek. Zijn hoofd was kaalgeschoren. Hij had kleine oogjes, gemene puntjes die diep weggestopt onder de overhangende rotspartij van zijn voorhoofd lagen. Op zijn rechteronderarm had hij een tattoo van een met een pijl doorboord hart en de tekst *Harold & Molly 4ever*. Het resultaat van een goedkope poging de tattoo te verwijderen was een smoezelige appel met een tekst die zich liet lezen als *Hallo olie geve*.

Harold werkte zich naar voren en duwde de jongen in zijn pyjama naar de mahoniehouten balie. De jongen liep eromheen en pakte een sleutelkaart uit de la. Hij drukte een paar knoppen in op de kleine machine, stopte de kaart even in de sleuf en reikte hem aan. Zijn hand trilde. 'Eén, één, twee,' zei hij. Harold graaide de kaart uit zijn hand. De jongen programmeerde een tweede kaart. 'Eén, één, vier,' zei hij. Harold pakte ook die kaart aan. Hij staarde even naar beide kaarten en stompte de receptionist toen vol in zijn gezicht.

De jongen ging onderuit. Hij schoof over de vloer tot zijn hoofd tegen de zijmuur botste. Harold en zijn vier metgezellen gunden hem geen tweede blik waardig. Ze liepen door de verlaten lobby naar de gang van de noordvleugel. Een van de vier liep naar kamer 114, die van Hannah. De andere drie voegden zich bij Harold voor de deur van kamer 112, die van Reacher.

Harold stak drie vingers in de lucht.

Haalde er een weg.

En nog een.

Om halfdrie was Jed Starmer in diepe slaap verzonken. Hij lag opgekruld in de kist met de uitrusting van de vrijwillige brandweer van Winson. Een hele dag in de buitenlucht had zijn tol geëist, samen met de fysieke uitputtingsslag en de stress. Hij was volkomen van de wereld.

Jed had er geen flauw benul van dat een halfuur eerder een lynx vlak bij de kist had lopen scharrelen, en dat nog weer een halfuur daarvoor een zwarte beer aan de spullen had lopen snuffelen. Die was geïnteresseerd geweest in de opgerolde slang, in de benzinetanks en de jerrycans met schuim, maar bovenal in de geur die uit de kist ontsnapte door de kier tussen de zijkanten en het deksel. De beer was heel goed in staat het deksel op te tillen. Hij zou de kist zelfs open kunnen maken als het deksel stevig dicht was geweest. De beer had honger, hij was nieuwsgierig en had op het punt gestaan de inhoud van de kist aan een onderzoek te onderwerpen toen de wind was gedraaid. Toen had de beer zich omgedraaid en was langs het pad gesjokt naar een plek waar een paar tieners de avond ervoor bier hadden zitten drinken in hun auto. Ze hadden een hamburger gegeten en de resten en het afval in de bosjes gegooid. Zonder het te beseffen hadden ze Jed voor de schrik van zijn leven behoed.

36

Harold drukte de sleutelkaart tegen het slotpaneel van kamer 112. Het mechaniek produceerde een zachte klik, terwijl een klein ledje van rood naar groen sprong. Harold drukte de deurkruk omlaag, duwde tegen de deur en stormde de kamer in alsof de gang achter hem in brand stond. Drie mannen volgden hem. De vierde maakte de deur van kamer 114 open. Hij was iets trager en minder agressief. Hij stapte iets voorzichtiger de kamer in.

Kamer 112 had de standaardindeling van een hotelkamer. Meteen links was een open hangkast, met een plank boven de stang. Ertegenover was een badkamer. Daarachter was de kamer zelf. Rechts waren een bed en een leunstoel, beide bedolven onder veel te veel kussens. Boven het hoofdeinde van het bed hing een prent met een raderboot. Voor het raam van de kamer waren kakelbonte gordijnen dichtgetrokken. Links stond een bureautje dat tevens dienst moest doen als make-uptafeltje. Aan de muur erboven hing een spiegel. Op de vloer lag vaste vloerbedekking die het ergst versleten was op de plekken waar veel werd gelopen.

Harold galoppeerde tot bij het bed en bleef toen pardoes staan. Het bed was leeg. Hij tikte de eerste man achter zich op zijn schouder en wees naar de vloer onder het bed. De man bukte zich, tilde de sprei op, keek onder het bed, ging weer staan en schudde zijn hoofd. Harold wees naar de badkamer. De man die er het dichtstbij stond, balde zijn rechtervuist, duwde met zijn linkerhand de badkamerdeur open en reikte naar binnen om het licht aan te doen. Hij deed een klein stapje, een tweede, en liep toen helemaal de badkamer in. Hij keek achter het douchegordijn dat voor de badkuip hing en liep de badkamer weer uit. 'Leeg. Reacher is er niet. Misschien is hij hier nooit geweest.'

Kamer 114 had dezelfde indeling als kamer 112 in spiegelbeeld. De inrichting was even bont. Alle stoffen waren even versleten. Alleen de luchtkwaliteit verschilde. In kamer 114 rook het niet licht schimmelig en verschaald, maar juist fris en een beetje vochtig. De gordijnen waren opengetrokken en het raam stond open. Het viel de Minervaman, een van de twee die bij het busstation hadden gepost, meteen op. Hij bleef pal achter de drempel staan. Zo komen er kakkerlakken binnen, dacht hij. Maar hij vroeg zich ook af of het betekende dat de vrouw door het raam was gevlucht. Het kon ook een hinderlaag zijn. Misschien hield de vrouw gewoon van frisse lucht. Hij had ooit een vriendin gehad die geen oog kon dichtdoen als de slaapkamerramen gesloten waren.

Hij sloop de kamer in tot bij de badkamerdeur. Reacher stond hem in de badkamer op te wachten. Hij deed een stap naar voren en sloeg de man met zijn vuist tegen diens slaap. De klap gooide hem zijdelings omver. Hij botste met zijn hoofd tegen de muur en veroorzaakte een nieuwe deuk in het toch al gehavende pleisterwerk. Zijn armen maalden als molenwieken rond en sloegen de kleerhangers van de stang in de open kast. Ratelend vielen ze op de vloer.

In kamer 112 hoorden ze het lawaai. Ze draaiden zich als één man om en staarden naar de tussenmuur.

'Dat is Reacher,' zei Harold. 'Hij zit hiernaast met de weduwe. Ga hem halen.'

Zijn drie metgezellen renden de gang in, naar kamer 114. Daar stokte hun opmars. De deur van kamer 114 was dicht en ze hadden geen sleutel.

Reacher klom uit het raam. Hij sprong omlaag op de strook gras langs het parkeerterrein.

De tweede Minervaman van het busstation bonkte op de deur van kamer 114. Er kwam geen reactie.

Reacher haastte zich naar het raam van kamer 112. Dat was niet vergrendeld. Daar had hij eerder voor gezorgd.

Harold had zich bij de andere drie gevoegd en duwde hen nu opzij. Hij sloeg met vlakke hand op de deur. Het deel boven de deurkruk gaf een centimeter mee, maar het slot hield stand.

Reacher opende het raam, trok zich op en klom naar binnen.

Harold deed een stap achteruit, tilde zijn rechterbeen op en plantte zijn voet tegen de deur, net naast de deurkruk. Het slot brak uit het splinterende kozijn. De deur sloeg open, tegen de voeten van de bewusteloze man die erachter lag, en weer terug in het gehavende kozijn.

Reacher liep door kamer 112, trok behoedzaam de deur op een kier open en gluurde de gang in.

Harold zette zijn schouder tegen de deur en schoof de benen van de bewusteloze man ver genoeg opzij om langs de deur de kamer in te kunnen gaan.

Reacher stapte de gang in. 'Zoeken jullie mij?' vroeg hij.

De man die achteraan stond, keerde zich om. Het was de man die in Colorado achter het stuur van de BMW had gezeten. Reacher was al op weg naar hem toe en joeg de rug van zijn rechterhand tegen de kin van de man. Diens hoofd klapte achterover. Zijn voeten verloren het contact met de vloer en de man knalde met zijn rug op de vloer alsof er een rol tapijt werd neergesmeten. De man erachter moest zich plat tegen de muur drukken om niet te worden meegesleept in de val van de eerste. Het was de man die Angela St. Vrain had vermoord. Reacher draaide om zijn as vanuit zijn heupen en plantte zijn linkervuist in de maag van de man, die dubbelsloeg vanaf zijn middel. Zijn bovenlichaam kwam in een horizontale stand. Reacher liet zijn rechtervuist op het achterhoofd neerdalen als een sloophamer. De knieën van de man knikten en hij zakte in elkaar boven op zijn maat, het hoofd ongemakkelijk in de nek omdat zijn voorhoofd werd gestuit door de gangmuur. Samen vormden ze een hoofdletter X. De derde man had genoeg gezien en nam de benen, weg van Reacher, de andere kant op, in de richting van de nooduitgang. Reacher sprong over de bewusteloze lichamen en zette de achtervolging in, maar de Minervaman was lichter en sneller. Bovendien was hij wanhopig. Reacher kon er niets aan doen, maar het was een wedstrijd die hij niet kon winnen.

Aan de rechterkant van de gang ging de op een na laatste deur open. Het was de deur van kamer 121. Hannah stapte over de drempel de gang in. Ze posteerde zich midden in de gang, haar voeten iets gespreid, en ze hield de SIG in beide handen en met gestrekte armen voor zich uit, gericht op de op haar af rennende man.

'Stop,' zei ze. De toon waarop ze dat zei, maakte duidelijk dat ze het meende.

De man remde af, stak zijn handen omhoog, bleef even staan en dook toen naar het pistool. Hannah trok het opzij, zodat hij er niet bij kon, en trapte hem hard in zijn kruis. Hij klapte dubbel, haalde kokhalzend adem. Hij wilde het uitschreeuwen van pijn, maar Hannah bracht haar knie omhoog en trof hem in zijn gezicht. Hij viel achterover en spartelde en worstelde nog. Heel even maar, want toen Reacher hem had bereikt en tegen zijn hoofd had getrapt, bleef hij stil liggen.

Hannah nam het pistool in haar rechterhand en zocht met de vingers van haar linkerhand in de hals van de man naar zijn polsslag. Verderop in de gang klonk gestommel. Harold had zich weer door de kier langs de deur van kamer 114 de gang in gewurmd. Hij was zo forsgebouwd dat hij de ruimte tussen beide muren geheel leek te vullen. Hannah ging rechtop staan, naast Reacher. Heel even zwegen ze alle drie.

Harold verbrak het stilzwijgen. 'Laat het pistool vallen, meisje. We moeten praten.'

Hannah richtte het pistool en pakte het weer met twee handen vast. 'Dat doe ik niet,' zei ze. 'En praten is nergens goed voor.'

Harold deed een grote stap vooruit.

'Stop,' zei Hannah.

Op het gezicht van Harold tekende zich een gemene, wrede grijns af. Hij deed nog een stap naar voren.

'Ik maak geen grapje,' zei Hannah. 'Stop.'

Harold deed nog een stap.

Hannah zoog lucht in haar longen, hield de adem in, richtte op Harolds borstkas en haalde de trekker over. Het lawaai was oorverdovend. De lege huls ketste tegen de muur en belandde sissend op de vloerbedekking bij Reachers voeten. Harold wankelde achteruit, viel op zijn rug en bleef stil liggen.

Hannah wilde naar Harold toe lopen en bukte zich al om naar diens pols te voelen, maar Reacher greep haar arm en trok haar terug.

'Laat me,' zei Hannah. Ze probeerde zich los te wurmen. 'Ik moet kijken of...'

Harold ging overeind zitten. Zijn gezicht was verwrongen van woede. Zijn shirt was opengescheurd. Door de scheur glom iets van metaal. Hij droeg een kogelvrij vest. De vezels hadden meegegeven als het net van een voetbaldoel dat de verdere vlucht van een goedgeraakt schot stuit. Het oppervlak van het vest was vervormd, de kogel platgeslagen, maar het vest had zijn werk gedaan, de kogel was er niet doorheen gegaan.

Reacher hanteerde in dergelijke situaties een vuistregel. Als je tegenstander op de grond ligt, geef je hem geen kans meer overeind te komen. Je maakt het af op dat moment. Geen genade, geen aarzeling. Maar er was even tijd verloren gegaan omdat hij Hannah moest tegenhouden. Het juiste moment was voorbij en Harold had net genoeg tijd gekregen om zich weer overeind te hijsen.

Harold stond wijdbeens. Zijn knokkels raakten bijna de muren aan weerszijden. Zijn armen en benen waren minstens zo lang als die van Reacher, misschien zelfs langer, en dat was een probleem, omdat zo een van Reachers sterke kanten werd geneutraliseerd. Onder normale omstandigheden kon hij buiten bereik van zijn tegenstander blijven, terwijl hij zelf nog altijd harde klappen kon uitdelen. Maar in dit geval was het onmogelijk Harold te raken zonder het risico te lopen zelf ook rake klappen op te lopen, of erger dan dat. Dat was geen prettig vooruitzicht. Die omstandigheid zou zijn effectiviteit inperken en zijn kans op succes reduceren.

Harold schuifelde met zijn voeten en nam de houding aan van een ouderwetse krachtpatser, alsof hij Reachers gedachten had gelezen. Rond zijn lippen plooide zich een gemeen glimlachje. Hij had vuisten als sloophamers. Hij had zijn gewicht mee. Als hij één klap goed wist te plaatsen, was het meteen gebeurd, en dat wist hij.

Reacher wist het ook, maar hij wist ook dat een naald soms effectiever is dan een hamer.

'Voorzichtig,' zei hij. 'Pas op dat je knokkels niet over de vloer slepen.'

Harold kneep zijn ogen tot spleetjes.

'Ze weigeren je in het ziekenhuis als je gewond raakt. Ze sturen je door naar een dierenarts en daarna sluiten ze je op in een dierentuin. Of een circus.'

Harold viel aan met een indrukwekkende rechtse hoek. Een soepele, geoefende beweging. Reacher twijfelde er niet aan dat het resultaat verwoestend zou zijn als Harolds vuist contact zou maken met zijn schedel, maar hij was erop voorbereid. Hij liet zijn bovenlichaam achterovervallen vanuit de heupen, net ver genoeg. Harolds vuist zoefde voor zijn neus langs en bleef doorzwaaien tot tegen de muur. Hij ging dwars door de gepleisterde gipsplaat en liet geen spaan heel van het latwerk waarop die gipsplaat was aangebracht. Harold bracht een jankend geluid voort en rukte aan zijn arm, maar hij kreeg zijn hand niet uit de muur. Die zat zo vast als een vis aan een haak.

Reacher hipte op de bal van zijn voeten naar voren en plaatste zelf een stoot. Een wrede, harde klap bij Harolds oor. Harolds hoofd sloeg opzij. Iedereen zou bewusteloos onderuit zijn gegaan en lang zijn blijven liggen. Misschien wel voor altijd, maar Harold schudde slechts zijn hoofd, spuugde een beetje bloed en grijnsde.

Reacher veranderde van tactiek. Hij trapte zijdelings tegen Harolds knie en ramde met de rug van zijn hand op de arm die vastzat in de muur, net boven de elleboog. Het gewricht boog door, de verkeerde kant op. Dislocatie van het bot, verrekte pezen, gescheurde gewrichtsbanden. Harold brulde van pijn en woede.

Hij greep zijn vastzittende arm met zijn vrije hand en rukte en trok met zijn volle lichaamsgewicht. Het latwerk gaf mee. De splinters sneden diep in zijn pols en hand. Zijn arm slingerde ongecontroleerd, losjes en onbeheerst. Bloed spatte alle kanten op. Zijn nagels schuurden langs Reachers wang. Een nagel krabde de huid van Reachers wang open.

Harold deed een stap naar voren, bleef toen staan en jankte van de pijn. Zijn knie was te beschadigd en kon zijn gewicht niet meer dragen. Zijn rechterarm hing als een waardeloos dood gewicht langs zijn zij. Hij reikte met links voor zijn lichaam langs en trok een pistool uit de band van zijn broek.

Hij maakte aanstalten om te richten.

Reacher was al in beweging. Hij probeerde uit alle macht met zo veel mogelijk lichaamsgewicht momentum op te bouwen, maar er was weinig ruimte om te manoeuvreren. Reacher wist dat hij maar één kans kreeg. Hij concentreerde zich en kantelde zijn rechterschouder naar voren, gooide zich tegen Harolds borst, precies op de plek waar Hannahs kogel hem had geraakt, de plek waarvan hij wist dat Harolds ribben op zijn minst gekneusd waren, al hoopte hij dat er een paar gebroken zouden zijn.

Harold dreunde op de vloer, plat op zijn rug. Hij liet het pistool vallen. Hij jankte en brulde. Hij trappelde met zijn goede been en wapperde met zijn goede arm. Reacher zocht een lichaamsdeel van Harold dat iets minder bewoog om een laatste allesbeslissende klap uit te delen, of een schop, of een stoot. Harold wurmde en wurmde en belette Reacher toe te slaan. Toen ging hij ineens razendsnel zitten, alsof hij in de sportschool buikspieroefeningen deed. Hij boog ver naar voren en sloeg zijn goede arm om Reachers dijen. Hij liet zijn hand langs Reachers been omlaagglijden en klemde zijn onderarm om diens knieholten. Hij wierp zichzelf achterover op zijn rug en trok uit alle macht aan Reachers benen.

Reachers knieën knikten zonder dat hij er iets tegen kon doen. Dat wist hij en dus probeerde hij zich niet tegen de zwaartekracht te verzetten. Hij verzette zich in het geheel niet. In plaats daarvan mikte hij en liet hij beide knieën naast elkaar midden op Harolds borstkas terechtkomen.

Misschien was Harolds ribbenkast toch beschadigd door het pistoolschot. Misschien was het erger geworden toen Reacher er uit alle macht zijn schouder tegenaan had geramd. Misschien had hij gewoon broze botten. Wat dan ook de reden was, Harolds borstbeen begaf het. Zijn longen, zijn hart, zijn lever en nog een stelletje andere organen werden platgedrukt. Na een laatste stuiptrekking van zijn lichaam viel zijn hoofd opzij. Daarna bleef hij stil liggen.

Bruno Hix was nog altijd wakker. Hij had alle trucs die hij kende om in slaap te vallen, toegepast. Kruidenthee, whiskey, meditatie, niets had gewerkt. Hij voelde de woede in zich groeien. Het was nog maar een paar uur tot zijn grote toespraak. Hij wilde geen wallen onder zijn ogen omdat hij te weinig had geslapen. Hij wilde niet struikelen over zijn woorden omdat hij te moe was om zich te concentreren.

Hix staarde naar het plafond en zag zich in zijn verbeelding op het strand van een tropisch eiland. Hij had eens ergens iets gelezen over ontspanningstechnieken en deze zou moeten helpen. Hij ging iets verder en probeerde voor zich te zien wat voor drankje hij in zijn hand hield. Misschien een pina colada, of een daiquiri. Voordat hij een besluit kon nemen, ging zijn telefoon. Een sms van Brockman.

'Vrienden' opgespoord. H & co ter plaatse. Kwestie van tijd...

Dat was het dan. Uiteindelijk zou alles nog op zijn pootjes terechtkomen. Harold zou afrekenen met Reacher. Die man was al zo fortuinlijk geweest, dat moest toch een keer ophouden? Maar als het deze keer nog niet raak was, als Harold zou falen, was het nog niet erg. Niet nu er contact was gemaakt. Nu konden ze altijd nog hopen op het noodplan. Hix had het zelf geregeld, dus hoefde hij zich geen zorgen te maken. Hij was ervan overtuigd dat het zou werken als het nodig was.

Hix was ervan overtuigd dat het noodplan deugdelijk was. Het briefje was volstrekt geloofwaardig. Hij had er lang over nagedacht. Hij maakte zich dan ook geen zorgen of Reacher het zou geloven, maar om het te kunnen geloven zou Reacher het eerst moeten lezen. Als het hem zou lukken Harold te verslaan. En Brockman had gesuggereerd dat Harold misschien zou weigeren het mee te nemen, vanuit een misplaatst soort superioriteitsgevoel. Hix zag voor zich hoe de envelop nog bij Harold thuis lag, of achtergelaten in diens auto. Weggegooid in een prullenbak. Maar toen vermande hij zich. Hij dwong zich opnieuw over mooie stranden te mijmeren. Het was onnodig om spookbeelden op te roepen. Hij had een elegant, subtiel plan bedacht. Het was volstrekt uitgesloten dat een humeurige zak spieren dat zou torpederen.

37

Reacher maakte zich zorgen over het pistoolschot. Er was vast wel iemand die het had gehoord. De nachtportier bijvoorbeeld, of een van de gasten in de zuidvleugel. Iemand zou ongetwijfeld 911 bellen. Misschien zouden ze het allemaal doen. Misschien hadden ze het al gedaan. Hoe dan ook, het zou niet lang meer duren eer de politie zou opdagen. Reacher wilde absoluut niet meer aanwezig zijn als dat gebeurde. De steelse aanpak had niet gewerkt. Nu zou degene die aan de touwtjes trok, uit zijn bed worden gebeld omdat hij iets moest regelen voor een lijk. Dat was een perfect excuus om er nog eens een stelletje tuchthuisboeven op uit te sturen, met ratelende machinegeweren deze keer, zonder vragen te stellen.

Winson was New York niet en evenmin Chicago. Winson was zelfs geen Jackson. Reacher betwijfelde of er dag en nacht agenten waren met patrouilledienst. Waarschijnlijk was er hooguit iemand op het bureau 's nachts. In het beste geval niet meer dan één onderknuppel met een pot koffie en een doos oudbakken donuts, iemand dus die voor versterking zou moeten bellen en zou moeten wachten tot die gearriveerd was, voordat een reactie op de melding mogelijk was. In het ergste geval liepen een paar oudgedienden wacht. Mannen waar je op kon bouwen, die zonder aarzelen in actie konden komen en de orders van de baas meteen konden uitvoeren.

Reacher hield altijd rekening met het ergste scenario. De stad was dichtbij. Er was geen verkeer op de weg. De agenten woonden allemaal in Winson zelf. Ze kenden de weg en ze zouden hard rijden. Het leek hem dat Hannah en hij nog negen minuten de tijd hadden om weg te komen uit het hotel.

Hannah zat op haar knieën bij Harold. Ze had naar zijn hartslag gezocht toen Reacher van hem af was geklommen, maar had niets gevonden. Vervolgens drong het tot haar door dat ze niet meer kon gaan staan. Haar benen weigerden dienst. Aan het begin van die week had ze nog nooit een lijk gezien. Nu had ze het hele gewelddadige proces al twee keer van dichtbij meegemaakt. Voor deze dode voelde ze zich zelf heel bewust verantwoordelijk. Bloed lekte uit de ingedrukte borstkas en vloeide naar haar knieën. Gebiologeerd keek ze ernaar.

Reacher hielp haar overeind en leidde haar terug naar kamer 121. Hij vroeg haar snel haar spullen bij elkaar te zoeken. Terwijl zij haar koffer inpakte, liep hij met een kussensloop de gang in. Hij verzamelde alles wat de mannen van Minerva in hun zakken hadden. Pistolen, telefoons, portemonnees en sleutels.

Samen liepen ze door de gang van de noordvleugel naar de receptie. Ze hadden nog zes minuten om omgezien het hazenpad te kiezen. Tijd genoeg. In de receptie zag Reacher een paar blote voeten bij de balie. Daar lag iemand. Hij maakte een omweg en zag dat het de jongeman was die hen had ingecheckt, met blote voeten en slechts gekleed in een pyjama. Hij leefde, maar was bewusteloos.

Reacher voegde zich weer bij Hannah en samen vervolgden ze hun weg naar het parkeerterrein. De drie huurauto's stonden nog steeds aan de zuidkant van de overkapping boven de ingang. De vw-bus aan de noordkant stond nu dichterbij. Twee andere auto's stonden er aan weerszijden naast. Een Dodge Neon en een RAM-bestelwagen. De Dodge had een zwaar leven achter de rug, dat was te zien. Er zaten deuken links en rechts voor op de spatborden, de wielkasten zaten onder de modder, er liep een scheur dwars over de voorruit en iets had een paar diepe voren in de bumper aan de voorkant getrokken. De donkerblauwe bestelwagen was smetteloos. Er stond niets op, geen bedrijfsnaam of logo, maar het leek zo'n bestelwagen die een bedrijf gebruikt om voorraden te vervoeren van de ene vestiging naar de andere.

Ze hadden nog vijf minuten.

Reacher wees naar de auto's en zei: 'Zie je hoe ze daar staan? Eén man is hier rechtsreeks naartoe gereden in de bestelwagen. De anderen hebben de receptionist thuis opgezocht, hem wakker gemaakt en in zijn vw-bus gezet om hiernaartoe te rijden, omdat ze niet genoeg ruimte hadden in hun eigen auto. Dat kan ons goed van pas komen. Wacht hier even.'

Reacher keerde terug naar de receptie en vond de sleutels van de bus aan een sleutelring met een konijnenpootje in de zak van de pyjama. Hij viste een portemonnee uit de sloop, haalde er al het geld uit en stopte dat op de plaats van de sleutelring. Hij scheurde een pagina uit het register, pakte een pen en schreef: *Breng de bus terug, doe geen aangifte. Er komt meer $. Ambrose Burnside.*

Ze hadden nog drie minuten.

Reacher haastte zich weer naar buiten en gooide de sleutels van de bus naar Hannah. 'De politie zal op zoek zijn naar de pick-up van Sam. Probeer die vw-bus aan de praat te krijgen. Dat lijkt me beter.' Hij liep naar de achterkant van de bestelwagen. Die was niet op slot. De wanden en de vloer van de laadruimte waren betimmerd met multiplex om de lak te beschermen. Aan de rechterkant stonden twee brancards op elkaar, met riemen vastgemaakt. Er stond een zwarte plastic vuilniszak naast die gevuld bleek met kleding voor medisch personeel. Niets wat Reacher kon gebruiken. Hij liep naar de passagierskant van de cabine en maakte het dashboardkastje open. Er lagen verzekeringspapieren in en het kentekenbewijs. Reacher zocht de tenaamstelling. Hij hoopte een bedrijfsnaam te vinden die hij nog niet eerder was tegengekomen. Een nieuw spoor in de financiële malversaties waarover Angela St. Vrain met Sam Roth had gesproken. Volgens de documenten was Minerva Correctional Corporation eigenaar van de bestelwagen. Het bedrijfsadres was ergens in Delaware. *Belastingontduiking*, dacht Reacher meteen, al leverde dat geen enkel verband op met moord.

Nog twee minuten.

Reacher hoorde de vw ratelend tot leven komen. Hij keek nog even razendsnel de cabine rond. Die bleek verder leeg. Toen hij een stap achteruit deed om het portier dicht te slaan, zag hij iets wits half verscholen onder de passagiersstoel. De hoek van een envelop. Hij moest tijdens het rijden van het dashboard onder de stoel gegleden zijn. Reacher pakte de envelop. Standaardformaat en dun, alsof er maar één vel papier in zat, geadresseerd aan Danny Peel. Dezelfde naam die op de envelop van Angela St. Vrain had gestaan, hetzelfde adres, maar een ander handschrift. Daar was geen twijfel over mogelijk.

Bruno Hix was de grootste van alle levende talkshowhosts, maar de spectaculaire show die vandaag op het programma stond, zou zijn status voor eeuwig vestigen, een levende legende in de wereld van de media. Meer sterren waren nog nooit in één show bij elkaar gebracht en geïnterviewd. Het zouden de duurste acht uur live-tv ooit worden. De opnamen werden midden op de Middellandse Zee gemaakt, op het dek van zijn jacht. Het publiek had reeds plaatsgenomen, duizend man, verdeeld over vier net iets minder luxueuze jachten die rondom Hix' jacht afgemeerd lagen. Hix had een drankje in de hand, de camera's draaiden, maar zijn gasten waren niet komen opdagen. En op een of andere manier was hij naakt. Zijn haar viel uit. Zijn huid...

Zijn telefoon rinkelde. Zijn ogen schoten open. Hij zweette. Hij gooide het dekbed van zich af en lag even stil, probeerde zich te concentreren. Toen nam hij het gesprek aan. Het was opnieuw Brockman.

'Zeg het,' zei hij.

Het bleef even stil aan de andere kant. Toen zei Brockman: 'Hij is er weer vandoor.'

'Wie? Reacher?'

'Ja.'

'En de vrouw?'

'Zij ook.'

'Heeft Harold gefaald?'

'Harold is dood. Reacher heeft hem letterlijk verpletterd.'

'Harold, alweer tweede. Misschien moeten we dat op zijn grafzerk zetten. En de anderen?'

'Gewond, maar levend.'

'Waar is Reacher naartoe?'

'We hebben geen idee. Moseleys mannen zoeken hem.'

'Oké, hou me op de hoogte.'

'Bruno? Ik heb zitten denken. Over morgen. Ik zeg dit niet graag. Je weet dat ik vanaf het begin al tegen het wijzigen van de plannen ben geweest, maar misschien hadden de anderen gelijk. Nu Reacher hier ronddoolt, is het misschien niet verstandig als de plechtigheid in zijn geheel plaatsvindt. Misschien moeten we overstappen op plan B.'

'We hebben geen plan B. Dat hebben we nooit nodig gehad.'

‘Misschien moeten we een plan B bedenken. Vanwege de uitspraak van de rechtbank kunnen we de vrijlating niet uitstellen, maar de plechtigheid is niet belangrijk. Onze man op tijd vrij krijgen is het enige wat telt. We kunnen een verklaring uitgeven en bijvoorbeeld zeggen dat hij te getraumatiseerd was om in het openbaar te verschijnen.’

‘De vrijlating heeft topprioriteit. Zeker. Maar we gaan het kind niet weggooien met het badwater. De plechtigheid is heel belangrijk. Dergelijke positieve aandacht in de pers kun je niet kopen. Bovendien vergeet je ons noodplan. Dat neemt Reacher wel voor zijn rekening. Tegen tien uur is die in geen velden of wegen meer te bekennen. Als hij later weer terugkomt, is het te laat, dan valt er voor hem niets meer te doen.’

‘Gaat het werken?’

Hix pakte een tweede mobiele telefoon van het nachtkastje, een eenvoudig goedkoop toestel. Hij controleerde de lading van de batterij. Hij controleerde de dekking. ‘Natuurlijk gaat het werken. Over niet al te lange tijd krijgen we bevestiging. Negen uur, uiterlijk kwart over negen.’

De VW was een minder opvallende verschijning dan de pick-up van Sam Roth, maar in zo’n klein stadje trok hij natuurlijk wel aandacht. Er zouden misschien mensen zijn die wisten dat hij toebehoorde aan de jongeman van het hotel. Dat wist de politie zeker. Reacher durfde er wel iets onder verwedden dat ze hem regelmatig aanhielden. De bus stonk zo erg naar wiet, dat alleen die geur al genoeg reden moest zijn om de jongeman te arresteren. Daarnaast was het niet duidelijk hoe betrouwbaar het ding was. Onderdelen die het begaven of gebrekkig onderhoud moest de politie het werk niet uit handen nemen en Reacher en Hannah doen stranden langs de kant van de weg. Dus besloten ze om zich de rest van de nacht schuil te houden. Reacher herinnerde zich dat hij een pad had gezien dat het bos in leidde. Toen ze er langsreden had hij aan een brandgang gedacht, of anders een houthakkerspad. Hoe dan ook, ze zouden er tot de ochtend uit het zicht kunnen blijven.

Hannah hield het stuur vast met haar linkerhand en reikte voor de derde keer sinds ze het hotel hadden verlaten naar de envelop op het dashboard. ‘Hoe zijn ze in het bezit gekomen van een brief die aan Danny is geadresseerd? Misschien had hij hem meegenomen naar zijn werk om hem daar te lezen, maar heeft hij hem ergens laten vallen? Misschien heeft iemand anders hem gevonden en was die van plan hem weer bij Danny in de bus te gooien?'

'Laten we het hem morgenvroeg maar vragen. Hoe laat heb je met hem afgesproken?'

'Ik heb nog niets afgesproken. Ik kon hem niet te pakken krijgen. Hij staat vroeg op, dus ik probeer het morgenvroeg meteen weer. En als hij weer niet opneemt, kunnen we altijd naar hem toe gaan en het hem vragen.'

De VW had een bed, een keukentje, een tafeltje en een bankje. Reacher kon de vernuftigheid waarmee het allemaal was ontworpen wel waarderen. Dat gold ook voor de grondigheid waarmee het ontwerp was uitgevoerd. Elke vierkante centimeter was gebruikt. Maar er viel niet aan te ontkomen dat ook de vrije ruimte in vierkante centimeters viel uit te drukken. Reacher besloot al die ruimte aan Hannah te gunnen. Hij zocht in de kastjes tot hij een paar oude dekens vond, waarvan hij er een uitspreidde op de bosgrond. Hij vlijde zich neer onder de sterren.

Reacher had twee woorden in gedachten toen hij zich opmaakte om te gaan slapen. Het eerste woord was *Brockman*. Het tweede was *Lockdown*. De naam Brockman was al verschillende keren voorbijgekomen. Brockman was de man van Minerva die al het tuig steeds de straat op had gestuurd om Reacher te zoeken. Reacher wilde hem opzoeken en midden in de nacht zijn deur intrappen. Eens kijken wat hij daarvan vond. En eens uitzoeken wat de man wist over wat Angela St. Vrain aan de kaak had willen stellen.

Het probleem was natuurlijk dat Brockman misschien niets wist. Als Minerva-mensen in hun eigen huis werden aangevallen, zou dat weleens tot paniek kunnen leiden. Mensen die in gevangenissen werken, reageren bijna per definitie op paniek met een lockdown. Dat zit verankerd in hun DNA, hij moest dus geduldig zijn en de twee sporen volgen, Danny Peel en de plechtigheid, en zien waartoe die zouden leiden. Als het resultaat nul was, kon hij zijn pijlen altijd nog op Brockman richten, en op iedereen die erbij betrokken was, net zo lang tot hij bevredigende antwoorden kreeg.

38

Hannah wekte Reacher een minuut na halfacht. Ze schudde aan zijn schouder. 'Danny neemt nog steeds niet op. Ik maak me zorgen. Ik vind dat we hem nu meteen moeten opzoeken.'

Hannah had de navigatie naar Danny's adres al in haar telefoon geprogrammeerd. De elektronische stem stuurde hen terug naar de weg, en daar rechtsaf naar Winson. Hannah had een paar minuten nodig om de vw te keren. Het pad was smal, de bus stuurde en schakelde zwaar. Ze zaagde heen en weer, hobbelde en waggelde over de diepe sporen, tot ze eindelijk weer recht op het pad stond. Ze trapte voorzichtig op het gas. Toen ze vlak bij de weg was, overreed ze bijna een jongen van een jaar of vijftien die een luxe fiets tegen de heuvel op duwde. Uiterst langzaam. Alsof het een wedstrijd met een handicap was, een fiets die tegenwerkte. Je zou je geld op de fiets moeten zetten, dacht Reacher.

De jongen bleef staan. Hij was verbouwereerd bij het zien van die oude bus die plotseling uit de bosjes kwam en staarde even door de voorruit naar binnen. Toen kukelde hij pardoes achterover. De fiets viel boven op hem.

Hannah sprong uit de bus en holde naar de jongen. 'O, jezus, het spijt me. Gaat het?'

De jongen zei niets.

Hannah tilde de fiets van hem af. 'Ben je gewond? Heb je je hoofd gestoten?'

'Het is goed.' De jongen rolde om en drukte zich met handen en voeten omhoog tot hij weer stond. Hij pakte het stuur van de fiets en zei: 'Geef me die fiets. Ik moet verder.'

'Waarnaartoe? Waarom zo'n haast? Heb je wel iets te drinken? Water? Weten je ouders dat je hier bent?'

'Ik moet naar Winson. Ik mag niet te laat komen.'

'Ga even zitten. Rust uit. Kom op z'n minst even op adem.'

'Daar heb ik geen tijd voor.'

'Je kunt zo niet lopen, laat staan fietsen.' Hannah pakte het stuur vast. 'Wij gaan die kant op, je kunt een eind meerijden. Kom op. Achter op de bus zit een fietsenrek. Zet de fiets daar maar op, dan geven we je een lift.'

De bus pruttelde de heuvel op. De fiets rammelde op het rek. De jongen zat op het bankje achterin, stijfjes en gespannen.

Hannah richtte de achteruitkijkspiegel zo dat ze hem kon zien zonder over haar schouder te kijken. 'Hoe heet je?'

'Jed,' zei de jongen. 'Jed Starmer.'

'Oké, Jed, wat is er zo belangrijk in Winson vandaag waar jij bij moet zijn?'

'Er gebeurt iets. Ik mag niet te laat komen. Ik ben al zo lang onderweg dat ik het niet wil missen.'

'Wat gaat er gebeuren? Waar?'

'Er wordt iemand vrijgelaten uit de gevangenis.' Jed haalde diep adem. 'Mijn vader.'

'Daar heb ik over gelezen,' zei Reacher. 'Anton Begovic?'

Jed knikte. 'Hij is nooit getrouwd geweest met mijn moeder. Daarom hebben we een andere achternaam.'

'Weet hij dat je komt?'

'Hij weet niet eens dat ik besta.'

De bus reed over de top van de heuvel. Hannahs telefoon kondigde aan dat ze links af moesten slaan.

'Waar kom je vandaan?' vroeg Reacher.

'L.A.,' zei Jed.

'Het hele eind op de fiets?'

'Met de bus. Greyhound. Vanaf Jackson heb ik gefietst.'

'Had je die fiets meegenomen?'

'Die heb ik min of meer geleend.'

Hannah zuchtte. Reacher zei niets.

'Ik heb hem niet gestolen,' zei Jed. 'Jullie begrijpen het niet. Ik had alles gepland. Ik zou in een hotel gaan en dan met een taxi, maar al mijn spullen zijn gestolen, en mijn geld, en twee enge kerels probeerden me te ontvoeren en toen kwamen twee agenten...'

'Het is goed,' zei Reacher. 'Niemand beschuldigt je ergens van.'

'Maar dit is belangrijk. Ik ben geen dief, oké? De kerel die op die fiets reed, was een klootzak. Hij reed mij omver, hij begon me te duwen en hij schreeuwde tegen me. En toen liet hij die fiets daar zomaar staan op het trottoir. Niet op slot. Ik had geen keus. Ik geef hem terug als ik ermee klaar ben. Dat meen ik.'

'Het klinkt alsof je het behoorlijk voor je kiezen hebt gekregen,' zei Hannah. 'Ben je alles kwijt?'

'Ongeveer. Ik heb alleen mijn tandenborstel nog. Die had ik in mijn zak.'

'En je moeder? Kan die je niet helpen? Moet ik haar voor je bellen?'

'Dat kan niet. Ze is dood. Alvleesklierkanker. Het ging heel snel.'

'Dat is erg.'

'Wat ben je van plan als je bij de gevangenis bent?' vroeg Reacher.

Jed haalde zijn schouders op. 'Mijn vader opzoeken, denk ik.'

'Hoe wil je dat doen? Ze hebben een heleboel heisa georganiseerd. Pers erbij, tv. De hele reutemeteut. Je kunt niet zomaar naar hem toe lopen en zeggen "Hoi, ik ben je zoon."'

Jed haalde opnieuw zijn schouders op. 'Ik ben al zover gekomen. Ik bedenk wel iets.'

Ze kwamen bij het kruispunt waar ze volgens de navigatie links af moesten slaan. Winson lag rechtdoor voor hen. Hannah stopte langs de kant van de weg en zei: 'Vanaf hier is het vlak. Dat lukt je wel met de fiets. Ik zal je helpen hem van het rek te tillen.'

Jed opende het portier. 'Ik red me wel. Bedankt voor de lift.'

'Wacht even,' zei Hannah. 'We moeten even praten.'

'Waarover?'

'Als ik het goed begrijp, ga je straks je vader voor het eerst ontmoeten. Dat is iets ingrijpends voor jullie allebei. Dat moet op een goede manier gebeuren omdat het gevolgen heeft voor de rest van je leven, voor jullie allebei.'

Jed zei niets.

'Heb je ooit iemand ontmoet die in de gevangenis heeft gezeten?' vroeg Hannah.

'Nee,' zei Jed.

'Ik wel. Heel vaak. Ik werk voor een organisatie die mensen helpt als ze weer op vrije voeten komen. De komende maanden worden heel zwaar voor je vader. Ook al haatte hij de gevangenis misschien, ook al hoorde hij helemaal niet achter de tralies te zitten, hij zal helemaal gewend zijn aan dat leven. De wereld buiten de gevangenis is heel anders. Het zal voor hem net zijn alsof hij zomaar in een vreemd land wordt gedropt waarvan hij de taal en de gewoonten niet kent. Dat is angstaanjagend. Al die veranderingen zijn overweldigend en wat nog het moeilijkst te verwerken is, zijn verrassingen. Hij zou heel goed verkeerd... Hij zou misschien reageren op een manier waar hij achteraf spijt van zou krijgen.'

'Wat zeg je allemaal? Dat ik mijn vader maar niet moet opzoeken? Want...'

'Nee, helemaal niet. Jou ontmoeten, jou leren kennen is het beste wat hem kan overkomen. Maar te horen krijgen dat hij een zoon heeft, boven op alles wat hij al moet doormaken, is nogal wat. Dat is een overgang die heel behoedzaam moet worden voorbereid, langzaamaan. Vandaag, de dag van zijn vrijlating, is waarschijnlijk niet de beste dag daarvoor.'

'Maar hij weet niet eens dat ik ooit ben geboren. Hij weet niet dat hij naar mij op zoek moet. Als ik vandaag geen contact leg, verdwijnt hij weer. Dan vind ik hem nooit.'

'Zo werkt dat niet.' Hannah rommelde in haar tas, haalde er een kaartje uit en gaf dat aan Jed. 'Ik stel het volgende voor. Ga naar de plechtigheid bij de gevangenis en kijk hoe je vader zijn vrijheid terugkrijgt. Dat is niet niks. Het is duidelijk heel belangrijk voor je, omdat je het hele eind hiernaartoe bent gekomen. En het zal voor hem ook veel betekenen dat je dat hebt gedaan, maar geef hem een dag of twee en neem dan contact op. Bel mij als je zover bent. Ik weet hoe het systeem werkt. Ik kan je helpen uit te zoeken waar hij is.'

'Wat moet ik twee dagen doen? In Winson? Ik heb geen geld, ik heb niets te eten. Ik heb geen plek om te slapen.'

Reacher viste een tweede portemonnee uit de sloop en haalde er het geld uit. Tweehonderdveertig dollar. Die gaf hij aan Jed. 'Hannah heeft gelijk. Doe maar wat ze zegt. Je staat op een kruispunt in je leven en het is belangrijk dat je de goede kant op gaat.'

Jed tilde moeizaam de fiets van het rek achter op de bus, klom erop en fietste weg. Hannah trapte de koppeling in, maar liet hem weer opkomen zonder een versnelling te kiezen.

'Dit is een beroerde situatie. Ik maak me zorgen om die jongen.'

'Je hebt gelijk,' zei Reacher. 'Hij fietst abominabel. We hadden moeten zorgen dat hij ging lopen.'

'Ik heb het niet over gevaren op de weg. Het is die hele toestand met Begovic die wordt vrijgelaten. Minerva zal ondersteuning voor hem regelen. Het is een enorme pr-stunt, dus zal Hix ervoor zorgen dat alles goed gaat. Hij wil geen verhalen in de krant over Begovic die zelfmoord pleegt of die ergens de ruiten ingooit, alleen maar om weer te worden opgesloten. Maar Jed? Wie zorgt er voor hem? Als zijn moeder echt dood is, is er niemand om voor hem te zorgen. Ik heb het al eerder meegemaakt. Ik weet precies hoe het afloopt. Die jongen regelt zijn eigen ondergang.'

Hannah volgde de aanwijzingen van de telefoon en sloeg links af. Ze volgden een route die hen om het centrum van de stad heen voerde over een weg met aan weerszijden bomen. Hoge volwassen bomen. Bijna een kilometer lang waren er geen huizen. Toen passeerden ze één enkele kolossale villa. Glanzend wit. Vier zuilen ondersteunden een portico en een balkon centraal in de voorgevel. Langs de hele breedte waren aan weerszijden nog meer balkons op twee verdiepingen. Het geheel was zo groot als een hotel en lag op een ommuurd terrein met een fraai ijzeren toegangshek. Een oprit lag voor de ingang rond een ovaal gazon met bloembedden en struikjes en in het midden een fontein. Tussen de fontein en de treden naar de voordeur stond een auto. Een BMW, een grote, zwarte personenwagen. Reacher herkende de auto. Het was dezelfde die hij de dag ervoor op het halfronde parkeerterrein bij de gevangenis had gezien.

Ze reden nog een kilometer verder en sloegen toen rechts af. Er stonden minder bomen en langzamerhand reden ze tussen huizen aan beide zijden van de weg door. Ze stonden steeds dichter bij elkaar, werden steeds groter en begonnen meer en meer op elkaar te lijken tot ze volgens de navigatie hun bestemming hadden bereikt. Dat betekende dat het huis van Danny het laatste huis aan de linkerkant moest zijn, op de hoek van een zijstraat in zuidelijke richting. Er was echter een probleem. Op het laatste perceel stond geen huis.

Pas toen Hannah de bus langs de rand van de weg had stilgezet, zagen ze dat het perceel niet helemaal leeg was. Achterop, in een hoek, stond een garage. Er was een korte oprit vanaf de zijstraat. Er stond ook een brievenbus op een dun ijzeren pootje. Die brievenbus was ooit rood geweest, maar de verf was door de jaren heen verweerd, zodat het ding nu roze was, de kleur van flamingo's. Het grootste deel van het perceel was nog niet zo lang leeg. Er lag een dikke laag as. Zwart, grijs en hobbelig, hier en daar op een hoop, elders ingezakt. Ongeveer middenin waren de geblakerde resten te zien van een open haard.

Reacher stapte uit. Hij rook de geur van de brand. Hannah kwam naast hem staan op het trottoir. Ze knipperde met haar ogen, haar mond hing een beetje open, maar ze zei niets. Het leek Reacher dat er ook weinig te zeggen viel. Toen ze er een minuut hadden gestaan, kwam een man naar buiten uit het buurhuis. Het was een lange, magere man met zilverkleurig haar die de zestig gepasseerd was. Hij droeg een geruit hemd en een spijkerbroek, die zo wijd waren dat je je afvroeg hoelang het zou duren voordat ze spontaan op de grond zouden vallen.

'Morgen,' zei de man. 'Nieuw hier in de buurt?'

'Wat is er gebeurd?' vroeg Reacher.

'Er is brand geweest.'

In herinnering hoorde Reacher zijn moeder zeggen: *Stel een stomme vraag als je een stom antwoord wilt.* 'Echt?' zei hij. 'Wanneer?'

'Afgelopen zaterdag, 's morgens vroeg.'

'Hoe is het begonnen?'

'De man van wie het huis was, heeft een sigaret liggen roken in bed. Hij was wakker geworden, had zijn eerste van de dag opgestoken en is weer in slaap gevallen.'

'Heette hij Danny Peel, die eigenaar?'

De man knikte.

'Waar is hij nu?' vroeg Reacher.

'We hebben hem woensdag gecremeerd. Beetje ironisch als je erbij stilstaat hoe hij aan zijn eind is gekomen, maar dat was zijn laatste wil. Er waren niet veel mensen, alleen een paar collega's en ik.'

'Collega's van de gevangenis?'

De man knikte opnieuw.

'Kwamen er vaak mensen met wie hij werkte bij hem thuis?'

'Een vrouw, maar ik weet niet hoe ze heet.'

'Nog anderen?'

'Hij was een beetje een stille kerel. Hij leek niet zoveel sociale contacten te hebben. Tenminste, thuis.'

'Was er afgelopen zaterdag iemand bij hem thuis? Voor de brand?'

'Dat betwijfel ik, want het was nogal vroeg. En als er iemand was blijven slapen, hadden ze toch meer slachtoffers moeten vinden?'

'Hebt u hier iemand in de buurt gezien? Iemand die er normaal niet is? Of bijzondere auto's?'

'Nee.'

'Hebt u gezien of er die ochtend een raam bij hem openstond?'

'Nee. Ik liep naar buiten om de post uit de brievenbus te halen. Toen hoorde ik de sirenes. Maar waarom al die vragen? Jij bent geen politieagent. Werk je voor een verzekeringsmaatschappij?'

'Ik? Nee, ik ben alleen nieuwsgierig.'

39

Hannah stak zonder iets te zeggen de straat over, ging in de vw-bus zitten, legde haar ellebogen op het stuur en sloeg beide handen voor haar gezicht. Reacher besloot de ravage te inspecteren. Hij verwachtte niet veel te vinden. Het vuur had korte metten gemaakt met alle mogelijke sporen, maar oude gewoonten laten zich moeilijk uitroeien. Hij was nieuwsgierig. Bovendien wilde hij Hannah even tijd geven om bij te komen.

Tussen het huis en de straat was een gazon geweest dat was omgeploegd door de laarzen van de brandweermannen. Het bluswater had nu opgedroogde riviertjes gevormd naar de straat. De brandweer was er niet erg snel bij geweest, dacht Reacher, er was maar bar weinig van het huis over. Het was alsof iemand zorgvuldig te werk was gegaan en ervoor had gezorgd dat het te laat was om het huis van Danny Peel te redden, maar wel op tijd om te voorkomen dat de brand zou overslaan naar een van de buren. Reacher liep met kleine pasjes over de resten van het gazon tot hij bij iets stond wat de buitenmuur moest zijn geweest. Hij vroeg zich af waar de voordeur was geweest, en waar de keuken, de slaapkamer. Hij wilde wel geloven dat de brand daar was begonnen, en dat er een sigaret bij betrokken was, maar niet dat het een ongeluk was geweest. Hij liep al zo lang mee, dergelijke verhalen maakten op hem geen indruk meer.

Reacher keek in de brievenbus. Er zaten vier enveloppen in. Allemaal reclame, kennelijk bezorgd voor de brand. Hij liep naar de garage. De beide roldeuren voor auto's waren naar de zijstraat gericht. Er was een gewone deur voor de loop naar het huis. Hij probeerde de deur open te maken, maar die was op slot. De deur zag er niet al te stevig uit, dus zette hij er zijn schouder tegen en duwde. De schoot van het slot scheurde een splinter uit het kozijn. Daarna ging de deur zonder problemen open. Reacher stapte naar binnen. Er stonden twee auto's in de garage. Twee keer een Chevrolet. De dichtstbijzijnde was een personenwagen, minder dan vijf jaar oud. Een klein, wit, praktisch autootje. De andere auto was een Corvette Stingray, waarschijnlijk uit de jaren zestig, lang en groen en waarschijnlijk een bron van genoegen, als je tenminste van auto's hield. Langs de achterwand was over de volle breedte van de garage een werkbank gemaakt. Boven de werkbank hingen borden met pennen om gereedschap op te bergen. Links hing gereedschap om te klussen, beitels, klauwhamers en zagen. Rechts hing gereedschap om aan auto's te werken, allerlei soorten sleutels en bankhamers. Aan een haak hing ook een journaal, samen met een pen aan een ketting, zoals ze die vroeger in banken hadden. Reacher bladerde door het journaal. Er stonden aantekeningen in, keurig netjes in de loop van de afgelopen vijf jaar uitgeschreven met blauwe inkt, over alles wat Danny aan de Stingray had gedaan. Hij had aan de remmen gewerkt, aan roest in de wielophanging, aan lekkage, elektrische problemen, een hele reeks grote en kleine mankementen. Danny was een nauwgezet man geweest, dat was duidelijk.

Reacher nam zijn plaats in de vw-bus weer in. Hannah tilde haar hoofd op en keek hem aan. Haar ogen waren rood.

'En wat nu?' vroeg ze.

Reacher pakte de envelop die hij had gevonden in de bestelwagen bij de Riverside Lodge en reikte hem haar aan. 'Als we dit openmaken, zal de inhoud misschien iets meer duidelijk maken over wat er met Danny is gebeurd. En met Sam en Angela. Ik betwijfel of die lui van Minerva dit per ongeluk bij zich hadden.'

Hannah zweeg even. 'Oké, misschien. Maar ik kan het niet. Maak jij hem maar open.'

Reacher scheurde de envelop open. Er zat een briefje in, met de hand geschreven in een keurig handschrift op papier met een briefhoofd van een bedrijf. Het bedrijf was een accountantsfirma, Moon, Douglas en Flynn, gevestigd in Hattiesburg, Mississippi. Het briefje was kort:

Danny,

Ik heb wat je vroeg. Wat jij tot nu toe hebt gezien is maar het topje van de ijsberg. Ik heb genoeg om het hele schip tot zinken te brengen. Kom aanstaande vrijdagmorgen om halftwaalf naar Coal Creek Coffee in Hattiesburg, tafeltje in de hoek.

Alan

PS Bel me om te bevestigen dat je komt. Ik moet dingen regelen. Bel me op mijn mobiel, 399-307-1968, niet op mijn kantoor.

Reacher gaf het briefje aan Hannah. Toen ze het gelezen had, liet ze het op het dashboard vallen.

'Ik snap het niet,' zei ze. 'Gaat dit over hetzelfde als waarvoor Angela naar Sam ging? Dat boekhoudgedoe? Ik zie het verband niet, maar het zou toch ook heel raar zijn als er tegelijkertijd twee zaken spelen.'

'Het gaat om hetzelfde,' zei Reacher. 'Herinner je je nog wat ik je heb verteld over wat er in Angela's tas zat? Die documenten over de vrijlating van Begovic? Die zaten ook in een envelop die aan Danny was geadresseerd.'

'Hoe kwam zij daar aan?'

'Dat wilde ik Danny vragen.'

'Dus Danny communiceerde met een soort Deep Throat-werknemer. Hij moet Angela erbij betrokken hebben. Dat is haar dood geworden, en indirect ook die van Sam. O, jezus, arme Danny, hij zou er kapot van zijn.'

'Het was niet zijn schuld. Klaarblijkelijk heeft hij een misdrijf aan het licht gebracht. Hij heeft geen misdaad begaan.'

'Andere mensen wel. Mensen bij Minerva. Dezelfde mensen die al dat tuig op ons afsturen. We moeten ze pakken. We hebben dat belastende materiaal van die Alan nodig, als die man tenminste deugt.'

Hannah haalde haar telefoon tevoorschijn en begon te tikken en te vegen. Even later hield ze de telefoon omhoog zodat Reacher op het scherm kon kijken.

'Oké, nou, het bedrijf bestaat echt. Adres, website, social media, logo, alles klopt. Er wordt een lijst met partners opgesomd. Een daarvan heet Alan. Alan McInnes. En let op, ze noemen Minerva als een van hun belangrijkste cliënten. Wat denk jij?'

'Bel dat nummer maar,' zei Reacher.

Hannah voerde de cijfers van het nummer in, tikte op de knop om te bellen en schakelde de luidspreker in. De telefoon ging drie keer over voordat een man aannam.

'McInnes, met wie spreek ik?'

'Danny Peel,' zei Reacher. 'Ik heb je briefje gekregen. Ik kom om halftwaalf naar Coal Creek.'

'Wacht. Ik weet niet zeker of het veilig is.'

'Ergens anders dan? Noem maar iets.'

'Niet de plek. Jij. Hoe weet ik dat jij Danny bent?'

'Hoe zou ik anders aan jouw nummer zijn gekomen?'

'Ik weet het niet. Oké, wat is je tweede voornaam?'

Reacher keek Hannah aan. Ze schudde haar hoofd. 'Heb ik niet.'

'Waar woonde je voordat je naar Winson kwam?'

'In Gerrardsville in Colorado.'

'Hoe heette je baas voordat je bij Minerva ging werken?'

'Sam Roth.'

'Oké.' Het bleef even stil. 'Ik zie je straks, maar kom alleen en kom op tijd.'

Bruno Hix verbrak de verbinding. Hij zat in zijn keuken, in zijn pyjama. Hij was niet graag vroeg in de gevangenis op dagen dat er een vrijlating was. Er was altijd wel een plotselinge onvoorziene omstandigheid en hij kon het risico niet lopen dat iets hem uit zijn humeur zou halen als hij zijn toespraak moest houden. Hij nam een slok koffie, pakte zijn gewone telefoon en belde Brockman.

'Geen plan B,' zei hij. 'Het is bevestigd. Reacher zal in geen velden of wegen te zien zijn tijdens de plechtigheid.'

'Dat is fantastisch,' zei Brockman. 'Maar weet je het zeker, Bruno?'

'Absoluut. Ik heb het uit de eerste hand.'

Hannah probeerde op de weg te keren, maar de vw-bus stuurde zo zwaar en traag dat ze het trottoir aan de overkant op bonkte en bijna Danny's brievenbus een knauw gaf. Ze reed een paar meter achteruit, trok uit alle macht aan het stuur, botste weer van het trottoir en gaf gas. De bus trok op met de snelheid van een naaktslak.

Reacher keek naar de brievenbus toen ze er langsreden. 'Stop,' zei hij.

Hannah liet de bus uitrollen. Reacher stapte uit, liep terug en maakte de brievenbus open. De reclame zat er nog steeds in, vier losse enveloppen. Er lag ook een elastiek in de brievenbus. Zo'n elastiek dat postbodes gebruiken om alles voor hetzelfde adres te bundelen. Iemand had het elastiek van een bundeltje post gehaald, zodat de brieven niet langer gebundeld waren.

Reacher stak het modderige restant van de achtertuin over naar de garage, liep er naar binnen en bladerde opnieuw door het journaal dat Danny had bijgehouden voor de Stingray. Hij vond wat hij zocht, een specifieke reeks tekens. Twee hoofdletters, de rest onderkast. Hij liep terug naar de bus, stapte in en zei: 'We gaan niet naar Hattiesburg.'

40

De koffie was sterk, maar niet zo sterk dat Lev Emerson de grens tussen Missouri en Arkansas haalde. Hij had geen keus en moest Graeber wel een tijd laten rijden. Hij was van plan even een uurtje te slapen, zodat hij er weer tegen kon, maar toen hij wakker werd, waren er vijf uur voorbijgegaan. De bestelwagen stond voor een vierkant bakstenen gebouw, zes kilometer ten noorden van Vicksburg in Mississippi. Het gebouw was het laatste van een reeks van drie op een geasfalteerd terrein op een steenworp afstand van de rivier. Het terrein werd van de bomen eromheen gescheiden door een verroest hek. Het smalle toegangshek stond open. Elk gebouw had twee ingangen. Een poort links, groot genoeg voor een bestelwagen of een kleine vrachtwagen, en een gewone deur rechts. Op de verdieping waren bij alle drie de gebouwen vier ramen, vierkant en donker onder de afbrokkelende betonnen lateien.

Graeber wachtte tot Emerson weer helemaal bij zijn positieven was en zei toen: 'Goedemorgen, baas.'

Emerson gromde en keek in zijn beker of er nog iets van koffie in zat.

'De andere twee gebouwen staan leeg. Dit ziet er niet veel beter uit, maar de sloten zijn nieuw en stevig. Dit gebouw wordt gebruikt.'

'Heb je de kerel al gezien?'

'Nog niet.'

Emerson keek op zijn horloge. Het was halfnegen. Hij gromde opnieuw, iets luider.

Twintig minuten later kwam een enorme, waggelende Cadillac uit de jaren zeventig aanrijden. De donkerrode lak glansde, de auto werd goed verzorgd. Een man, die best even oud had kunnen zijn als de auto, stapte uit. Hij was bijna een meter zestig lang en stevig gebouwd. Hij had een rond gezicht en donkerblond krullend haar. Hij droeg een bruinleren jack en een spijkerbroek. Hij schoof het toegangshek open, reed het terrein op, sloot het hek, reed naar het laatste van de drie gebouwen en parkeerde naast de bestelwagen van Emerson.

Emerson hanteerde het principe dat je niet hoeft te repareren wat niet stuk is. Hij wachtte tot Graeber met het klembord in de hand was uitgestapt en de man had verteld dat hij een handtekening nodig had voor een speciaal pakketje. Toen glipte ook Emerson uit de bestelwagen. Hij liep stilletjes achter de bestelwagen langs en klemde een in chloroform gedoopte doek om de mond van de man. Minder lang dan de vorige dag in St. Louis, want ze hoefden niet ver te slepen met de man. Ze wilden alleen voorkomen dat hij zou tegenstribbelen terwijl ze hun voorbereidingen troffen. En omdat er niemand was die hen gadesloeg, hoefden ze ook niet bepaald subtiel te werk te gaan. Toen de chloroform zijn werk had gedaan, liet Emerson hem eenvoudigweg op de grond vallen. Graeber sleepte hem naar het gebouw.

Daar haalde hij de sleutels uit de broekzak van de man en maakte de poort open. Binnen stonden twee bestelwagens, allebei zwart. De ene was een paar jaar oud en voorzien van de deuken en krassen die een bestelwagen opdoet tijdens een leven van hard werken. De andere bestelwagen leek vrijwel niet gebruikt. De eerste was leeg. Op het dak van de tweede was airconditioning gemonteerd, terwijl in de laadruimte van de tweede links en rechts rekken waren gemonteerd op rails.

Achter in de ruimte was een werkplaats ingericht. Bij de muur stonden twee enorme gereedschapstrolleys. Op de vloer zaten olievlekken. Aan een stalen dakbalk hing een takel met kettingen om motoren uit auto's te hijsen. De tandwielen waren roestig, misschien zaten ze vast, ze leken de afgelopen jaren weinig gebruikt.

Graeber reed beide bestelwagens achteruit naar buiten en hield vervolgens een oogje in het zeil bij de man van de Cadillac, terwijl ze wachtten tot hij weer was bijgekomen. Emerson doorzocht het kantoor, dat in het vierde kwart van het gebouw was ingericht. Hij trof er de gebruikelijke administratieve rompslomp aan. Een kalender aan de muur. Een computer op het bureau. Documenten en briefpapier in de laden. Het enige interessante object was een espressoapparaat op een laag ladekastje. Emerson produceerde voor zichzelf en Graeber een beker koffie.

Toen de Cadillacman weer bijkwam was hij naakt. Hij stond op zijn tenen in een plas gestolde olie. Zijn armen waren gestrekt boven zijn hoofd met kabelbinders vastgemaakt aan de ketting van de takel. Voor hem stond een hem onbekend vat, net te ver weg om om te schoppen. Op het deksel van het vat lag een pollepel, zoals ze die in restaurants gebruiken. Hij was even stil, en bleef stil. De verwarring was op zijn gezicht te lezen. Maar toen werd hij kwaad. Hij schreeuwde en rukte aan de ketting. Hij wrikte zijn lichaam heen en weer en schopte met zijn voeten alle kanten op. Het enige effect was dat hij zijn polsen en de zolen van zijn voeten verwondde.

Emerson hoorde het kabaal en kwam het kantoor uit. Hij wachtte tot de man gekalmeerd was en zei toen: 'Waarschijnlijk heb je dit zelf al bedacht, maar wij zijn niet geïnteresseerd in leveranties die je voor ons zou kunnen verrichten.'

De ogen van de man gingen wijd open. 'Waarin ben je wel geïnteresseerd?'

'Leveranties in het verleden.' Emerson ontgrendelde de telefoon van de man in St. Louis en liet de foto zien van Carpenter. 'In het bijzonder leveranties in opdracht van deze man.'

'Wat is daarmee? Ik haalde containers op, meestal maar één, en die moest ik naar een adres in New Jersey brengen.'

'Waar haalde je die containers op?'

'Dat verschilde, er waren vijf adressen. Ik kreeg de dag ervoor te horen waar ik moest zijn. Al die adressen zijn minder dan een uur rijden vanhier.'

'Wist je wat er in die containers zat?'

'Nee.'

'Lieg niet.'

'Ik wist het niet. Ik heb er niet naar gevraagd en ze hebben er niets over gezegd, maar ik ben niet stom, ik denk dat ik wel een aardig idee had.'

'Goed. Nu, Carpenter. Hoe kan ik hem vinden?'

'Dat weet ik niet.'

Emerson tilde het deksel van het vat, schepte er een lepel gel uit en goot het op de vloer, een half metertje voor de voeten van de man.

De man probeerde op zijn tenen achteruit te trippelen. 'Wat is dat?'

'Dit is iets wat je helpt om je te concentreren.' Emerson haalde een doosje lucifers uit zijn zak en stak met een lucifer het plasje gel aan. 'Ze noemen het ook wel napalm.'

Hij doopte de pollepel opnieuw in het vat met gel en stapte naar de man toe. De man begon te hippen op de tenen van zijn ene voet. Hij tilde zijn andere voet op, klaar om te trappen als hij een kans zou krijgen. Emerson zwiepte de lepel met gel in de richting van de man. De gel raakte zijn onderbuik en droop over diens kruis en dijbenen omlaag.

De man begon te krijsen.

'Wat is er?' vroeg Emerson. 'Ik heb het nog niet eens aangestoken. Vertel me maar hoe ik Carpenter kan vinden.'

'Die kun je niet vinden. Dat kan niemand. Hij is verdwenen. Een maand geleden. Ik heb zelf geprobeerd hem te bereiken, maar dat lukte niet. Hij is weg. Verleden tijd. Hij is er niet meer.'

'Andere contacten in de organisatie?'

'Hij was de enige. Dat was voor de veiligheid.'

'Dat is jammer, want het betekent dat je geen nut hebt voor mij. Je bent gewoon een stuk vervelende rotzooi. En we weten allemaal wat de meest milieuvriendelijke manier is om rotzooi op te ruimen.' Emerson pakte een nieuwe lucifer.

'Wacht. Luister. Een week of drie geleden kwam er een nieuwe op het toneel. Hij communiceerde alleen indirect en hij zei dat hij voor een andere leverancier werkte, maar ik denk dat het dezelfde was.'

'Hoezo?'

'Hij wist precies welke waarborgen ik wilde. Daar voldeden ze vrijwel meteen aan. Het ging om hetzelfde product in dezelfde containers, en ze moesten naar hetzelfde adres. Er zijn nu twee leveranties geweest, allebei van adressen die de organisatie altijd al gebruikte. Er staat een derde op stapel van een adres dat ze ook altijd al gebruikten. Dat kan allemaal geen toeval zijn, toch?'

'En dat bedenk je nu plotseling. Eerder was je niet achterdochtig?'

'Wat maakt mij dat uit? Ik ga ervan uit dat ze een reden hebben voor een nieuwe naam, voor een nieuwe identiteit. Misschien heeft iemand zich naar binnen gewerkt in de organisatie. Misschien hebben ze kwaliteitsproblemen gehad in het verleden. Misschien moesten ze een nieuwe start maken. Zolang het regelmatig werk oplevert voor goed geld, zonder feds, ben ik gelukkig.'

'Die derde leverantie, wanneer moet die plaatsvinden?'

'Vandaag.'

'Wanneer? waar?'

'Eén uur vanmiddag. Een leegstaande papierfabriek vijftien kilometer ten zuidoosten van een onbeduidend rotgat dat Winson heet.'

'Bepaalde procedures of protocollen als je daar komt?'

'Ik rij naar binnen en wacht. Dan komt er een andere bestelwagen. De lui van die bestelwagen openen de deuren van mijn bestelwagen, schuiven de container naar binnen en we vertrekken weer. Twee minuten, ik hoef niet eens uit te stappen.'

Gebruik je die nieuwe bestelwagen?'

De man knikte.

'Goed. De plannen zijn gewijzigd,' zei Emerson. 'Wij nemen jouw plaats in.'

'Oké, cool. Wat moet ik doen? Me een tijdje koest houden? Een paar maanden de stad uit? Geen probleem. En jullie gezichten vergeet ik wel. Als iemand ernaar vraagt, zijn jullie hier nooit geweest. We hebben elkaar nooit ontmoet, oké?'

Emerson liep naar de gereedschapstrolleys en zocht in de laden tot hij een bak vond met randen van een centimeter of acht hoog. Zo'n bak die monteurs gebruiken om afgewerkte motorolie in op te vangen. 'Er is nog iets wat je moet weten,' zei hij. 'Een van de opdrachten die jij voor Carpenter uitvoerde, was bedoeld voor mijn zoon.'

'En je zoon heeft gekregen wat hij nodig had? Dat is dan goed, hè? De vraag moet op een of andere manier worden vervuld. Maar als dit gaat om de prijs die je ervoor moest betalen, moet je niet bij mij zijn. Maar wat vind je hiervan? Ik sta mijn beloning af. Aan hem. Aan jou. Aan wie je maar wilt.'

Emerson doopte de bak in het vat en tilde hem er gevuld weer uit. 'Jij vindt dat de prijs te hoog was?'

'Ik weet niet wat de prijs was. Ik dacht alleen hardop.'

'Ik zal je vertellen welke prijs mijn zoon heeft betaald.' Emerson deed een sprongetje naar voren en goot de gel uit de bak op de vloer rond de voeten van de man. 'Hij betaalde ervoor met zijn leven.'

'Nee, stop. Je zoon is dood? Dat is verschrikkelijk. Dat is heel erg, maar het is niet mijn schuld.'

'Dat vind ik wel.' Emerson stak de lucifer af. 'En ik vind het eerlijk als jij dezelfde prijs betaalt.'

Hannah hield het rempedaal ingetrapt en had de versnelling in zijn vrij geschakeld. 'Maar hoe kan dat een truc zijn? Het bedrijf bestaat. De brief is echt. Als jij niet komt opdagen, raakt de man die de brief heeft verstuurd, misschien in paniek. Hij klonk behoorlijk nerveus. Misschien krijgen we geen tweede kans om hem te spreken, om te ontdekken wat Danny had ontdekt. En dat kon weleens onze enige schakel zijn naar de man die Sam heeft vermoord.'

'Heb je de bedrijfsgegevens nog steeds op je telefoon?' vroeg Reacher.

Hannah knikte.

'Bel het algemene nummer en vraag naar McInnes.'

Hannah haalde haar schouders op, maar deed wat Reacher haar vroeg.

'Het spijt me,' zei de telefoniste. 'Meneer McInnes is momenteel niet op kantoor. Ik kan u doorverbinden met zijn voicemail, maar misschien is het handig als ik u vertel dat hij op het moment in Australië is voor een congres, zodat het wel even kan duren voordat hij u terugbelt.'

Hannah verbrak de verbinding. 'Hoe wist je dat?' vroeg ze.

Jed Starmer wilde de fiets op een veilig plekje stallen tot het tijd was om hem aan de koerier terug te geven, dus tilde hij hem over een muurtje langs de weg, honderd meter van de gevangenis. Het laatste stukje legde hij lopend af.

Hij had nog nooit een gevangenis van dichtbij gezien. De aanblik beviel hem in het geheel niet. Die hekken met rollen scheermesjesdraad boezemden hem angst in. Hij stelde zich voor dat hij erachter opgesloten zou zitten. Hij stelde zich voor dat de bewaarders in de wachttorens op hem schoten. Hij zag de camera's die heen en weer zoemden op hun palen en hem in hun beeldbereik opvingen en hem volgden als hij probeerde te vluchten. Hij zag de schijnwerpers die hem betrapten als hij zich probeerde te verbergen. Hij huiverde ondanks de warme ochtendzon.

Hij zigzagde tussen een aantal klapstoeltjes door en slenterde naar een tijdelijke schutting. Die was met een aantal schragen langs de rand van de gebogen weg gezet die naar de ingang van de gevangenis voerde. Hij zocht een plekje in lijn met een klein, speciaal voor de gelegenheid gebouwd podium. Daar zou het waarschijnlijk allemaal gebeuren. Het was naast een gebouw dat hem de hoofdingang van de gevangenis leek. Dat was moeilijk met zekerheid vast te stellen, want er was een soort tent omheen opgetrokken. Aan de andere kant van het podium stond een glanzende, zwarte BMW. Het was de enige auto die hij zag. Hij stond naar een verhoging gericht waarop twee tv-camera's stonden. Een grote op een statief en een kleine die iemand op de vloer had gezet. De enige andere mensen die er rondliepen, droegen allemaal een uniform. Grijs, afgezet met een gele bies. En ze droegen een pet met een klep, net als de beveiliging die hij had gezien bij een winkelcentrum.

Hij was moe en zijn gedachten dwaalden af. Hij dacht aan zijn vader, daarbinnen in de gevangenis, waar hij jaren had vastgezeten, terwijl hij niets verkeerds had gedaan. Wanhopig om er weer uit te komen. Jed kon zich niet voorstellen hoe ellendig dat moest zijn, wat dat met je kon doen. Hij begon zich af te vragen of de vrouw in die oude VW-bus misschien gelijk had. Misschien was het verkeerd om hier zomaar op te duiken.

'Ik heb een boek gevonden in de garage waarin Danny bijhield wat hij met auto's deed,' zei Reacher. 'Het handschrift was hetzelfde als dat waarmee het adres was geschreven op de envelop in Angela's tas.'

'Danny had die brief dus naar zichzelf gestuurd?' vroeg Hannah.

Reacher knikte.

'Waarom?'

'Dat was veiliger. Hij had iets ontdekt wat hij niet mocht weten. Hij realiseerde zich dat hij in gevaar verkeerde. Misschien is hij naar de politie gegaan en proefde hij daar dezelfde sfeer als jij gisteren. Hoe dan ook, hij bedacht dat niemand het pakket zou kunnen vinden als het in de post zat, niemand zou er de hand op kunnen leggen. Ik wil wedden dat hij er een gewoonte van maakte. Hij verstuurde het meteen opnieuw, steeds als het bij hem werd afgeleverd.'

'Maar vervolgens gaf hij het ineens aan Angela? Waarom die switch?'

'Hij heeft het haar niet gegeven. Zij heeft het gevonden.'

'Waar?'

'In Danny's brievenbus. Op zaterdagochtend. Ze hoorde van de brand en ging kijken toen hij de telefoon niet opnam. Ik heb nu net zelf gekeken. Er liggen wat losse reclamefolders en een elastiek. Dat hele pakketje kwam als één bundel. Iemand heeft dat elastiek eraf gehaald en iets meegenomen. Ik dacht eerst dat het Minerva was, dat ze die brief hadden meegenomen die we net hebben opengemaakt. Maar dat was het niet, het was Angela.'

'Waarom zou Angela in Danny's brievenbus kijken?'

'Om dezelfde reden als waarom jij in Sams brievenbus keek. Er was een vriend overleden. Ze keek of er iets belangrijks was wat afgehandeld diende te worden. Ze herkende het handschrift en vermoedde dat er iets niet in de haak was. Misschien had hij zich eerder al eens iets laten ontvallen. Misschien heeft ze zelf het verband gelegd. Dat zullen we nooit weten.'

Na een tijdje peinzend zwijgen zei Hannah: 'Qua tijd klopt het. Ze kreeg de envelop zaterdagochtend. Ze mailde Sam zaterdagmiddag. Ze vertrok op zondag uit Winson, omdat ze eerst oppas moest regelen voor haar dochter. Misschien liep de dag al op zijn eind toen ze vertrok. En omdat ze alleen was en niemand het stuur van haar kon overnemen, moest ze onderweg ergens overnachten, zodat ze op dinsdagochtend pas aankwam in Gerrardsville.'

Reacher knikte. 'Dat past.'

'En iemand bij Minerva wist dat jij de inhoud van Angela's envelop hebt gezien voordat ze hem weer in handen kregen. Ze hebben geprobeerd te voorkomen dat je hier zou komen. Dat lukte niet. Dus gebruikten ze een tweede envelop die ook aan Danny geadresseerd was om jou zover te krijgen dat je weer weg zou gaan.

Ze gingen er natuurlijk van uit dat je in een tweede envelop zou kijken omdat je dat ook bij de eerste had gedaan.'

'Het lukte ze bijna.'

'Dat begrijp ik allemaal, maar er is ook iets wat ik niet begrijp. In die eerste envelop ging het allemaal over dat geslaagde verzoek om herroeping van het vonnis van die Begovic. Allemaal heel legitiem. Maar Angela vertelde Sam dat de kwalijke praktijken iets met de boekhouding te maken hadden. Wat is het verband tussen boekhouding en Begovic?'

'Dat weet ik niet. Nog niet.'

'Misschien moeten we proberen om daarachter te komen in plaats van naar de plechtigheid te gaan.'

'Ik ga naar de plechtigheid. Jij hoeft niet mee te gaan.'

'Wat zouden we daar nu te weten kunnen komen? En het zou best gevaarlijk kunnen worden, want er zijn ongetwijfeld mensen van Minerva die ons herkennen.'

'Dat zou heel gevaarlijk worden. Voor hen.'

'Wat vind je ervan als we het online bekijken? Minerva heeft een eigen kanaal op YouTube. Dan hoeven we er niet in levenden lijve heen.'

'Jawel.'

'Jawel?'

'Ik moet erheen, want iemand doet zijn uiterste best me tegen te houden.'

41

Reacher telde negenendertig mensen bij de gevangenis, als hij Hannah en zichzelf niet meetelde.

Van elf mensen wist hij waarom ze er waren. Jed Starmer was gekomen om de vrijlating van zijn vader mee te maken. De twee cameramannen en zes man beveiliging werden betaald om er te zijn. Bruno Hix, oprichter en directeur van Minerva, genoot van het geluid van zijn eigen stem, terwijl Damon Brockman, die beweerde ook een van de oprichters te zijn, op het podium zelfgenoegzaamheid stond uit te stralen. Reacher wist niet zo goed waarom die andere achtentwintig er waren, welke wortel of welke zweep het voor hen de moeite waard maakte hun tijd te verdoen bij dit gebeuren.

Het werd allemaal een beetje levendiger toen er tien minuten verstreken waren waarin Hix had staan wauwelen over percentages, en filosofen had geciteerd. Het ene moment had hij met zijn armen staan zwaaien alsof hij een veilingmeester was die een topstuk moest verkopen, en vervolgens had hij er zo stijfjes bij gestaan, dat je zou denken dat iemand een stok in zijn kont had gestoken. Maar midden in een reeks cijfers brak hij zijn verhaal af, want achter het publiek werd een oude pick-up zichtbaar. Op de laadvloer stonden zes mensen. De bestuurder toeterde luid en mensen stoven aan de kant. Heel even leek het erop dat de pick-up van plan was het gevecht aan te gaan met de schragen van de schutting. Reacher ging naast Jed Starmer staan, voor het geval er echt heibel zou ontstaan. Maar toen stopte de pick-up. De zes mannen sprongen van de laadvloer en haalden protestborden tevoorschijn met teksten waarin de belangenverstrengeling van justitie en winstbejag werden gehekeld. Op een van die borden werd Vrouwe Justitia afgebeeld met dollarbiljetten die haar weegschaal zwaar deden doorslaan. Een van de mannen had een megafoon. Hij slingerde de eis de wereld in dat de gevangenis moest worden gesloten. Dat vond het publiek niet leuk. Het werd onvriendelijk. Mensen begonnen te jouwen en werden handtastelijk. Er werd geduwd. De zes man beveiliging stelden zich met de knuppel in de aanslag op een rij op voor de schutting.

Hix sprong met zijn microfoon in de hand van het podium en liep naar de schutting. 'Stop,' zei hij. 'Laat de mensen spreken.'

De man met de megafoon pakte de microfoon aan. Even bleef hij stil, toen mompelde hij zich door een rijstebrijberg van klachten en beschuldigingen.

Hix knikte en toverde een hele reeks bezorgde uitdrukkingen op zijn gezicht. Na verloop van tijd nam hij de microfoon weer over. Meteen werd het versterkte geluid veel helderder. 'Mijn jonge vrienden,' zei hij. 'Ik ben blij dat jullie hier vandaag zijn. Ik ben blij...' Zijn ogen vielen op Reacher en plotseling stokte de adem in zijn keel. Hij was zijn stem kwijt. Hij stotterde en sputterde even en slaagde er toen met de grootst mogelijke moeite in zijn blik van Reacher los te maken. 'Ik ben blij dat jullie je druk maken om integriteit en menselijkheid. Als jullie voor de poort van een penitentiaire inrichting van een ander bedrijf hadden gestaan, zou er een redelijke kans zijn geweest dat het protest terecht was. Maar hier kan ik verheugd meedelen dat jullie geen gelijk hebben. Minerva geeft om de gezondheid van degenen die zich binnen de muren bevinden. Minerva geeft om veiligheid, om onderwijs, om het ontwikkelen van talenten. En...' Hix keerde zich om en liep terug naar het podium, '... we geven om het rechtzetten van in het verleden gemaakte fouten. Maar gelooft u mij niet alleen op mijn woord, dames en heren. Mag ik u voorstellen aan Anton Begovic.'

Een flap van de tent die voor de ingang stond, werd opzijgetrokken. Een man stapte door de opening naar buiten. Hij droeg een donker pak met een stropdas en zijn haar was net geknipt. Hij stond even met zijn ogen te knipperen tegen het zonlicht. Toen kwam Brockman die tot op dat moment nog niets had gedaan, in actie. Hij sprong van het podium, pakte de man bij zijn elleboog en hielp hem het podium op.

De man pakte de microfoon en deed een paar passen naar voren. 'Dank u allemaal voor uw aanwezigheid. Dank u, meneer Hix, en dank u, meneer Brockman. Maar ik wil vooral Minerva Correctional bedanken en iedereen die daarbij betrokken is. Toen anderen mij wilden opsluiten, hebben zij gevochten om mij op vrije voeten te zetten. Ik ben iedereen echt dankbaar en ik beloof, met u allen als mijn getuigen, dat ik de rest van mijn leven alles zal halen uit iedere seconde die mij is teruggegeven.'

De man wuifde. Hix en Brockman begeleidden hem aan de andere kant van het podium naar de klaarstaande BMW.

Jed bukte zich en probeerde onder het hek door te komen.

Reacher greep hem vast, trok hem terug en sloeg een arm om zijn borst.

Jed wurmde en kronkelde. 'Laat me los. Ik moet naar mijn vader. Hij is helemaal niet in de war. Jullie zitten ernaast.'

'Ik kan je niet laten gaan, Jed, want die man is je vader niet.'

Lev Emerson had bij de ingang van de werkplaats net even ten noorden van Vicksburg staan kijken naar de flakkerende en omhoogkrullende vlammen. Hij had staan kijken naar het lichaam dat schokte en kronkelde. Eerst fel en met woeste bewegingen, daarna zachter en minder verbeten, tot de hoek waar de kettingen van de stalen dakbalken omlaaghingen weer even schemerig en doods als tevoren was. Hij liep over het terrein naar Graeber, die het vat had opgeborgen en met zijn app de verlaten papierfabriek bij Winson had opgespoord.

Ze reden achter elkaar aan, Graeber voorop in de zwarte bestelwagen die werd verwacht bij de papierfabriek, Emerson achter hem aan in zijn sjofele vuilwitte bak. Eerst even naar het oosten en toen rechttoe rechtaan naar het zuiden tot de buitenwijken van Jackson. Daar reed Graeber het terrein op van een tankstation. Toen ze allebei de tank hadden volgegooid, wees Graeber naar een diner naast het tankstation. Geen opzienbarend etablissement, gewoon een lang, laag bakstenen gebouwtje met een plat dak en een neonreclame die goed eten beloofde.

'Wat vind je?' vroeg Graeber. 'Even iets eten? Kop koffie? We hebben tijd genoeg.'

Emerson inspecteerde de lay-out. Pal onder de ramen van de tent waren minstens tien vrije parkeerplaatsen. Het zou geen moeite kosten om de witte bestelwagen in de gaten te houden. 'Natuurlijk,' zei hij. 'Waarom niet?'

Binnen was de inrichting van de diner even functioneel als de aankleding buiten. Er stonden tien tafeltjes voor vier in twee rijen van vijf. Eenvoudig meubilair met hier en daar flinke krassen. Op de toonbank stonden twee koffiezetapparaten. Aan de muur hingen een klok, een ingelijste kaart van Mississippi en een tv. Een grote tv, het enige van deze tijd in de hele diner. Op het scherm werd het lokale nieuws gebracht. Het geluid stond uit, maar een banner onder in beeld vatte het nieuws samen.

Emerson zat met zijn gezicht naar het raam gericht. Hij wierp een blik op de menukaart en vroeg zich af wat hij zou bestellen, toen Graeber zijn onderarm vastpakte.

'Kijk,' zei Graeber. 'Op de tv.'

Op het scherm was de gebeurtenis voor de gevangenis in Winson te zien. Een man in een pak, met een vers geknipt kapsel stond op een podium in een microfoon te praten. De banner meldde: *Van alle blaam gezuiverde Anton Begovic bedankt Minerva Correctional bij vrijlating voor steun bij herziening van het vonnis. Directeur Bruno Hix zei...*

'Begovic?' Emerson haalde de gestolen telefoon tevoorschijn, toverde de foto van Carpenter op het scherm en hield het toestel omhoog.

'Of Carpenter,' zei Graeber. 'Het is dezelfde kerel. Geen twijfel mogelijk.'

De camera volgde de man in het pak, die door twee oudere mannen naar een wachtende BMW werd geleid. De auto reed stapvoets tussen het aanwezige publiek door.

'Kijk,' zei Emerson. 'Dat kenteken. MCI. Bel Fassbender. Hij is ons nog wat verschuldigd. Zeg dat hij moet uitzoeken van wie die auto is. En snel.'

Iets met de boekhouding, had Angela tegen Sam gezegd. Reacher had iets heel ingewikkelds verwacht. Iets wat je alleen kon ontrafelen als je goed opgeleid was en over allerlei kwalificaties beschikte. Maar het bleek om de eenvoudigste discrepantie te gaan die je maar in de boeken kon tegenkomen. *Eén te veel.* Eén gedetineerde, één ontbijt, één lunch, één diner...

Jed stapte achter in de VW-bus en vroeg: 'Hoe kun je zo zeker weten dat hij mijn vader niet is? Je hebt hem nooit ontmoet.'

'Ik heb de foto gezien die ze hebben gemaakt op de dag dat hij werd gearresteerd.'

'Mensen veranderen,' zei Hannah. Ze schudde overdreven huiverend haar hoofd. 'Als je een foto van mij zou zien van zestien jaar geleden...'

'De echte Anton Begovic mist een deel van een oor. Oren groeien niet opnieuw aan. Dat maakte de foto in de envelop van Angela zo belangrijk. Zonder die foto zouden we nooit te weten zijn gekomen dat de verkeerde man op vrije voeten is gesteld.'

Hannah ging iets harder rijden. 'Wie is er vrijgelaten?'

'Iemand die een nieuwe identiteit nodig heeft. We zullen zien wie het is als we Hix inhalen.'

'En als Hix niet op weg is naar huis?'

'Ik denk het wel. Hij had niet verwacht ons te zien bij de plechtigheid, dus hij had ook niet verwacht ervandoor te moeten. Hij gaat zich ergens verstoppen of hij gaat spullen pakken voor onderweg.'

'En als je geen gelijk hebt?'

'Dan bel ik rechercheur Harewood. Dan mag hij de FBI inschakelen.'

'Hou op over die Hix,' zei Jed. 'Die man interesseert me niet. Ik geef alleen om mijn vader.'

'We moeten achter Hix aan om uit te zoeken wat er met jouw vader is gebeurd.'

'Wat er met hem is gebeurd? Er is niets met hem gebeurd. Hij zit nog steeds in de gevangenis.'

Reacher reageerde niet, Hannah evenmin.

Een tijdlang heerste er stilzwijgen in de VW-bus.

'Waar zou hij anders moeten zijn?' zei Jed. 'De verkeerde is naar buiten gekomen. Mijn vader moet nog steeds in de gevangenis zijn.'

'De verkeerde is naar buiten gekomen. Dat is het enige wat we zeker weten.'

'Die man heeft de naam van mijn vader gestolen.' Jed begon te huilen. 'Twee mensen met dezelfde naam kan niet. Mijn vader is dood, toch? Dat is wat jullie niet zeggen. Hij is dood en ik heb hem zelfs nog nooit gezien.'

Hannah reed langzaam langs de grote witte villa. De BMW stond op dezelfde plaats als die ochtend.

'Goddank, hij is hier.' Hannah parkeerde met twee wielen in de berm. 'Wat doen we nu? Je kunt moeilijk op de bel drukken en Hix vragen of je binnen mag komen. Ik wil wedden dat het hek zo sterk is dat je er niet met deze bus doorheen kunt rammen. Waarschijnlijk zijn er allerlei sensoren die alarm slaan als je over de muur klimt. Bovendien zijn er glasscherven in gemetseld boven op die muur. In de grond achter de muur zullen ook wel sensoren zitten.'

'Zet de bus met de achterkant tegen de muur.' Reacher haalde een pistool uit de kussensloop. De woestijnzandkleurige SIG P320 die hij had buitgemaakt op het tweede stel tuchthuisboeven, bij de truckstop aan de 120. 'Jed, kijk eens in die onderste la. Ik heb vijf dekens nodig, en het kussen van de bank.'

Reacher knoopte twee van de dekens diagonaal aan elkaar om een zo groot mogelijk lengte te hebben, rolde ze tot een soort koord en hing dat in lussen om zijn nek. Hij verwerkte de andere drie dekens op dezelfde manier. Hij maakte één eind vast aan de achterbumper van de bus en klom op het dak. Hannah gaf hem het kussen. Dat legde hij op het glas dat boven op de muur was vastgezet in het metselwerk. Hij legde het dekenkoord over het kussen en liet het aan de andere kant van de muur voorzichtig zakken om ervoor te zorgen dat het de grond niet zou raken. Hij stapte op de muur en zette zijn voeten op de smalle strook waar geen glas lag. Hij controleerde of de dekens zo laag hingen dat hij ze zou kunnen pakken als hij onverhoopt snel weer uit de tuin zou moeten klimmen en keek toen rond. Pal tegen de muur lag aan de binnenkant een strook gras van een dikke meter breed. Onder dat gras zouden de sensoren begraven liggen. Meteen achter het gras lag een strook van een meter of vijf met bomen. Reacher liet zijn oog vallen op een plek tussen twee dunne boompjes. Hij sprong, rolde voorover en drukte zichzelf op tot hij op zijn hurken zat. Hij luisterde. Geen alarm. Geen gerinkel. Geen honden.

Hij ging staan en liep tussen de grasstrook en de bomenrij naar een punt waar hij de tuin diagonaal kon oversteken naar een hoek van het huis. Dat betekende dat er geen ramen waren waardoor hij rechtstreeks kon worden gezien. Hij kroop tussen de bomen door tot aan de rand waar de dekking ophield en bleef daar vijf minuten stil liggen kijken.

Hij hoorde een geluid links achter zich. Een twijgje dat knapte. Reacher drukte zich op, zo snel hij kon, ging staan en rende in de richting van het geluid. Hij rondde een dikke boom en vond een man die met zijn rug tegen de stam zat en zijn armen om zijn opgetrokken knieën had geslagen. Hij gluurde omhoog naar Reacher en fluisterde: 'Doe me alsjeblieft geen pijn, doe me alsjeblieft geen pijn, doe me alsjeblieft geen pijn.'

'Ik doe je niets,' zei Reacher op gedempte toon. 'Wie ben jij?'

De man ging iets rechterop zitten. Toen Reacher een beter zicht op hem kreeg, moest hij aan Che Guevara denken. 'Ik ben Maurice,' zei de man. 'Wie ben jij?'

'Reacher. Wat doe je hier?'

'Dat zeg ik liever niet.'

'Werk je voor Hix? Of voor iemand bij Minerva?'

'Shit, nee.'

'Ga je de politie bellen, of iets anders onmetelijk doms doen?'

'De politie bellen is wel het laatste wat ik zou doen. En zou ik iets stommers kunnen doen dan vast komen te zitten in deze tuin?'

'Oké dan, aangenaam.' Reacher keerde zich om en begon in de richting van het huis te lopen.

'Hé, wacht. Hix is thuis, met zijn rechterhand en nog iemand.'

Reacher negeerde de man en liep door.

Maurice haastte zich achter Reacher aan. 'Hé, wacht. Alsjeblieft, ik moet het je vragen. Werk je aan een artikel? Want als dat zo is...'

'Ben jij journalist?' vroeg Reacher.

Maurice knikte.

'Ik niet. Ik zal je primeur niet stelen. Dus blijf gewoon hier. Hou je gedeisd. Wees stil. Trek geen aandacht. Iemands leven staat op het spel.'

'Iemand? Een heleboel mensen.'

'Hoe bedoel je?'

'Je bent hier vanwege de drugs, hè? Daarom zit je achter Hix aan. Wat is er gebeurd? Een familielid overleden? Een vriend? In een van de gevangenissen van Minerva?'

Reacher greep Maurice bij zijn arm en trok hem mee, dieper tussen de bomen. 'Vertel me wat je weet. Alles. In een notendop.'

'Het zit zo. Minerva is een octopus, een kwaadaardige octopus. Aan de oppervlakte o zo progressief en verlicht. Maar in werkelijkheid hebben ze overal hun tentakels in. Ze plukken het neusje van de zalm tussen de gedetineerden uit en die zetten ze op allerlei manieren aan het werk, ook bij het maken van designerdrugs. Dat doen ze in de afdelingen waar niemand opgesloten zit. Zo voorzien ze hun eigen populatie van drugs en daarom is het sterftecijfer zo hoog. Dat ontkennen ze, maar het is waar. Zo zijn ze begonnen, maar ze bewerken nu ook andere markten.'

Drugs, dat klonk logisch, dacht Reacher. In elke gevangenis hebben ze een drugsprobleem. Misschien had Minerva de zaak omgedraaid en van een probleem een kans gemaakt. Daar viel veel mee te verdienen. En de lui die in die wereld werkzaam zijn, verkeren zo nu en dan in de omstandigheid dat een nieuwe identiteit welkom is. 'Heb je bewijzen?' vroeg hij.

'Sterftecijfers. Ik heb cijfermateriaal op papier, maar verder niets. Nog niet.'

'Ik ga nu bij Hix op bezoek. Misschien komt het onderwerp aan de orde. Als ik iets concreets te weten kom, mag je ermee doen wat je wilt.'

42

Reacher kwam uit de dekking van de bomen en liep vanuit het zuidoosten naar een achterhoek van het huis. Hij klom op de balustrade van het bordes, sloeg zijn linkerarm om een pilaar die het balkon ondersteunde, pakte met rechts de dekens die hij opgerold had meegedragen om zijn nek. Hij pakte het ene uiteinde en slingerde het dekenkoord met een zwaai omhoog. Bij de derde poging sloeg hij het als een zweep in de richting van het huis en trok hij het meteen weer terug, alsof hij een leeuwentemmer was met een merkwaardig grote zweep. De punt boog om de pilaar heen en viel daar omlaag. Reacher ving het uiteinde met zijn linkerhand op. Hij bracht zijn handen dicht bij elkaar en greep beide stroken stof stevig vast. Hij zette een voor een de zolen van zijn schoenen vlak tegen de pilaar, bewoog zijn linkerhand omhoog en deed een verticale stap met zijn rechtervoet. Verplaatste zijn rechterhand en stapte met links. Toen hij de rand van het balkon kon vastpakken, trok hij zich op en rolde hij over de rand op het balkon.

Hij klom overeind en bleef doodstil staan luisteren. Hij hoorde niets.

In de zijgevel was een reeks van vier glazen deuren die toegang gaven tot het balkon. Misschien de deuren van vier slaapkamers. Ze waren alle vier dicht en achter het glas waren witte gordijnen dichtgeschoven. Reacher liep stil naar de achterkant van het huis. Er was degelijk hout gebruikt voor de houten vloer van het balkon. Zijn voeten produceerden geen verraderlijke geluiden. Hij keek omlaag naar de tuin, een vlak gazon van vijftien meter in het vierkant, uitgehakt uit de bomen. Hix moest zich hebben voorbereid op een feestje, want links stond een bar met een rij zilverkleurige emmers voor ijs. Ernaast tafels met dienbladen met plastic bekers en twee enorme afvalbakken, versierd als amforen. Midden op het gazon was een plankier neergelegd als tijdelijke dansvloer. Rechts stonden op een klein podium een drumstel en microfoonstandaards onder een lichtbalk over de volle breedte van het podium.

Reacher liep verder over het balkon tot hij vond wat hij zocht, het schuifraam met matglas van een badkamer. Hij haalde zijn pinpas uit zijn broekzak en drukte die in de spleet tussen het bovenraam en het schuifraam. Hij wrikte de pinpas heen en weer tot hij voelde dat de vergrendeling in beweging kwam en uit de weg schoof. Hij tilde het schuifraam twee centimeter op en gluurde door de kier naar binnen. Hij zag een bad, een wastafel, een toilet, maar geen mensen. Hij schoof het raam helemaal omhoog en klauterde naar binnen. Hij liep naar de deur, trok die een klein eindje open en gluurde door de kier, maar zag niemand. Hij stapte over de drempel de overloop op. Die was U-vormig en langs de open zijde liep een rijkversierde balustrade, min of meer een pendant van de balustrade langs het balkon buiten. Aan het einde van de overloop voerde een brede trap naar de hal beneden. Er klonk geluid van stemmen, drie mannen. Bekende stemmen, een woedend stemgeluid.

Reacher sloop langs de trap naar beneden. Hij liep langs de kant waar de kans dat de treden zouden kraken het kleinst was. Eenmaal beneden sloop hij naar de eerste deur rechts. Daarachter schreeuwden de mannen tegen elkaar. Reacher herkende stemmen van de plechtigheid bij de gevangenis. Een nieuwe stem die daar niet geklonken had moest die van Brockman zijn.

'Het is jouw schuld,' zei Brockman. 'Als jij niet plotseling in je broek had gescheten van angst en je had verstopt als een klein kind, hadden we...'

'Je maakt het allemaal veel groter dan het is.' Dat was de man die tevoorschijn was gekomen uit de tent en zich voordeed als Begovic. 'Ik was bang, dat klopt, maar ik ben geen idioot. Ik was nog steeds gewoon aan het werk. De contacten zijn hersteld. De leveringen komen vanmiddag weer op gang. Het tarief bij twee van onze klanten is omhooggegaan. Er is vraag genoeg en we hebben meer dan genoeg voorraad. De enige vraag is hoeveel geld we willen verdienen.'

'Maar Reacher heeft jou gezien.'

'Nou en?'

'En hij heeft de foto gezien. Hij weet dat jij Begovic niet bent.'

'Is de foto niet vernietigd?'

'Jawel.'

'En zijn de vingerafdrukken vervangen?'

'Ja.'

'En er is geen DNA van Begovic in de database, dus het valt niet te bewijzen dat ik Begovic niet ben. Je had meteen met me moeten praten, dan had ik je dat verteld. Er is geen gevaar, vooral niet omdat Begovic over een uur verleden tijd is. Morgenvroeg bestaat hij alleen nog uit losse onderdelen. Er is helemaal niets wat Reacher of wie dan ook daaraan kan doen.

Reacher deed de deur open en stapte over de drempel van wat een keuken bleek te zijn die kennelijk onlangs was gerenoveerd. Overal was marmer, lichtgekleurd hout en roestvrij staal toegepast. Drie mannen zaten op krukken bij een ontbijtbar. Als één man keerden ze zich naar de deur.

Brockman ging staan. 'Reacher? Wat doe jij verdomme hier?'

Reacher overbrugde de twee meter tussen hem en Brockman met twee stappen en stompte hem in zijn gezicht. Brockman klapte achterover tegen de ontbijtbar en gleed omlaag op de vloer.

Reacher keerde zich naar de man die zich voordeed als Begovic. 'Jij. Hoe heet jij in het echt?'

De man klom van zijn kruk. 'Krijg de klere.'

'Met zo'n naam heb je vast een rottijd gehad op school.' Reacher stompte hem in zijn maag. De man sloeg dubbel. Reacher ramde zijn elleboog op diens achterhoofd. De man ging door de knieën en landde hard op de vloer, waarbij zijn gezicht de grootste klap opving.

Reacher keerde zich naar Hix.

Hix bleef op zijn kruk zitten. Hij had zijn telefoon in zijn hand. 'Je moet mij niet aankijken. Ik zeg niets.'

Hix priemde met zijn wijsvinger drie keer op de knoppen. Reacher pakte hem de telefoon af. Op het scherm stonden de cijfers 911, maar er was nog geen gesprek tot stand gekomen. Reacher liet de telefoon op de vloer vallen en verbrijzelde hem met zijn hak.

Toen liep hij om de bar heen naar het eigenlijke keukengedeelte. Hij trok laden open tot hij er een vond met keukengereedschap. Hij pakte een mes. Een klein, scherp mes met een lemmet van hooguit een centimeter of acht, bedoeld voor fijn werk. Schillen, fijnsnijden, in kleine stukjes snijden. Reacher stak het omhoog zodat Hix er goed naar kon kijken. 'Ik heb je vanmorgen op dat podium gezien. Het zag eruit alsof je er veel plezier aan beleefde, alsof je genoot van alle aandacht. De camera's en zo. Dus je moet mij eens vertellen of je denkt dat de camera's nog steeds zo van je zullen houden als ik je neus eraf snijd en je dwing om hem op te eten.'

Reacher was in totaal minder dan tien minuten in de grote witte villa. Toen hij weer naar buiten kwam, had hij een legitimatie voor de gevangenis aan een koord om zijn nek. In zijn hand hield hij een autosleutel. Hij liep naar de BMW van Hix en opende het portier aan de bestuurderskant. Hij boog voorover naar binnen en drukte op een knop tegen het dak van de auto vlak bij de achteruitkijkspiegel. Aan het begin van de oprit kwamen beide delen van het toegangshek in beweging. Hij riep naar Maurice dat hij uit zijn schuilplaats tevoorschijn kon komen. Toen liep hij naar het begin van de oprit en riep naar Hannah dat ze het kussen van de muur en de deken van de bumper moest halen en met de VW-bus naar de voordeur moest rijden.

Hannah parkeerde de bus aan de voet van de treden naar het bordes bij de voordeur. Jed had de plaats op de passagiersstoel ingenomen. Maurice stond zenuwachtig bij de achterkant van de bus.

'Oké,' zei Reacher. 'Luister. Jed, je vader leeft. Ik zal proberen hem in leven te houden, maar ik ga je niets voorliegen. De tijd dringt, hij zit zwaar in de problemen. Ik kan je niets beloven. Hannah, ik wil dat jij Jed naar de Riverside Lodge brengt. Boek een kamer onder de naam J.P. Slough. Betaal contant. Bel rechercheur Harewood en zorg ervoor dat hij de FBI inschakelt. Ze moeten hier beginnen, in dit huis. Ga weg uit Winson als ik over twee uur niet terug ben, en kom niet terug. Maurice, je had voor een deel gelijk. Iets vermoordt gedetineerdeen van Minerva, misschien ook wel andere mensen buiten de gevangenis, maar het gaat niet om drugs.'

Reacher pakte de kussensloop en liep ermee terug naar de BMW. Tegen de tijd dat hij had ontdekt op welke knoppen hij moest drukken en aan welke hendels hij moest trekken om de stoel in een zodanige positie te zetten dat hij achter het stuur zou passen, was Hannah aan de passagierskant ingestapt.

'Je probeert me alweer te dumpen. Dat is een akelige gewoonte van je,' zei ze.

'Ik dump je niet. Je kunt alleen deze keer niet mee. Dit is een klus voor één persoon. Bovendien wil ik graag dat je je een beetje om Jed bekommert. Als het fout gaat en als zijn vader het niet haalt, heeft hij veel hulp nodig.'

'Leeft zijn vader echt nog?'

'Ik denk het wel.'

'Waar?'

'In de gevangenis.'

'Wie is de bedrieger?'

'Iemand die zich Carpenter laat noemen, al is ook dat misschien niet zijn echte naam. Hij is een tussenpersoon tussen Minerva en de cliënten die ze bedienen. Hij heeft tien jaar geleden iemand verraden in Paraguay. Hij ging er destijds van uit dat de man de gevangenis niet zou overleven. Dat deed hij wel. Hij is nu terug in de Verenigde Staten en zint op wraak. Die lui bij Minerva konden hun handen niet van Carpenter aftrekken, want ze hebben zijn contacten nodig. Dus had Carpenter een nieuwe identiteit nodig. Hij was doodsbang en heeft zich tot de plechtigheid in de gevangenis verscholen. De verschillen in het cijfermateriaal vielen Danny Peel op. Hij begon te graven en slaagde erin de lijntjes tussen de punten te trekken. Hij vertelde het verhaal aan Angela, die het op haar beurt aan Sam vertelde. De rest is je bekend.'

'Waar zijn die lui van Minerva nu? Hix, Brockman en Carpenter?'

'In het huis, in de keuken.'

'We kunnen ze niet onbewaakt achterlaten.'

'Die gaan nergens heen.'

'Op eigen kracht misschien niet, maar als er nu eens een van de andere kerels komt kijken?'

'Daarom moet Harewood de FBI inschakelen.'

'En als ze gered worden voordat die er is?'

'Dat is een risico dat we moeten nemen. Ik kan niet bij ze blijven om de wacht te houden. Ik moet naar Begovic.'

'Dan houd ik de wacht. Ik ga niet op de loop en me verstoppen, als de voordeur naar die kerels wagenwijd openstaat. Ze hebben Sam vermoord. Ik ga pas ergens anders naartoe als ze zijn gearresteerd. Dat is mijn beslissing, mijn risico. Ik heb mijn SIG en ik ben niet bang om die te gebruiken. Dat heb je gisteravond gezien.'

Reacher zei niets.

'Die andere vent die hier rondsluipt, is dat een revolutionair of zo? Of heeft hij gewoon een slechte smaak als het om kleren gaat?'

'Hij heet Maurice. Hij is journalist. Hij lijkt me onschuldig.'

'Dan kan hij op Jed passen.'

'Ik denk het.'

'Jed had gelijk. Ze gaan zijn vader vermoorden. Ik zie niet hoe jij ze kunt tegenhouden.'

'Ik heb een idee.'

'De man zit in een cel in de gevangenis. Daar krijg je hem niet uit. Dat weet je, hoop ik. Sam heeft ontsnappingsplannen bestudeerd. Het vergt maanden van voorbereiding, van observeren, van het opzoeken van slordigheden in het optreden van de gevangenbewaarders, van het speuren naar installaties die niet goed werken, en vooral het zoeken naar personeel dat kwetsbaar is vanwege een scheiding, een drankprobleem of gokschulden. Je hebt geluk nodig. En dan mislukt nog steeds negenennegentig procent van alle pogingen.'

'Ik denk dat mijn kansen beter liggen.'

'O ja? Waarom denk je dat?'

'Harold droeg geen trouwring en ik heb vier keurige driehoeken met gras gezien.'

Reacher parkeerde de BMW op de oprit voor Harolds huis. Het was een klein en verwaarloosd huis zonder verdieping. De verf bladderde af, op de ramen zat een laag aangekoekt vuil. Het stoepje voor de voordeur stelde weinig voor en de tuin was overwoekerd door onkruid. Reacher begon bij de brievenbus. Die puilde uit. Reacher besteedde geen aandacht aan de brieven, maar haalde het elastiek van het eerste het beste bundeltje dat hij in handen kreeg. Hij nam het mee naar de achterdeur. Het kostte geen enkele moeite om de juiste sleutel te vinden in de kussensloop. Het was de sleutel met de meeste krassen. Reacher maakte de deur open, liep snel door de keuken en de gang naar de slaapkamer van Harold. Hij trok de deur van de kledingkast open. Er hing slechts één pak, zwart. Op de hanger ernaast hing een wit overhemd, opgerold in een la lag een stropdas, ook zwart. Begrafenistenue, dacht Reacher. Maar dat deerde hem niet. Voor wat hij in gedachten had, kon hij het goed gebruiken. Hij trok het pak aan en stopte zijn eigen spullen in de kussensloop.

De volgende halte was de garage. In theorie was er genoeg ruimte voor drie auto's, maar twee derde van de ruimte werd in beslag genomen door toestellen voor krachttraining. Aan de muren hingen foto's van Harold, die in rare pakjes van spandex in de weer was met allerlei zwaar spul. Tractoren, banden, vee, een kaaswiel. Reacher had vragen. Het laatste derde deel van de garage was leeg. Er zaten olievlekken in de vloer, vlekken van gemorste verf, opgedroogde resten van andere vloeistoffen, maar er hing geen logboek. Harold had niet nauwgezet bijgehouden wat er was gebeurd. Waarschijnlijk was hier nooit enig onderhoud van betekenis uitgevoerd. Reacher liep naar de kleine werkbank, pakte een mes, een schroevendraaier, een hamer en een rol ducttape.

Toen hij weer in de auto zat, verzamelde hij al het resterende geld uit de portemonnees in de kussensloop. Hij maakte er een rolletje van, dat hij bij elkaar hield met het elastiek uit de brievenbus en vervolgens in zijn zak stopte. Hij haalde alles uit de kussensloop, behalve het gereedschap en de SIG. Hij hing het koord met de legitimatie om zijn nek en reed naar de gevangenis.

Het publiek was verdwenen, evenals de beveiligers en de cameramannen. De enigen die nog buiten de gevangenis aanwezig waren, waren personeelsleden van bedrijven waar klapstoelen en materiaal voor de schutting was gehuurd. De tent hield de ingang van de gevangenis nog steeds uit het zicht, zij het minder absoluut dan eerst. Het dak zakte door en de wanden bolden op onder de bries. Het plankier van het podium was al weg. Het materiaal lag op een vrachtwagentje dat naast het frame stond. Reacher parkeerde naast het vrachtwagentje. Hij stapte uit en begon tussen de arbeiders door te lopen alsof hij een baas was die inspecteerde of alles naar behoren verliep. Het werkvolk keek de andere kant op en deed alsof ze hem niet zagen.

Reacher slenterde naar de ingang, bukte zich alsof hij iets laags van dichtbij wilde bekijken en zette onopvallend de rol geld op zijn zij vlak bij de omheining. Hij slenterde terug naar de BMW, maar toen hij daar vlakbij was, keerde hij zich naar een drietal arbeiders een paar meter verderop.

'Hé,' riep hij. 'Jullie daar met z'n drieën. Hou eens op te lanterfanten en haal die tent weg. Er komen straks bezoekers. Hoe moeten die in godsnaam binnenkomen?'

De arbeiders mopperden en mompelden wat en kwamen in beweging om de nieuwe opdracht uit te voeren. Reacher haalde de kussensloop uit de BMW, droeg hem naar het vrachtwagentje bij het podium, opende het portier en legde de sloop op de passagiersstoel. Vervolgens deed hij een paar stappen terug en keek hij naar de arbeiders die bij de tent bezig waren. Het duurde een paar minuten voordat een van hen de rol geld zag. Hij deed een stap in de richting en bukte zich om het geld op te rapen. Maar de verrassing en hebzucht hadden hem onvoorzichtig gemaakt. Hij was te dicht bij de omheining gekomen. De ondergrondse sensoren registreerden zijn voetstappen en stuurden signalen naar de beveiligingscomputers in het commandocentrum. Een sirene begon te loeien, rode lampen begonnen te flitsen. Alle schijnwerpers op het hele terrein van de gevangenis gingen branden. Alle camera's met zicht op de plek waar het alarm was geslagen, wentelden ernaartoe om de beveiliging maar zo duidelijk mogelijk te laten zien wat er gaande was.

Reacher sprong achter het stuur van het vrachtwagentje, startte de motor en zette hem achteruit bijna tegen de omheining, aan de voet van de dichtstbijzijnde wachttoren. Hij greep de kussensloop en klauterde op het dak van het vrachtwagentje. Hij rekte zich uit en greep het hek van de omloop op halve hoogte van de toren. Hij zette zich af, trok zich op en rolde over het hek. Niemand verwelkomde hem. Er was niemand op de wachttoren. Er was niemand te zien in uniform, met een geweer.

Reacher gluurde over het muurtje aan de gevangeniskant van de omheining. De driehoek met gras lag onder hem, voor hem onder een hoek van ongeveer zestig graden. Het gras zag er even groen en weelderig uit als dat buiten de gevangenis. Van deze hoogte kon hij zien dat de bakstenen van het muurtje eromheen roodgeverfd waren. Dat was bedoeld om mensen te waarschuwen het gras niet te betreden. Dat hing samen met het doel van het gazonnetje. Gevangenbewaarders op de wachttoren konden er waarschuwingsschoten in lossen. De grond onder het gazon was zacht en absorbeerde goed. Geen risico van afketsende kogels. Er was onlangs nog een oproer geweest. Hannah had hem erover verteld. Toch zag Reacher geen kogelgaten in het keurig getrimde gras. Dat betekende dat de torens niet echt meer werden gebruikt, alleen nog als windowdressing op momenten dat Hix weer eens een publiciteitsstunt uithaalde. Het zware werk op het gebied van bewaking werd tegenwoordig gedaan door elektronica. Camera's en sensoren. Reacher glimlachte. Hij moest denken aan wat ze in het leger plachten te zeggen. Soms gaat er niets boven het blote oog van de mens.

43

De wachttorens werden niet meer gebruikt, maar ze waren nog wel aangesloten op de door hekwerken ingesloten paden die het terrein van de gevangenis doorkruisten. Reacher klom langs de ladder omlaag en liep in de richting van het gebouw waarin het commandocentrum was ondergebracht. Hij wist waar dat was omdat Hix een plattegrondje voor hem had getekend. Onderweg passeerde hij vijf deuren met beveiliging, maar de legitimatie van Hix ontgrendelde ze allemaal. De laatste deur was die van het commandocentrum zelf. Vanaf dat punt hadden alle deuren dieper de gevangenis in de typering 'operationeel' gekregen in plaats van 'functioneel'. Dat betekende dat die deuren alleen op afstand konden worden opengemaakt en gesloten. Dat was dan ook precies de reden van Reachers bezoek aan het commandocentrum.

Toen Reacher binnenkwam waren er twee man aan het werk. Allebei waren ze achter in de vijftig en allebei hadden ze lang genoeg meegelopen om in tijd van nood snel en adequaat te handelen. Dat was tenminste de theorie. Het was een veronderstelling die was gebaseerd op de waarschijnlijkheid van ontsnappingspogingen en oproer, niet op de inbraak van een man in zijn eentje. Maar de theorie hield stand. Reacher gaf de mannen instructies. Die voerden ze heel precies uit zonder te protesteren. Ze protesteerden zelfs niet toen Reacher hen opsloot in een bezemkast en de sleutel afbrak in het slot.

Reacher bestudeerde de lay-out van het instrumentenpaneel. Het zag er rudimentair uit, maar herbergde geen verrassingen. De pictogrammen die de deuren representeerden van afdeling S1 waren allemaal groen, terwijl alle andere deuren rood waren. Dat was precies wat Reacher wilde zien. Hij pakte de hamer uit de kussensloop en sloeg het hele paneel aan gruzelementen. Vervolgens sloeg hij het scherm van alle monitoren van bewakingscamera's stuk. Het zou onmogelijk zijn om alle camera's onderweg uit te schakelen, maar het leek hem ook niet verstandig om eventueel opdagende hulptroepen te faciliteren met goed werkende camerasystemen.

Er waren nog vijf deuren die Reacher moest passeren voordat hij bij de cel zou arriveren waarin Begovic was opgesloten. De eerste twee bevonden zich in de met hekwerken ingesloten paden. Daar was Reacher voor alles en iedereen zichtbaar. Hij bevond zich in het hart van de vijandelijke omgeving, vanzelfsprekend belachelijk in de minderheid en qua vuurkracht te verwaarlozen. Als een van die deuren niet open wilde, zou dat een serieus probleem zijn. Dat zou ook gebeuren als er een of ander anti-infiltratiesysteem was, waarvan hij zich niet bewust was, dat plotseling in werking gesteld zou worden. Of als er ergens een reserve-instrumentenpaneel was. Of een automatisch resetprotocol. Hij wist dat er allerlei manieren waren om ervoor te zorgen dat hij hier niet meer levend uit kwam.

Reacher liep langzaam naar de eerste deur. Kalm. Hij strekte zijn arm en duwde tegen de deur, die zonder problemen openzwaaide. Datzelfde gebeurde bij de tweede deur. De derde deur bevond zich op de overgang van het met hekwerk ingesloten pad naar een overdekte gang. Een krappere ruimte, aan alle kanten ingesloten. Hij zou als een rat in de val zitten als de deuren op slot sprongen. Maar de derde deur ging ook open, en de vierde, die toegang gaf tot de eigenlijke afdeling met zijn kruisvormige lay-out. Reacher bevond zich op het middelpunt van het kruis op de begane grond. Boven hem lagen de drie ruimten die het commandocentrum van de afdeling vormden. In het midden van elk van de vier wanden om hem heen was een deur naar een vleugel met cellen. Reacher liep naar de deur van de westvleugel, het was de vijfde deur van zijn tocht naar de cel van Begovic. Hij duwde ertegen, de deur ging open.

Hij bleef aan het begin van de gang staan en keek naar de zestien celdeuren. Vijftien van de zestien waren nooit vergrendeld omdat de afdeling officieel niet werd gebruikt. De zestiende cel werd gebruikt voor clandestiene projecten. Hix had gezworen dat Begovic de enige gedetineerde was in het cellenblok, maar misschien had

Hix er stiekem ook een paar loyale psychopaten ondergebracht die ervoor konden zorgen dat die leugen hem niet te duur zou komen te staan.

Reacher luisterde. Hij hoorde geluiden van mensen die bewogen. Twee mensen. Het geluid kwam uit de eerste cel rechts, cel W1. Dat was de cel waar het transport werd voorbereid, had Hix verteld. De deur stond op een kier. Reacher duwde hem helemaal open. In het midden van de ruimte stond een operatietafel. Ernaast een trolley met chirurgische instrumenten. Er was een kast met medicijnen. Twee infuusstandaarden, een hartmonitor, een metalen kist met een 12-voltbatterij aan het voeteneind die het systeem voedde waarmee de temperatuur werd geregeld. Aan de muur hing een defibrillator. Er waren twee mannen in operatiekleding aan het werk.

Een van de twee greep een scalpel van de trolley en viel uit naar Reacher. Hij probeerde Reacher in zijn buik te steken, maar er zat geen kracht, geen venijn achter de aanval. De man was geen straatvechter, dat was duidelijk. Reacher sloeg zijn arm opzij, maakte gebruik van het momentum van zijn maaiende arm om verder door te draaien en kracht te zetten achter de vuist van zijn andere hand waarmee hij de man net onder zijn oor stompte. De man tuimelde over de operatietafel en landde in de smalle kloof tussen de operatietafel en de muur van de cel.

Reacher keerde zich naar de tweede man die met zijn handen omhoog stond. 'Doe me niets, ik maak geen problemen. Zeg maar wat ik moet doen.'

'Staan jullie op het punt om Begovic *voor te bereiden*?'

'Dat denk ik. Ze vertellen ons nooit hoe ze heten.'

'Hakken jullie hem in mootjes?'

'God, nee. Dat doet de koper. Wij versturen het lichaam in zijn geheel.'

'Wie is de koper?'

'Dat weet ik niet.'

Reacher deed een stap naar de man toe.

'Ik zweer het je. Dat soort dingen vertellen ze ons niet, maar er gaan wel geruchten dat dit onze grootste klant gaat worden. Ze werken vanaf een schip voor de kust van New Jersey, net buiten de territoriale wateren. Daar gelden allerlei regels niet.'

'Dus de lui op dat schip hakken hem in stukken. En dan? Slaan ze die stukken op tot iemand ze nodig heeft?'

'Uiteindelijk wel, maar ze houden hem in leven zolang ze alleen niet-essentiële onderdelen oogsten. Hoornvlies, een nier, huid, sommige botten, de grote gewrichten en bloed. Bloed wordt steeds aangevuld, dus het heeft zin om hem zo lang mogelijk in leven te houden.'

'Hoeveel is dat allemaal waard?'

'Als hij eenmaal dood is, gebruiken ze de rest. Alles, dus ik denk zo'n achtduizend dollar.'

'Je verstuurt mensen naar die hel, mensen die nog leven als ze hier vertrekken.'

'Dat is mijn taak. Ik doe alleen maar wat me wordt opgedragen.'

Reacher voelde de gal omhoogkomen, dus stapte hij naar voren, gaf de man een kopstoot en liep weg uit de cel.

De cellen W2, W4 en W6 waren leeg. W3 ook, maar W5 vertoonde sporen van recente bewoning. Er stond een volwaardig tweepersoonsbed met een lichtblauw dekbed. Op een metalen hutkoffer in de hoek stond een tv. Het rook er vaag naar pizza en Chinees eten. Dat moest de cel zijn waar Carpenter zich had schuilgehouden tot hij de plaats van Begovic had ingenomen. Cel W7 was leeg. Begovic was in W8. Hij lag doodstil op zijn rug op het bed toen Reacher de deur opendeed. Even dacht Reacher dat hij dood was, dat hij in een hinderlaag was gelokt, maar toen knipperde Begovic met de ogen.

'Anton?' zei Reacher zacht. 'Ik heet Reacher. Ik ben gekomen om je te helpen, om je hier weg te halen. Dat moet nu meteen. Kun je staan?'

Begovic bewoog zich niet. Hij zei niets.

Niet dood dus, dacht Reacher, alleen catatonisch. Dat was begrijpelijk. De man was jarenlang onschuldig opgesloten. Vervolgens hadden ze hem zijn vrijheid beloofd, maar in plaats daarvan opnieuw in isolement opgesloten. Reacher voelde medeleven, maar hij wist ook dat de seconden wegtikten.

'Begovic,' commandeerde hij. 'Geef acht! Voorwaarts, mars!'

Begovic stond op en liep naar de deur. Reacher keek snel de cel rond of er wellicht zaken met een emotionele waarde waren die per se mee moesten, maar zag niets bijzonders. Hij begeleidde Begovic door de gang naar de eerste van de vijf deuren van de terugweg in de centrale ruimte. Ze waren halverwege toen het licht uitging. Zes lange seconden hield de inktzwarte duisternis aan. Reacher hoorde twee zware metalen knallen. Een achter zich en een voor zich. Begovic' ademhaling klonk plotseling gejaagd, oppervlakkig, luidruchtig. Opnieuw klonk een zwaar metalig geluid, waarna het licht op halve sterkte weer aanging.

'Wat gebeurt er?' vroeg Begovic.

'De stroom viel uit,' zei Reacher. 'De stroomvoorziening is nu overgenomen door generatoren.'

'Oké,' zei Begovic. Hij begon weer te lopen.

Helemaal niet oké, dacht Reacher. *Het lijkt er niet op*. Maar hij zei niets tot ze bij de volgende deur kwamen. Het had geen zin alarm te slaan als hij zich vergiste. Dat bleek niet zo te zijn. Het was precies zo erg als hij had gedacht.

De deur was vergrendeld.

44

Emerson en Graeber vonden hun bestemming buiten Winson moeiteloos. Graeber reed de zwarte bestelwagen die de mensen op de plek van de afspraak verwachtten te zien. Emerson reed de witte bestelwagen. Ze reden er voorbij en stopten een paar honderd meter verder om te overleggen over de volgende stap.

Ze waren ruim op tijd, de papierfabriek lag afgelegen, het terrein was overzichtelijk. Het enige probleem dat ze konden bedenken was hoe ze binnen moesten komen. De beveiliging viel wel mee, maar ze waren gewend om in verlaten gebouwen te werken. Nu zouden ze op zijn minst met één persoon te maken krijgen, maar misschien wel met meerdere. En ze moesten dingen meenemen naar binnen, met name het vat, en dat betekende dat ze het hek open moesten maken zonder lawaai te maken.

Ze waren het erover eens dat in het beste scenario de man die ze zochten al op het terrein aanwezig was. Dan konden ze de chloroform zijn werk laten doen en was het niet belangrijk meer hoeveel lawaai ze zouden maken bij het openmaken van het hek. Ze konden het desnoods met dynamiet opblazen als ze daar zin in hadden.

Ze brachten nog eens twee minuten door met het opperen van mogelijke problemen en oplossingen tot er uiteindelijk een plan rijpte. Een eenvoudig plan, want dat zou het beste zijn, vond Emerson. Ze zouden de beide bestelwagens voorlopig laten staan waar ze waren en de lichtgewicht ladder, een dekzeil, touw en de chloroform meenemen naar de fabriek. Ze zouden over de muur klimmen en het terrein verkennen. Ze hoopten dat ze domweg geluk zouden hebben.

‘Wat is er gebeurd?’ vroeg Begovic.

Reacher wist wat er was gebeurd, maar hij wilde er niet in detail op ingaan. Een korporaal met een voorliefde voor techniek die hij jaren geleden in Fort Leavenworth had ontmoet bij de overdracht van een gedetineerde had hem er alles over verteld. De deuren in gevangenissen, had hij gezegd, zijn niet in principe open, om te worden gesloten als het nodig is. Het is andersom. Ze zijn in principe gesloten en kunnen opengemaakt worden als dat nodig is. Het mechanisme werkt met twee tegengestelde magneten. Een permanente magneet en een elektromagneet. De permanente magneet is in de muur ingebouwd. Hij trekt continu een metalen stang door een afgeschermd kanaal in de deur tot in een holte in het kozijn, zodat de deur vergrendeld is. Als de elektromagneet wordt ingeschakeld, begint hij te werken en omdat hij sterker is dan de permanente magneet, trekt hij de stang de andere kant op, uit de holte in het kozijn, en wordt de deur ontgrendeld.

Het systeem heeft twee voordelen. In de eerste plaats maakt het het heel eenvoudig om deuren te vergrendelen en ontgrendelen, het is slechts een kwestie van de stroomtoevoer voor de elektromagneet in- en uitschakelen. En in de tweede plaats gaan de deuren automatisch op slot bij een stroomstoring, hoe kort die ook duurt en wat er ook de oorzaak van mag zijn geweest.

Ze hadden ontdekt dat Reacher alle deuren van zijn route ontgrendeld had. Ze konden die niet weer vergrendelen op de gebruikelijke wijze, omdat Reacher de bedieningspanelen met een hamer kapot had geslagen. Dus hadden ze de stroom uitgeschakeld. De deuren waren met opzet niet aangesloten op het circuit van de noodstroom. Reacher moest ondanks alles toegeven dat het een uiterst vernuftige oplossing was. Maar hij moest ook onder ogen zien hoe groot zijn problemen nu waren. Hij zat gevangen in een systeem dat door experts was ontworpen om ontsnappen onmogelijk te maken. Hij kon alleen verder als hij de stroomvoorziening voor de elektromagneet kon herstellen. En dat was nu juist per definitie onmogelijk vanaf de plek waar hij was.

Tenzij...

De experts hadden niet voorzien dat een van de cellen vol zou staan met medische apparatuur. Reacher liet aan zijn oog voorbijtrekken wat hij in cel W1 had gezien. Het leek hem dat hij een minieme kans had, als zijn herinnering aan de natuurkundelessen op highschool correct waren. Hij greep Begovic bij zijn schouder en droeg hem op hem te volgen.

Reacher pakte een rol wc-papier van de vreemde onbreekbare, roestvrijstalen, uit één stuk vervaardigde sanitaire unit in de hoek van de cel en gaf de rol aan Begovic. 'Rol al het papier eraf. Ik heb alleen de kartonnen koker nodig. Oké?'

'Tuurlijk,' zei Begovic. Hij stak een wijsvinger in de rol en begon met zijn andere hand het papier eraf te trekken.

'Wacht even hier,' zei Reacher. 'Ik ben zo terug.' Hij haastte zich naar cel W3, haalde de hamer uit de kussensloop, rekte zich uit en trok met de klauw de metalen kabelgoot waarin de installatiedraden voor de verlichting lagen van het plafond. Hij trok de draden los, ging naar cel W5 en W7 en verzamelde ook daar de bedrading. Toen hij terugkwam in W1 had Begovic de rol gereed. Reacher haalde het mes uit de kussensloop en sneed de mantel van een draad aan het ene uiteinde een eindje open. Hij pakte de mantel tussen duim en wijsvinger van de ene hand, het koper tussen duim en wijsvinger van de andere hand en trok zijn handen uit elkaar. Het glanzende koper kwam tevoorschijn als een slang die een oude huid afwerpt. Hij maakte de andere draden op dezelfde manier kaal en verkreeg zo zes koperdraden van bijna twee meter die hij aan elkaar bevestigde door de einden in elkaar te draaien met zijn tanden.

'Oké,' zei Reacher. 'Hou de koker stevig vast. Hij mag niet ronddraaien.'

Reacher wond het koperdraad slag na slag om de koker tot hij een spoel had met twee losse einden van vijftien centimeter. Hij haalde de defibrillator van de muur, plakte met ducttape de uiteinden van de spoel aan de twee elektroden en liep voor Begovic uit door de gang naar de deur. Hij zette de knop om waarmee de defibrillator werd opgeladen en wachtte tot het rode licht groen zou worden. Hij draaide de knop voor het niveau van de ontlading naar maximaal, pakte de geïsoleerde handgrepen waaraan de elektroden zaten en hield de spoel op ongeveer een halve deurhoogte bij het kozijn waarin de stang geschoven was die de deur vergrendelde. Hij draaide zich half om naar Begovic en zei: 'Oké, als je zover bent, moet je op de knop *Shock* drukken.'

'Ik ben klaar,' zei Begovic. Hij richtte een benige vinger en prikte die op de rode knop.

Dat produceerde iets als een bliksemflits, het zoemende geluid van een zekering die te zwaar belast wordt, de rook en geur van brandend karton en geblakerde verf, en een zachte bons toen de spoel op de vloer viel nadat de uiteinden van de koperen draad waren doorgebrand.

'Oké,' zei Reacher. 'Laten we hopen dat we net een magneet vastgebakken hebben.' Hij ging naar WI en keerde terug met de 12-voltaccu van de metalen kist. 'Er is maar één manier om daarachter te komen. Er was een kabelgoot langs de muur aan de kant van het kozijn met de scharnieren. Reacher trok hem van de muur met de klauw van de hamer, trok er ongeveer een meter van de bedrading uit en sneed die door met het mes. Hij sneed de mantel van het uiteinde een paar centimeter weg, splitste de beide draden over genoeg lengte om contact te kunnen maken met de beide polen van de accu, maakte contact met de positieve pool en daarna met de negatieve. Hij luisterde. Hij beeldde zich in dat hij kon horen dat de stang gehoor gaf aan de kracht die de elektromagneet uitoefende en door zijn afgeschermde kanaal uit het kozijn gleed. Hij hield de draden twintig seconden tegen de polen van de accu, toen voor de zekerheid nog tien seconden. Daarna liet hij ze vallen en stond hij op.

Hij pakte de kussensloop en keerde zich om naar Begovic. 'Dat is het. Het heeft gewerkt, of niet.'

Maar het had gewerkt. Reacher duwde tegen de deur, die openzwaaide. Pal erachter stonden drie mannen. Twee bewaarders met AR-15-geweren en een man in een pak met een ziekelijk bleek gezicht.

45

Reacher greep de kolf van de bewaarder die het dichtst bij hem stond en wrikte de loop van het wapen naar het plafond. Hij trapte de tweede bewaarder in zijn kruis, velde de eerste met een kopstoot en schopte de tweede tegen zijn hoofd voordat hij weg kon kruipen.

Begovic rende naar de deur die toegang gaf tot het pad naar de uitgang. De deur was vergrendeld.

De man in het pak had geen vin verroerd. 'Jij moet die Reacher zijn,' zei hij. 'Fijne binnenkomer.'

Reacher raapte de beide geweren op en hing ze over zijn schouder. 'Wie ben jij?'

De man antwoordde niet.

'Hij heet Riverdale,' zei Begovic. 'Hoofd bewaking, een klootzak van het zuiverste water.'

'Riverdale?' zei Reacher. 'Oké, het is tijd om iets te doen wat in je voordeel pleit. Maak die deuren open.'

Riverdale bleef even zwijgend staan. 'Oké,' zei hij toen. 'Geen probleem. Dat kan ik doen, maar dan moet jij eerst iets voor mij doen.'

Reacher zei niets.

Riverdale wees naar Begovic. 'Maak hem dood. Ram zijn kop eraf, dan kun je hier ongemolesteerd naar buiten lopen.'

Reacher schudde zijn hoofd. 'Ik begrijp waarom je hem niet op vrije voeten wilt zien, maar daar werk ik niet aan mee.'

'Dit is zo'n kwestie van het belang van velen dat boven het belang van het individu moet gaan,' zei Riverdale. 'Als je hem doodschiet, is dat maar één dode. Als je hem niet doodschiet, kan ik niet toestaan dat je hem meeneemt. Dat is een gegeven. Dan blijven de deuren gesloten tot er meer van mijn mannen zijn gearriveerd.'

'Heb je er nog meer?'

'Meer dan genoeg. Ze zullen jullie allebei doodschieten. Voordat je leegbloedt, zul je er waarschijnlijk nog in slagen om mij te vermoorden. Dat maakt drie doden. Drie doden is erger dan één dode. Het is drie keer zo erg. Dat is ethiek voor gevorderden. Dus ik vraag je om te doen wat je moreel verplicht bent. Shit, ik denk dat zelfs Begovic daar de logica van inziet.'

'Fuck de logica,' zei Begovic.

'Logica of geen logica,' zei Reacher. 'Ik werk er niet aan mee.'

'Oké, dan maak ik het een beetje aantrekkelijker,' zei Riverdale. 'Schiet hem dood. Wij lopen samen door de poort en ik geef jou een miljoen. Ik heb gehoord dat je blut bent. Dit is je kans op een vorstelijk bestaan voor de rest van je leven.'

'Ik heb alles wat ik nodig heb, alles wat ik wil hebben. Ik ben beter af dan welke vorst ook. Dus het gaat niet door.'

'Kijk om je heen, Reacher. Dit is een gevangenis. Wil je hier werkelijk doodgaan? Vandaag?'

'Iedereen gaat een keer dood.'

'Hier? Vandaag?'

'Dat zie ik nog niet gebeuren, tenzij er een meteoriet op ons hoofd valt.'

'Nee? Wat wil je dan?'

'Maak de deuren open en kijk toe als wij naar buiten wandelen.'

'Wees serieus.'

'Maak de deuren open, schiet jezelf een kogel door de kop en kijk niet toe als wij naar buiten wandelen.'

Riverdale zweeg even peinzend en zei toen: 'Ben jij getrouwd, Reacher?'

'Nee.'

'Ben je ooit getrouwd geweest?'

'Nee.'

'Vriendin? Vriend?'

'Nee.'

'Oké. Je bent dakloos en behoeftig, dus je zult wel tekortkomen. Ik heb een idee. Misschien dat je er dan anders over gaat denken.' Riverdale pakte zijn telefoon en koos een nummer. Toen er werd opgenomen, zei hij: 'Reacher is onschadelijk gemaakt. Ik moet terug naar mijn kantoor. Schakel de stroom weer in en maak de deuren tussen S1 en jullie weer open.'

Twintig seconden lang gebeurde er niets. Toen klonk er van alle kanten in de ruimte gelijktijdig een luid klikken en nam het licht in sterkte toe.

Riverdale begon naar de deur te lopen die naar buiten leidde. 'Kom mee,' zei hij. Reacher en Begovic liepen achter hem aan door de overdekte gang. De rattenval, zoals Reacher de gang al eerder in gedachten had genoemd. Hij verwachtte eigenlijk dat er elk moment gevangenbewaarders door de deur achter hen konden opduiken, of dat Riverdale zich na een van tevoren afgesproken sein op de grond zou laten vallen en Reacher en Begovic aan stukken zouden worden gereten door een kogelregen. Ze waren halverwege, maar er gebeurde nog niets. Op driekwart sloegen ze links af aan het einde van de gang en kwamen bij het volgende gebouw. Riverdale liep een trap met betonnen treden op. 'Dit was het administratiegebouw onder het vorige regime. Iedereen is verhuisd naar dat nieuwe luxueuze gebouw van Hix, behalve ik.'

Aan het einde van de trap lag een groezelige gang waar het vaag stonk naar doorgekookte kool en een verstopt riool. Aan de ene kant waren ramen die uitzagen op twee van de sportvelden. Aan de andere kant waren zes deuren van kantoren. Aan het einde van de gang was een stang aan de muur gemonteerd. Reacher vermoedde dat hij bedoeld was om mensen vast te ketenen, al was het een rare plaats voor zoiets. Riverdale liep voor Reacher en Begovic uit door de gang naar het laatste kantoor. Er lag niets op de kale betonnen vloer. Aan het plafond hingen tl-buizen met een kap van draadgaas. Aan de muren hingen ingelijste foto's van motorfietsen. Tegen de achterwand stond een bank met een bekleding van goudkleurig velours. In het midden stond een metalen bureau. Riverdale liep ernaartoe en maakte de bovenste lade open. Hij haalde er een tablet uit, ontgrendelde die met zijn duim, opende een bestand met foto's en gaf de tablet aan Reacher. 'Kijk hier eens naar.'

Reacher bladerde door de foto's. Er stonden vrouwen op, van wie de jongsten nog tieners waren en de oudsten al in de zestig.

Ze waren allemaal naakt. Alle foto's waren in dit kantoor gemaakt.

'Neem rustig de tijd. Zoek er maar een uit. Binnen een uur heb ik haar hier voor je en je kunt met haar doen wat je maar wilt, en net zo lang als je maar wilt.'

'En wat levert het jou op?' vroeg Reacher.

'Ik krijg Begovic.'

'En dan?'

'Kun jij gaan, waarheen je maar wilt, zo vrij als een vogeltje.'

'Hoe?'

'Op dezelfde manier waarop je binnengekomen bent, denk ik. Hoe je dat ook hebt gedaan.'

'Je weet hoe ik binnengekomen ben. Dat heb je ontdekt aan de hand van de deuren die ik opengemaakt heb. Denk je dat ik gek ben? Ik ga niet op dezelfde manier weg.'

'Goed dan, hebben we een deal als ik je een veilige weg naar buiten garandeer?'

'Wat voor veilige weg?'

Riverdale trok zijn stropdas los, knoopte het bovenste knoopje open en trok een sleutel aan een ketting onder zijn overhemd vandaan. 'Hier kun je een poort mee openmaken. Een privépoort. Niemand weet dat hij bestaat. Alleen ik.'

'Waar is dat ding?'

'In de achterwand van de opslag. Je komt buiten aan de andere kant van de omheining. Daar is een pad naar beneden naar de rivier, naar een van de oude grotten. Dat pad is al in gebruik sinds het hier allemaal Frans was. Piraten, smokkelaars, dranksmokkelaars tijdens de drooglegging, en nu ik. Ik heb daar voorraden. Eten, een rubberboot.'

'Gelul.'

'Het is waar. Ik was er al toen de gevangenis werd gebouwd en heb voor een paar extra voorzieningen gezorgd. Ik heb altijd het idee gehad dat er een dag als vandaag zou komen, een dag waarop iemand in alle haast zou moeten vertrekken. Ik dacht altijd dat ik dat zou zijn, maar nou ja...'

Reacher knikte. 'Nog één vraag en dan kunnen we de deal sluiten. Hoe laat wordt Begovic opgehaald?'

'Hoezo?'

'Ik wil altijd alles weten.'

Riverdale haalde zijn schouders op. 'Over vijfentwintig minuten. Ongeveer.'

Reacher stak zijn rechterhand uit. Riverdale deed een stap in Reachers richting om hem de hand te schudden. Reacher joeg de rand van de tablet met zijn linkerhand tegen Riverdales keel en vernielde diens strottenhoofd. Riverdale viel achterover met gespreide armen en benen op de bank. Hij kreeg geen adem. Hij kon niet om hulp schreeuwen. Hij klauwde met beide handen naar zijn keel. De tranen stroomden uit zijn ogen. Reacher smeet de tablet op de grond en stampte hem tot gruzelementen met zijn hak. Hij liep naar het bureau en rommelde in de opengetrokken lade, haalde er een liniaal uit en liep ermee naar Riverdale. Hij greep Riverdale bij zijn schouders en keerde hem om. Hij zette zijn knie in Riverdales rug en klemde hem vast op de bank. Hij schoof de liniaal onder de ketting in Riverdales nek en begon de liniaal te draaien.

De ketting sneed in Riverdales huid. Bloed druppelde op de bank. Reacher draaide de liniaal nog een slag, de ketting sneed nog dieper. Bloed vloeide zo snel over de goudkleurige stof van de bank dat het niet in het textiel kon trekken. Reacher draaide de liniaal nog een slag, en nog een. De ketting sneed door Riverdales huid, door zijn beschadigde luchtpijp en uiteindelijk ook door zijn halsslagader. Het bloed spoot omhoog tegen de rugleuning van de bank en de muur erboven. Reacher hield Riverdales hoofd iets scheef, duwde diens hals op de bank en wachtte tot er voor het hart niets meer was om rond te pompen.

Reacher ging staan en keek Begovic aan. 'Hé, ik mocht hem domweg niet. Hij heeft gekregen wat hij verdiende.'

Begovic reageerde niet.

'Heb jij een probleem met wat er zojuist is gebeurd?'

'Er is niets gebeurd,' zei Begovic. 'Ik heb niets gezien.'

Reacher knikte en liep naar de deur. 'Kom op, we moeten verder.'

Begovic bleef staan. 'Wat doen we met die sleutel? De geheime uitgang?'

'Niets.'

'Waarom niet?'

‘Omdat hij niet bestaat of, als hij wel bestaat, beveiligd is met springstof.’

‘Hoe weet jij dat?’

‘Zo werkt dat. Als iets te mooi lijkt om waar te zijn, dan is het dat ook.’

‘Het zal wel.’ Begovic deed een stap en bleef opnieuw staan. ‘Ik wou dat ik dat zestien jaar geleden had geweten.’

‘Wat is er zestien jaar geleden gebeurd?’

‘Toen werd ik voor de eerste keer gearresteerd.’

Reacher zweeg.

‘Ik leerde een meisje kennen en wilde een ring voor haar kopen, maar ik had geen geld. Er was iemand die me het geld leende, zelfs meer dan ik nodig had. Het was een vriend van mijn overleden oom.’

‘Dat geld was besmet.’

‘Ja, maar dat was niet het probleem. Ik werd niet gepakt. Hij bewaarde een van de biljetten waar mijn vingerafdrukken op zaten en zei dat hij tegen de politie zou zeggen dat ik vals geld in omloop bracht tenzij ik iets voor hem zou doen. Het was heel gemakkelijk, dus waarom niet, dacht ik.’

‘Wat moest je doen?’

‘Naar bepaalde plaatsen gaan, op bepaalde momenten, zodat mensen me zouden zien. Dat was alles.’

‘Hij hield je achter de hand als zondebok. Toen het hem te heet onder de voeten werd, naaide hij jou.’

‘Precies, en daarna werden mijn problemen groter. Dat was mijn eigen schuld, maar het begon bij hem.’

‘Dat spijt me.’

‘Dat hoeft niet, het is niet jouw schuld. Vertel me maar hoe we hieruit komen als we de sleutel niet gebruiken.’

‘Ik heb een idee, maar we kunnen om te beginnen wel een beetje afleiding gebruiken.’

Reacher brak het glasplaatje met zijn elleboog en drukte op de rode knop erachter. Een sirene kwam op toeren en begon te loeien. Rode lampen flitsten aan en uit. Reacher ging naast Begovic bij het raam staan en keek naar beneden, naar de sportvelden. Gedetineerden kwamen tevoorschijn uit twee afdelingen, afdeling A en B. Eerst een paar, voorzichtig en onzeker, maar al snel groeide de stroom aan en kwam er meer leven in het gebeuren. De sportvelden liepen vol. Gedetineerden werden handtastelijk, provoceerden elkaar. Op de wachttorens verschenen gevangenbewaarders. Een van hen had niet alleen een geweer, maar ook een megafoon. Hij begon instructies te roepen. Het klonk dof, onduidelijk en onverstaanbaar. Wat hij ook zei, de gedetineerden trokken zich er niets van aan.

Reacher keek Begovic aan. 'Waarom komt er niemand uit afdeling C naar buiten?'

Begovic haalde zijn schouders op. 'Weet ik niet.'

'Wordt afdeling C wel gebruikt?'

'Ik geloof het wel, in ieder geval wel voordat ze me weer in de isoleer stopten. Ik zag in de vreetschuur wel mannen die daar zaten. Ik denk niet dat ze daarna de afdeling dicht hebben gedaan. Waarom zouden ze? Waar zouden ze met al die lui naartoe moeten?'

Reacher dacht aan zijn gesprek over drugs met de journalist Maurice in de tuin van de villa van Hix. Maurice dacht dat Minerva drugs produceerde en ze leverde aan de eigen verslaafde gedetineerden. Hij had het idee verworpen toen hij ontdekte dat het om orgaanhandel ging, maar nu begon hij weer te twijfelen. Misschien ging het hier niet om het een of het ander. Misschien was Minerva hebzuchtig genoeg om van twee bordjes te eten. 'Kun je je iets herinneren over die lui van afdeling C?' vroeg hij.

'Ze vormden een beetje een kliek, zaten vooral bij elkaar en praatten niet met andere gevangenen. Ze gingen eerder vriendschappelijk om met de bewakers.'

Ze daalden de betonnen trap af en liepen door gangen en met hekwerk afgeschermde paden. Het was een kwestie van de juiste weg zoeken. Tot drie keer toe stonden ze voor een deur die vergrendeld was. Het brandalarm had een groter gebied dan gebruikelijk toegankelijk gemaakt tussen de afdelingen en de sportvelden, maar dat gold niet voor de buitenrand van het gevangenisterrein. Het was onvoorspelbaar waar de vrijheid van bewegen ophield. Reacher en Begovic moesten regelmatig weer een eindje terug, soms omdat de weg voor hen geblokkeerd was, soms omdat ze een hindernis moesten omzeilen. Bij elke deur en iedere keer als ze een hoek omsloegen verwachtte Reacher een cipier tegen het lijf te lopen, maar in die zin had zijn afleidingsmanoeuvre uitstekend gewerkt. Ze richtten hun aandacht allemaal op de sportvelden. Reacher hoefde zich ook geen zorgen te maken over de camera's. Ze hadden nog geen tijd gehad om weer monitoren aan de praat te krijgen. Na vijf trage minuten en langs een route die deed denken aan die in een doolhof stonden Reacher en Begovic dan ook voor de ingang van afdeling C.

De deur stond open en werd op zijn plaats gehouden met een baksteen. Reacher liep voorop naar binnen. Het gebouw had in principe dezelfde indeling als de afdeling met de isoleercellen. Er was een vierkante centrale ruimte met vleugels in vier richtingen. De vier deuren naar die vleugels stonden open. Er klonken stemmen en geluiden van activiteiten alsof achter die deuren doorsneekantoren waren. Er hing een sterke geur van oplosmiddelen en een vleugje rook in de lucht.

Reacher begon bij de westvleugel. Die hield het midden tussen een schildersatelier en een slaapzaal. Verspreid tussen zes ezels met doeken stonden zes bedden. Aan de muren hingen nog meer schilderijen. Op schappen stonden potten met verf en terpentijn en penselen. Aan het plafond waren extra lichtpunten aangebracht. Daarin brandden gloeilampen die een blauwachtig licht verspreidden, zodat het leek alsof de hele ruimte baadde in daglicht, ook al waren er geen ramen. Er zaten zes mannen achter de ezels. Ze droegen een versleten, vlekkerig voorschoot over hun gevangeniskleding. Ze waren aan het werk. Een werkte aan een Monet, twee werkten aan een Van Gogh, een aan een Mondriaan en een aan een Picasso. De laatste smeet dikke klodders verf over een lang, rechthoekig doek dat op de vloer was gespannen. Geen van hen besteedde ook maar een seconde aandacht aan Reacher en Begovic.

De noordvleugel was het domein van vier mannen die met documenten in de weer waren. Twee op een computer, de andere twee met de hand. Reacher keek over de schouder van een van de mannen die met een pen in de hand bezig was. Hij had twee vellen papier voor zich, even groot. Het ene vel papier was beschreven. Het was een testament. Er werd uiterst nauwkeurig in uiteengezet wie wat zou ontvangen uit een nalatenschap met geld, juwelen, auto's en een verzameling antieke geweren. Het tweede vel papier was voor de helft beschreven. Het handschrift leek als twee druppels water op dat van het voorbeeld. Het ging om dezelfde erfenis.

Zelfde porties, zelfde waarden, maar er was van alles veranderd in de namen van de erfgenamen. Een vrouw die in het geheel niet werd genoemd in het oorspronkelijke document werd in de kopie heel rijkelijk bedeeld.

'Zou je ook een brief kunnen schrijven met het handschrift van iemand anders?' vroeg Reacher.

'Natuurlijk,' zei de man met de pen. 'Voor wie?'

'Ook een afscheidsbrief voor iemand die zelfmoord pleegt?'

'Natuurlijk. Die zijn heel gemakkelijk. Geen technische termen, meestal een kort briefje. Komt alleen niet zo vaak voor.'

In de oostvleugel zat een groep beeldhouwers en juweliers. Drie mannen stonden te hakken in blokken marmer, een stond tot zijn ellebogen in boetseerklei te wroeten. Weer een ander laste gigantische stalen balken aan elkaar, en er was iemand die een boomstronk uitholde. Vijf mannen hielden zich bezig met het omsmelten van gele en witte metalen van gedeukte kruisbeelden en maakten ringen en armbanden met veelkleurige stenen. Op posters aan de muur waren topstukken te zien van Tiffany, Cartier en Bulgari. Bij sommige van de kleinoden op de werkbanken kon Reacher het verschil tussen echt en namaak niet zien.

In de zuidvleugel zaten zes mannen met computers. Ze zaten op tot de draad versleten kantoorstoelen, staarden naar schermen op oude bureaus die hun beste tijd hadden gehad, en ratelden met snelle vingers op snoerloze toetsenborden. Drie van de zes zaten bijna bewegingloos, als robots, achter het bureau. Alleen aan hun ogen en vingers was te zien dat ze leefden. De andere drie zaten bijna te dansen op hun stoel, als concertpianisten of rocksterren uit de jaren zeventig.

Reacher tikte een van de levendige mannen op de schouder. 'Zou het jou moeite kosten om in te breken in een e-mailaccount?' vroeg hij.

De man hield op met wippen en friemelen. 'Ja... Gigantisch probleem. Meer dan een keer of vijftig per dag krijg ik niet voor elkaar.'

'Dan kun je de berichten lezen?'

'Lezen, veranderen, aanpassen, wissen, kopiëren. Wat je maar wilt.'

46

De klok in Reachers hoofd maande hem tot spoed. Hij pakte Begovic bij de elleboog en nam hem mee afdeling C uit. Hij was er nog steeds van overtuigd dat ze een bewaker tegen het lijf zouden lopen. Of een heel team dat was opgeroepen om een einde te maken aan het tumult dat het gevolg was van het brandalarm. Maar opnieuw werkten de chaos en de onrust in hun voordeel. Ze bereikten onopgemerkt afdeling S1. De twee mannen die in het gezelschap van Riverdale hadden verkeerd, lagen nog steeds bewusteloos op de grond. Reacher sleepte hen door de deur die hij onschadelijk had gemaakt naar de cel waar transporten werden voorbereid. Hij schopte ze allemaal nog een keer tegen het hoofd om er zeker van te zijn dat ze niet op een verkeerd moment weer bij bewustzijn zouden komen. Met de beide mannen die aan het werk waren geweest in de voorbereidingscel deed hij hetzelfde. Hij haalde het magazijn uit een van de beide geweren die hij had buitgemaakt, legde het geweer op de operatietafel, controleerde de woestijnzandkleurige SIG en liep de cel weer uit.

Reacher nam het andere geweer van zijn schouder. 'Leg je handen op je rug,' zei hij tegen Begovic, 'alsof ze vastgebonden zijn, en kijk met gebogen hoofd naar de vloer. Doe alles wat ik je opdraag.'

Nog geen minuut later zwaaide de deur van de zuidvleugel open. Twee mannen met een volledig uitgeruste brancard kwamen de centrale ruimte in. De een trok de brancard, de ander duwde. 'Hoe staat het hier?' vroeg de voorste. 'Waarom...?'

Hij brak zijn zin af. Hij keek naar Reacher. Hij begreep niet waarom die man die hij niet kende daar was. Kennelijk ook nog iemand die iets in de melk te brokken had, maar er niet bij hoorde.

Hij wierp een blik op Begovic. Waarom stond die man nog op eigen benen? Waarom was hij nog bij bewustzijn? Waarom lag hij niet in de kist, klaar voor transport? De hersens van de man worstelden even met de vraagstukken en probeerden alles te rijmen. Toen stopten ze, want het maakte niet uit hoe het precies zat. Wat er ook aan de hand mocht zijn, het klopte niet. Dat was duidelijk. Hij liet de brancard los. Zijn hand schoot naar zijn zak.

Reacher wist niet of de man zijn telefoon wilde pakken of een pistool en hij wachtte het antwoord op die vraag ook niet af. Hij deed een stap naar voren en draaide tegelijkertijd het geweer met een zwaai om. Hij ramde de achterkant van de kolf tegen de neusbrug van de man, die achterover op de brancard viel en er vervolgens vanaf rolde. Hij bleef doodstil op de vloer liggen, met zijn gezicht in een plas bloed die steeds groter werd.

'Staan blijven.' Reacher draaide het geweer opnieuw om en richtte het op de man achter de brancard. 'Je kunt ons de weg naar buiten wijzen, of naar een van de sportvelden. Daar lopen op het moment honderd man rond die je van harte zullen verwelkomen. Je krijgt vijf seconden om te kiezen.'

Het vege lijf redden trok aan het langste eind. Reacher en Begovic volgden de man door de zuidvleugel. De celdeuren stonden allemaal open. Uit geen enkele cel klonk geluid. Het enige wat te horen was, was het piepen van drie paar schoenzolen op de gevlinderde betonvloer. Aan het einde van de gang was een grijsgeverfde deur van staal die er nieuw en glanzend uitzag. De man van de brancard hield zijn legitimatie voor een wit plastic schildje op het kozijn. Het slot klikte en de man duwde de deur open. Erachter lag een overdekte gang, smaller dan de gangen waardoor Reacher eerder al had gelopen. Op de grond waren geen lijnen geverfd. Het hekwerk had hier plaatsgemaakt voor ijzeren golfplaten. De lucht in de gang was verschaald en het was er heet. Na de eerste dertig meter maakte de gang een haakse bocht. Daarna strekte hij zich nog eens veertig meter uit. Aan het einde van de gang was een tweede grijze stalen deur die toegang bood tot een soort schuur. Langs twee wanden waren planken aangebracht van de vloer tot het plafond. Die waren volgepakt met schoonmaakartikelen, uniformen voor gevangenbewaarders en blikken gedroogd eten. Midden in de schuur stond een glanzende donkerblauwe bestelwagen, net zo een als Reacher op het parkeerterrein bij de Riverside Lodge had gezien. Hij was achteruit naar binnen gereden. Voor de bestelwagen was een grote roldeur in de wand geplaatst. Er was niemand in de schuur. Reacher keek door het raam aan de bestuurderskant. De sleutels staken in het contactslot. 'Hoe gaat die roldeur open?' vroeg Reacher.

'Er zit een afstandsbediening vastgeklemd op het zonnescherm. Als je op de knop drukt, gaat de deur open. Rij naar het hek in de binnenste ring. Dat gaat open. Rij verder naar het buitenste hek. Het binnenste hek sluit vanzelf weer. Knipper drie keer met je koplampen, dan laat de man in het hokje je eruit.'

'Knipperen met de koplampen? Echt?'

'Dat is het signaal.'

Reacher zag dat de man hem niet in de ogen wilde kijken. Hij trok de achterdeur van de bestelwagen open. 'Stap in,' zei hij. 'Jij rijdt mee met Begovic. Als we hier weg zijn, laat ik je er weer uit. Maar ik klop eerst op het schot. Als de deur opengaat terwijl Begovic het kloppen niet heeft gehoord, schiet hij een van je knieschijven aan gort.'

De man schudde zijn hoofd en deed een stap achteruit. 'Wacht,' zei hij, 'je knippert niet met je licht. Je doet niets. Je rijdt alleen naar het buitenste hek. De man in het hokje heeft opdracht deze bestelwagen door te laten, naar binnen en naar buiten, zonder iets te noteren, zonder hem te doorzoeken. Maak je geen zorgen, je zit niet lang ingesloten.'

Ingesloten. Een woord dat Reacher liever niet hoorde als het op hemzelf sloeg.

Reacher liet de gevangenbewaarder niet achterin meerijden met Begovic, want hij kende hem nog niet goed genoeg. Hij wist niet in hoeverre Begovic opgewassen was tegen de spanning. De kans was te groot dat de gevangenbewaarder zich op Begovic' pistool zou storten als Begovic zenuwachtig werd of paniekerig. Het kon zijn dat hij lawaai zou maken zodat de man in het hokje alarm zou slaan. Begovic kon altijd geraakt worden door een verdwaalde kogel, of een minder verdwaalde kogel. Reacher pakte het dus anders aan. Hij sloeg de gevangenbewaarder knock-out, deponeerde hem op de onderste plank van de stellingen langs de wand en stapelde er een aantal pakken met oranje gevangeniskleding voor.

De motor van de bestelwagen startte bij de eerste poging. De roldeur ging omhoog na een eerste druk op de knop van de afstandsbediening. Het hek van de binnenste ring van de omheining rolde opzij op het moment dat de bestelwagen aan kwam rijden. Toen de bestelwagen erdoor was, rolde het weer dicht. Daarna gebeurde er niets meer. Het bleef volkomen stil. Het hek in de buitenste ring kwam niet in beweging, alsof het vastgelast zat, of een doorsneesegment van het hek was, net als alle andere van het onder stroom staande hek, dat zich links en rechts van hen bevond en nu ook voor en achter. Reacher kon niet vooruit en niet achteruit. Ze konden zelfs geen kant op als ze de bestelwagen in de steek zouden laten.

Het hek in de buitenste ring kwam niet in beweging.

Reacher keek naar het hokje. Hij kon niet naar binnen kijken. In de ramen zat spiegelglas. Misschien was er niemand. Misschien was de man in functie opgeroepen om te assisteren bij de evacuatie aan de andere kant van de gevangenis. Misschien was er wel iemand en zat die te wachten op een of ander signaal. Een signaal dat Reacher niet kende. Als dat signaal zou uitblijven zou hij alarm slaan. Dan zouden zwaarbewapende hulptroepen van achteren komen, dacht Reacher, door de schuur. Hij keek in de spiegels. De roldeur was dicht. Nog wel.

Het hek in de buitenste ring kwam niet in beweging.

Reacher overwoog om zijn rechtervoet van het rempedaal naar het gaspedaal te verplaatsen. Het had geen zin om te proberen dwars door het hek te rijden. Het hek zou te sterk zijn en was ongetwijfeld gebouwd om een nog veel zwaarder voertuig te trotseren, zelfs als dat met een aanloop kwam aanrijden en niet vanuit stilstand op gang moest komen zoals Reacher in de bestelwagen. Daar hoefde hij niet over na te denken, maar misschien kon hij er een deuk in rijden, zorgen dat hij het metaal van de bestelwagen in contact bracht met de buitenste ring van de omheining. Dan kon hij de achterdeur van de bestelwagen openen en er de stalen rekken uit rukken die hij had gezien toen Begovic instapte, en gebruiken om ook contact met de binnenste ring van de omheining te maken. Misschien zou dat voor kortsluiting zorgen, met een stroomstoring tot gevolg, misschien alleen maar tijdelijk, maar toch lang genoeg om over de omheining te klimmen, als hij tenminste iets kon vinden om over het scheermesjesdraad te leggen.

Het hek in de buitenste ring kwam niet in beweging.

Reacher keek omlaag. Er lagen rubbermatten op de vloer, zowel voorin als voor de achterbank. Het waren zware matten, bedoeld om de vloer van de bestelwagen te beschermen tegen door de regen in Mississippi doorweekte laarzen. Misschien waren ze ook zwaar genoeg om te voorkomen dat het scheermesjesdraad filet americain zou maken van iemand die over het hek klom. Er was maar één manier om daar achter te komen. Reacher tilde zijn voet op van het rempedaal, maar stopte halverwege de beweging, en zette toen zijn voet weer terug.

Het hek in de buitenste ring trilde. Het schudde, en begon opzij te rollen.

Toen ze op een veilige afstand van de gevangenis waren, verruilde Begovic de laadruimte voor de passagiersstoel. Hij zei geen woord tijdens de rest van de rit naar Hix' villa. Hij drukte zich met zijn rug stijf tegen de rugleuning van de stoel en zat roerloos voor zich uit te kijken. Alleen zijn ogen bewogen. Ze schoten heen en weer. Reacher zweeg ook. Hij wilde Begovic pas vertellen dat er in de villa een kind op hem zat te wachten als ze vlakbij waren. Hij wilde hem niet in de gelegenheid stellen er te veel over na te denken, in paniek te raken. Maar het voelde ook niet goed om over koetjes en kalfjes te praten terwijl hij zoiets belangrijks onaangeroerd liet. Hoe langer de rit duurde, des te meer begon hij te twijfelen aan de juistheid van zijn keuze. Maar toen ze bij de villa aankwamen, was hij ineens heel erg blij dat hij niets had gezegd.

Voor het huis van Hix stonden twee bestelwagens geparkeerd. Een witte van een paar jaar oud met een kenteken uit Illinois, die al heel wat voor de kiezen had gekregen, stond langs de kant van de weg. De andere was zwart en had een kenteken van de staat Mississippi. Hij leek spiksplinternieuw en glansde van de achterbumper tot en met de voorruit, maar de voorbumper, de neus, de motorkap en de wielkasten waren volledig geruïneerd. Iemand had de bestelwagen gebruikt om de poort voor Hix' oprit te rammen, in volle vaart, was blijven steken, maar had een opening weten te creëren van een dikke meter.

Reacher parkeerde achter de witte bestelwagen. Hij instrueerde Begovic te blijven waar hij was, ook als hij tumult vanuit het huis hoorde. Hij stapte uit met de woestijnzandkleurige SIG in zijn hand. Hij keek door de ramen in de beide andere bestelwagens. Er zat niemand in. Hij stapte door de smalle opening van de poort, liep over de oprit, langs de VW-bus de treden naar het bordes op.

De voordeur stond open. Reacher gluurde naar binnen, maar zag niemand in de hal. Hij hoorde niets. Hij sloop door de hal naar links, naar de keuken, waar hij Hix, Brockman en Carpenter gekneveld had achtergelaten.

De keuken was verlaten.

De lui van Minerva interesseerden Reacher niet echt. Hij maakte zich zorgen om Hannah en Jed. Er waren twee mogelijkheden. Misschien beschikten de mensen die met de beide bestelwagens waren gearriveerd ook nog over een derde voertuig en hadden ze dat gebruikt om iedereen te ontvoeren. De andere mogelijkheid was dat ze zich nog ergens in het huis of in de tuin bevonden.

Dat laatste leek hem waarschijnlijker. Zo'n derde voertuig zou wel erg groot moeten zijn, in ieder geval groot genoeg voor acht mensen. Bovendien was het niet erg logisch om de witte bestelwagen achter te laten. Zo op het oog mankeerde die wagen niets, terwijl de laadruimte vol specialistische apparatuur stond.

Uit de kamer naast de keuken klonk een geluid. Iets kraakte heel zacht, niet meer dan één keer, maar Reacher wist zeker dat hij iets had gehoord. Hij sloop naar de deur, luisterde, maar hoorde niets meer. Hij pakte de deurkruk, rukte de deur open en sprong opzij om een botsing te voorkomen met de journalist Maurice die achter de deur had gestaan en nu over de drempel tuimelde.

'Wat doe jij hier?' vroeg Reacher.

'Ik hield me verstopt. Ik wachtte op jou. Waar was je al die tijd?'

'Waar zijn de anderen? Hannah en de jongen?'

'Achter het huis, denk ik.'

'Dat denk je?'

'Daar zijn ze allemaal, denk ik.'

'Allemaal?'

'Hannah, de jongen, Hix en Brockman, en twee nieuwe kerels.'

'Van Minerva?'

'Nee, die kwamen hier absoluut niemand redden. Het leek erop dat ze voor Carpenter kwamen, dat ze het op hem gemunt hadden.'

'Waarom lieten ze jou gaan?'

'Ze weten niet dat ik er ben. Ik was in de waskamer. Daar was ik naar binnen gegaan omdat ik honger had. Ik dacht dat het een voorraadkamer was.'

'Ze hebben het huis niet doorzocht?'

'Ik had me verstopt. Daar ben ik goed in. Ik heb in het verleden veel oefening gehad.'

'Oké. En kon je toen nog iets zien van wat er gebeurde of heb je alleen nog iets gehoord?'

'Ik heb een deel gezien, want ze doorzochten het huis niet meteen. Ze stormden naar binnen. Hannah probeerde haar pistool in stelling te brengen, maar ze waren te snel.'

'Zijn ze gewapend?'

'De ene, de jongste, heeft een pistool. De oudere had een soort flacon en een doek. Hij schopte Hannahs pistool weg en duwde de doek in haar gezicht. Toen ging ze onderuit. De jongen probeerde de man te overmeesteren, maar hij deed dat onhandig en gaf de man een kans om die doek ook in zijn gezicht te duwen. Toen ging hij ook onderuit. Daarna gingen ze zoeken en vanaf dat moment heb ik alleen maar gehoord wat ze zeiden.'

'Wat wilden ze van Carpenter?'

'Een van de twee, de oudere, denk ik, want hij klonk alsof hij de baas was, begon Carpenter te ondervragen. Het was heel raar. Hij zei dat Carpenter een lever had verkocht die niet deugde en dat het zijn zoon het leven had gekost. Hij wilde weten waar die lever vandaan kwam. Hij wilde weten of Hix en Brockman er ook bij betrokken waren.'

'Wat zei Carpenter?'

'Niets. Hij wilde niets zeggen. Dat vond die oudere man geen probleem. Hij had wel iets om mensen aan het praten te krijgen. Ik neem aan dat hij daarna weer met die doek in de weer ging, want ik hoorde bonzen en daarna schurende geluiden en gesleep. Vijf keer. Ik neem aan dat ze iedereen naar buiten achter het huis hebben gesleept.'

'Waarom achter het huis?'

'Omdat ik geen motoren hoorde en ze niet in het voorhuis waren. Als ik eerlijk moet zijn, was ik van plan te vluchten, maar toen herinnerde ik me dat jij had gezegd dat je terug zou komen. Dan kon ik beter blijven, dacht ik, om je te waarschuwen.'

'Daar heb je goed aan gedaan.' Reacher liep naar de deur.

'Er is iets wat ik niet snap,' zei Maurice. Hij bleef staan waar hij stond. 'Die kerels willen wraak voor die fatale vergiftiging. Wat heeft dat met Minerva te maken? Ze houden geen dieren in hun gevangenissen. Het bedrijf heeft geen boerderijen. Waar halen ze de lever vandaan?'

'De zoon van die man is niet overleden aan voedselvergiftiging.' Reacher pakte de deurkruk. 'En de lever kwam niet van een dier dat op vier poten loopt.'

Reacher liep door de hal, rende de trap op en ging de middelste kamer aan de achterkant van het huis in. Het was een slaapkamer met een gladgeboende houten vloer en slank, licht meubilair. Voor de drie ramen waren de witte gordijnen, die tot op de vloer vielen, dichtgetrokken. Reacher liep naar het middelste raam en gluurde door een kier. Achter het glas van de balkondeur lag het balkon, en daarachter het gazon dat hij herkende van de eerste keer dat hij het huis en de tuin had verkend. Het verschil met toen was dat er nu mensen waren. Hix, Brockman en Carpenter, alle drie naakt. Ze hingen roerloos aan hun polsen aan de lichtbalk. Hannah en Jed lagen op hun buik in het gras rechts van het podium, gekleed, maar ook doodstil. Er waren twee mannen die Reacher nog niet eerder had gezien. Ze schepten met een pollepel een soort gel uit een vat in kleine ijsbakken die ze van de bar pakten.

Reacher rende de trap weer af naar beneden, ging door de voordeur naar buiten en liep om het huis. Hij liep de treden op naar het bordes. De twee mannen zetten een derde ijsbak op de rand van het podium. Ze stonden aan weerszijden van het vat. Ze hoorden de voetstappen en keerden zich bliksemsnel om naar Reacher. Ze trokken allebei een pistool dat ze op Reacher richtten.

'Laat je pistool vallen en ga op je buik op de grond liggen,' zei de oudere van de twee.

Er stond een lichte bries die eerst langs de beide mannen en dan Reacher in zijn gezicht waaide. Hij voerde de geur van het vat mee.

'Dat doe ik niet,' zei Reacher. 'Jullie hebben van mij niets te vrezen. Ik kom voor de vrouw en de jongen. Die gaan met mij mee. En met die idioten die jullie daar hebben hangen, mag je wat mij betreft doen wat je wilt.'

De man schudde zijn hoofd. 'De vrouw en de jongen gaan nergens heen. Ze hebben ons gezien.'

Reacher probeerde de vage geur die hij rook thuis te brengen. Het was iets vertrouwds. 'Ze hebben hooguit een glimp opgevangen. Ze vormen geen bedreiging.'

'Maakt niet uit. Ze kunnen getuigen dat wij hier waren, net als jij.'

Vooral benzine, dacht Reacher, en benzeen. En nog iets. Toen viel het kwartje. Het was de combinatie van de ingrediënten. Hij keek naar het vat. Het was bijna leeg. Bijna, maar niet helemaal.

'Dat is niet mijn probleem,' zei hij. 'Ik neem mijn vrienden mee en we vertrekken.'

'Jij bepaalt niet wat er gaat gebeuren.'

'Ik denk het wel,' zei Reacher. Hij haalde de trekker over en schoot op het vat. De kogel doorboorde het plastic en de resterende napalm ontbrandde onmiddellijk. Het plastic bobbelde, verboog en smolt weg. De schokgolf wierp beide mannen omver. Een tong van vuur sloeg om de jongere van de twee. Hij schreeuwde het uit, wrong zich in allerlei bochten en schoot in het wilde weg een kogel af voordat hij het pistool liet vallen.

Reacher sprong van het bordes, rende naar de jongere man en schoot hem een kogel door zijn hoofd. De oudere man lag doodstil op zijn rug. Hij was ontsnapt aan de vlammen, maar er was een rode vlek op zijn shirt, aan de linkerkant van zijn buik. Een natte rode vlek die groter werd. De kogel die zijn maat had afgevuurd was dwars door hem heen gegaan.

De man rolde zich op zijn buik en drukte zich met veel moeite omhoog tot hij op handen en knieën kon wegkruipen. Reacher versperde hem de weg.

'Aan de kant.' Het stemgeluid van de man hield het midden tussen gekraak en gefluister.

Reacher bleef staan waar hij stond.

De man knikte naar Carpenter. 'Ik moet hem hebben. Hij moet praten.'

'Jij bloedt dood,' zei Reacher.

'Hij heeft mijn zoon vermoord. Hij heeft iemand die hem levert. Ik moet een naam hebben.'

'Heeft jouw zoon een transplantatie gehad?'

De man knikte en zakte schuin weg tot hij op zijn zij lag. 'Zijn lever was verrot. Hij zwierf van de ene afkickkliniek naar de andere. Niets hield stand. Reguliere artsen wilden niet helpen, dus kwam ik terecht bij een kliniek op een schip. Zij gaven hem een nieuwe lever, maar die was fout. Kyle ging dood.'

'Die anderen die je hebt opgehangen. Dat zijn de leveranciers. Ze runnen een gevangenis. Ze zoeken gevangenen die niemand zal missen en verkopen die voor hun organen.'

De man tilde zijn hoofd op. 'Is dat waar?'

Reacher knikte.

'Help me dan, schiet ze dood.'

'Nee.'

'Waarom niet? Je hebt Graeber ook doodgeschoten.'

'Die man? Hij stond in brand, dat was naastenliefde. Ik zal ervoor zorgen dat de handel in organen ophoudt, voorgoed, maar ik schiet niemand in koelen bloede dood.'

'Alsjeblieft, voor mijn zoon. Hij heette Kyle Emerson. Hij was tweeëntwintig.'

'Nee.'

De man worstelde zich voor de tweede keer op handen en knieën en kroop een meter in de richting van het podium.

Reacher pakte een shirt van de stapel kleren naast het podium en hield het de oudere man voor. 'Als je zo doorgaat, bloed je leeg. Blijf stil liggen, druk dit op de wond en bel 911, dan heb je nog een kans.'

De man bleef kruipen en bereikte de rand van het podium. Hij strekte zijn rug en greep met één hand de rand van het podium vast. Met de andere hand greep hij de rand van een ijsbak. Hij probeerde zich aan het podium op te trekken maar slaagde er alleen in de ijsbak van het podium te trekken. De bak was tot aan de rand gevuld geweest met crèmekleurige gel die nu over zijn borst stroomde, over de rand van zijn broek en zich vermengde met het bloed dat de stof had doorweekt. Hij tuimelde achterover en rolde om en slaagde er voor de derde keer in zich op te werken tot op handen en knieën. Hij rechtte zijn rug, trok een doosje lucifers uit zijn zak en keek over zijn schouder Reacher aan.

'Nu ben ik blij dat je die klootzakken niet hebt doodgeschoten.' Hij pakte een lucifer. 'Nu krijgen ze wat ze verdienen.'

Hij streek de lucifer af. Het vlammetje gloeide op. De man keek er even gebiologeerd naar. Toen bezweken zijn knieën en viel hij weer achterover. Hij liet de lucifer vallen die brandend op zijn buik viel.

Reacher sprong achteruit, een instinctieve reactie op vuur lag diep verankerd in zijn reptielenbrein en was niet te weerstaan. Hij voelde de hitte op zijn gezicht en zijn armen. Hij hoorde een knarsend geluid en dacht dat hij de man hoorde lachen, dacht dat hij hem zag glimlachen. Toen richtte hij de SIG en schoot hem een kogel tussen de ogen.

De man bleef stilliggen. De vlammen dansten.

Reacher hoorde twee paar voetstappen naderen, allebei heel voorzichtig, en los van elkaar. Maurice verscheen als eerste op het bordes, Begovic als tweede. Maurice bleef staan, maar Begovic sprong van het bordes en zette koers naar het podium, in de richting van de mannen die hem gevangen hadden gehouden, maar halverwege veranderde hij van richting en liep hij naar de plek waar Jed lag. Daar bleef hij staan en keek hij neer op de jongen.

'Zijn ze dood?' vroeg Maurice zacht.

Reacher wees naar de beide verbrande mannen. 'Die twee wel, de anderen zijn verdoofd. Dat komt wel weer goed.'

'Moeten we die lui van Minerva losmaken?'

Reacher schudde zijn hoofd. 'Nu nog niet. Er is nog iemand die zich schuilhoudt in de bosjes, misschien zijn het er wel meer. We hebben deze lui nodig als lokaas.'

47

Reacher droeg Hannah door het gat in de poort en legde haar achter in de bestelwagen die hij had meegenomen van de gevangenis. Begovic droeg Jed en legde hem naast Hannah. Maurice kachelde achter hen aan. Hij wilde niet alleen achterblijven in de tuin bij de lijken.

Reacher sloot de deuren van de bestelwagen en richtte zich tot Begovic. 'Kun jij rijden?'

'Ik denk het wel,' zei Begovic. 'Vroeger tenminste wel, maar dat is zestien jaar geleden.'

'Het principe is niet veranderd.' Reacher gaf hem de sleutels. 'Rij een kilometer de weg op, stop dan en blijf daar wachten tot ik er ook ben.'

Reacher wachtte tot de bestelwagen in beweging kwam en vroeg toen de telefoon van Maurice te leen. Hij koos 911. De telefoniste van de alarmdienst reageerde toen de telefoon twee keer overgegaan was.

'Ik heb de politie nodig,' zei Reacher. 'En als het kan, ook een priester. Iemand heeft een ongeluk gehad in zijn achtertuin. Hij heet Bruno Hix. Hij heeft het steeds maar over vreselijke misdaden waarbij hij betrokken is geweest, en hij zegt dat hij een bekentenis wil doen.'

'Wat is het adres waar het ongeluk heeft plaatsgevonden, meneer?' vroeg de telefoniste.

Reacher las het adres voor dat in een plaat op de muur naast de poort stond gegraveerd.

'En uw naam, meneer?'

'John Chivington.'

'Goed, meneer. Ik kan geen priester sturen, maar wel de politie en een ambulance. Dat duurt niet lang.'

Reacher gaf de telefoon terug aan Maurice.

'En nu,' vroeg Maurice. 'Moet ik hier blijven? Of moet ik weggaan?'

'Dat moet je zelf weten. Ben je alleen geïnteresseerd in Minerva? Of wil je ook schrijven over corrupte politiemensen?'

Zeven minuten later arriveerde er één politieauto. Een Dodge Charger, splinternieuw. Niets wees erop dat het een politieauto was. Op het dashboard flitste een zwaailicht. De auto reed snel. Hij kwam slippend tot stilstand naast de zwarte bestelwagen die nog altijd met zijn neus tussen de restanten van de poort voor Hix' oprit stond. Het portier aan de bestuurderskant ging open. Een politieman van tegen de zestig stapte uit. Hij droeg een keurig gestreken uniform dat wel een beetje krap om zijn heupen zat. Hij trok zijn pistool, liep door het huis naar achteren en kwam op het bordes naar buiten. Hij keek vluchtig naar de beide verbrande lichamen. Dat van Emerson smeulde nog. Toen sprong hij omlaag, haastte zich over het gras en hees zichzelf omhoog op het podium. Hix was bezig bij bewustzijn te komen. De politieman sloeg hem met een vlakke hand in zijn gezicht. Keer op keer. Een salvo van korte, felle klappen. 'Bruno, Bruno,' zei hij, 'wat is hier in vredesnaam aan de hand? Wie heeft 911 gebeld?'

Hix gaf geen antwoord. Dat kon hij niet.

'Wie zijn die doden daar? Waarom hang jij hier opgeknoopt? Waar zijn verdomme je kleren?'

Hix slaagde erin een keer met zijn ogen te knipperen.

'Zijn er nog meer?Mensen die in leven zijn?'

Hix kreunde.

De politieman liet zijn stem dalen. 'Bruno, wat heb je ze verteld?'

Hix probeerde zijn schouders op te halen. Het lukte hem niet.

'Kom op, concentreer je, dit is belangrijk. Wat weten ze?'

Hix schudde zijn hoofd.

'Weten ze iets?'

Hix hervond zijn stem. Zacht, maar rauw zei hij: 'Ze weten alles.'

De politieman deed een stap achteruit. Hij zuchtte. 'Dank je dat je zo eerlijk bent, vriend. We zijn ver gekomen samen. Ik vind het jammer dat het nu ophoudt, maar aan alle goede dingen komt een eind.' Hij schoof zijn pistool in de holster, haalde een paar latex handschoenen uit zijn zak, trok ze aan, bukte zich, tilde een broekspijp een eindje op en maakte het riempje van een enkelholster los. Hij pakte een kleine zilverkleurige revolver en zette de loop tegen Hix' slaap. 'Ik zal het snel doen.'

'Stop.' Reacher ging staan achter de bar en liep eromheen. Hij had de SIG op de borst van de politieman gericht.

De politieman stak zijn handen omhoog en stapte achteruit.

'Gooi de revolver van het podium.'

De politieman deed wat hem werd opgedragen.

'En nu die andere.'

De politieman gooide zijn officiële wapen van het podium.

Maurice kwam aan de andere kant achter de bar vandaan. Hij hield zijn telefoon omhoog. Hij liep behoedzaam in de richting van de politieman tot hij diens naam op het schild kon lezen. 'Commissaris Moseley, gefeliciteerd. Wat een optreden. Als u achter de tralies zit en ik de Pulitzerprijs heb gewonnen, zet ik de video online. Het is een schoolvoorbeeld van hoe je jezelf in staat van beschuldiging moet stellen. Al zal ik sommige delen van meneer Hix wel onzichtbaar moeten maken, want het is niet de bedoeling dat het al te komisch wordt.'

De jongeman met het verzorgde uiterlijk achter de balie van de Riverside Lodge was zo blij toen hij de sleutels van de VW-bus terugkreeg dat Reacher net zoveel kamers in de noordvleugel mocht nemen als hij maar wilde, voor zo lang als hij maar wilde. Reacher boekte vier kamers voor één nacht. Deze keer, zei hij, had hij maar één sleutel nodig.

Maurice was in het huis van Hix gebleven om de FBI op te wachten. Daarna wilde hij naar Washington. Hannah en Begovic namen hun intrek in het hotel. Reacher nam Jed mee naar de stad in de pick-up van Sam Roth. Hun doel was tweeledig. Ze stopten eerst bij een drogist, waar alleen Reacher even naar binnen ging. Hun tweede stop was bij de hamburgertent in het oude tankstation. Jed bestelde een dubbele hamburger zonder groen, net als

Reacher. Voordat ze waren teruggekeerd op het parkeerterrein van de Lodge, had hij hem tot en met de laatste kruimel verorberd.

De volgende ochtend nam Reacher Jed opnieuw mee voor een ritje. Ze haalden de fiets op waar Jed hem had verstopt en namen hem mee terug naar de Lodge. De koerier uit Jackson stond op het parkeerterrein te wachten. Jed stapte uit. De koerier tilde de fiets van de laadbak van de pick-up en bekeek hem nauwkeurig van alle kanten.

'Dit is een ramp,' zei hij. 'Er zitten krassen op de lak. Het zadel is gedeukt. De voorvork en de achtervork zijn allebei krom. Er zitten deuken in de velgen. Hij is geen cent meer waard. Hij is geruïneerd, kleine klootzak.'

'Ik heb mijn best gedaan om ervoor te zorgen,' zei Jed. 'Het spijt me als ik iets heb beschadigd.'

'Wat heb ik daaraan?' De koerier gaf Jed een duw. 'Je bent een vervelend klein...'

Reacher stapte uit.

De koerier pakte het stuur van de fiets beet en liep haastig naar een stationwagen die bij de ingang van het hotel geparkeerd stond. 'Hé maatje, gewoon een misverstand. Bedankt voor het teruggeven. Ik moest maar weer eens gaan.' Hij schoof de fiets in de stationwagen en stapte snel in. Hij startte de motor, reed met een schok achteruit, kwam opnieuw met een schok in beweging in voorwaartse zin en reed vol gas weg.

Reacher en Jed stonden naast elkaar en keken de stationwagen na tot hij uit het zicht verdwenen was. Toen gaf Reacher Jed een papieren zakje van de drogist. Jed maakte het zakje open en haalde er een opgevouwen tandenborstel uit.

'Dat is voor de volgende keer dat je op stap gaat met Greyhound,' zei Reacher. 'Hij past beter in je broekzak dan een gewone.'

'Dank je,' zei Jed.

'Succes met je vader. Ik hoop dat jullie het met elkaar kunnen vinden.'

'We gaan naar Colorado. Hannah zegt dat we in Sams huis kunnen blijven tot pa een baan heeft gevonden.'

'Dat is een mooi huis. Daar worden jullie vast gelukkig.'

'Ga jij ook mee naar Gerrardsville?'

'Ik? Nee.'

'Waarom niet? Je zei zelf dat het er wel aardig is.'

'Dat is het ook, maar ik ben er al geweest. Nu wordt het tijd voor weer iets anders.'

De Jack Reacher-thrillers van Lee Child zijn:

1 *Jachtveld*
In een stadje in Georgia stapt Jack Reacher uit de bus. En wordt in de gevangenis gegooid voor een moord die hij niet gepleegd heeft.

2 *Lokaas*
Jack Reacher zit in een vrachtwagen opgesloten met een vrouw die beweert dat ze van de FBI is. Hij komt in een heel ander deel van Amerika terecht.

3 *Tegendraads*
Terwijl Jack Reacher een zwembad graaft in Key West, komt een detective allemaal vragen stellen. Later wordt die dood gevonden.

4 *De bezoeker*
Twee naakte vrouwen liggen levenloos in een bad. Het daderprofiel van de FBI wijst richting Jack Reacher.

5 *Brandpunt*
Midden in Texas ontmoet Jack Reacher een jonge vrouw. Zodra haar echtgenoot uit de gevangenis komt, zal hij haar doden.

6 *Buitenwacht*
Een vrouw in Washington roept Jack Reachers hulp in. Haar baan? Ze beschermt de vice-president van Amerika.

7 *Spervuur*
Een ontvoering in Boston. Een politieagent sterft. Heeft Jack Reacher zijn gevoel voor goed en kwaad verloren?

8 *De vijand*
Er was een tijd dat Jack Reacher in het leger zat. Eens, toen hij wachtliep, werd er een generaal dood aangetroffen.

9 *Voltreffer*
Vijf mensen worden doodgeschoten. De man die beschuldigd wordt van moord, wijst naar Jack Reacher.

10 *Bloedgeld*
Het drinken van koffie op een drukke straat in New York leidt tot een schietpartij vijfduizend kilometer verderop.

11 *De rekening*
In de woestijn van Californië wordt een van Jack Reachers oude maten dood aangetroffen. De legereenheid van toen moet weer bij elkaar gebracht worden.

12 *Niets te verliezen*
Jack Reacher gaat de onzichtbare grens tussen twee steden over: Hope en Despair, hoop en wanhoop.

13 *Sluipschutter*
In de metro van New York telt Jack Reacher af. Er zijn twaalf aanwijzingen voor een zelfmoordterrorist.

14 *61 uur*
In de vrieskou staat Jack Reacher te liften. Hij stapt uiteindelijk op een bus die regelrecht op de problemen afrijdt.

15 *Tegenspel*
Een onopgeloste zaak in Nebraska. Jack Reacher kan de vermissing van een kind niet van zich afzetten.

16 *De affaire*
Een halfjaar voor de gebeurtenissen in *Jachtveld* is Jack Reacher nog in dienst van het leger. Hij gaat undercover in Mississippi om een moord te onderzoeken.

17 *Achtervolging*
Na anderhalf uur wachten in de kou van Nebraska krijgt Jack Reacher eindelijk een lift, en komt in heel fout gezelschap terecht.

18 *Ga nooit terug*
Jack Reacher gaat terug naar zijn oude hoofdkwartier in Virginia. Hij wil de nieuwe commandant weleens ontmoeten – maar ze is spoorloos.

19 *Persoonlijk*
Iemand heeft op de Franse president geschoten. Er is maar één man die dat gedaan kan hebben – en Jack Reacher is de enige die hem kan vinden.

20 *Daag me uit*
Jack Reacher belandt in het vreemde plaatsje Mother's Rest en treft een vrouw aan die wacht op een vermiste privédetective. Weglopen zou tegen Jack Reachers principes zijn.

21 *Onder de radar*
Hamburg, 1996. Jack Reacher is naar Duitsland vertrokken voor een zeer geheime missie. Een jihadistische cel daar heeft een boodschap gekregen: de Amerikaan wil honderd miljoen dollar. Wat is er gaande?

22 *Nachthandel*
Toevallig ziet Jack Reacher een bijzonder sieraad liggen in de etalage van een pandjeshuis, een damesring van de militaire academie West Point. Jack Reacher gaat op zoek naar de eigenaresse...

23 *Verleden tijd*
Jack Reacher maakt een ommetje naar de geboortestad van zijn vader. Daar is geen spoor van een Reacher te bekennen. Wel stuit hij op een dodelijk tijdverdrijf.

24 *Blauwe maan*
Als Jack Reacher een medereiziger redt die slachtoffer dreigt te worden van een straatroof, raakt hij verwikkeld in de meedogenloze machtsstrijd tussen Albanese en Oekraïense gangsters.

25 *De wachtpost*
Jack Reacher loopt in Nashville een groep muzikanten tegen het lijf die zijn afgezet door een gewetenloze cafébaas. Hij voelt zich genoodzaakt in te grijpen...

26 *Liever dood dan levend*
De tweelingbroer van oorlogsveteraan Michaela Fenton is verdwenen in een grensdorpje in Arizona, na contact met een stel gevaarlijke mensen. Tijd voor Jack Reacher om deze ongure types een bezoekje te brengen.

De Jack Reacher-verhalen zijn:

1 *James Penney*
Uit wraak steekt James Penney zijn huis in brand nadat hij is ontslagen en hij slaat op de vlucht. Dan komt hij iemand in een groene Chevrolet tegen. Het blijkt Jack Reacher.

2 *Heethoofd*
In een hete zomernacht ziet de bijna 17-jarige Jack Reacher dat een jonge vrouw in het gezicht wordt geslagen. Als dappere zoon van een Amerikaanse marinier besluit hij in te grijpen.

3 *Tweede zoon*
Op de nieuwe school van de 13-jarige Jack Reacher is iets aan de hand. Wat volgt is keiharde actie van de jongen die ooit de beroemdste thrillerheld zonder vaste verblijfplaats zal zijn.

4 *Iedereen praat*
Een rechercheur raakt aan de praat met het slachtoffer van een schietincident. Het blijkt Jack Reacher te zijn. Hij is ernstig gewond, maar een paar uur later is hij verdwenen.

5 *3 kogels*
Jack Reacher doet onderzoek naar de executie van een kolonel. Hoe meer hij te weten komt, hoe sterker hij het vermoeden krijgt dat zijn broer meer met de zaak te maken heeft.

6 *Uit Rusland*
Jack Reacher loopt een bar in New York binnen. Meteen wordt zijn aandacht getrokken door een jong Russisch meisje, dat in gevaar lijkt te zijn. Hij is vastbesloten haar te helpen.

7 *Diepgang*
Jack Reacher moet ontdekken wie van de vier MI-stafofficieren vuil spel speelt. Het zijn alle vier vrouwen, en het leidt tot een diepgaand onderzoek.

8 *Geen oefening*
Jack Reacher neemt een lift richting de Canadese grens en strandt in het stadje Naismith. Daar wemelt het opeens van de militairen en niemand lijkt te weten waarom...

9 *Traditie*
Het sneeuwt te hard om door te lopen. Op goed geluk klopt Jack Reacher aan bij een groot huis; daar komt hij als geroepen voor een merkwaardig karweitje.

10 *Eenzaam*
Jack Reacher is in hartje New York. De straten zijn leeg en stil, ongewoon voor zo'n warme zomeravond. Dan houdt een vrouw hem staande. Tijd voor Reachers goede daad van de dag.

11 *Witte kerst*
Het is kerstavond. Jack Reacher wil nog wel wat eten en ergens onderdak, en kiest het motel dat er het goedkoopst uitziet.

12 *Te veel tijd*
Jack Reacher is getuige van een diefstal. Hij gaat mee naar het bureau, maar daar wordt hij gearresteerd wegens medeplichtigheid. Uiteindelijk grijpt hij terug op een van zijn vuistregels.

Alle Jack Reacher-verhalen zijn gebundeld in *Op doorreis*, verschenen als paperback en als e-book. De afzonderlijke verhalen zijn als luisterboek en als e-book beschikbaar.